花隨人聖盦摭憶全編

黃濬 著

中

許晏駢、蘇同炳／編

論史

與梁任公談治學與歷史二事

憶民國三年，任公先生寓北京前細瓦廠，予一日造談，謂吾國文字學術中名詞至夥，苦無一詞典以彙之，予意假定當以字典筆畫分部為綱，而以各科學各事類為目，循是以求，當可得若干萬千名詞。淺言之，即以《玉篇》、《廣韵》、《說文》乃至《康熙字典》之方法為總經，以《事類統編》、《淵鑑類函》之方法，吾國之舊職業，更加以現代各科學，條分縷析為細緯。有形繪圖，無形詮義，如此網羅，必粗有可觀。蓋世事日新，讀書方法，前後判若霄壤。新舊名詞，非專治某學者，稍越其閾，殆皆不能索解。故以後研求古籍者，自非恃辭典不為功。又吾國治專門職業者，往往於固有之名，猝不能索得，或依俗稱，或別撰新名，或譯音代之。若有辭典，分別專科，歷疏專名，則今古東西之名詞，或皆有會通之可能。前例：如「求牛」，若非有辭典，後來者絕不知其出於《周禮》。又如「浮子」，若非曾讀《雞肋編》，絕不知其為釣絲一半間繫荻之專名。後例如：學建築者，未必皆知《營造法式》中所載之各種古名，與近百年來各地之俗名，抑與東西各國之通名，孰相符合，若非辭典，殆難一以貫之。國家若肯出力辦此，徵求若干學者，分別彙求泐一專書，每歲增益修改，其於承學之士，所裨非淺。任公聞言深悅，明日與予兩長箋，條言此事。惜予志而未逮，任公之兩書，不記庋雜何處，前數年在君索任公書，竟無法得之。稍後《辭源》、辭典等日出，蕪廢如予，固唯有服作者之淹通，而衡以心目中所擬者，則似挂一而漏萬也。

又記戊午任公居圍城時，一日嚴寒，坐沁香亭中，望液池波欲成冰，大風作浪有聲。任公方辭職，歎曰：「求去亦何所謂，世事興衰，大勢略定，何人為之，皆不甚相遠。」予因譬解，極言史蹟皆由人為，非武侯，蜀必不能四十年；王猛死，苻堅覆且加速。往史不必論，且如前清，假使世宗不立，或竟為允禩輩所得者，允禟、允禩皆親信歐洲人，當時傳教之穆經遠等，實為羽翼，允禟等皆通西文，能作書札。而世宗則親信蒙古喇嘛，故雍正既勝，遂利用喇嘛之導輔，以次成乾隆拓邊設藩之弘規。然因頑固迷信之累積，卒成故步自封，而極於庚子義和團諸役，遺毒至今不已。反之，假令允禟等得志，諸西洋傳教士等嚮用，天主教固得早盛，而以智識新銳，或易與西洋文化接近，在初期未必奄有蒙藏之武功，其終也，或早肇海通之事勢，甚或可使全國早成現代化。歷史之嬗變雖有極難料者，事視人為，則必可信。歐人覘吾國者，謂腐敗之基在乾隆中葉，而那拉氏一手促其祚之終，古之所謂政與人存，一言喪邦，皆鑿然不爽，安得言何人為之皆不甚相遠乎？任公亦極以為是。

後十年，戊辰，先生歿。仲策告予，先生不自意其病遂不起也，榻間告兒輩：吾垂老多病，而未了著述夥頤，計唯有使予筆述之。予次年會葬先生詩，所謂：「病中數見念，要約共削牘。自慚下方燈，何益秋陽暴。定文吾豈敢，流沫許細讀。」即慼歎茲言。涼夕追思，落筆猶淒然如復見秋堂坐對時也。

論國運與人才

一代之風尚興衰，肇端至遠，而造因甚微，讀書論世，政貴窮源竟委。前記清之衰遲，與雍正自殘骨肉有關，天主教與喇嘛之競爭，其終也可使東西洋之交通，吾國進化之步驟，同受影響。前既略發其凡，近讀乾隆間英使馬嘎爾尼《覲見記》，其間亦不少資料，足以表明乾隆間歐洲人在清廷者勢力日絀，蒙古喇嘛勢力日增，為吾說之佐證。

蓋清至乾隆末年，政治已壞，識者早知其必大亂。潢池寇攘，舊儒眼光，僅謂為滿清一姓之興亡所關，抑豈知每經一大亂，實即使國力愈凋傷，民智愈退步。試繙史册較之，神州炎冑之事蹟，纍纍皆創痍，求其間有三、四百年之生聚休息，殆絕不可得。吾族今日之不競，豈能諉之於天乎？然迹其間撥亂之才，亦相踵俱出，淵源倚伏，殆甚遼遠。例如金田之役，緜於嘉道秕政所激成，而二、三老輩所以牖成培助曾、左諸人者，亦正在此時。湘軍雖起自曾、左，而砥礪賢才，則始自賀耦耕（長齡）、陶文毅、林文忠等，相與提倡。耦耕刊《經世文編》一書，魏默深所輯，三湘學人，誦習成風，士皆有用世之志。左季高、羅羅山等，所由興起，而左之讀書，皆賀回里長書院時所資助。胡文忠為陶文毅之婿，曾文正亦敬事耦耕。而文毅言左文襄之才於林文忠，文忠自兩廣督交卸，特紆道長沙訪左。時文襄尚為舉人，文忠於嶽麓傾談竟曉，許為異日濟時之才，訂交而別，事見文襄年譜。於此皆可見老成誘掖，豪俊景從，兩皆難能可貴。其納交初心，未必便為撥亂計，按之事實，卻可謂匡濟之儲，黨援之雅也。沈濤園有〈為沈子培跋林文忠公手札〉一長文，末有云：

先祖癸巳會試，道出吳門，問文忠向物色尺牘人才，今得其人否？文忠云，聞湖北藩署書啟李君，嘗從陶雲汀宮保處知其人，詞翰為天下第一，前歲託人以千金聘之，已辭館入都會試，得館選矣。所謂李君者，即湘陰李文恭公星沅，時方為孝廉，後代公為欽差大臣，督辦廣西軍務，亦卒於軍者也。

此亦為文忠廣求氣類之一事。蓋亂之將作，必有奇貪至瞶之朝臣，而社會中同時亦必有砥礪志行之奇士，當邪沴潰為沉痾之時，即醫師手儲刀圭之日，而國之所賴以為國者，亦正需此倚伏之一縷生機耳。然古人雖結合，而非公開，且無縝密條理足以永之。故偶然湊泊，事幸以成，其不相湊泊者，國亦終於不救。如南宋之淪於胡元，即其時志節才能之士，不能湊泊成為風氣也。

夫撥亂反正之人才，而有待於自然湊泊，則國運之顛危可知。以視近代東西各國戮力於教育，所以整齊民志，誨導新知，使才人繩繩不斷，不遺餘力者，以古方今，瞠然莫及，人才懸絕，國力亦如之，亦理勢所必然。今日之事，故非尚賢尚公，力開風氣，不足以救亡。既知之，即當求而行之，尤未可如歐陽公之以人事諉為天命也。

周彥升讀史詩

周彥升有〈讀史詩〉二首，其一云：

魏武當漢季，罪魁功亦首。天下皆漢賊，賊擅殺賊手。南北三十載，老矣當歌酒。誰知一世雄，難免萬世口。六代篡弒禍，凶殘無不有。山陽萬戶邑，比較一何厚。兩世假仁義，百族効奔走。機深元氣薄，惜哉祚不久。

其二云：

紫陽作綱目，乃在南渡時。帝魏帝蜀間，特筆有深思。以蜀予大宋，苦心無人知。漢家世系表，歲久有參差。何年中山裔，乃生大耳兒。當時論正統，非魏誰當之。可憐陳承祚，歿受俗子嗤。君實生北宋，一代車書馳。通鑑本正史，何用斡旋詞。俗眼只尺光，敢求先賢疵。

此二詩，眼光如炬，朱紫不謬。在今日正統之迂說久摧，固不當以奄有中原之曹魏，目為史系之旁枝。而在前清發此議論，誠使腐儒撟舌。至劉備漢裔，亦久有異說。裴松之《三國志注》，已稱：「先主雖稱出自孝景，而世數悠遠，昭穆難明。既紹漢祚，不知以何帝為元祖，以立親廟。」而陳《志》言，「涿縣陸城亭侯元狩六年失侯」，識者久證其誤。《漢書》有陸成侯，而無陸城亭侯，陸成侯貞以元鼎五年免，不當作元狩六年。前漢尚無亭侯鄉侯制，陸成為中山之一縣，不屬於涿。故以陳《志》之誤推之，必沿蜀史之訛。蜀已不能自圓其說，玄德梟雄，安知無附會耶？唯曹公鄴臺策科，專取不忠不義之才，正是姦雄本色，亦是其短處、拙處，似不如先主之深心。先主沉鷙，正不減孟德，觀其信任孔明，實不如後主，其臨歿「君可自取」之言，正是極端懷疑反言以激之之辭，非真忠厚。使不崩於白帝，則諸葛是否能專征握政，蜀漢能否支持四十餘年，皆疑問也。

吳汝綸日記中之重要史料

桐城吳先生日記十六卷，是籍亮儕（忠寅）輯刊其師摯父先生遺著，鋟板才數年，蓋經哲嗣辟疆（闓生）依類抄輯者。辟疆久不相見，亮儕則與芝父、季常同歲化去。此書分類襞織，自見翦裁之功，而不以年月排次，於考證史跡，間亦有未便者。辟疆跋言：

自同治五年丙寅，訖光緒廿九年癸卯正月，臨逝前六日，閱時三十八年，大率皆備。惟歲月既久，前後未盡一致，雖有排日紀事，而條記所得，不標日月者為多。

似是讀書記事日札，而非必如翁叔平、李蒓客之以月日為主也。此四十餘萬言中，所包材料至多，先就予所考，摘舉一二。

予前記張樵野事，言當時日本伊藤博文來華，喧傳樵野欲聘為客卿，以佐德宗，因而益促戊戌之變。茲於吳先生日記中，得見伊藤當時之言論，實極有關係。日記卷六，時政類，戊戌年，不署月日一節云：

伊藤為中國畫策四事。一曰設立大銀行，延雇西員襄辦，糾集億萬股本，印刷鈔票，如遇戰事，數百萬金貲，不難立辦。二曰設立士官學堂，仿文明富強之國章程辦理。三曰改招募為徵兵，充兵有年限。此外洋之法，日本行之已見明效。四曰鐵路南北通行，內地均行輪船，則商務運轉靈便，利權操之自我。前四事曾言之恭王，又以告張樵野侍郎。今四、五年內中國必有大變，政府意主變法，但變亦不可太驟，欲速則不達，徒使天下騷擾不寧而已。

伊藤所言四事，及今觀之，不可謂非忠言藎謀。蓋一事即今之中央銀行，二事即軍官學校，三事即徵兵，四事即南北須有貫穿之鐵路，此四事至今不能出其範圍，不過去伊藤建議時，其設施落後二、三十年不等耳。伊藤當時游歷我國，目擊帝后之爭，新舊之爭，已逆料必有大變。爾時德宗親政，故曰政府意主變法，然亦看到教育程度與舊制度舊勢力之複雜不齊，必曰見騷擾不寧。此種覘國言論，代謀之公忠，微吳先生記之，殆不可考矣。如此方是日記中第一等史料。隨伊藤博文來華者，有森泰次郎，讌集於天津之北洋醫學堂，摯父先生有詩。

摯父先生日記中卷十三，品藻類，辛丑十月二十六日閱曾公與李文忠書，摘錄其略，此節亦極有精語佳料。蓋文忠新薨，摯父先生居文忠幕府，必親見曾文正公與文忠之密札，因摘鈔有函中要語。此種語，度文集中未必有之，今節取其有關外交者如下。其一節云：

閣下向與敵以下交接，頗近傲慢，一居高位，則宜時時檢點。與外國人相交際，尤宜和順，不可誤認簡傲為風骨。風骨者，內足自立，外無所求之謂，非傲慢之謂也。

又一節云：

夷務本難措置，然根本不外忠信篤敬四字。篤者，厚也，敬者，慎也，信，止是不說假話耳，然卻極難，吾輩當從此一字下手，今日說定之話，明日勿因小利害而變。

又一節云：

為將帥者，雖內懷勾踐栖會稽，田單守即墨之志，而外卻十分和讓。為中國軍民者，則但有和讓，更無別義。

又一節云：

與洋人交際，孔子忠敬以行蠻貊，勾踐卑遜以驕吳人，二義均不可少，形跡總以疏淡為妙。

又一節云：

承示復總理衙門函稿，精到剛大，良為經世不朽之作，其與若類思相要約一節，尤足折遠人之心，而作忠正之氣。以忠剛懾泰西之魄，而以精思竊製作之術，國恥足興，於公是望。

案：以上五節，皆極有意義，所以誨導文忠者，不可謂不直而切。其言「不可誤認簡傲為風骨」，「不說假話極難，吾輩當從此著手」，此已鞭辟近裏。其言「內懷如勾踐田單，而外卻十分和讓」，此尤沉痛之極。言「中國軍民除和讓外無他義」，亦是至理，蓋決不能使全國人皆摩拳擦掌，晝夜譁言復仇或殺一二敵人以自矜也。其末一節可見文正愛國之烈，期望文忠有作為，以雪恥之意。讀此可見文正雖不以外交名，而已得忠信立身與卑遜驕敵之義，真愛國者，不當如是耶？摯父先生所錄，凡二十節，今舉其五。

吳汝綸論史

為政之道，寬猛互成，前已論之矣。夜讀摯父先生日記，中有一節云：

崔實《政論》，凡為天下者，自非上德，嚴之則治，寬之則亂。溫公申之曰，衰世之君，率多柔懦凡愚之佐，唯知姑息，甚哉柔懦姑息之為害也。何謂柔懦？知賢不用，用賢不專，知奸不去，去奸不決，是也。何謂姑息？當殺不殺，當刑不刑，是也。亂君性亦暴戾，然無解其柔懦，愚臣亦或立威，然無解於姑息。故亂亡之世，綱紀廢墜，四維懈弛，坐是故也。

案：摯父此節，迺《讀通鑑》第五十三卷東漢質帝時事，有感而言。所論寬嚴之用，純為國家綱紀政治根本而發，與前所舉曾文正公書札不同。蓋曾札所指者，今所謂政務，而吳論則言其大者，遠者，政治也。古人於此等處，不甚分明，世愈近，則析之愈細。摯父所評，殊允，見識亦高。其日記中關於《讀通鑑》者若干條，文筆深入顯出，不減船山，今再擷舉數則。其《讀通鑑》五十六卷云：

段熲平東羌，不用招降之說，規三歲之費，用五十四億。已而未及兩年，費用四十四億，而羌遂就平，可謂能將。又云：未叛之先，郡縣不相侵尅，尚可無事，至於既叛之後，又豈良吏所能為力者。國家有事，至於命將出師，則無取乎仁柔之為，而為將之道，則惟以克捷有功為職。今謂雖克捷有功，君子不與，然則將令天下將帥，相率而為招降之說客乎？自班勇死後，東漢之將才絕少，大率狃於不殺之說，日以招降為事，此實兵不能戰，將不知兵之故。

《讀通鑑》六十一卷云：

光武以龐萌為社稷之臣，曹孟德敕家人依張邈，二人旋皆以反聞，甚哉，知人之難也。

又云：

英雄舉動，固不易測，曹公尤好用此術。濮陽之戰，曹公為布騎所得，紿以乘黃馬走之，乃得釋歸，是知前言呂布屯濮陽為失計者，詐也。惟兵敗身虜，突火而出，仍復自力勞軍，促為攻具，此乃百折不回之氣，自古成事者，皆有此概。

以上各節，皆極可取鑑。其言知賢不用，用賢不專，知奸不去，去奸不決，必至亂亡。及言成大事要有百折不回之概，尤深切著明。

仕途相阨及門戶之爭

淮南彭孫貽《客舍偶聞》一帙，順德李芍農侍郎（文田）註之。所記康熙初年滿人互相擠軋之狀，歷歷如繪。其自敘曰：

> 客長安，見貴游接席，必屏人趣膝良久，人不聞，須臾，廣坐寒暄而已。徵以道上所聞，唯唯謝勿知。廷有大事，卿寺臺省，集禁門，其中自有主者，群公畫赤一而退，咸喏喏。議更置大吏，冢宰不得聞。有所調發，司馬不知。群公優游無事，日置酒從容，諸小臣相聚博弈，連晨夕，或達旦，失朝會，始以病告。當事亦不問，以是聞甚希。然時時游於酒人豪士間，抵掌譚世事，無所諱。突梯者，又姑妄言之，足以新人聽。雖多耳食，徵其實，亦十得五六。

云云，語甚悲痛。其寫官僚積習，至今猶有生動之狀。

嘗謂有清一代，開國時滿大臣互相擠軋，而漢大臣新進，兢兢業業，奉公守法，康乾諸主輒利用之，以成大業。及晚清同光以來，則漢大臣互相齮齕，而滿大臣驕奢宴樂，騃不知事，宮闈亦相阨，以速其亡。蓋宦途未有不相擠者，特視為何如人。愚者，譬如擔夫爭道，智者則擊轂僨車矣。試以晚清言，曾文正見扼於祁文端，微肅順左右之，幾不能成功，是一例。曾氏兄弟，與左文襄、沈文肅交惡，雖無大影響，亦是一例。光緒初葉，帝后兩黨交鬨，而李高陽與翁常熟交惡，其終也，促成中日甲午之戰，所關於國運者甚大。當時高陽、常熟陰相扼，而合肥李文忠居外，其時有言文忠有異心者，旨令常熟密查，覆奏：「李鴻章心實無他。」事見宋芸子詩自註。其後翁力主戰，李欲格之，不能。不可戰而戰，所失倍甚。前錄陳伯潛〈感春〉詩，即可見高陽一系之微詞。當時朝中名士，前一輩清流，若張孝達、張繩庵等，皆與高陽善。而稍後進者，若張季直、沈子培，則與常熟善。其分野，可於《越縵堂日記》等書見之。而南皮受常熟之阨，為最甚。《廣雅堂詩集》，〈送同年翁仲淵殿撰從尊甫藥房先生出塞〉一首，下有文襄自註：

> 藥房先生在詔獄時，余兩次入獄省視之，錄此詩，以見余與翁氏分誼不淺。後來叔平相國一意傾陷，僅免於死，不亞奇章之於贊皇，此等孽緣，不可解也。

五十九字，敘述昭晰。常熟之厄南皮，予所聞，南皮在光緒中葉，已有入軍機議，翁持不可。其後廣東報銷一案，亦翁核駁。外此，則不能知。此自註五十九字，乃南皮晚年自加，幕府有勸其刪去，南皮執不可。此事居張幕者，若王司直、許溯伊皆深知之。其後又有〈過張繩庵宅〉四詩，末詩二句：

> 知有衛公精爽在，可能示夢儆令狐。

令狐，亦指常熟也。然至宣統初，南皮入軍機，年七十餘，則亦躬遘黨爭，而化為調停者。集中有〈新舊〉一絕句云：「門戶都忘薪膽事，調停頭白范純仁。」是其證也。其〈絕筆〉詩前一首〈讀宋史〉詩，「南人不相宋家傳」一絕，則為有感於滿人排漢之作。〈絕筆〉詩，「君民末世自乖離」，則有感於津浦路某案。君民，或改為君臣，非也。南皮歿，汪衰甫輓以一聯云：

> 匡時頭白調停策，絕筆心傷諷諭詩。

極為時人稱誦，蓋即檃括二詩大意。嗚呼！以臥薪嘗膽之時，而猶亟為分門別戶之計，讀南皮〈新舊〉一詩者，真歎《客舍偶聞》所述滿人互相擠軋，猶為承平餘暇之事也。

中國重男女之防而不重公私之別

〈渴睡漢〉樂府中云「我聞西人禮數多，一涉國事爭分毫」兩句，上言，外交禮儀衣履酒食舞讌之煩，旦夕握抱，歎若弟昆，下言，一遇其國權利益所在，斷斷不少讓也。予意以為東西俗尚所判，即在於國人最重男女禮節之防，而於公私之分，反熟視若無睹，西人則反之。其實公私之分，即是義字，古聖賢所教導甚明，後人漸泯忘其界。唐有不書官紙者，史已稱其美德，則公物私用之惡習，相承已久。海通以來，外交久視為專科，而獻媚教謟之逸聞，指不勝屈，濫用官物，猶其餘事。十年前有總長夫人之花粉廁紙，由部供億者，未足奇也。比日更聞有醵貲讌異國之武員，舉杯偽飲，受其呵斥，赬赧忸怩，不敢仰看者，其事之奇與辱，又不堪道。究其病，皆在國人但以為出妻女狂飲酣舞，可以聯歡，不知至多得附為暱交，於事無裨也。夷考百年之間，邦交嬗變之迹，始則惡而排之，繼則畏而媚之，馴成兩失。即論中西男女之防，舊日志乘，皆以外人履舄交錯為奇。憶某筆記載：

杭人黃保如司馬，官直隸，辦天津洋務局。初辦事，諸事皆順手。一日，美領事招飲，坐無他客，惟黃君一人而已，領事夫人亦同坐。酒半，領事與夫人請移至內室，已而又改設於月臺，而領事云，有公事，先辭出，夫人留之坐。黃君慮招物議，強辭而去。夫人意頗不悅。自後與領事來往公事，常致齟齬云云。

此說真堪一噱。弊在我國人夙有瓜李之戒，橫梗於胸，誤以簪裾之酬酢，為帷薄之遮邀。記文芸閣筆記中，亦有類此之事，昔人皆欲以柳下惠自襮，而亟炫西俗之漫浪，抑何可笑。庚子後，始稍開通，厥後則又有矯枉過正者矣。曾劼剛使英法，在光緒初年，其實風氣尚閉，而劼剛特為折衷之聲明，先致書於法使館，特派護送之繙譯法蘭亭，書云：

現有極要之事，須與台端一商者：貴國為秉禮之邦，泰西各處禮儀，大半依據貴國所行，以為榜樣。中國遵至聖孔子之教，亦以禮儀為重。然道途太遠，風俗亦異，是以彼此儀節，逈然不同。一切細故末節，儘可通融辦理，惟宴會一端，尚須商酌。泰西之例，男女同席宴會，凡貴重女賓，坐近主人，貴重男賓，坐近主婦，此大禮通例也。而中國先聖之教，則男女授受不親，姑姨妹女之子，既嫁而返，兄弟不與同席而坐，不與同器而食，至親骨肉，其嚴如此，則外客更可知矣。現在中國與泰西各國通好，將成永久之局，將來國家遣使，亦必常行不斷。公使挈眷，事所常有，鄙人此次挈攜妻子同行。擬請足下將鄙人之意，婉達於貴國議禮大員之前，中國公使眷屬，祇可間於西國女賓往來，不必與男賓通拜，尤不肯與男賓通宴。即偶有公使至好朋友，可使妻女出見者，亦不過遙立一揖，不肯行握手之禮。中西和好雖殷，吾輩交情雖篤，然此一端，卻是中國「名教攸關」，不必舍中華之禮，從泰西之禮也。各國公使駐於中國北京者，其眷屬亦並未與中國官宅往來，可見彼此禮教不同，儘可各行其是。若蒙足下從中委曲商酌，立有一定規矩，則將來中國公使挈眷出洋者，不至視為畏途，實於彼此通好長久之局，更有裨益。

劼剛此函，法政府如其議，眷屬往來，敬禮有加，而絕不預跳舞諸宴，是亦新舊遞嬗中之一段佳話也。觀曾函末數語，可知昔時使節之閨襜，咸視異國為畏途。故洪文卿乃以伎妾自隨，然英國固祇知為公使夫人也，維多利亞女皇，迺與合攝一影。厥後彩雲墮落平康，而樊山翁咏之曰：「可憐坤媼山河貌，曾與楊枝一例看。」詩人不揣本而好齊其末，類皆如此。

記咸豐三年責官吏捐輸事

前論吾國公私久不分，故唐宋以來以清官為美稱。實則清乃本分，一清亦殊不足以盡官守也。因此念及吾國官俸至薄，所入實不足以養廉；不足養廉，其勢必以官物自養，於是能稍飭廉隅，便以清為美德。又自周秦至明，封建間廢而時作，王侯卿相，皆食邑祿役齊民，而治事之官，月俸乃至少，故同列於朝，其恃俸為食者，皆清門以文儒自進者也。《唐書・陽城傳》：「拜右諫議大夫。每約二弟，吾所俸入，爾可度月食米幾何？薪菜鹽幾錢？先具之，餘送酒家，無留也。」宋彭乘《墨客揮犀》：「舊制三班奉職，月俸七百，驛券肉半斤。祥符中，有人為題詩所在驛舍門曰：『三班奉職實堪悲，卑賤孤寒即可知。七百料錢何日富，半斤羊肉幾時肥？』朝廷聞之，曰：『如此何以責廉隅。』遂議增月俸。」舉此兩事，可知官俸之少，自古已然。明清典章故實，尤昭昭耳目間。予憶兒時翻搢紳，見官俸祿米之數，年不過數石米，輒疑若恃以贍家者，不幾索於枯魚之肆乎？稍長，則知官誠發財，但不恃俸，天下有名實不相符，而相習不以為怪者，此類事是也。惟明明使仕者不能以祿養，故必驅官吏於婪索之途，官稍亨所入輒富；世稱藏富於民，吾國近一、二千年歷史，實可謂藏富於官，其能津逮農商，潤澤田舍者，皆所謂士大夫之一階級也。朝廷心知其然，有事則責官吏以捐輸，盜賊心知其然，得志則索財賄於巨室。此風至鼎革後始變，世祿之制既寡，舊家日彫，官俸有恆，視往史為加厚，而以今昔幣值物價衡之，則亦未見其為加厚，除非法多得外，月俸最多，亦僅免轉徙而已。蓋事變至今，國力民力俱盡，無論何者皆儳然不可終日，而昧者猶狃於藏富於官之情勢，而欲以微官俸得，視為生財之源，左畀而右奪之，不亦傎乎？

所謂盜賊索財賄於巨室者，李闖入京，拷掠諸勳戚大臣是也。所謂朝廷責官吏以捐輸者，則咸豐三年東南大亂時有此種事。清崇實所自著之《惕盦年譜》，其中有一節云：

粵逆竄陷安徽、金陵等處，軍情緊急。戶部因庫儲告竭，春季不能放俸，副都御史文小雲瑞，奏令富紳捐助，即可湊成巨款。上命其指出何人，伊稱穆鶴舫、潘芝軒、卓海帆、耆介春、陳偉堂五相國，與孫大司農符卿，及實等十八家以應。有旨令所指各家，均於初十日赴戶部衙門候旨，有老病不能親往者，著子弟一人代之。屆期實先往，見海帆夫子與鶴舫太老師均親到，更有崇雨舲中丞，時革職在家，亦先至，商曰：「今日之集，必係勸捐，但吾等有富名者不過房產地土，就使全行報效，亦無濟於事。大約須各自量力，儘一月之內能呈繳若干現銀，方不負此舉。」諸老頗以為然。稍間，惠親王、恭親王並僧王皆奉命來署，手捧硃諭，令大司農文孔修先生宣讀：「文瑞所奏之人，皆係受國厚恩，當此時勢艱難，諒各情殷報效，等因欽此。」穆相早經罷斥，當即伏地痛哭，諸人隨跪於後，亦皆涕洟滿面。三位王爺即邀諸老在大堂茶話，戶部堂官讓實等少年到三庫大堂借坐。久之，穆卓耆三位共捐四萬，潘相捐三千，孫大司農捐五千，陳太史介祺始書一萬，而僧王不允，緣其家甫收一銀號，知有現銀，故勒至四萬而後止。實手書一呈曰：「崇實初官侍講，三代皆蒙國恩。官外任，歷年既久，房產頗多，是以豫工例曾報效三萬兩，上年普通捐輸，弟兄二人又呈捐一萬兩，屢次均蒙恩獎。文副憲指為富紳，原不為虛。無如情願毀家，而一時不及變產，茲謹就力之所能，三日內先呈出銀三千兩，請限一月，更措繳九千兩，共一萬二千兩，稍效微忱」云云。王爺皆以為自係實情，尚爽快，因而別家或多或少，都仿此稿為之，共湊成二十餘萬。嗟乎！時勢至此，真臣子所不忍言。越月，戶部將銀兩收齊，奏聞，奉旨崇實著賞加詹事銜。

此節頗能寫實，所謂春季之俸，實至微，故捐二十餘萬兩已足。專制之朝，家天下，故私財隨時可為天子所有，其中自含平日驅官以婪得於民，事急當然追比之意；此理尤以世受豢養之八旗為宜然。以清代滿洲大官，泰半以榨取民財為職，雍乾兩朝所以好縱貪墨，橐盈則籍沒，悉以寶物入內府者，亦間接聚斂漢人精英之微意也。考咸豐初年，戶部雖稱空虛，而宮府尚極充實，不至於亟仰此二十餘萬兩度日。舊聞此事實緣文瑞有憾於陳篔齋，而文宗則殊怒穆彰阿，故構此局。篔齋之父陳官俊，字偉堂，即惕盦所記五相國之一。偉堂已於道光二十九年卒，故篔齋以子弟應詔。觀僧王勒索篔齋至四萬金，則此案內容可知。穆彰阿、陳官俊，皆宣宗極寵信者，置產亦最沃。文宗即位即褫穆彰阿職，至是復令其獻財；然因此案穆彰阿猶得賞五品頂戴；陳篔齋則賞侍講銜；崇實為崇厚之兄，後歿於盛京將軍之任，諡文勤。

毛昶熙之騎兵剿捻主張

張南皮以同治元年，偕陸眉生給諫赴河南，旋入毛文達（昶熙）幕府。眉生本襄毛辦理軍務者，未幾，病卒，故毛延攬南皮佐筆札。南皮有代毛奏請抽練三鎮馬兵一疏，今猶傳其全文。此疏有三可珍者：第一，南皮三為人幕，章奏箋啟之辭，世無傳者，近許溯伊為編年譜，其家搜遺篋，僅得四篇，其三皆酬應謝恩之作，獨此疏有關當時大局與軍事，彌為可寶。第二，此疏《東華錄》不載，《清史稿・毛昶熙傳》亦不載，毛當時采用此稿，及入奏與否，皆不可考。第三，以騎兵制捻，殆為初期流行之主張，南皮此疏，可為代表。茲特錄之，疏云：

為熟籌制捻長策，擬請抽練三鎮馬兵，以遏賊衝，而完腹地，恭摺奏祈聖鑒事。竊維皖捻鴟張，幾及十載，豫省全境，半遭荼毒，始則侵軼邊垂，繼則長驅深入，賊來而不能遏，賊去而不能追，由陳許而擾及鞏洛，由鞏洛而擾及殽澠，稱此而言，伊於胡底。推原其故，良由豫省東南延袤千里，無有名山大川關梁阸塞之限，賊之邊馬，動以萬計，出巢則馳驟而來，掠飽則捆載而去，我軍皆係徒兵，與賊決戰平地，以步當騎，勢已不敵，況乎人多奔走，遲速懸殊，但有尾追，斷無要擊，賊東亦東，賊西亦西，奔命不遑，已非爭先制勝之策，即或有時追及，而百舍重趼，喘息不屬，勉強儌戰，安望成功？此所以賊勢日益披猖，而藩籬日益隳壞也。臣愚以為欲制逆捻，當用騎兵，比數年來親王僧格林沁轉戰於豫東之間，所向披靡，固由其勇略過人，亦其所部馬隊精銳矯捷所致。用騎之利，確有明徵，是以臣前此曾有奏請調發東三省馬隊，及按寨出馬，添募馬勇之舉。而東省馬隊，征戍已多，未奉俞旨，寨馬一層，一寨一丁，一丁一騎，於民不無擾累，烏合亦難得力，若召募馬勇，類皆獷悍無籍之徒，使其技藝嫻熟，散而為盜，更釀隱憂，量為變通，惟有抽練馬兵一策。查豫省滿營駐防，額設馬甲若干名，撫標及河北、歸德、南陽三鎮，內有馬兵若干名，近來司庫艱難，饟不常給，各營枵腹鶉衣，幾同乞丐，一應馬匹，亡者偷賣倒斃，存者羸病骨立，不堪乘用，有多兵之名，而無一兵之用，有缺饟之苦，而實無非糜饟之人。擬請於各營抽撥馬兵若干名，合為一軍，配給馬匹，加以訓練，務使銃箭精熟，馳逐便利，於陳州迤東之太康、鹿邑之間，擇要屯劄，多設詗探，如亳捻稍有蠢動，則及其聚眾裝旗大眾未合之時，急擊勿失，出其不意可以應時破散，有闌入，則疾趨赴敵，或迮其前，或衝其脅，或斷其歸途，或要其輜重，進如飄風，退如疾雨，不待深入，即可驅之回竄，迨邊圉日完，軍勢益振，更可相機進剿，先發制人。惟增兵益饟，今日所難，俟此股精騎成軍以後，即可將臣軍及西路各營，酌裁步勇四千人，便敷此軍芻糧之用。兵法有云，十騎可以走百人，百騎可以走千人，似此一挹注之間，費四千人之饟，而可收兩萬人之用，計無有便於此者矣。如蒙允准，即請飭下僧格林沁，揀派驍果騎將一人前來，協同統帶，以資教練。伏查豫省防捻之道，東防宋，西防汝，中防陳。汝捻另為一股，距省較遠，力亦稍脆。亳捻西竄，必出陳、宋，夏邑、歸德一帶，既有僧格林沁駐劄，累勝之後，賊氣已奪。宋防既密，其勢必趨而出於陳，此次西竄，擾及靈、閿、淅、川、唐、鄧諸處之賊，即由陳境突入。陳地無險可扼，不能不以戰為守，陳、宋皆固，西路自安，而且疆埸按堵，賦入無虧，既衛民生，兼贍軍食，似於中原大局，不無裨益。臣與河南巡撫臣鄭元善往返函商，意見相同，謹會同合詞具奏。

案：捻寇起於咸豐三年，至同治五年九月分為東西捻。六年十二月，東捻平，七年七月，西捻平，總計前後為十六年。又考，毛昶熙咸豐十年，以府丞加左副都御史銜，督辦河南團練，自此雖屢遷調升降，皆任剿捻事。至同治五年，僧格林沁戰死，始調回京。以禦捻事蹟言，毛之治軍，尚在初、中兩期，故以騎兵制捻之成績如何，極可考鏡。又案：〈毛昶熙傳〉：

十一年，疏言捻騎逾萬，官軍馬隊過單，皖豫交界之區皆平原曠野，步隊無以制賊死命。今豫境修築寨堡已有成效，應責令寨長，各選壯丁一名，馬一匹，投效來營，歸陳兩屬，約可得馬隊三四百名。上命推廣其意行之。

此即南皮疏內所指：「是以臣前此曾有奏請調發東三省馬隊，及按寨出馬添募馬勇之舉」之前奏。同治十一年，南皮尚未入煦初幕，然則練馬兵之議，固煦初夙昔所主張，其後又以自練之意，屬南皮草擬此疏，則事理之必然者也。又考捻寇之平，其得力戰具，不外民團、寨堡、長牆、馬隊，四者。民團，始於袁甲三。寨堡，則袁與毛剏之。長牆，則曾文正剏之。馬隊，則毛煦初雖發此議，然覈其實，各軍皆有馬隊，不過擴其額，益充其用耳。在當時負剿捻盛名之僧格林沁，即專用馬兵追捻，其躡捻也，輒數十日不離鞍馬，手疲不能舉繮索，以布帶繫肩上馭馬。卒以此為捻所知，設伏誘僧，戰死。當僧死時，清廷大震，令曾文正督師北征。而文正久之始拜疏，言不能速行之故，其疏中有云：「捻匪戰馬極多，馳騳平原，其鋒甚銳，臣不能強步兵以當騎賊，擬派員前赴古北口，採買戰馬千匹，加以訓練。」又有云：「僧格林沁統兵追賊，日行七八十里，或百餘里不等，然步隊不及馬隊，駑馬不及良馬，勢必參差不齊。聞僧格林沁于三月馳至汶上，步隊後七日始到兗州，馬隊亦有後三日始到者。行走太速，勢不能自帶米糧，埋鍋造飯。行文州縣，令其供支麵飯，兵燹困苦之餘，州縣力難具數千人之食，又或倉猝得信，家丁逃匿，或兩縣交界，彼此推諉，將士爭先落後，飢飽不均，有連日不得一餐者。其隊伍難整在此，其行軍神速亦在此。」文正此疏言僧王之長短，實即言馬隊之利弊也。然以後湘淮合平兩捻，湘之鮑超、劉松山、郭松林，淮之劉銘傳、潘鼎新，皆以馬隊作戰制勝。鮑超尹隆河一役，救劉銘傳於垂死，劉銘傳贛榆之役，與善慶合兵殲任柱，咸用馬隊力。及西捻最後之役，郭松林、劉銘傳共擊張總愚，合圍之後，兩將所恃以游擊之馬隊，數過五、六千人，總愚騎馬北遁，亦為馬隊所追及之。故論平捻之戰具，馬隊其巨擘也。毛文達之識力，張文襄之文詞，固不可不記。

又考同治改元時，毛請謁咸豐梓宮，面陳機要，未許，令以軍事密疏入告。毛因上〈制捻要策〉，其略云：

年來剿捻，未得要領，其誤有二。一在專言防堵。潁、徐、歸、陳，平原千里，無險可扼，捻數路同發，分而愈多，官軍分堵則兵單，合堵則力疏，猶之院無牆垣，徒守門戶，不能遏盜也。一在無成算而輕戰。賊眾數倍於我，馬則十倍過之，我無必勝之術，僥倖一戰，一旦敗潰，賊燄愈張。至會師擣老巢，實為平賊要策，皖捻雖以張洛行為主，而陳、宋、潁、壽、淮、徐，方數百里，無處非賊巢，即無處無賊首，官軍即能次第掃除，勢難刻期淨盡。若繞過小捻，徑擣大捻老巢，舍近攻遠，而近賊襲我於後，我必不支，此會擣老巢之難遽奏效也。且捻匪與粵匪不同，粵匪蠭屯蟻聚，其勢合，竄匪散處各圩，其勢分。其出竄也，必須裝旗糾合各圩賊目，約期會舉，常十餘日始得出。其竄山東者，每會於保安山、龍山，竄汴梁者，會於小奈集、大寺集，竄陳州者，會於南十字河、張信溜，地皆偪近亳州。亳州者，賊之吭也。計莫若擇重臣素有威望者，統步隊數萬，馬隊數千，屯軍於此，用伍員多方誤楚之法，分所部為數起，此歸彼出，此出彼歸，循環馳突於各捻賊圩之間，使大捻無從勾結，小捻聲息不通，惴惴焉日防官兵之至，自不能裝旗出竄，四出打糧。俟其飢困，然後以重兵次第圍剿，賊無外援則小股膽落，大股易平，招撫兼施，立可解散，不必盡煩兵力矣。夫防賊於既出之後，何如遏賊於未出之先，剿賊於既聚之餘，何如蹙賊以難聚之勢，而又無勞師襲遠之危，輕進損威之失。所謂不戰而屈人之兵者，是也。

此疏在元年春，南皮度未入幕，文氣亦似非南皮手筆，當為煦初自草者。其稱「馬則十倍過之」，可見捻方純以馬隊取勝，而其後所稱「循環馳突」者，亦非騎兵不可也。

尚有一軼聞可附記者，毛文達雖敷陳戰略甚詳，力言練馬兵，而粵捻合擾潁州，朝命出剿，毛兵僅步卒五千人，絕無馬隊，其後請西安將軍托明阿以西安馬隊一千赴豫助之。當時交通阻隔，辦事艱難，言論自言論，事實自事實，於茲可見。今日戰術既殊，交通亦便，舊說自不足用。然使騎兵在戰略上猶有地位，陳、宋、淮、徐地形，猶如疇昔，則毛、張之言，或尚有可供參考。竝綴之，以助談軍事地理之掌故者。

僧格林沁兵敗委過

同治八年己巳三月二十四日，曾文正公與幕府長談，此從文正日記，可考得之。所言何語，則吳摯父日記，曾詳之。文正是日所談，大概謂天下無真是非，先論林文忠公甚長，後有一節云：

咸豐九年，洋人來換和約，僧忠親王誘而擊沉其船，天下稱快。十年，夷人復至，僧邸不守北塘，意欲引夷人陸戰，一鼓殲之。及夷人上岸，開花礮一擊，我軍人馬自相踐躪，潰敗不可收拾，遂至圓明園被焚，車駕北狩，京師不守，幾喪天下。某謂僧邸此敗，義當殺身以謝天下矣，然至今亦未聞有以九年誘擊夷人為非者也。當夷人十年復至時，文宗下十七詔，勅僧邸罷兵，僧邸不聽。及事敗，謂不守北塘，係為端華、肅順所制，豈有敢抗天子詔書，而不敢違二、三佞人意旨者哉？某此議出，人必駭為謬妄，以是知是非之無定評也。

文正此段談話，自是與極親密幕府信口而談之真言，其中含有為端、肅訟冤之意。蓋文正初不以誘擊為然，故不直僧邸所為，謂既闖禍，又不引咎自負責任也。文宗最信肅順，故十七詔罷兵者，自為肅順主謀。僧格林沁不聽詔而戰，敗則委過端、肅，此自可鄙。更進一步言之，僧王之主張非，則肅順之主張是，其時端、肅已遭誅，故呼以「二、三佞人」，然其意固右之。不但右之，其言天下無真是非，意即深慨端、肅之冤，雖作如是解，可也。

圓明園被焚事

圓明園為有清物力所殫萃，文宗尤旰夕臨幸，宴游酣深，寵孌交搆。英法聯軍一役，園先燬。俄而端、肅夷僇，牝雞司晨，而同光兩朝，先後並有修園之議，園者，皆指圓明也，既非鉅用不能興，乃就清漪而改營頤和焉，溯其終始，圓明雖燬，猶為禍水。予居北都卅年，凡三游園址，民七八年時，猶存殘礎遺石，十五六年間，則輦移幾盡。今清華、燕京兩大學，偃蹇鄰其故墟，望古者，類能言之。

又案：為〈圓明園詞〉者，莫先於王壬秋。王詞，世所共知，自註有二，其一云：「咸豐九年，文宗一日獨坐若瞑，見白鬚老人跪前，上問何人？對曰：守園神。問何所言，云將辭差使耳。問汝多年無過，何為而去，對以彈壓不住，得去為幸。上曰：汝嫌官小耳，可假二品階。未一年而亂作矣。」此是例有之神話，不足考。其二云：「夷人入京，遂至宮闈，見陳設鉅麗，相戒勿入，云恐以失物索償也。及夷人出，而貴族窮者，倡率奸民，假夷為名，遂先縱火，夷人還，而大掠矣。」案：湘綺此段，在「敵兵未爇雍門荻，牧童已見驪山火」二句之下，箋釋明瞭。是焚掠圓明之禍首，非英法聯軍，乃為海淀一帶之窮旗人。此說大致不謬，考《越縵日記》，咸豐庚申八月二十三日甲申記：

聞恭邸逃去，夷人踞海淀，夷人燒圓明園，夜火光達旦燭天。

二十四日乙酉記：

聞夷人僅焚園外官民房。

二十五日丙戌記：

今日內外各門盡閉，都人思竄者，車徒簦擔，擁塞城下不得出，蓋城外劫盜四起，隻身敝衣，悉被掠奪。又聞有持園中斷爛物進城者，銅龍半爪，金獸一鐶，俱相傳視玩弄，蓋禁籞已不保矣。嗚呼，自聖祖締營海甸，以園賜世宗為潛邸，至高宗踵而大之，歷三朝之久，殫列聖經營，極國家富盛，園囿之美，冠絕古今。乃一旦播遷，委此而去，犬羊深入，遽付焚如。憶去年曾以事三至園，轉瞬滄桑，已為摩挲銅狄人矣，可哀也夫。

二十七日戊子記：

聞圓明園為夷人劫掠後，奸民乘之，攘奪餘物，至挽車以運之，上方珍祕，散無孑遺。前日夷人退守，兵稍敢出禦，擒獲數人，誅之。城中又搜得三人，一懷翡翠椀一枚，上飾以寶石，一挾玉如意一枋，上有字一行為：子臣永珣恭進，乃成哲親王獻純廟者。其一，至挾成皇帝御容一軸，尤可駭歎。

九月六日丙申記：

自昨日西直門外火，訖今不滅，或云黑市災，或云夷人焚大鐘寺，或云燒萬壽山宮室。

七日丁酉記：

昨日夷人燒萬壽山宮（即甕山），即清漪園也（昆明湖在其側）。連及玉泉山諸寺，又焚圓明園之正大光明殿、勤政殿略盡。夷人張偽示于城內外，言中國屢失信義，故借此洩憤。

觀上五段，則知圓明園一役，其始聯軍僅焚園外官吏房，或為軍事上必要之舉動。而許多旗人土匪，即乘機劫掠，於是聯軍旋亦入園，終則張貼告示，自述理由，所席捲之戰利品，猶存倫敦、巴黎，可證。惟聯軍僅取其大者貴重者，餘多仍入匪徒手。至園中數大殿，與萬壽山、玉泉山、宮殿、寺宇二度被焚，乃在圓明園官舍被焚後十餘日。此節湘綺詞不誤，而越縵記特詳。今游頤和園後山，及玉泉山者，猶可按視其燼餘。至導焚圓明園者，相傳為龔定庵子橙，又傳為李某，蓋不能考實。龔孝拱，相傳為英使巴夏禮記室也。

圓明園燄火及所藏珍物

《清宮詞》又有一首云：「寂寞山高與水長，銀花火樹不成行，迎春別啟新堂宇，燕九年年樂未央。」原註：「乾隆以後，每歲燕九日，於圓明園山高水長殿內(匾額即以此名)，看燄火。庚申園燬，至光緒中葉，興修三海，築迎春堂，始循舊例，於堂外放燄火焉。」

案：圓明園燄火，及彩燈，為一代珍聞，清代筆記，誌此最多，野史所甄錄者三四節，略同，今舉其一云：

上元夕，西廠舞燈，放煙火最盛。清晨，先於圓明園宮門，列煙火數十架，藥線徐引，燃成界畫欄杆五色，每架將完，中復燒出寶塔樓閣之類，並有籠鴿，及喜鵲數十，在盒中乘火飛出者。未申之交，駕至西廠，先有八旗馳馬諸戲，或一足立鞍鐙而馳者，或兩足立馬背而馳者，或扳馬鞍步而並馬馳者，或兩人對面馳來，各在馬上騰身互換者，或甲騰出，乙在馬上戴甲於其首而馳者，曲盡馬上之奇。日既夕，則樓前舞燈者，三千人列隊焉，口唱太平歌，各執綵燈，循環進止，各依其綴兆，一轉旋，則三千人排成一太字，再轉成平字，以次作萬歲字，又以次合成太平萬歲字，所謂太平萬歲字當中也。舞罷，則煙火大發，其聲如雷霆，火光燭半空，但見千萬紅魚，奮迅跳躍於雲海內，極天下之奇觀也。

又一節云：

圓明園宮門內，正月十五放和盒，例也。即煙火盒子，大架高懸，一盒三層，第一層天下太平四大字，二層鴿雀無數群飛，取放生之意。三層小兒四人，擊秧歌鼓。唱秧歌，唱「太平天子朝元日，五色雲車駕六龍」一首。惟其時觀之，朝陽滿地，不見燈光矣。後停止。

又圓明園所陳珍物一節，今亦附錄之：

西直門外，暢春園稍北，為圓明園，其間水木清華，魚鳥翔泳，景至幽適。道咸之時，上常駐蹕園中，表以虛堂累榭，飾以怪石奇花，古今稀世之珍，充牣其中，莫可指數。有曾入是園者，歸言彼經過僅全園三分之一，而所見珍物，已幾于目炫神迷，舌撟不能下矣。據所見僅玉器一類，有四方玉花瓶一，高十四五寸，色白逾乳，雕刻人物，極精細，疑非人工所為。有玉盤一，徑二尺許，上連冬松一本，葉綠根白，大與真者無異。有珊瑚樹數柯，高等身，粗如兒臂，紅潤照人眼，光灼灼不可逼視。有碧玉甜瓜一，蒂葉皆具，瓜上有一蚱蜢，蒼頭碧翅，作搖搖欲躍勢，色澤皆天然。外此若瑪瑙之碗，水晶之壺，琥珀之杯，質美而鏤工，多人間罕見物云。

案：「太平萬歲字當中」，本唐王建《宮詞》，可知此制甚舊。馳馬之戲，與今日歐西馬戲同。煙火之技巧，玉器之雕琢，在今日殆悉可作藝術觀。惜乎，此種藝術，必不能再昌矣。

譚延闓跋圓明園詞

壽丞出示譚茶陵〈跋湘綺手寫圓明園詞冊子〉二則，有足供考證者，錄其全文：

余年十七，得讀湘綺翁此詞，聞有自注，求之不得，徐叔鴻序，意未盡也。及見湘綺翁長沙，乃知就自注演成，因欲求觀，則久刪棄不可得矣。去歲歸滬上，見家弟有鈔本，即此冊，積想廿餘年，始獲見之。己未二月，曹君孟其寄此冊來，為晉棠索題，乃知已為晉棠所藏弆。留案頭匝月，謹題記還之。辛酉驚蟄前三日。

後又書云：

湘綺翁語余，圓明園燬後，周垣半圮，鄉人竊入，盜甎石，伐薪木，無過問者。然品官無敢往游，云禁地也，爾時士大夫，迂謹可笑，類如此。延闓甲辰至京師，欲尹佩之偕往，咋舌不敢去，縱馬獨尋，不識路而返。辛亥夏，訪陳鳳光于清華園，始約同游，仍入自福園門，青壠彌望，如行野田中，訪所謂雙鶴齋者，不可得，蓋湖西軒亭，亦不在矣。唯極西有樓閣，以白石為之，略如今泰西制，雕鏤精美，壁立如故，玲瓏一石，挺然孤秀，猶矗榛莽中，按之徐序，知湘綺翁當時未至此境也。黃澤生聞余言，欣然復偕往。是日更往頤和園。澤生問余兩游孰佳？應之曰：頤和之游，人人所同，至圓明圈，于瓦礫想見亭臺，于蘆葦想見湖沼，于荊榛想見花樹，非曾見〈圓明園詞〉者，不知也。澤生笑謂，吾意云然，君亦爾耶？後數日見于晦若，言李合肥乙未罷鎮居京師，與人言及園居時事，悽然傷心，遂往游焉。明日為言者所劾，以擅游禁地，下吏議鐫級。其時雙鶴齋採芝徑長廊獨存，蓋同治末曾小修葺，旋罷，庚子復被焚燬，遂蕩然矣。于又言：頤和之營，即為規復圓明計，使無甲午一役，已大興工作矣。嘗戲語合肥，與其沉之威海衛，無寧置此為佳也。合肥默然。偶憶舊聞，因並記之。

案：組菴先生此跋，即程演生君《圓明園考》中所引者。程考未錄全文，而註稱付記，不知何據。營造社《重修圓明園史料》，亦仍程考之舊，似皆未嘗見原文也。晉棠姓唐，名榮陽，澧州石門人，此冊當日湘綺本為長沙曹晉蓄書，其子孫不能守之，乃為唐得。組庵此跋在辛酉，為民國十年，其時尚在上海。跋中留案頭匝月，月字疑歲之誤，以上文明言己未二月曹孟其寄此册來，後又註明辛酉驚蟄，非匝歲而何？辛亥夏四月，組庵以諮議局議長到京師，五月學部有教育會議，組庵與張季直等皆在，予親見之。于晦若時是否為學部副大臣，則不暇考矣。程考曾訂組庵游踪方向之誤，度劉君敦楨所云欲另為刊正，亦是此等處。譚言庚子後被焚燬，今考《重修圓明園史料》稱：金勳幼時猶及睹海嶽開襟，庚子之役，被土匪拆毀，則是歲破壞，諒亦不少。末段述李文忠游園被議一事，程考稱：

李文忠光緒丁酉歷聘歐洲還朝，謁孝欽后於頤和園，召見賜宴賜戲之餘，公偕幕僚馬建忠、曾廣銓諸君，往游圓明園廢園，守園太監，奉接極殷，意欲得公贈獻，公未理。明日，孝欽來游，守監遂奏李某游園，孝欽未置意。越數日，德宗亦來游園，守監又奏之。德宗歸，燕見翁叔平相國，告之。翁與李素不相能，遂摭此劾文忠，擅游禁苑不敬，交部議奪職，摘三眼花翎。議上，孝欽殊不謂然，旨下，僅罰俸而已。

程自稱聞之公孫李偉侯者。案：此事程所記當可信。當光緒中葉，李文忠方被詬為賣國之漢奸，常熟恨李切，遇事齮齕，理有必然。觀爾時盈廷昏憒，一二能明白事理者，成見又深中之。及今重思，與其沉之威海衛，無寧置此為佳，吾亦云然也。

李文田諫修圓明園事

同治重修圓明園一案中，諫阻者甚多，其諍言最力而不著名者，為李芍農侍郎文田。然芍農同時又為捐輸修園銀兩、三漢官之一，前後異趣，頗可究求。

據近年發現之《內務府收捐銀兩簿》，及〈收捐圓明園銀兩門文簿〉，所載捐輸修園銀兩漢官員，只有三人，一為戶部左侍郎宋晉，捐一千兩，一為翰林侍讀學士李文田，捐五百兩，一為翰林院編修潘祖蔭，捐二千兩，皆係同治十三年五月初二日收者。自五月十四日起，所收捐輸銀，俱未載捐者姓名，故至八月初七日止，漢官可考者，祇此三人。而檢《越縵堂日記》：

同治十三年七月三十日，自出市換銀，謁芍農師，久談。夜飯後，出示其六月初七日所上〈請停止園工封事〉，約三千餘言，以近日彗星見戌亥之交，為天象示警，其前，列今有三大害：一、民窮已極，二、伏莽徧天下，三、國家要害，盡為西夷盤踞。中言，焚圓明園之巴夏禮等，其人尚存，昔既焚之而不懼，安能禁其後之不復為？常人之家，或被盜劫，尤必固其門牆，慎其筦籥，未有更出其財物以誇富於盜賊之前者。後言，此皆內務府諸臣，及左右宵人，熒惑聖聽，導皇上以朘削窮民為其自利之計。《大學》言，聚斂之臣不如盜臣，又言小人為國家，菑害並至，說者謂，菑者，天災，害者，人害，今天象已見，人事將興，彼內務府諸人，豈知顧天下大局？假皇上之威，肆行朘削，以固其寵，而益其富，其自為計，則得矣，皇上亦思所掊克者，固皇上之民，所敗壞者，固皇上之天下，於皇上何益？使自來為人君者，日朘削其民而無他患，則唐宋元明，將至今存，大清又何以有天下乎？又言，皇上亦知圓明園之所以興乎？其時高宗北拓地數萬里，俄羅斯、英吉利、日本諸國，皆遠震天威，屈服隱匿，又物力豐盛，府庫山積，所有園工，悉取之內帑，而民不知，故天下皆樂園之成。今俄羅斯諸夷，出沒何地乎？國帑所積何在乎？百姓皆樂赴園工乎？聖明在上，此皆不待思而決者矣。聞上閱竟，不置一語，蓋聖心亦頗感動，外間傳上震怒，裂疏擲地者，妄言也。芍農師去年江西任滿時，以太夫人已七十有七，常有小疾，已欲乞養歸。因聞朝廷議修園籞，江西僻陋，報罕至，巡撫劉坤一，又祕廷寄，不肯告人，師乃入京復命，先以東南事之可危，李光昭之姦猥無行告尚書寶鋆，責其不能匡救。寶曰，君居南齋，亦可言也，何必責軍機。李曰，此來正為此耳，無勞相勉。遂不歡而散。上疏以後，絕不告所知，有往詢者，則曰，已焚稿矣。見之者，惟逸山與予等一二人耳。

案：芍農先生，為同光清流，此疏稿為蕁客目睹，且錄存片段，固絕無致疑餘地。而內務府帳簿，自亦極翔實。以常情測之，芍農由江西學政回京，既專為諫園工，何必又捐此區區，以儕於內務府滿員之列。夙欲犯顏，且祕其奏稿，又絕非因勒派而始悻悻者。後人於此牴牾，或不無疑竇。其實此三漢臣中，宋晉殆為戶部左侍郎之地位，不得不爾，或平日與內務府交結較密之故。若潘芝軒、李芍農二人，則完全為內廷行走故。潘在毓德殿，李在南書房，皆昕夕得覲穆宗者。園工既為穆宗銳意經始，則簪筆禁近之一、二詞臣，殆不能邀免。此事至八月已停，故徵輸未及於外廷，而近臣則必須先捐為之倡。吾意芍農先生，贛江返棹，方欲伏蒲泣諫，而一履南齋，便遭循例之題捐，度此五百金之輸將，其中懷懟怨，益逾尋常，疏中內務府諸人僭皇上之威云云，殆併指此等事言矣。芍農之不留疏稿，與穆宗閱章不置一言，此皆可證其南齋侍從之較親切。明乎此，則芍農先捐五百兩與穆宗之不怒，正是一貫之理也。

再記圓明園

前記米家燈，近又憶一事。米之勺園告成後，會房山有青石，長三丈，廣七尺，色青而潤，米以百夫輦致，久始舁至良鄉，以事中止於途。乾隆中，有旨移至清漪園，即今頤和園樂壽堂前之大石，名青芝岫者，是也。米園中別有一石，後亦移入苑中，賜名青雲片。於此可覘清代經營苑囿之殫力。營造學社《重修圓明園史料》，中有一段云：

清室入關之始，兵事倥偬，初無意於土木。順治及康熙初季，僅因明南海子之舊，略事修葺，備閱軍蒐狩之用。玉泉山舊名澄心園，順治間與南苑同隸奉宸院，亦離宮之一，《清史稿》載康熙十四年幸玉泉觀禾，嗣後遂常幸西郊。迨三藩平定，海內乂安，康熙二十三年二十八年，再度南巡，樂江南湖山之美，就海淀西丹棱沜明武清侯李偉清華園故址，命吳人葉陶築暢春園，為避喧聽政之所。（中略）其後，改澄心為靜明，復建香山行宮，與暢春鼎足而三。康熙四十年後，熙春盛暑，大都蹕駐諸園，雍正以降，煽為風尚，自新正郊禮畢，移居園宮，至冬至大祀前夕，始還大內。一歲之中，除夏幸熱河，園居幾逾三分之二，蓋視大內僅為舉行典禮之所，畢事即行，無所留戀。自康熙至咸豐六帝，崩於宮內者，止乾隆一人而已。故清季苑囿之數，遠逾元明兩代，皆園居之習，有以致之耳。雍正踐祚，復有營建圓明園之舉。園在暢春北里許掛甲屯，康熙四十八年，賜為雍邸私園，鏤月開雲等，即成於康熙末葉。雍正三年，大禮告成，就園而建殿宇，朝署值所，為侍直諸臣治事之地；又濬池引泉，闢田廬，營蔬圃，增構亭榭，斯園規模，遂大體略具。降及乾隆，以暢春奉太后，而自居圓明。其時八方無事，物力殷闐，有清一代，推為全盛之期，園居土木之工，遂無寧歲。乾隆七年，營安佑宮，九年成，御製四十景詩，凡篇中所收建築，無雍正題詠者，疑皆建於此數年內。又以南宋以後，江南園林之勝，甲於全國，倪瓚、計成所經營，張南園父子所規劃，膾炙人口，迫非一日，故數次南巡流覽名園勝景，圖寫形制，仿置園中，王氏〈圓明園詞〉，所謂移天縮地在君懷者，是也。其奇峯異石，不能摹效者，則輦致北來，無殊宋徽之營艮嶽。而圓明之東，復拓水磨村為長春園，據乾隆三十五年御製詩，預修此園，備六十歸政後優游之地。然考澹懷堂、含經堂，實建於乾隆十四年前，《清史稿》且稱十六年長春園建成，足證是園，創立甚久，預修云云，非由衷之論也。其後倣意大利Baroc建築及水戲線畫諸法，營遠瀛觀、海晏堂等於長春北部，開中國園庭未有之創舉。又於圓明東南，包萬春園於內，號稱三園，統轄於圓明園總管大臣。同時復擴靜明、靜宜二園，因甕山金海之勝，築清漪園，謂之三山。清世土木之盛，當以此時為最矣。我國舊式庭園，疊石造山，矯揉過甚，往往乏自然之美，而亭榭繁密，尤背園林之恉。圓明園之結構，據雷氏諸圖所示，亦蹈繁密之弊。顧其間不無可記者。如園中殿宇，除安佑宮舍衛城與正大光明殿外，鮮用斗栱屋頂形狀，僅安佑宮大殿為四柱廡殿，其餘歇山、硬山、挑山，咸作捲棚式，一反宮殿建築之積習。其平面配置，亦於均衡對稱中，力求變化，有工字、口字、田字、卍字、偃月、曲尺諸形，及三捲四捲五捲諸殿。後者如慎德堂等，為帝后寢宮，內部以門罩、碧紗櫥、屏風、間壁，自由分劃，不拘常套。大內建築，僅養心殿重戶曲室，略似之耳。亭之平面，有四角、六角、八角、十字、流杯、方勝數種。以扒山疊落各式，遊廊與殿宇，委曲相通，為園中風景原素之一，橋梁則有圓栱、瓣栱、尖栱，與木板橋多式。又或覆以廊屋，若古之閣道。其餘內部製修與坊楔、船隻名目繁夥，不能殫舉。要皆爭妍鬥奇，竭當時智力物力所及，博一人之歡。譽之者目為萬園之園，貽書海外，津津樂道，殆非全無所本者也。

劉君此節，博稽絜舉無遺，深可嗟賞，故備錄之。

《日下舊聞考》稱，安瀾園原名四宜書屋，乾隆二十七年遊海寧陳氏隅園，肖其制於此，二十九年成。又稱：乾隆三十九年仿寧波范氏天一閣制度，建文源閣；其三潭印月、雷峯夕照、平湖秋月模擬西湖諸景，不具論。又稱：長春園內如園，係仿江寧藩署之瞻園，即明中山王府西園。獅子林，仿蘇州黃氏涉園。小有天，仿杭州汪氏園，乾隆二十二年南巡後造。又稱：乾隆十六年南巡後，仿無錫東山秦氏寄暢園，於清漪園東北，建惠山園。此皆宮苑與各省園林圖寫仿製之明證。邇日散釋、蕁鷗、醇士諸子，陪石遺老人遊維揚，散釋為言揚州之趣園，殆即頤和園內諧趣園所本，此則近百年內事，理或然也。惟《日下舊聞考》所言惠山園在清漪園東北云云，案：清漪園後改頤和園，其東北不聞有惠山園，豈即在今頤和園之後山燹餘牆壁中歟？以予游屐所經，知倣惠山建築者，玉泉山靜明園中即有之，所謂竹罏山房，即倣惠山之聽松菴，大抵並庵之竹罏遺製，亦竊倣之，故命斯名。玉泉山又有妙高臺，乃仿金山之妙高臺制，在清嚴寺廢址附近，二十年前曾一遊之，有一詩，中之「規摹傑構思全盛，盪伏寒濤赴下方」二句，即詠此。

大鶴山人跋圓明園詞

雜記圓明園諸事後，得見營造學社出版之《同治重修圓明園史料》一書，所輯甚詳備，唯游百川事，稍簡略耳。輯者，為劉君敦楨，據其自註王湘綺、徐叔鴻圓明園詩序一節云：「見《湘綺樓日記》，咸豐十年四月十一日記事，及程演生先生《圓明園考》，惟姻丈徐紹周先生家藏王氏篆書〈圓明園詞〉，及叔鴻先生詞序墨蹟，以校程書所引，謬偽無慮十數處，容當另文刊正，以傳真相。」觀此可知徐氏寶存王、徐手蹟之鄭重，惜未獲即覩劉氏所校正者，其中要點何在。而比日亮集告予，大鶴山人有手書〈圓明園詞〉並序，且有跋甚長。亟假得之，細字長數丈，端秀古潤，信為叔問先生經心之作，跋雖未畢其詞，然其間有足資考證者，有足徵詞流故事者，亟錄其首尾。原跋云：

光緒己丑夏四月，余已計車五上都堂試，不第，道沽上，待船飄海南下。適聞湘潭王翁壬父，先余一月至，因約于君晦若、湯君伯述，造訪之於吳趨公所。相見即置酒論文，揚榷今古，意氣相得甚驩，每慨時事，悲閔之誠，切切滿口。時傳相合肥李公督直隸，駐節天津，為壬父三十年前曾文正幕中同舍友也。壬父云，此來與李約三章，不修志，不入幕，不主講，唯欲貸萬金，將卜居於海淀，近先帝舊園，受一廛，朝夕歌哭於其間，於願足已。因示以〈圓明園詞〉並敘。余讀之，其聲揮綽，發言哀斷，相與悢悢輟尊而歎，以為非深于文章，達于政事，通于性情不能聲之；聲之，或不能感人，不獨先朝軼聞往事，有足徵也。自是遂無日不見壬父，見輒說詩及近事，嘗食以苦瓜為下酒物。余凡三登輪船，臨河而返，惓然不能去也。故壬父貽余五言三篇，有潮落知人意之句，其心契如此。旋與之約游吳中，秋以為期，流連浹旬，各以篇詠為別。余先渡海而南，迨中秋後七日，壬父果浮家至蘇，寓湖南賓館，距余居壺園，只隔一橋，歡言晨夕，風雨亦相過從。時江夏黃子壽年丈，以布政權巡撫，與壬父固聞聲相慕者，余為之先容。又壬父老友遵義劉公景韓，亦新擢廉使來蘇，於是文酒雅宴，殆無虛日。而壬父方注《墨子》，日課必手錄三篇，始應賓客。嘗為余言，今太西之學多原於墨家，蓋由南方之墨，流傳於西洋，又去其〈明鬼〉、〈節用〉諸篇，不便於其國者，演為彼教一家之言，試誦《墨經》上下，則西學所神其說于光聲諸化學者，又明明在也。余因取畢校《道藏》本，證以壬父所注，乃歎其精博過孫畢遠已。遂相從斠詮，盡取《墨子》十五篇，為之章句，且日訂數事以相質。壬父極為賞擊，謂假以三月功力，必與子盡得之矣。十月杪，壬父以天寒歲暮，決然還湘，倀倀言別，余送至無錫之黃步，扁舟依遲，猶相與日校《墨經》丹黃不去手，今所錄吾兩人箋注淨本，猶在案頭。後數年，復搜獲張臯文先生校訂《墨經》，及王君樹枏《墨子斠詮》，將折衷一是，彙錄付鍥，以誌良友同道之助，卒卒靳於力，未果也。每念與壬父別，又匆匆十餘年，余舊學荒落，無以自異，近且衰病，世變日亟，幽憂不皇，思如疇昔通書之樂，便難一、二。歲己亥之春，壬父再游吳，僅三日留，數見過不得一面，其道出無錫，郵書來慰問，謂此書即作於十年前送別處也，其情深又如此。昨年壬父知余刻詞第三集《比竹餘言》，猶自長沙譔寄一敘，述師友身世之感，且云相交又二十餘年，而時事愈變，吳越海疆，不能有歌舞湖山之樂，其志亦可悲已，自壬父作〈圓明園詞〉至於今，又將四十年，其間園中盛衰之故，余所聞見，可略而言，踵事屬辭，殆有更傷於昔游者。園之修復，始於同治之季，方穆宗之親政也，仰惟兩宮聖母，削平大難，光烈中興，歸政之初，宜以天下為養，何惜一園土木之費，以奉游豫，詔估園工，剋日興復。當時廷臣，多有直聲，雖賢如恭忠親王、高陽李文正公，俱在政府，日進讜言，而迫於穆宗先意承志之孝，莫之能挽。御史游公百川，至於廷爭涕泣，伏御坐旁，默寫三海園工至三百餘言，力陳時艱，必不得已，請酌修禁園，猶無大費，上為之動容。未幾，以講官張佩綸疏劾恭邸惰於晚節，議多模稜，得嚴旨，革去親王世襲，降為八分公，近臣皇栗，無復敢言，而郊園大工以興，正樵三楹，甫落成有日矣，穆宗升遐，園工中輟。癸未之春，余以計偕北還，偶從親舊為西山之游，因紆道重訪故宮，賸水殘山，荒寒滿目，遂划小舟，汎昆明湖，澄淡一碧，游鱗可數，緣堤而南，陟萬壽山，舊亭翼然，有夷人先在，方以西法鏡光照園之列景，詢其從者，則德國之游商也。余顧謂同游曰：方乾隆全盛之時，木蘭之狩，四夷朝貢，舞蹈山莊，且以英使拜跽失儀，諭從緬甸諸陪臣後，又以其使歸國時多所要請，敕諭以裁抑之，然是歲為罷秋獮，屢詔誡海疆諸臣，嚴飭軍旅，可謂思患預防矣。使嘉道兩朝，馭遠得其道，則建威銷萌，諸夷且不敢越雷池一步，何有香港之盟，舟山之失？至咸豐庚申，大沽之役，割地索幣請和，遂一蹶不復振矣。初有奸人龔孝拱者，游海上，以狙詐通於夷，聞圓明園多藏三代鼎彝，龔故嗜金石刻，至庚申京師之變，乃乘夷亂，導之入園，縱火肆掠。後數十年，有見園之珍寶在滬肆者，江南官府，以重值購獻焉。光緒初元，兩宮再垂簾聽政，每召見內外大臣，輒泣下不能長語。時俄、法、英、美、德諸大國，日以併吞雄視五洲，宏拓商界，伺我貧弱，虔劉我邊疆，天下脊脊，汔無寧歲。江海要盟，以和止戰，夷邱之議，自文文忠公歿後，莫敢當前，而臺諫諸臣，又喜言戰，動斥政府孱弱，每下一議，輒繁徵史事，論列前庸，危言聳聽，朝士慕其風義，有清流之目焉。甲申春，以盛祭酒昱疏陳時弊，責備樞臣，慈禧皇太后覽之震怒，明日視朝，乃袖出嚴旨，痛哭以數之，自恭親王、高陽相李公以次，盡被譴謫，而以禮邸、張尚書之萬、孫尚書毓汶諸臣繼入樞密。時醇邸以尊親備顧問，創議設海軍於北洋，大學士李鴻章實予謀，復於西山海淀，闢廣場，置製造機器火藥諸廠，規模閎廓，功役千萬，歲貸於夷，猶患不足，於是計臣復請廣開捐輸，而寬於釐格，名曰報効，別申選簿，雖在廢黜，亦得因緣舊堦，轉出優異，故夕納貲，而朝受命者，冠蓋相望，道路以目。自壬午法越之役，豐潤學士張佩綸，以詞曹奉使視師閩疆，鼓山一敗，僅以身免，南洋師船，無片甲隻輪返者，詔逮遣戍，自是諫臣無敢言戰，新執政又多老於世事，有鑒前失，惟事耽樂，日以飲酒酬酢潤色太平，宵旰倦勤，每痛念宗祊，時有不豫。……

原跋至此中斷，後尚加蓋二章，一為鶴道人，一為瘦碧，玩其文氣，似叔問信筆書至此，或以腕疲，或以日夕，或以敘述光緒時政局有費斟酌處，暫輟以俟異日，不虞其不能竟也。即此未竟稿中，由王、鄭定交，敘至同光政局，可謂委婉翔切。中如言湘綺提倡墨學，如記游百川御座旁作三百言疏，如記癸未春游園遇德人攝影，各節皆極有關係。與叔問同訪湘綺于晦若外，湯伯述為翁常熟之妻弟。湘綺云：欲在海淀營一園，此是興到語，自是與合肥打秋風之謔。圓明園照片傳於世者，為柏林大學教授布爾希曼所存，吾友滕若渠借以影印以行。予始頗疑叔問所遇德商，或是當日之奧爾茉；既而細考，奧爾茉氏攝影在同治六年至光緒四年之間，叔問以光緒九年游園，且玩其文意，似游清綺園之廓如亭，即今頤和園，故決鄭游在後。然亦可見圓明一帶苑籞初毀時期，西人來攝影者之多。予意歐洲人士或尚有存留圓明影片者，當不止如若渠所舉也。叔問此跋，不詳年月，以跋中謂「王秋作詞，至今垂四十年」句推之，殆在宣統末年。

徐樹鈞序圓明園詞

序湘綺詞者，為長沙徐叔鴻，敘述詳晰，可傳也。徐序云：

圓明園在京城西，出平則門三十里，暢春園北一里許，世宗皇帝藩邸賜園也。聖祖常遊西郊，次於丹稜沜，樂其川原，因明武清侯李偉清華園舊址，築暢春園，藩邸賜園，故在其旁。雍正三年，乃大營宮殿朝署之規以避暑聽政。前臨西山，環以西湖，湖水發源玉泉山，日甕山，度宮牆而流入清河，《水經注》所謂「薊縣西湖，綠水澄淡，燕之舊池」者也。東流為洗馬溝，東南合高粱之水，故魚稻饒衍，陂泉交綺。高宗皇帝嗣位，海宇殷闐，八方無事，每歲締構，專飾園居。大駕南巡，流覽湖山風景之勝，圖畫以歸，若海寧安瀾園，江甯瞻園，錢塘小有天園，吳縣獅子林，皆仿其制，增置園中。列景四十，以四字題匾者，為一勝區，一區之內齋館無數。復東拓長春，西闢清漪，離宮別館，月榭風亭，屬之西山，所費不計億萬。園地多明權璫別業，或傳崇禎末諸奄皆以寶窟宅於茲，乾隆間濬池，發金銀數百萬。每歲，夏幸園中，冬初還宮，內廷大臣賜第相望，文武侍從，並直園林，入直奏對，昕夕往來，絡繹道路，歷雍乾嘉道百餘年於茲矣。文宗初，粵寇踞金陵，盜賊蠭起，上初即位，求直言，得勝保、曾國藩、袁甲三三臣。既以塞、程、徐、陸，先朝重望，相繼傾覆，始擢用前言事者，各畀重任，三臣支柱，賊不犯畿，然迭勝迭敗，東南數省蹂躪無完土。主上憫蒼生之顛沛，慨左右之無人，九年冬，郊宿於齋宮，夜分痛哭，侍臣悽惻。大考翰詹，以宣室前席發題，憂心焦思，傷於禍亂，然後稍自抑解，寄於文酒，以宮中行止有節，尤喜園居，冬至入宮，初正即出。時園中傳有四春之寵，皆漢女分居亭館，所謂杏花春、武陵春、牡丹春、海棠春者也。然上明於料兵，委權閫外，超次用人，薄內稱哲，而部院諸臣，無所磨厲，頗襲舊敝。晚得肅順，敢言自任，故委以謀議。先是道光二十年，英吉黎夷船至廣東香港，求通商不得，又以燒烟起釁，執政議和，予海關稅銀千八百萬。英夷請立約，廣督者英，與期十年，居期而徐廣縉督兩廣，夷使至廣州，拒不許入，以受封爵，夷酋恨焉，志入廣州。咸豐元年，英吉黎、佛朗西、米利堅各國，乘粵寇鴟張，中國多故，復以輪船直入大沽口，台王僧格林沁，託團練之名，焚其二船，盡擊走之。夷人知大皇帝無意於戰，特臣民之私憤，乃潛至海岸，買馬數千，募群盜為軍，半年而成，再犯天津，稱西洋馬隊，聞者恐慄。夷馬步登岸，我未陳，而敵騎長驅矣。十年六月十六日，上方園居，聞夷騎至通州，倉卒率后嬪幸熱河，道路初無供帳，途出密雲，御食豆乳麥粥而已。十七日，英夷帥叩東便門，或有閉城者，聞礮而開，王公請和，和議將定。十九日，夷人至圓明園宮門，管園大臣文豐，當門說止之。夷兵已去，文都統知奸民當起，環問守衛禁兵，一無在者，索馬還內，投福海死。奸人乘時縱火，入宮劫掠，夷人從之，各園皆火，三晝夜不熄，非獨我無官守詰問，夷帥亦不能知也。初，英夷使臣巴夏禮，已拘刑部，和議成，以禮釋囚，於是巴夏禮與夷帥，各陳兵仗，至禮部，訂約五十七條，予以海關稅銀三千六百萬，而夷人抵償圓明園銀二十萬。十一年七月，文宗晏駕熱河，今上即位，奉兩宮皇太后還京。垂簾十載，巨寇削平，而夷人通商江海，往來貿易，設通商王大臣，以接夷使。然常言某省士民燬天主教堂，某省不行其教，某省民教挑釁，日以難我，應之不暇，蓋岌岌乎華夷雜處。又忽忽十有一年，園居荒虛，鞠為茂草，西山大寺，夷婦深居，予旅京師，惘然不敢過也。同治十年春，同年王壬父，重至輦下，追話舊遊，張子雨珊，亦以計偕來約訪故宮，因駐守參將廖承恩，許為東道主。四月十日，命僕馬同過繡漪橋，尋清漪園遺跡，頹垣斷瓦，零亂榛蕪，官樹蒼蒼，水嗚嗚咽，由輦路登廊如亭望萬壽山，但見牧童樵子，往來林莽間。暮從昆明湖歸，橋上銅犀臥荊棘中，犀背御銘，朗然可誦。明日訪守園者，得董監，自言年七十餘，自道光初入侍園中，今秩五品，居福園門旁，導予等從瓦礫中循出，入賢良門而北，指勤政、光明、壽山、太和四殿遺址。至前湖，圓明寢殿五楹，後為奉三無私殿、九州清晏殿各七楹，壞壁猶立，拾級可尋。董監言：東為天地一家春，后居也，西為樂安和，諸妃嬪貴人居也，洞天深處，皇子居也。清輝殿，為文宗重建，與五福堂、鏤月開雲臺、朗吟閣，皆不可復識；鏤月開雲者，即所謂牡丹春也。世宗為皇子，當花時迎聖祖至賜園，而高宗年十二，以皇孫召侍左右，三天子福壽冠前古，集於一堂，高宗後製詩常誇樂之。經其廢基，裴回愸焉。東渡湖，為蘇堤、長春仙館、藻園，又北為月地雲居、舍衛城、日天琳宇、水木明瑟、廉溪樂處，僅約略指視所在。東北至香雪廊，階前葦荻蕭蕭，廢池可辨。復渡橋循福海西行，為平湖秋月，水光溶溶，一瀉千頃，望蓬島瑤臺，島上殿宇猶存數楹，惜無方舟，不達。其下流水潺湲，激石成響，董監示余：此管園大臣文公死所也。西北至雙鶴齋，又西，過窺月橋，登綺吟堂，經采芝徑，折而東，仍出雙鶴齋，園中殘燬幾遍，獨存此為劫灰之餘，亂草侵階，窗櫺宛在，尤動人禾黍悲爾。雙鶴齋西，為溪月松風，翠柏蒼藤，沿流覆道，斜日在林，有老宮人驅羊豕下來。東過碧柳書院地，跨池東為金鼇，西為玉蝀，坊楔猶存。又東去，皆敗壞難尋，遂不復往。暮色沉沉，棲烏亂飛，揖董監出福園門，還於廖宅。廖，澧州人，字楓亭，少從塞尚阿、僧格林沁軍，亦能言行間事，感予來遊，頗盡賓主之懽。既夕言歸，則禮部放榜日也。雨珊既落第南去，余與壬父每相過從，言念園遊，輒惘惘不自得。壬父又曰：園之盛時，純皇勒記，必殷殷踵事之戒，然仁宗始罷南幸，宣宗尤憂國貧，秋獮之禮，輟而不舉。惟夫張弛之道，宜及嘉道時補純皇倦勤之功，而內外大臣，惟務慎節，監司寬厚，牧令昏庸，諱盜容奸，以為安靜，八卦妖徒，連兵十載，無生天主，教目滋繁，由遊民輕法，刑廢不用，故也。江淮行宮，既皆斥賣，國之所患，豈在乏財？又曰：燕地經安史戎馬之跡，爰及遼金，近沙漠之風矣。明太宗以燕王舊居，不務改宅，仍而至今，地利竭矣。又園居單外，非所以駐萬乘，廢而不居，蓋亦時宜。余曰：然。前年御史德泰，請按戶畝鱗次捐輸，復修園工，大臣以侈端將啟，請旨切責，謫戍，未行忿悔自死，自此莫敢言園居者。而比年備辦大婚費已千萬，結彩宮門，至十餘萬，公奏朝廷動用錢糧。婚以成禮，豈在華飾？若前明戶部司官得以諫爭，余且建言矣。又余聞慈安太后在文宗時有脫簪之諫，關雎、車舝之賢，中興之由也。又園宮未焚前一歲，妖言傳上坐寢殿，見白髮老翁，自稱園神，請辭而去，上夢中加神二品階，明日至祠諭祠之，未一朞而園毀，豈前定歟？子能詩者，達於政事，曷以風人之意，備緜霜雲漢之采。於是壬父為〈圓明園詞〉一篇，而周學士、潘侍郎見之，並歎其傷心感人，筆墨通於情性。余以此詩，可傳後來，慮夫代遠年逝，傳聞失實，詞中所述，罔有徵者，乃為文以序之。同治十年立秋日，長沙徐樹鈞撰。

案：叔鴻，為壽蘅尚書樹銘堂弟。同治元年壬戌恩科舉人，由考取內閣中書舍人，歷御史、給事中，外放，終於江南鹽巡道。字學徐季海，兼工篆隸，精鑒賞，富收藏，圓明園劫後，叔鴻收得右軍〈鴨頭丸帖〉真跡，故名其齋曰寶鴨，是為叔鴻與圓明園之又一段因緣。以予揣度，得帖當在作序前。序中所述湘綺言，燕地成沙漠之風，地利竭矣，云云，正是其常所言者，予前所舉《王志》中語，可相發明。周學士，是周荇農，潘侍郎是潘伯寅。又案：叔鴻此序中，除目睹足涉之園景外，論清與聯軍和戰原由，皆祇抒臆聞，未可謂為信史。尤謬者，文宗以庚申八月初八日幸熱河，而序中言為六月十六日，燒園為八月二十三日，序中乃曰六月十九日。叔鴻為同治元年舉人，咸豐十年，或未必在都，度聞之湘綺。而紕繆若此，則湘綺〈祺祥故事〉中，詆董元醇為高延祜，抑又不足怪矣。

徐樹銘樹鈞兄弟

叔鴻於今日名不甚著，似頗為兄壽蘅尚書所掩。壽蘅於咸豐二年，已為兵部侍郎，同治六年，以薦俞曲園謫官，左遷太常寺少卿，其官工部尚書，則在光緒二十五年矣。

相傳徐家本寒微，其祖國搢，字笏亭，儒雅厚重，為長沙縣經承。其時縣令為蘄水陳光詔，即秋航狀元（沆）之父，有知人鑒。重徐長者，一日問，有子弟讀書應試乎？徐因以幼子一，長孫一所業進。陳覽後，令攜入見，歎賞曰：「皆翰苑才也。」其後言悉驗。幼子者，為芸渠先生，名棻，以翰林散館，改中書，掌嶽麓書院，光緒辛卯，重宴鹿鳴，賞三品卿銜，即叔鴻之父。長孫者，即壽蘅。笏亭翁年逾八十，尚齊眉健在，文宗萬壽，曾御書匾額賜之。

楊雲史檀青引

叔鴻序湘綺〈圓明園詞〉，在同治十年，其後楊雲史有〈檀青引〉，則在光緒二十三年丁酉，亦有序，序亦言圓明園事。雲史時年二十一歲，以此得名江東，相傳為張冶秋尚書所賞。序云：

蔣檀青，京師人，其先越產也。善彈箏，吹笛，工南北曲，文宗時樂部推第一，長安名士宴賓客，非檀青在坐，則不歡。初，高宗建圓明園於京師西北，園景宏麗。時海宇晏安，府庫充牣，高臺深池，極遊觀之樂，歲以首夏幸園，冬初還宮，歷仁宗、宣宗以為例。文宗時梨園尤盛，設昇平署以貯樂工，內務府掌之，設南府，命樂工教內監之秀穎者習歌舞。當夫棠梨春晚，梧桐秋末，萬幾之暇，輒召兩部奏新曲，檀青發喉，則天顏懌霽，賞賚過諸伶。文宗中葉，粵匪踞金陵，捻匪擾皖豫，英法齟齬，與戰不利，東南多事，海內騷然，上抑鬱不樂，稍近聲色。總管圓明園事務大臣文豐，方寵盛，承旨遣人采江浙美女以進，更廣治臺沼以居之，諸姬皆漢人，殊色善歌舞。咸豐十年七月，英法聯軍犯天津，勝保與戰敗績，敵長驅入北京，時秋暑尤盛，上方與諸美人避暑福海，蕩木蘭之舟，歌涼風之曲，聞變於八月八日，倉猝率后妃皇長子，巡幸木蘭，詔恭親王留守京師。奸民李某，導聯軍劫圓明園，珠玉珍寶盡出，三朝御府希世之物，不知紀極，掠殆盡，擇其尤者，以奉英法軍，縱火焚宮殿，火三日不熄，諸美人不知所終，文豐北向再拜，投福海，死之，從者，郎員數人。恭親王既議和於禮部，事定，檀青乃赴行在。明年七月，文宗皇帝崩於避暑山莊行殿，梓宮奉安返京師。嘗於暮春入園，帝所居山高水長、朗吟閣、環碧亭、無邊風月閣、聽鶯館、無盡意軒、麗矚軒、影湖樓，及諸美人院，赭壁參差，不可指辨，惟福海潺潺，鳥啼花落而已，慟哭出，不忍再往。從人遊江南、江淮之間，亂無所業，檀青抱箏沿門賣曲為活。迄穆宗中葉，湘淮軍克金陵，平捻匪，東南定，再見中興，而檀青貧，終不得返京師。京師方重靡靡之音，無工崑曲者，於是諸伶中亦無有知檀青姓氏者矣。朝廷稍稍聞圓明園之燬，禍由李某，下獄窮治，誅之，籍其產，以賜文豐家屬焉。後三十餘年，而東吳楊雲史年二十一，游廣陵，宴客平山堂，江山春暮，花絮際天，乃命絲竹，以佐詩酒。坐上遇檀青，知余之自京師來也，清歌一聲，彈箏一曲，白髮哀吭，淚隨聲下。問所哀，為余述宮中事甚悉，言：咸豐九年三月某夕，牡丹堂牡丹盛開，月出，上敕諸美人侍夜宴，置酒賞花於鏤月開雲之臺，春寒未解，以紫貂薦地，寶炬千百，珠翠瑟瑟，靚妝如雲，召演明皇沉香亭數折，花月之下，春光如醉，歌聲遏雲，不能自已。上顧諸美人，嗟賞，賜伽南牟尼、碧玉帶鈎各一事，西洋文錦兩襲，內官引余跪花陰謝恩，春露滴雲鬟，舞衣猶未脫也。由今思之，四十餘年矣，每念先皇恩，如隔世事。因嘆曰：從此以往，無復此樂矣。言已欷歔。余亦愀然，時光緒乙未四月也。今歲秋，復見之青溪花舫，哀音愴愴，益老矣。嘗讀少陵逢李龜年詩，於流離之況，寄家國之感。余悲檀青之與龜年同一流落也，乃為傳而長歌之。丁酉冬十月識於京師。

案：雲史此序中微誤者，謂聯軍入北京，文宗聞變始行，實則文宗走熱河之計早決，蒓客日記中，七月二十五日，已備言之。八月初八日，文宗行，聯軍入城則在八月二十九日也。檀青是崑曲旦角，初無殊名，殆天所畀雲史為詩料者歟？

綺春園

與圓明園同時被燬者，尚有綺春園。吳絅齋〈清宮詞〉云：「定昆池沼舊山莊，複道逶迤繚粉牆。尊養兩朝崇聖孝，含暉西爽並滄桑。」原註云：「含暉園在圓明園之東，有複道相屬，仁宗三女莊敬公主釐降時，賜居於此。公主薨逝，額駙索那木多爾濟，照例繳進。又以成哲親王寓園西爽村，均併入綺春園中。道光時宣宗尊養孝和皇后於綺春園中，文宗初元亦奉孝靜皇后居此，問安視膳，一如道光間禮。蓋文宗幼時失母，為孝靜所撫育，故即位後，孝靜由康慈皇太妃尊為太后也。咸豐庚申之災，綺春亦同歸煨燼矣。」案：此似在蒓客所記第二次縱火之內，園址，予未嘗考證。

咸豐辛酉政變史料及端肅遺聞

文芸閣《聞塵偶記》云：

文宗之幸熱河，首倡此議者，僧格林沁也。其奏疏，余于張編脩鼎華處，曾見抄本，言戰既不勝，惟有早避，詞甚質直。以事理論之，唐玄宗、德宗屢奔而存，明莊烈一殉而亡，文宗僅幸離宮，較之前代，尤為有得無失，此當美於議避之臣。而後來誅肅順、端華諸人，乃以此為大罪，以肅順怙寵專擅，誠非無辜，而罪以避敵之議，則大誤矣。

芸閣此述文宗幸熱，發端僧王，自是一極翔實史料。而末節言誅端肅，以避敵為大罪，則僅就官書所布為皮相之談，抑或有所顧忌，言而不盡也。

案：端、肅之獄，乃晚清極大政變，那拉氏所以得垂簾訓政，迄於同、光二朝，開女禍之奇聞，備覆國之秕政，實以此獄為最大關鍵。晚清筆記，皆懼禍不敢言，近人唯有王伯恭之《蜷廬隨筆》中有一則云：

王壬秋年丈闓運，湘中名士，少年時在肅順幕中，待以國士。其言肅順之學術經濟，迥非時人之倫，軍事旁午時，廟謨廣運，皆肅順一人之策，故能成中興大功。顯皇帝上賓，毅帝沖幼，廷臣咸主垂簾之議，肅順力遵先皇遺訓，誓死不從，於是坐以大逆，斬於柴市，而聽政之禮始成，殆冤案也。

此則述所聞於王秋者，什之八九，皆為事實。近來紀端、肅一獄者，皆據《庸庵筆記》。然薛叔耘記中，實隱約露其致罪之繇，其稱三奸云云，則筆時西后尚當國，不得不爾。其記中：「八月十日，御史董元醇疏言，皇上沖齡，未能親政，天步方艱，軍國事重，暫請皇太后垂簾聽決，並派近支親王一二人輔政，以繫人心。三奸不悅。明日上奉皇太后召見贊襄王大臣，命即照董元醇所奏行，三奸勃然抗論，以為不可。退，復以本朝無太后垂簾故事，令軍機處擬旨駁還。」此一段實大膽揭載政爭之癥結。以後尚載有賈楨、周祖培、沈兆霖、趙光一疏，尤赤裸裸地，為太后爭政權。疏中有：「為今之計，正宜皇太后敷宮中之德化，操出治之威權，使臣工有所稟承，不居垂簾之虛名，而收聽政之實效。」荒謬矛盾，不知所云，蓋與董疏，皆受內意為之。今即薛記中觀之，已可知當時受顧命之怡、鄭兩王等，及新城陳子鶴先生、杜文正公之子翰等，為一黨，反對太后訓政，主張政權於受顧命之王大臣八人；而其他素不滿於端、肅及受西后意旨者，別為一黨，則主去端、肅，而易以恭王奕訢，使兩宮垂簾聽政。當時朝士不滿端、肅者較多，而憚其才者亦不少，故邀結至於閫外之僧王、勝保，發蹤指示自在西后一人，東后拱手受成而已。（慈安或尚有矜憐退讓語，祕不得聞，亦未可知。）以肅順之才識論之，亦必早知西后之不相容，而有先下手之意，惜怡、鄭兩王庸才，不能從，故同及於難。薛記所云：「肅順瞋目叱端華、載垣曰：若早從吾言，何至有今日？」必是實錄。又稱：「將行刑，肅順肆口大罵，其悖逆之聲，皆為人臣子者所不忍聞。」此必直抉西后淫穢殘狠，或咸豐晚年不滿那拉氏之言，如徐敬業〈討武后檄〉，所謂殺子屠兄弒君酖母者，故薛氏以不忍聞三字概括之。觀於西后戊戌庚子之屠毒，與夫所以虐殺德宗，傾覆清祀者，則肅順之言，為有遠識，益鑿然可證矣。

從政績上論之，當咸豐末年，文宗荒淫，國中蠭擾之時，其一切規畫，後來賴以中興者，皆肅順之功。前王記中，所謂：「軍書旁午中，廟謨廣運，皆肅順一人之力。」自是信史。不但湘綺之言如此，即薛叔耘亦深知之。故於三奸伏誅一條外，別纂「肅順推服楚賢」一條，以見曾、左得用所自，肅順功績才識之不可誣，皮裏陽秋，叔耘於此誠有史才也。綜那拉后當國，殆五十年，所遘政變凡二：一即端、肅等之力拒垂簾，肅順或尚有進一步之計畫，未發而為后所制。一即戊戌政變，南海、任公等謀廢后不成，亦為后所制。此皆政治上有意義之舉動，所關甚鉅，不成則視為叛逆。觀後來殺勝保時，保臨刑云：「有一言欲面后。」而監者不許。度當謀誅端、肅之際，后黨與勝保，必有何條件之勾結，殆可信也。惜端、肅匆匆就戮，當時廷臣噤聲不敢言，其門客高伯足、王壬秋，雖放浪江湖，亦不敢訟其冤。（聞當時肅順幕府以伯足當謀主，壬秋實遠遜。）唯王秋後那拉后十年歿，故王伯恭得記其語。予所知，上海商務印書館初建涵芬樓時，曾購得咸豐末年關於端、肅事密札十餘通，言當時祕聞最詳，誠珍祕之史料，可為吾說佐證。近欲得讀之，移書觀槿，則云東方圖書館一役，已成煨燼矣。茲就曩日高勞先生所排比者，為複錄而再考證之。

案：涵芬樓購得端、肅遺事密札，實一巨冊，皆當時直行在軍機者，與北京當路之祕密書札，凡十餘通。札中多作隱語，非稔其事者，勿能詳焉。中一札，則拉雜不成文，用套格始得閱之。蓋樞院通信之祕法。札中述端、肅等抗爭垂簾之情狀頗詳，而奕訢及勝保等，定計以排除端、肅之跡，亦於此可見。擇其較有關係者，錄之如後。第一、套格密札（寄書不具姓名月日，受書者亦無名號）。

玄宰摺請明降垂簾旨，或另簡親王一二輔政，發之太早，擬旨痛駁，皆桂翁手筆。遞上，摺旨俱留。又叫有兩時許，老鄭等始出，仍未帶下，但覺怒甚。次早仍發下，復探知是日見面大爭，老杜尤肆挺撞，有「若聽信人言，臣不能奉命」語，太后氣得手顫。發下後，怡等笑聲徹遠近。此事不久大變，八人斷難免禍，其在回城乎？密之，密之。

第二，寄書者，不署姓名，受書為朱修伯（咸豐十一年八月初三日）。

昨日克勤郡王卹典六行，北韋回寓，即送到，命弟細查，何供事抄出洩漏？查係裕昭甫所送，弟不能上覆，悄告麻老，而北韋已知，查詢昭甫實有此事，竟欲咨回。（北韋謂咨回尚便宜，有許多風聞之談。）弟代說項，尚未允，四不欲作圓場，請弟先下去，再斟酌。大致弦子亦助北韋者，只好明日聽分曉矣。口天等尚未到，渠到時，露面等事，弟可稍讓伊去，渠喜在出頭，而弟喜在臧身也。麻老加官之進步（不枚卜而硬定者），皆自為之，且認老師，廉恥道喪至此，夫復何言。至此時捉影捕風，不為不甚，以后必有奇文，我等不可不格外提防。館上家信發印封一節，恐必須查及。且印封到時，渠坐在對屋，須防看見。再口天等到后，無所不至，藏匿拆獻等事，亦須提防。我等皆其所忌之人，以後望將印封內通信事，暫行停止，恐懼以順變，斷不可少。至外間酬應之信，亦望轉告同人，慎益加慎，恐都中亦有寄耳目者。此皆弟當境察言觀色審機知變之語，非恆泛也。文課一節，或可附公事印封，或覓便寄弟，當相機行之，決不致誤。博翁前有數行，可呈與否，希酌之。此次緊急情形，可告知，以后斷續，或見原耳。宮燈尚無回京消息（回京須望閣下圖他密十日容再作信），初一，后亦尚未叫起。回京或云九月初三，或云十三，廿三，想至遲亦不過廿三。

第三，寄書者筆跡同前，受書者無名號，疑是前人（八月初六）。

宮燈已跪安，日內回京。靈皋往謁，弟未之前去，恐有風聲故也。口天等想今晚必到，文書非緊要者，寄到亦仍不同堂，彼此皆然，可也。昭甫本日已咨回，光景甚惡，一切俱斷絕矣，至禱至囑。

第四，守黑道人寄結一廬主人札（八月十三日）。

千里草上書，初十日未下。此處叫人上去要，口留看。夸蘭達下來，說：「西邊留閱。」心台冷笑一聲。十一日叫，見面說，「寫旨下來」，叫寫明發痛駁。夫差擬稿尚平和，麻翁另作，諸君大讚。（「是誠何心，尤不可行」等語，原底無之。）遂繕真遞上，良久未發下（他事皆發下），並原件亦留。另叫起耳君，怒形於色，上去見面，約二刻許下來（聞見面語頗負氣），仍未發下，云留著明日再說。十二日上去，未叫起，發下早事等件，心台等不開視（決意擱車），云不定是誰來看。日將中，上不得已，將摺及擬旨發下照抄，始照常辦事，言笑如初。如二四者，可謂渾蛋矣。夫今日之事，必不得已，仍是垂簾，（溫公、魏公不能禁止垂簾，諸公竟欲加而上之矣。）可以遠禍，可以求安，必欲獨攬其權，是誠何心？鄙意如不發下，將此摺淹了，諸君之禍尚淺；固請不發，擱車之后，不得已而發下，亦不見聽，徒覺多事耳。昔人云：「霍氏之禍，萌於驂乘。」吾謂諸公之禍，肇於擱車矣，高明以為何如？克帥昨於密雲發一報（馬遞），不卜何事？今日已散，尚未發下。此公十五日到，不卜如何措施。在城想見著邸堂，一切自已盡悉，事貴求全，要亦未可冒失耳。聞西邊執不肯下，定要臨朝，後來東邊轉灣，雖未卜其意云何，大約是姑且將就。果如此行，吾不知死所矣，噫！邸堂前未另稟，乞代呈閱。進城後，須打主意，未可聽人舞弄也。

第五，寄書者筆跡同前，受書者為朱修伯（八月十六日）。

回京已定九月廿三，堂諭不必換班，可省一番跋涉。惟此間光景，竟覺大不妥當，深遠有鬱鬱意。加官，麻老甚是得意，通典之甘為作用，尤可笑也。弟公餘以酒澆愁，以牌遣興，得一日是一日，所幸進城有期，都中一切情形，均尚安靜耳。文課以前無間斷否？初六至十六近作，又託少鶴寄回敝寓，囑即錄奉矣。蓉老此次已函致之，乞封好飭送，如來糾纏，回覆可也。眉生之信，敬求閣下代作與之，如無暇，乞囑敝西席為之，亦可。以後收到弟信，如欲賜答，只望於包封內便附數言，某日收到某日信云云，（弟上去不早，恐有攫去者。）不言其他，較為妥當。弟如有妥確之便，仍可源源覓寄也。另拙作一頁，乞與加官通典同一例者閱之，因有關繫，可望藉達宮燈也，然萬望密之。

第六，同前（八月十七日）。

近日班務，甚為清閒，每日午正後，即可散直。所有本月初六至十六社課，已封交少鶴帶舍間，命即呈正。少鶴病甚，弟為說於四不，故得先回，十七早動身也。（二十或廿一可到）家書內另有小函，係弟近作習套語，尚祈投到時，透於與可，因中有關鍵也。弟近日公事畢後不出門，不會客，謹言慎行，心胸頗舒樂也。杜蓉老已作一信，在少鶴所帶家信內，拆尊函時，可轉交之，藉免糾纏也。

第七，樵客致黃螺主人札（九月初一日）。

恭邸今日大早到，適趕上殷奠禮，伏地大慟，聲徹殿陛，旁人無不下泪，蓋自十七以後，未聞有如此傷心者。祭後，太后召見。恭邸請與內廷偕見，不許，遂獨對，約一時許方出。宮燈輩頗有懼心，見恭未嘗不肅然改容，連日頗為斂戢。成、沈二公來晤約略告之，屬邸堂隨時小心，緣在內不敢晤談，防耳目也。星翁來，歸路未能遽辦，今日又有旨催令趕辦，（星告密雲令中秋後再辦，恭聞之大怒。）是否可以速回，不可定也。聞擇吉九月廿三日起行，十月初九日登極，不卜能改早否？廿四放崇文門監督，係用名簽，先撤正後副，兩太后旁坐，請皇上居中撤。（凡撤缺皆如此，由本處糊名簽以進御，印存太后身邊，極慎重。）撤出後，邸堂均各大悅，謂雖我輩請放，不過如此（恐未必爾），足見列聖默佑云云。似此則得人與否，伊等亦未嘗不知。看來連日諸務未定，尚有懼心，能常如此，未嘗不佳，久則露出本相耳。自十七以後，八位見面不過二、三次，時亦甚暫，今則見面一時許，足見自有主宰，一時不發也好。恭邸未聞有叫回信息，大約三、五日再說。

第八，寄書者不署姓名，筆跡同前，受書者亦無名號，疑是前人（初二日）。

再，元聖在此，當為盡心區畫，隨時保護，如仗廟社之靈，得有轉關，當勉為元祐正人。此間先慮內外患二，今釋其一。（山東尚不曾有回音。）但連日再面，必招奇妬，弟已與竹翁等言之，能將斧柯得回為上策，否則以早回為宜，如有妙策，不妨密示。頃得手示，敬知一切，此信仍望呈湖州閱之。今日晤竹兄等，知昨見面后，以夷務為問，邸力保無事，又堅請速歸。後來見弦子，催促甚急。弦口來傳話，令各兵九月十二日到此，想可改早，並聞先送關防回去。

第九，同前（無月日，然列在前書之後，或係同日所發也）。

再，伯克近來荒謬更甚，去年弟頗憐之，自十七日以後，伊竟自鳴得意，謂冰山為可靠，時時要上堂獻媚，無如諸事漆黑，無人不厭之，每次該班，無不鬧到口口，椒林大受其害。前日要稽查印封，不准人於方略館發信，立印封簿，遇該班用若干，隨時登記，他人皆不能遵，聽其獨寫而已。其實上堂，並未稽查，伊欲以此大功，超擢打拉密。口後告人云，查出私用印封，係革職罪名云云，非意在子建而何？同人均為不平。太邱到，伊謀恭理不得，連日如狂如癡，恐非所宜耳。摺報今日已全行告竣矣。連日非有公文，不能發印封，堂上亦不送信來，伯克之力也。文堂未能另稟，祈代稟一切。

第十，樵客寄結一廬主人札（九月初五日）。

元聖在此，在內見一面，未交談。今日八人上去代請，有話，令明日請安，大約早晚叫回去。弟恐其遂回，頃去面謁，坐譚一時許，頗有所陳，並自陳不能久待苦衷。渠勸稍安，且俟進城再說云云，相待優厚，可感之至。廿四日掣學政，係由堂寫簽，七八十枝同進，掣下後，由堂掣省分，將簽上名字刮去，方發下，竟不知所進都是甚等樣人，奇絕怪絕，其不放心我輩，亦可謂到十分矣。戶左、太僕二缺，並未掣簽，竟自留下，未免不恤人言。似此光景，心耳等欲以小利結之，而彼哉竟居之不疑，且有拜門生之說。（出於先儒，麻翁和之。）似此光景，不敗不止，殆天奪其魄耶？孟子曰：「無羞惡之心，非人也，無辭讓之心，非人也。」其諸君之謂歟？裕昭甫以送王六行被咨回，亦是過熱之故，所謂小人枉自為小人，奔競者可以悟否？元聖日內即回（初七日動身），一切詢之自悉。再今日胡研生封奏，聖母留中，八公打聽不出來，相顧失色。（初六日註，已發下，無要事。）歸事內催甚急，元聖日內見面，擬了一套話說，必不能過遲也，可放心。我勸王以風水之說動之，且請先下日期，并將渠等必改之意說明，種種語句，切實之至，以杜奸謀，勸上意主持堅定。王深然之，或可有效。

第十一，守黑道人寄結一廬主人札（九月十六日）。

十四晚克翁到此，弟夜去深談。其人近來頗有閱歷，謂伊等罪狀未著，未可鬻拳兵諫，致蹈惡名，弟深以為然。以達适輩頗畏其虛聲，勸其留虎豹在山，且勿驚他，恐伊等欲削其權，隨後事更難辦。且是日已下明發二十三日回京，若一變動，恐內裏驚疑，須俟進城，自有道理。連日聞內裏傳出來信云，自前日明發要下，二聖怒極，是誠何心一語，（弟已囑子建，將此稿密藏。）七先生亦大怒，云俟進城講話，老五太爺喝止之。日來未有所聞，克處亦未敢再去，次翁隨到，與同人亦未見面，避嫌疑也。換班已回過，王云為日無多，可不必換。少翁憂傷成疾，數日不能上班，盼缺不到，昨領班代面，准其先行回京，惟不准後來效尤。看來月底月初先回之說，未必能如願矣。

第十二，黃箋密札。（寄書者無姓名，又無日月，受書者亦不知何人。）

十六午後暈厥，囑內中緩散。至晚甦轉，始定大計。子初三刻見時，傳諭清楚。各位請丹毫諭，以不能執筆，著寫來述旨，故有承寫字樣。八位共矢報効，極為和衷，大異以前局面。兩印均大行所賜，母后用御賞印（印起），上用同道堂印（印訖），凡應用硃筆者，用此代之，述旨亦均用之，以杜弊端。諸事母后頗有主見，垂簾輔政，蓋兼有之。自顧命后，至今十餘日，所行均愜人意。（要缺公擬，其餘掣簽，均取旨進止。）考《日知錄》四星聚主中興，看此氣象，天道竟有準也。長星主國喪，驗矣。七月十二日，月中白氣穿貫珥抱，占主乍離。風聞兩宮不甚愜洽，所爭在禮節細故，似易於調停也。歸期有九月廿三之說，俟直督到後，計橋道工程定準，或改早而不致改遲。十七日以后，貴處公文，用贊襄王大臣字樣，嗣覺沒去軍機字樣，又不合廷寄款式，遂加三字於贊襄上，兩者二而一之。目今貴處為八堂併歸西邊屋內，（堂餐同桌）其原坐貴堂，更將滿友移入，新入軍機者，諸事細心熟商，恐不入格故也。諸事維持妥帖，不啻調象伏虎，貴堂均正人，而能同心，清翁確有把握，兼合機權，深足令人欽佩。連日公事甚忙，緣以前內積有二百餘件，加以日行，萬來不及。聞已調筠軒、笙巢、敏生來，前監督之命，諒可收回，當無所謂前嫌矣。鶴翁來，專理喪儀，諒亦有所咨訪，然事勢大局已定，似不致另生枝節。貴處體統較前略降，以堂上較尊，聞坐聽立回之事，然係偶爾，當不常然，亦係未諳貴處舊式，故爾。諸事照舊章，並無人攙入，愚見差使尚屬可當，循此不改，且有蒸蒸日上之勢。夫己氏聲勢大減，諸所鑽求，不敢輕諾。六兄來，頗覺隆重，單起請見，談之許久，同輩亦極尊敬之。已定拿車二百輛，於八月初十日齊備，主位先行陸續回家，以免臨時闕乏，行期又聞有九月初三之說，亦尚未確。總之，歸志已決，遲早可勿問也。縞素定於大祭後始除，乾清宮安十二日，乃移觀德殿，上於移殿後就學，蘭翁外聞尚須添派，不知作何名目。此處恭理約四十餘人，大約行在有勞績者，均已列入，以便併案出保，以省頭緒。圍城中人亦頗多，盛哉濟濟矣。

高勞原案語，略云：右列各札，約以黃箋者為最早，殆在咸豐十一年七月之末，或八月之初，距文宗崩僅十餘日也。其時顧命八人，共矢報効，而兩宮已不愜洽，孝欽已存垂簾攝政之意矣。札中所述，如西邊留閱、西邊執不肯下、定要臨朝、東邊轉灣云云，則主張垂簾者，皆孝欽意也。八月十三日守黑道人札，述御史董元醇奏請垂簾，及簡輔政後端、肅等抗爭情形，與套格密札，互有詳略，然可想見孝欽蓄謀之深，與兩黨競爭之烈。札名隱語，就記者考察所得，玄宰、千里草，當皆指董。心台，指怡親王載垣。老鄭，耳君，指鄭親王端華。宮燈，指肅順。北韋、老杜、通典，指禮部右侍郎杜翰。麻翁，指太僕寺卿焦祐瀛。（時有焦大麻子之稱）湖州、與可，指大學士文祥。克帥，指勝保。子建指曹毓瑛。夸蘭達，即太監滿洲語也。七先生，謂醇親王奕譞。老五太爺，謂惇親王奕誴。元聖，指恭親王奕訢。二四，及八公，達适，則載垣、端華、景壽、肅順、穆蔭、匡源、杜翰、焦佑瀛等，受顧命之軍機大臣也。札凡十二通，驗其筆跡，首末各為一人，而其中十通多一人所作。前十一通作者，多阿附后意，而末一通則黨八人者也。

予按此十二通中，第十二札黃箋者，最重要，以此箋為黨於端、肅者所發。端、肅一派之見地與用心，官文書中，已不可復跡，全賴此札，得見大略。第四札、第七札、第十一札，俱甚重要。第四札所述，尤明豁，寄書者，必是小軍機或領班章京，所謂他拉密也。清制，軍機領班章京，其官大抵卿貳，故得見親王。觀其得進見恭王，又夜謁勝保，可知作書者之地位。手邊惜無當時《縉紳錄》，否則或可揣知其人，以其與朱修伯、王少鶴為友，又頗有政識，絕非碌碌者。受書之朱脩伯，名學勤，仁和人，咸豐初進士，官至大理寺卿。時粵捻並起，多所建白，曾官軍機章京，著有《樞垣日記》，曾文正以「學足論古，才足幹時」稱之。性嗜學，過目不忘，有讀書跋識及文集三十卷。此時正為章京，但係留京，而非赴熱河行在辦事者，故源源得其同寅密友自熱之書也。札中隱語，應詳考者尚多。如鶴翁，即匡源，字鶴泉也。如桂翁，即焦祐瀛，字桂樵也。他如口天指吳姓，靈皐指方姓之類，大抵皆軍機章京。札內所述官場競爭升沉瑣事，可見宦海情狀，內外如一。叫起，或單用一叫字，即召見。跪安，即將起行，請訓。明發，即諭旨之明白公布。此種若干術語，更數十年，恐非簽注不能讀矣。前十一通作者，大抵為謹慎小心之流，不慊於端、肅，而阿承后意，或善觀風色，逆策西后必勝者。然觀其第五信末，稱另有拙作云云，欲因杜翰達於肅順，則不無背面之勾搭也。第十二札黃箋中有：「夫己氏聲勢大減，諸所鑽求，不敢輕諾。」此夫己氏，度即指西后。案：那拉氏於文宗晚年已專權納賄，故世傳文宗以密札賜慈安，屬以那拉氏有不法即以此旨除之，後東后以密旨示西后，面裂之以示惠，西后陽感而陰銜之，即酖死慈安。大抵當時后黨詆訶端、肅專擅，而端、肅所聞見西后專恣貪淫之狀，則亦倍蓰不止。文宗必有所知，故臨終託孤八人同心輔政，其始西后布置未周，自必「聲勢大減」也。

又考惲薇孫《崇陵傳信錄》，中有云：「或傳咸豐時，大學士肅順，曾密疏請文宗行鉤弋故事。故孝欽聽政，首除肅順，而摭拾跋扈罪狀，以成其獄。」夫留子去母之辣手，肅順敢以密陳者，豈非親見西后專貪之狀，忿不可遏，詗知文宗亦心知此人不可信，故敢為造膝之請乎？此節亦可與肅順「若早從吾言」相參照，肅語，或即指此事也。

又案：肅順為人，必極有膽識，而不學無術，遠擬季孟，近比江陵。其治事極有魄力，而頗深刻。考《清史稿・肅順傳》稱：

英法聯軍犯天津，起前大學士耆英，隨欽差大臣桂良花沙納往議約。耆英不候旨，回京，下獄議罪，擬絞監候，肅順獨具疏請立予正法。文宗雖斥其言過當，仍賜耆英自盡。大學士柏葰，典順天鄉試，以縱容家人靳祥舞弊，命肅順會同刑部鞫訊，讞大辟。文宗念柏葰舊臣，獄情可原，欲寬之，肅順力爭，遂命斬。戶部因軍興財匱，行鈔，置寶鈔處，行大錢，置官錢總局，分領其事。又設官號，招商佐出納，號錢字者四，宇字者五。鈔幣大錢無信用，以法令強行之，官民交累，徒滋弊竇。肅順察寶鈔處所列宇字五號欠款，與官錢總局存檔不符，奏請究治，得朦混狀，褫司員台斐音等職，與商人併論罪，籍沒者數十家。又劾官票所官吏交通，褫關防員外郎景雯等職，籍沒官吏亦數十家。大學士祁寯藻、翁心存，皆因與意見不合，齮齕不安於位而去，心存且幾被重罪。肅順日益驕橫，睥睨一切，而喜延攬名流，朝士如郭嵩燾、尹耕雲，及舉人王闓運、高心夔輩，皆出入其門，采取言論，密以上陳。於剿匪主用湘軍，曾國藩、胡林翼每有陳奏，多得報可，長江上游，以次收復，左宗棠為官文所劾，賴其調護免罪，且破格擢用。文宗之信任，久而益專。

讀此可見肅順治事之猛，識別之精，不避權貴，尤不顧八旗貴冑，故宗室旗人，恨之尤甚。其實史稿所謂功者，固灼然為功，所謂罪者，又何莫非守法律繩貪懦之善政乎？相傳肅順臨刑，為市人以瓦礫泥土擲之，叔耘筆記亦詳，世於此方以為可見國人之意。予以史稿斠之，肅順蓋嘗奏減八旗俸餉，故遭旗民之怒如此。夫以道咸間朝政之腐敗，八旗之闒茸，百事冗濫，自非以猛濟寬不可。肅順以豪健之才，得君過專，橫被群昏，號為驕橫，盈廷交毀，妖后乘隙尋雠，事之可哀，有過於此者乎？清史館纂者，靡民國厚糈，而覥顏發遺老之論，且為諂附西后恭擬實錄之舊習，鄙猥凡下，良不足論。

記高勞君錄此事竟，附以數言云：「追維當日，雖端、肅諸人所行，未必盡規於正，而其抗爭垂簾，要不能目之為罪。以文宗顧命之八人，喪未三月，而同時解職，誅戮者三，放逐者一，宮壺淫威，比之呂雉、武曌，殆無以過。而其後之暴戾殘殺，塗毒黎玄，履霜堅冰，實基於此。奕訢、勝保以貴戚之卿，專閫之將，不明家國大計，而為一婦人所用，對於端、肅諸人，能無愧乎？」其論則殊平允已。

又肅順亦非不讀書之粗才，吾友夏映庵所著《清世說新語・識鑒類》，有一條云：

肅順優禮賢士，而又有知人之鑒。王闓運初在肅幕，自薦充報聘俄羅斯使，肅蹙額曰，那可甘粗使？

下有註云：

肅順字豫庭，鄭親王端華同母弟。累官至尚書，為文宗所寵信。文宗崩於熱河，肅順與端華等擁立穆宗，專朝政，孝欽后忌之，而實欲垂簾。肅順等力抗，孝欽乃與恭親王等密謀殺肅順，賜端華自盡。肅順當時雖驕傲，而好結納賢士，如陳孚恩、王闓運、高心夔其最著者也。

此紀事，具得是非之正。而肅順不允王秋使俄之語，亦頗有言外味。當時雖皆以使節為粗官，然其不以王秋為使才，亦自可見。各書肅順之字皆作雨亭，此作豫庭，殆別有寫此二同音者。

此稿草就後，偶與惜陰老人談及端、肅遺事。老人曰：「吾有所聞，藏之數十年矣。當時李芍農侍郎（文田），最喜蒐拾掌故，鉤稽祕聞。一日告予：西后先入宮，夏日單衣，方校書卷，文宗見而幸之，有娠，始冊封。及晚年厭其專權。文宗最喜肅順，言無不盡，一日以那拉妃忤旨，又謀於肅順，肅順請用鉤弋故事，文宗濡需不忍。亡何，又以醉恚漏言，西后聞之，啣肅刻骨，後遂有大獄。芍農蓋聞於內廷舊監，談此戒勿妄泄，此外間所莫知也。」予告以惲薇孫已略有所紀，老人矍然，謂惲所聞不謬。然此等事，斷無封奏之理，當以芍農說為是。今記其說於此，以諗後之史官。

附北大吳相湘來函

秋岳先生賜鑒：

敬啟者，近閱《中央時事周報》，尊著論端、肅一獄事，極佩卓見，而將當時人信札附印，尤予人方便。此等信札，張采田先生作《清后妃傳稿·慈禧傳》中，曾加引用，可見其價值甚大。湘近究心於此數札，覺其中有可商榷者，即第七札樵客致黃螺主人札日期，作九月初一日。首云：「恭邸今日大早到。」今按同治《東華錄》，咸豐十一年七月己酉，書「恭親王奕訢奏請前赴熱河叩謁梓宮，允之」。《翁文恭公日記》，咸豐辛酉七月廿五日書，「聞恭王昨夕奉召往熱河」。己酉為廿三日，翁記與《東華錄》合。又翁日記，八月初六記云：「聞恭王初一日到灤。」是恭王之到木蘭，為八月初一日，如依第七札日期作九月初一日，則似與當時事實不符矣。意原札日期僅書「初一」兩字，「九月」為高勞君排比此十二札時所加上耶？惜原札不存，無足印證矣。湘以為七、八、九、十札，日期均在八月，更據第十札所云「元聖（指恭王）日內即回，（初七日動身）」，證以《翁文恭公日記》辛酉八月十二日，「聞恭王昨日回京」，尤相合也。鄙意如此，不知先生以為何如？又王王秋老有〈祺祥故事〉（世界書局，錢基博著《現代中國文學史》頁四二），於當時委曲頗多道出，有非官書所能盡者，惟其奏請垂簾之主名，乃為御史高延祜，始終未及官書中所云之董元醇。湘於此頗難解釋，以天下皆知官書具載之人，王老當無不知，而誤憶其名，書作高某之理，然則官書殆非真相耶？以先生之博聞掌故，敢乞明以教我，盼甚盼甚。專此敬頌大安，竚候回示是幸。

後學吳相湘謹上　十一、七

著者案：吳先生此書，極見好學深思，考證入微，至可佩服。札中月日，非筆誤，即後來審定者誤加。至對高延祜、董元醇疑問之意見，已詳於前。清制，遇有大事，御史言者雖多，但以上諭所舉及原摺發鈔者為準，摺留中者，廟堂之上，容或持以爭論，而不見邸鈔，史官無繇據以書之也。

越縵日記中之辛酉政變史料

《越縵堂日記》，近有補印十三冊，蒓客日記，至是舍樊山所藏外，悉公於世間。近以補為搜求端、肅故實，略為披閱，其間可供載筆之資者，亦有數節。讀書如探礦，隨處皆有所獲，良不誣也。今依序舉之，如下。其一：

咸豐十年庚申，八月初二日癸亥，邸抄，伊勒東阿、勝保前往防所請訓。聞勝保自河南回見上，即請殲夷自效，前日上疏，復極言夷之不足畏，且痛劾鄭王誤國罪，會怡王請添遣大臣知兵者辦夷務，上乃命勝及伊都統往，而鄭王兄弟遂三日不召矣，中外忻忻，謂將有處分也。

案：此節可證鄭王非孟浪主戰者，《清史稿》所載，實不確。又可見當時朝官中外，對怡、鄭二王之怨妬。其二：

咸豐十年庚申，十一月二十二日辛亥，今日口口言，上在木蘭，政一出怡、鄭二邸及肅順，行宮有所脩築，皆命肅順監之。三人皆便冠服，出入無禁，寢宮亦著籍，嬪御弗避。上有宣索，三人輒先意進奉，而抑制宮眷，供應極薄，中宮上食，不過一羹、一胾、飯一器而已，貴妃以下，月給膳錢五千，雖或傳聞過實，然必非無因之言也。

案：此與湘綺〈祺祥故事〉中所述端、肅得罪兩宮之原因，若合符節，滅門之禍，起於飲食之微，可為歎息。口口者，越縵記所言人名，旋又塗之，諦玩字跡，證以所記前後交游，必潘紱丞也。其三：

咸豐十一年辛酉八月初四日，庚申，當國有議請母后垂簾者，屬為檢歷代賢后臨朝故事，余隨舉漢和熹（和帝后）順烈（順帝后），晉康獻（康帝后），遼睿知（景宗后）懿仁（興宗后），宋章獻（真宗后）光獻（仁宗后）宣仁（英宗后）八后，略疏其事跡，其無賢稱者，亦附見焉，竝為考定論次，并條議上之，其稿別存。

案：此可見那拉后謀垂簾之迫切，文宗甫崩，即發動此議，而諷廷臣條陳之，二、三大老，學殖已荒，遂以屬蒓客檢舉史例，觀此適足證蓄謀之久，以此誅端、肅之非其罪也。其四：

同年冬十月丙辰朔，伯寅屬代草〈新政陳言疏〉稿。時已見處分贊襄王大臣詔旨，予以伯寅去年夷警時，嘗抗疏請斬怡王等三人，詞甚切至，因勸伯寅今日轉請寬三人罪，以存國體。伯寅不能從。予論時事，言過煩覼，覺氣不快。

其下錄邸抄，詔數載垣、端華、肅順罪，解任聽勘，景壽、穆蔭、匡源、杜翰、焦祐瀛退出軍機處，令王大臣內閣九卿翰詹科道分別議罪，並議皇太后垂簾儀。詔略云：

上年海疆不靖，由在事王大臣等，籌畫乖方所致，載垣等復不能盡心和議，誘獲英國使臣，以致失信各國，皇考巡幸熱河，聖心萬不得已。嗣都城內外安謐如常，皇考屢議回鑾，而載垣、端華、肅順等，朋比為奸，以外國情形反覆，力排眾論，皇考宵旰焦勞，兼口外嚴寒，以致聖體違和，龍馭上賓，追思載垣等從前蒙蔽之罪，朕與天下臣民所共痛恨者也。朕御極之初，即欲重治其罪，惟念伊等係顧命之臣，故暫行寬免，以觀後效。乃八月十二日因董元醇疏請皇太后暫時權理朝政，又請親王中簡派一、二人，令其輔弼，大臣中簡派一、二人充朕師傅，皆深合朕意。雖我朝向無皇太后垂簾之儀，惟以國計民生為念，豈能拘守常例，特召見載垣等八人，面諭著照所請，而載垣等嘵嘵置辯，無人臣禮，擬旨時擅自改寫頒行，總由朕沖齡，皇太后不能深悉國事，朕若再事姑容，何以仰對皇考在天之靈？載垣、端華、肅順著即解任，景壽、穆蔭、匡源、杜翰、焦祐瀛著退出軍機處，派恭親王會同大學士九卿翰詹科道會議其罪，皇太后垂簾之儀，一併議奏。

蒓客附跋云：

臣慈銘曰，大行末命，懿親如惠邸之尊屬，恭邸之重任，皆不得與聆玉几之言，受付金甌之託，中外駭惑，謂非聖意，自後行在諸所設施，失禮不經，多違祖法，而一切章奏，皆云軍機處贊襄政務王大臣奉旨處分，傳鈔天下，然先帝固未有載垣等三人入軍機之命也。是其乘間攘權，欺蔽耳目，而樞臣穆蔭、匡源諸人，阿附朋比之罪，皆已不足於誅矣。顧未知其脅制兩宮，玩忽嗣子，肅順以御前大臣，出入無禁，沖人左右，跬步不離，至親王入對，恐其發露罪狀，輒隨入監制，使不得言。及董御史疏上，三人糾黨忿爭，聲振殿陛，天子驚怖，至於啼泣，遺溺后衣，而二后每相對涕泗，且憂不保，迨旋蹕有期，諸嬪御先行入辭兩宮，兩宮泣謂曰：若曹幸自脫，我母子未知命在何所，得還京師相見否？而醇郡王福晉，慈禧妹也，得時入宮，兩宮密囑之，令醇王草罪狀三人詔，即攜入，慈安藏之袓服中，無一人知也。前月二十三日，皇上兩宮啟行，怡、鄭二王，及景壽、穆蔭諸樞臣從。肅順及醇邸、陳孚恩、宋晉扈梓宮後發。二十九日至京，三十日遂出醇邸詔草付恭邸，至樞省，收載垣、端華，錮之宗人府。吁！三人者，被寵先帝，言無不從，小器易盈，不學無術，竊弄威福，馴取大戾，而兩宮受其猲猘，至於訣別妃侍，潛寫詔書，雖正其辜，亦危甚矣。紀綱未改，國威未移，三人者又皆庸駑下資，非巨奸桀黠者比。徒以孤兒寡婦，遠處塞外，無九廟百司以壯聲靈，無宗臣元老以填宮府，而庸豎妄人，遂得侮易之。白龍魚服，困於豫且，然則京師者，人君之本，社稷者，有國之命，付託在茲，觀瞻斯係，據其勢則人莫敢爭，失所依則患生於忽，可不戒哉，可不懼哉！

蒓客於此段後，又附抄數則云：

是日又詔數載垣、端華、肅順罪狀，盡削官爵，命睿親王仁壽、醇郡王奕譞逮肅順至京，皆交宗人府，會同大學士九卿翰詹科道嚴行議罪。詔略云：「前因載垣、端華、肅順等三人，種種跋扈不臣，朕於熱河行宮，命醇郡王奕譞繕就諭旨，將載垣等三人解任，茲於本日特旨召見恭親王，帶同大學士桂良、周祖培，軍機大臣戶部侍郎文祥，乃載垣等肆言不應召見外臣，擅行攔阻，其肆無忌憚，何所底止。前旨僅予解任，不足蔽辜，著革職拏問。」云云。詔醇親王奕譞，著即來京。是日賈楨、周祖培、沈兆霖、趙光奏請政權操之自上，並請會議皇太后召見臣工禮節，及一切辦事章程，勝保奏請皇太后親理大政，並簡近支親王輔政。詔著王大臣、大學士、六部九卿、翰詹科道酌古準今折中定擬奏聞。

蒓客又案云：

慈銘曰：垂簾之事，予曾撰《臨朝備考錄》一書，采擇漢代以來可為法者，而痛論近日之事勢，有不得不行者於後，屬叔子以貽商城，慫恿上之，商城亦心動。嗣董御史疏先上，被詰責，商城遂噤不敢復言。及鑾輅還都，恭邸迎謁道次，偵知兩宮意，行次朝日壇，閣部諸臣出迎，恭邸風示之，黃縣等遂具公疏上，而勝帥疏亦適至云。

其後初六日辛酉，尚有記邸抄詔載垣、端華自盡，斬肅順於市等，文不具錄，蒓客僅加一語云：「主原議者，刑書趙光，及諸御史也。」原議，指請將三人一律照大逆律，凌遲處死，觀此數段，則原原本本大政潮發動時之狀態，曲如繪寫，其中心尤在垂簾之爭，亦直筆不少諱。蒓客於此事，其初亦主垂簾，而刑殺之機一動，則反勸潘伯寅轉請寬三人罪，以存國體，可謂書騃，亦可謂不失赤子之心也。末段慈銘曰一節，可見當時檢考太后臨朝史例，乃為周祖培之囑。而賈、周各疏，悉由恭王示意，恭王又偵知后意，宮府相嗾相使，以成垂簾之局，可見所謂政治之內幕，徇私黑暗，千古皆一丘之貉也。

慈禧傳信錄所記辛酉政變史事

蒓客所記，大致不謬，以其方與周、潘往還，頗知朝局內容也。晚近費行簡君，即自署沃丘仲子者，著《慈禧傳信錄》一書，於此案言之亦自娓娓，但似就官書鋪敘首尾，而傳以一、二振奇之詔，又未詳聞於任何人，以費君所著《當代名人小傳》例而觀，或訪集諸說，而不無可訂正者在歟？然文殊保曹師爺之說，固視盃底粘字示恭王，為有根據矣。節錄附此，以供留心史跡之參考。《慈禧傳信錄》云：

后內務府旂人，父惠徵，官徽寧池太廣道，初以常在侍文宗，既生穆宗，迺立為妃。時洪楊亂熾，軍書旁午，帝有宵旰勞瘁，以后書法端腴，常命其代筆批答章奏，然胥帝口授，后僅司朱而已。迨武漢再失，回捻交作，帝以焦憂致疾，遂頗倦勤，后窺狀漸思盜柄，時於上前道政事，帝寖厭之，嘗從容為孝貞后言妃機詐。孝貞素寬和，殊無裁制之術。帝復以告恭親王奕訢，訢對，妃實誕育元子，望上矜全。帝意少解，后亦斂迹。時其弟桂祥共宗人奕劻居，皆貧困不足自存，賴奕訢與內務府總管瑞麟卹以資，始得賄閹寺，與后通書問，多劻為屬稿，頗泛論時事。自是后益稔外政，而鑒帝前言，務自晦。一日帝御圓明園，共后妃讌天地一家春，酒半，樞府奏，英法軍已陷天津，帝痛哭起，罷宴，孝貞與諸妃皆泣。后獨進曰：事危急，環泣何益，恭親王素明決，乞上召籌應付。帝乃召奕訢、肅順共計之。訢主和，順主戰，鬨於御前，不能決。順退而詰訢曰：馭夷乃樞臣事，何召王耶？謂此上命，非所知。未幾有寺人泄於順，順遂銜后，益扼桂祥使不得預上考。后雖知之，而順寵方固，毀莫能行，然宮朝之衅，伏於是矣。

勝保者，好譽喜事人也，當文宗初元，嘗上疏論闕失，帝嘉其忠，遂擢寺卿，復令出笎師干，禦回捻。保女兄文殊保，工詩畫，后未入宮時，從之學書。穆宗既誕，帝漸衰病，羣知元子必繼統，始少有諂事后者，而保尤甚。當其出禦英軍，桂祥為設餞，酒酣，保拔劍起曰：苟託宗社之靈，盡殲夷師，吾必旋兵清君側惡。意即指肅順也。祥達於后，后乃刺荷囊為精忠報國字賜之保，保再拜受，且矢必有以酬后德。

敵軍既薄畿甸，文宗乃狩熱河，以避其鋒，訢環留守京師。已而帝疾大漸，召樞臣、內大臣載垣、端華、肅順等八人，授受遺命輔皇子繼位，初無一語及后聽政。穆宗御極，尊崇所生，遂奉后為聖母皇太后，奉孝貞為母后皇太后，上孝貞徽稱曰慈安，后曰慈禧，是為兩宮。兩宮乃召輔政大臣入議詔諭疏章黜陟刑賞事。初肅順、杜翰、焦祐瀛，謂諭旨由大臣擬定，太后但鈐印，弗得改易，章疏不呈內覽。后持不可，議四日，乃決章疏呈覽，諭旨鈐印，任用尚侍督撫，樞臣擬名請懿訓裁定，其他簡放人員，按照京察暨疆臣密考擬具正陪數員，在御前掣籤，兩宮並許可。信如此，雖不盡符文宗遺命，而垂簾之禍，猶可不作。乃以肅順素暴戾，廷臣銜之刺骨，而奕訢尤希用事，內外交構，羣小袒后，於是廢遺詔，罷輔政，以太后當國，奕訢議政，自是領樞府者必親王，以迄奕劻、秉鈞，清室云亡而後已。后不足責，而訢、環、周祖培、勝保之流，或希柄用，或快報復，竟悍然背家法棄君命，以貽禍於來茲，其肉庸足食乎。

肅順雖暴悍，獨敬禮漢人，嘗謂蒙滿氣運已終，後起皆豎子。其幕府頗納名士，如王闓運、高心夔之流，皆漢族通儒也。於軍機處尤暱漢領班章京曹毓瑛，見則呼為曹師爺。北語稱軍師為師爺，言能為人畫策定計，若孔明然。而毓瑛狡黠，知順未可終恃，則頗與奕訢通，告密輸情，由來已久，順殊不覺。當文宗病篤時，樞臣會食，既，謂寇蹤遍天下，益以外患，將何術起衰。順曰：曷召曹師爺謀。比毓瑛進，謂髮洋皆皮膚疾，使主政得人，安攘匪難，設上不諱，則主少國危，誠無以定亂，然恭王素賢明，若效章皇故事，以王攝政，庶可挽回。順以曹己所卵翼，迺建議欲以仇己者攝政，大詫，起而厲聲斥之。曹慚沮退，遂以劄馳告奕訢。時軍機處大臣章京私函，皆用印封標，日馳若干里，勒驛投遞，而章京宜陽吳逢年者，向為毓瑛所輕，至是以狀聞於肅順，乃令置簿稽文書出內。毓瑛知禍作且不測，益走險，遂聯行在南書房及樞部各官，以載垣等挾制兩宮狀，遍達京朝官。大學士周祖培，舊與順同掌刑部，以變通秋審實緩辦法，順屬祖培具疏上言，而先以疏稿示幕客王闓運。闓運謂此十八科濫墨卷，疏上，必貽九列笑。順遂呼祖培為老八股，凡公牘，祖培已簽行者，順則以紅抹之如勒帛然。祖培不能堪，然自顧寵衰，無如何也。及得毓瑛書，大喜，遍示同列，謂順等謀不軌。其門人董元醇方官臺諫，即承旨上奏，請太后垂簾，選親賢夾輔，先白之訢、譞，僉曰：當。疏至行在，載垣等大怒，擬批斥駁。先是后已得文殊保書，謂朝臣商議垂簾，比覽董疏，並擬批，留中不下。

時和議久定，中外臣工，數馳奏懇回鑾，勝保更騰疏，率精卒兩翼迎駕。奕訢奏請面陳議和始末，拜摺隨赴行在。既至，順等尚阻之，不使入見，訢謂豈梓宮前亦不應一哭耶？端華謂阻乖於禮，當聽之入，而內大臣必與偕。於是載垣、肅順共訢進，兩宮及穆宗並縞素立几筵旁東鄉，見訢大泣，訢亦泣，且告兩宮曰：南中將帥，數疏籲回鑾，外國公使行至京師，設聖駕遲留不發，和局將中變。后顧垣、順曰：似此必尅日回鑾可。垣、順唯唯。后隨謂，大行皇帝與王為昆弟，龍馭彌留，念王甚殷，今既遠來，當承先帝克食。隨有閹人撤几筵羊羹畀訢，且屬之曰：此克食，王當慎捧之，毋忽也。訢心動，既頓首謝，遂退，即左廡食，殊無他，嗣指觸盌底，則有紙黏其上，亟啟之下納袖中，垣、順旁立，竟不覺。食竟，再叫上，訢以盌授原閹，閹撫盌底字已亡，目后示狀。后曰：今和約新定，京師居守不可闕人，王宜速返，予與皇帝亦尅期回鑾，唯時事艱危，王承克食，凡事當思先帝也。語罷，淚汍瀾不自已。訢復泣勸節哀，始退。行在諸官畏順威，亦無敢謁訢者，唯毓瑛以月餘諭旨章疏號數事由，繕一單，密授訢侍閹而已。訢歸途次，出視所藏紙視之，則后硃諭述順等挾制狀，謂回鑾後當悉誅之，而授訢為輔政王，贊兩宮聽政云云。舉羹授訢者，非他閹，即後伏誅山東之安德海也。

訢既歸京師，廷臣會謁於邸第，訢唯言回鑾有期，太后暨上聖躬均安而已，語不及他。先是元醇奏上，浮言朋興，祖培頗內懼，復以訢不言垂簾事，益悚然莫之為計。適壽陽祁寯藻，亦自保定書告朝士，謂垂簾非本朝家法，元醇議不可行。寯藻文宗時值南書房，薦自濱州杜受田，時贊襄政務八臣中之杜翰，則受田子也。於是朝野嘖嘖，謂回鑾後元醇輩必干嚴譴，宗室恩承，遂以狀告訢，且勸其宣上意示朝臣。訢曰：毋庸也，垣、順等方驕，聞此耗，備當益懈，待其既還，執付獄吏可已，安用大聲色為哉？蓋訢知祖培等弱昧不足與共謀，而垣、順弗司兵柄，圖之亦正易，故益鎮靜。

未幾果風傳行在，順大喜，揚言眾中曰：今在廷諸臣有公論，吾輩受遺詔，輔沖主，天經地義，寧有他虞？唯元醇以莠言亂政，罪不可逭，乃前擬旨斥駁竟留中不下，今當以去就爭之，必得當，乃可。垣等僉稱是。翌日召見，請於后。后不許。載垣、端華、肅順皆曰：若此則更遺命革黜臣等而進用元醇可，語既憤激，聲色尤厲。后念密謀已就，當姑示懦，以安順等心。乃曰：予非有他意，惟以建言罪人，有乖治道，至垂簾之非祖制，微爾等言，我亦知之，元醇奏不妨斥駁，而上新即位，似不宜遽罪諫官，以過言路。垣等始奉命退，擬始諭誠臣工毋再言垂簾事。順且數毓瑛曰：若所行事，我審之稔矣，回鑾後再究其是非可耳。毓瑛陽謝之，而暗以諸人驕蹇狀報訢。訢遂以后命示步軍統領仁壽，統神機營都統德木楚克札布，及前鋒護軍統領存誠、恒祺等，復為書促勝保迎駕。是日后與垣、華等爭元醇奏，踰兩時許，辯難甚煩。退而孝貞嘆曰：今尚未垂簾，已若此，他日果出聽政，繁賾尤甚，吾儕徒苦耳。后則極言垣、順素不臣，使久輔政必謀篡逆，我二人何以對先帝？孝貞默然。俄欽差大臣袁甲三、陝撫瑛棨恭慰大孝疏至，中皆有兩宮聽政同纂先帝遺烈語。后告孝貞曰：觀此則封疆將帥，亦以是責我輩，不亟謀鋤諸奸者，先孤眾望。今寇亂方熾，設疆臣再解體，後事尚忍言耶？孝貞始無異議。然甲三、棨固訢所授意，適順等心滿志得，得疏亦漫不省覽。獨杜翰致福山王祖源書，謂默考時局，變故正多，翰念先世蒙大行殊恩，敢辭一死，唯他年致唐室金輪之禍，內外諸臣何面目見二祖五宗於地下哉？是已逆料後來之變，而以書生無章勃、東之之才，固無策以禦呂、武也。（是書後為張之洞所燬，之洞，祖源婿也。）

讀者來函

秋岳先生左右：

頃得《時事周報》尊論〈祺祥故事〉考證，至佩卓見，惟湘近得閱《越縵堂日記補》，深覺湘綺所說，高似係董之誤。據日記，辛酉十月朔，所記董疏上，載垣等強爭，以及兩宮如何因醇王福晉而草詔情形，與湘綺記頗似是而非。又辛酉十二月十一日記高延祜兩疏，因疑湘綺晚年作此文時，誤牽扯事實，故爾誤記耳。如謂高疏在董之前，則密札（第一札）中有「玄宰摺……發之太早」之語，足以反證非確。且據《越縵堂日記》，則早在董之前，京中即有人屬其收集歷代垂簾故事未及上，因董被駁而作罷，至兩宮回京受恭親王意，周祖培等始上之。

據《東華錄》所載交議垂簾事宜諭旨，其中言賈楨、勝保等，復特及以前之董元醇，如有高疏，當無不及之理。且第七札云：「自十七後，八位不過見面二、三次。」此札接述恭邸到後情形，是可知恭邸赴行在前，八人無有因高疏事而與兩宮爭論之事也。又十一札云：「七先生亦大怒，云俟進城講話，老五太爺喝止之。」是醇王只大怒，並未如湘綺所云之馳回京召恭王也。湘意湘綺晚年追憶往事，自不免事實牽扯，而高之二疏，固攻肅黨者，故湘綺不誤書他人，而以高作董矣（越縵堂對高二疏有批評）。又前函言恭邸到熱河在「八月初一」，今見吳慶坻《蕉廊脞錄》所載密札果然，是前此徒勞考證矣。湘於此次政變，現已輯得若干史料，擬整理後再求教先生，今惟略陳此事愚見。又高董小史，見於《國朝御史題名錄》，併及。專此即請

大安

吳相湘手上　十二月廿八日

作者附復

相湘先生：

賜示慰佩，其時不似董外別有高疏，湘綺作此已逾八十，或誤記也，尊見殊是，餘不詳復。

秋岳附上

王闓運祺祥故事

前記端、肅事，曾援涵芬樓所藏密札，推論肅豫庭之冤。比得北大吳君相湘書，舉及湘綺之〈祺祥故事〉一文，為前記所漏略者，誠可謂失之眉睫，微吳君言，遂終忘之。湘綺此文，作於民國三、四年間，曾寫一長卷，以貽晳子，今度尚好在。湘綺歿後，其遺文未嘗續刊，故易有「捃摭星宿遺羲娥」之愧也。王文實為端、肅一案最有力之史料，烏可不錄。王闓運〈祺祥故事〉云：

恭忠王母，文宗慈母也。全太后以託康慈貴妃，貴妃舍其子而乳文宗，故與王如親昆弟。即位之日，即命王入軍機，恩禮有加，而冊貴妃為太貴妃，王心慊焉，頻以宜尊號太后為言，上默不應。會太妃疾，王日省視，帝亦省視。一日太妃寢，未覺，上問安至，宮監將告，上搖手令勿驚。妃見牀前影，以為恭王，即問曰：「汝何尚在此？我所有，盡與汝矣，他性情不易知，勿生嫌疑也。」帝知其誤，即呼「額娘」。太妃覺焉，回面一視，仍向內臥，不言。自此始有猜，而王不知也。又一日，上問安，入，遇恭王自內而出。上問病如何？王跪，泣言：「已篤，意待封號以瞑。」上但曰：「哦！哦！」王至軍機，遂傳旨令具冊禮。所司以禮請，上不肯卻奏，依而上尊號，遂慍王，令出軍機，入上書房，而減殺太后喪儀，皆稱遺詔減損之，自此遠王，同諸王矣。庚申之難，令王留守。至熱河，帝疾，獨軍機諸臣在，王及醇王皆不侍。八月初，王具奏請省侍。帝疾篤，已不能坐起，強起倚枕，手批王奏曰：「相見徒增傷感，不必來覲。」其猜防如此，故肅順擬遺詔，亦緣上意，不召王與顧命也。

肅順本鄭王房，以功世為親王，與襲鄭王異母，以才敏得主知，自輔國將軍為戶部尚書，入軍機，專斷不讓。怡王即世宗弟，亦以寵世王；襲王載垣，與襲鄭王端華，皆倚肅順為用。初，詔謁陵出都，實辟夷兵，而諱其行。行日之朝，猶有詔言：「君死社稷。」獨肅順先具行裝，備路齎。自都啟行，供帳無辦，后妃不得食，惟以豆乳充飯，而肅順有食擔，供御酒肉，后御食有膳房，外臣不敢私進，孝貞、孝欽兩后，不知其由，以此切齒於肅順。及之熱河，循例進膳，孝貞又言「流離羈旅，何用看席」，請蠲之。文宗曰：「汝言是也，當以告肅六。」明日詔問云云，肅順知上旨，則對以「費無幾，若驟減膳，反令外驚疑」，上心喜所對，即詔后曰：「肅六云不可。」后益惡肅順矣。

已而大行遺詔八臣受顧命如故事。孝貞詔顧命臣，以防雍閣為辭，日進章疏，仍由內發，軍機擬旨上，后覽發以小印為記。小印曰「同道堂」，不知何時人刻漢玉為之。漢玉者，含玉也，殉葬玉皆假名漢。文宗初晏朝，后至御寢，問侍寢何人，升坐責數之。上既視朝，心念后未還，恐有變，即還寢，則宮監森然侍立，知后升坐，即戒無報知皇后，潛步入，則后方上坐，侍妃跪前。后見上至，下迎，帝即坐后坐，跪者猶未敢起。后立帝旁，帝陽指跪者問后：「此何人也？」后跪奏：「自祖宗以來，寢興有定法。今帝以醉過辰不出朝，外間不知，皆以奴無教，故責問彼，何以多勸上酒？」帝嘆曰：「此是我過，彼何能勸我，且宜恕之。」后奉詔，因曰：「此主子宥汝，以後無論何處醉，惟汝是問。」帝慚，即索所佩唯一玉印，解賜后以謝，同道章自此始。今乃以為信，而或說不知，安有傳偽云。

既而御史高延祜上請垂簾，本后意也，以示顧命臣。肅順即言，按祖制當立斬。孝貞心怍焉，即曰：「我輩不用其言，足矣，不必深求。」及票擬上，議斬。奏下，獨留高摺不發，於是軍機三日不視事。孝貞問，則對以前摺未盡下。於是孝貞涕泣，自起檢奏與之，擬高謫為披甲奴。越日大臨，后見醇王福晉而泣。醇王福晉，孝欽妹也，孝貞亦妹之，故相親善，訴其事曰：「欺我至此，我家獨無人在乎？」福晉言：「七爺在此。」孝貞喜曰：「可令明晨入見。」及明，醇王入直廬前。順訪問何為，對以召見，肅順哂曰：「焉有此？」斥令退。王退立外階。俄宮監來窺直房，旋去，而軍機至晏，竟不叫起。叫起者，召見，分班一見為一起，軍機則皆同入為頭起。此日不召頭起，先召醇王。宮監來窺者三，終不見醇王，至三至，乃自語曰：「七爺何不來？」王在外聞之，即應曰：「待久矣。」來監亦曰：「待久矣。」遂引王入，肅順在內坐，不能阻。王既對，孝貞訴如前。醇王曰：「此非恭王不辦。」后即令往召恭王。醇王受命馳還京，三日與恭王至，軍機前輩也，至則遞牌，入謁梓宮，因見后。后訴如前，恭王對：非還京不可。后曰：「奈外國何？」王奏外國無異議，如有難，惟奴才是問。后即令王傳旨回鑾，令肅順護梓宮繼發。既之京，即發詔罪狀顧命八臣俱拏問。怡、鄭二王猶在直房，恭王出詔示之，皆相顧無語。王問遵旨否？載垣曰：「焉有不遵。」王即拱之出，則已備車送宗人府。於是遣醇王迎提肅順，即盧殿旁執詣刑部。肅順罵曰：「坐被人算計，乃以累我。」臨刑罵不絕，卒以攔阻垂簾，斬於市，而賜二王死，一時無識者，謂之三凶，即詔旨亦不知垂簾之當斬也。

先是改元祺祥，至是改同治，設三御坐，召見聽政如常儀。名治肅黨，以常酒食往來者當之。而恭之任事，委權督撫，朝政號為清明。頗采外論，擢用賢才，能特達者，不為遙制。然宮監婪索，親王密邇，時有交接，輒加犒賚，則不足於用。而國制，王貝勒不親出納，俸給莊產，皆有典主者，率侵盜以自給。及入樞廷，需索尤繁，王恆憂之。福晉父，故總督也，頗習外事，則以提門包為充用常例。王試行之，而財足用，於是府中賕賂公行，珍貨猥積，流言頗聞，福晉亦患之，而不能止矣。

王既被親用，每日朝，輒立談移晷。宮監進茗飲，兩宮必曰：「給六爺茶。」一日召對頗久，王立御案前，舉甌將飲，忽悟此御茶也，仍還置故處，兩宮哂焉，蓋是日偶忘命茶。而孝欽御前監小安方有寵，多所宣索。王戒以國方艱難，宮中不宜求取。小安不服，曰所取為何？王一時不能答，即曰：「如瓷器盃盤，照例每月供一份，計存者已不少，何以更索？」小安曰：「往後不取矣。」明日進膳，則悉屏御磁，盡用邨店粗惡者。孝欽訝問，以六爺責言對。孝欽慍曰：「乃約束及我日食耶？」於時蔡御史聞之，疏劾王貪恣。他日詔王曰：「有人劾汝。」示以奏，王不謝，固問何人？孝欽言，「蔡壽祺」。王失聲曰：「蔡壽祺非好人。」於是后積前事，遂發怒罪狀恭親王，有「曖昧不明難深述」之語。朝論大驚疑，而外國使臣，亦詢軍機諸臣事所由，用是得解，復召見。王痛哭謝罪，復直如初，以疑忌擠去者八人。軍機有前後八仙，與前顧命者為對，皆以目恭王云。

然恭王自是益謹，而安德海以擅出京師，誅於歷城，李蓮英繼用事，烜赫過於小安，而謹飭縝密，竟終事孝欽。恭王亦以功名終，得謚曰賢，（編者案：恭王謚曰忠，醇王則謚曰賢，此有誤。）不遇禍敗，然王大臣納賄之風，及孝欽頗留意進獻，皆自王倡之。五十年來議和主戰，終歸於服從，亦孝欽之過慮也。恭王孝欽，皆有過人之敏知，而俱為財累。乃至德宗末年，天下惟論財貨，及禪讓亦以賄成。用兵惟先言餉，動至千百萬，和款外債，遂鉅兆，舉古今不聞之說，公言之而不怍，開闢以來未有之奇，蓋又咸同以來所不料者。以前史論之，戰國秦楚之際，庶幾肇茲。自非張四維，革澆風，吾烏知其所底哉？

湘綺此文中，敘恭、醇、怡、鄭諸王黨援消長之緜至詳，與世所傳者，大致符合，今不具論。獨言請垂簾者，為御史高延祜。案：請垂簾者董元醇，具見清史及諸家筆記，證以密札中之千里草隱語，亦相合。湘綺作此文時，薛叔耘《庸庵筆記》早已鋟板，叔耘為曾文正幕府，先湘綺卒，湘綺縱未覽薛記，而十一年之變，湘綺在京，何以舍董元醇而言高哉？觀文中敘述井然，必非誤記，而歷考諸書，未詳高之里籍，唯知此公，蓋亦阿附當時朝旨，不但嫉端、肅，且亦惡曾、胡者。咸豐十年二月，羅澹村（遵殿）殉節杭州，有詔褒卹，予謚忠愍，而高摭浮議劾羅，竟罷卹典。及同治元年，曾文正訟於朝，謂羅清忠大節，始復賜卹。可知高之平日議論，與所處地位矣。以意度之，高必先董上摺請垂簾，或竟在董後，皆未可知。但以高乃兩后最初授意之人，或其奏摺，措詞不如董之冠冕，故不發鈔，至湘綺之舉高舍董，則似故標此人，以示見聞之切，董外尚有高在耳。以史例言之，有所特舉，必有所故漏。然湘綺此記，皆當日目擊耳聞，可信處甚多。今舉一例，如言：「后曰：奈外國何？王奏外國無異議，如有難，惟奴才是問。」證以前所錄密札中第八札附紙言：「今日晤竹兄等，知昨見面，后以夷務為問，邸力保無事。」涵芬樓所收諸札，發表時，湘綺已下世，而闇合如此，可推見所記之翔實。孝貞闇弱不足道，當時那拉氏最憎外人，亦最懼外人，後此戊戌、庚子諸役，皆厭懼外國干涉心理之反動也。

高延祜之里籍

附讀者函及答

秋岳先生左右：頃讀尊著摭憶於王湘綺〈祺祥故事〉文中，所稱疏請垂簾之御史高延祜，未詳其里籍。案：延祜，浙江蕭山人，道光庚子，與兄延祉同舉京兆試，咸豐三年會魁，官至內閣侍讀學士，見新印《蕭山縣志》稿，〈選舉表〉。兄延祉，權廣西隆安縣，死思恩慼墟之難，志稿有傳。（傳未稱弟延祜官御史，則非最後之階。）《越縵堂日記補》，咸豐十一年辛酉十一月十一日，錄延祜兩疏，一言近年肅順勢燄薰灼，各部公事往往受其箝制，一則訟柏葰、程炳采之冤。時延祜官給事中。越縵於兩疏皆有微詞，後疏尤致不滿。尊著謂此公阿附當時朝旨，與當時目擊耳聞者不謀而合，可勝佩服。其疏請垂簾一事，雖王文外未見他書，而此兩疏，皆對端、肅下石，則其人之黨派可知，亦可為湘綺作旁證也。專此敬頌著安。陳兼廬謹上。十二、九。

兼廬先生左右：辱損書，所以增益之者至詳且厚，曷勝企佩。蒓老日記補，新出已有之，尚未遑細讀，容再檢錄，或附頁所見，以遲清教，何如！秋岳附復。十二、十一。

王闓運記道咸以來軼事

陳仲恂出示《王志》一冊，湘綺此書，二十餘年前，已從友人處瀏覽，今所見者，後有雷君飛鵬一跋，疏舉湘綺已刊未刊著述至詳。《王志》尚有續四卷，又《道咸以來所見錄》若干卷，此兩書惜皆未刊，所蘊藏者，必尚多也。

此書下卷論詩文者，已為晦聞甄入《國粹學報》，上卷論學之外，間有記掌故述時事者，以「論時事答陳復心問」末條言庚子北京拳變者，最為迂闊。蓋是年湘綺居長沙，於拳變之由來，宮廷之積郄，王公之昏縱，疆吏之用意，皆不甚了了，仍一秉其輕視夷務之心理，其中有云：「通商本不必戰，則不成和。棄燕暗得上策，無所用戰。」此二語尤可笑。湘綺之意，諸夷意求通商，故本不必與之戰。不知庚子之役，圍館殺使，下諭與各國宣戰，非道咸間五口通商之比也。湘綺於上節明言：「宛平非可都之地，便令夷國據有燕地，於我形勢亦無所損。」故曰：「棄燕暗得上策。」於爾時情勢，及全國地形，皆不肯考求，此誠可見彼時學者對於國事主張之一斑。亦緣湘綺於咸豐末即出都，久不諗朝政，遨遊諸帥間，倨傲自大，故有此奇論也。然其他各節，記湘淮各將帥逸事，自有可信者在。如論道咸以來事，其一云：

曾侯始起，由穆鶴舫，大用自肅豫庭，皆世所詆訾者。其阬之，由祁、倭兩文端，皆時所宗敬者。胡文忠得行其志，內有文孔修主之，直以典試同罪後俱起用，極力為之道地。文亦穆黨，贊成大功，因公濟私，殆有天意。李少荃平生服事翁二銘，於曾蔑如也。後為翁叔平所排，至興大獄，欲致之死，先議鐵路，扼頏關口，李失計不敢出一言，賴張香濤陵空搆虛，翁乃倉皇出走，然日本之役，李雖幸免，而名敗莫贖矣。余嘗誚之：君推崇翁二銘過曾滌生，顛倒是非，故其子以此報。李但笑不答也。世上恩讎，皆有冥數，初非身所自主也。

其二云：

駱文忠以清鑒收盛名，時謂中興功臣，皆所拔用，與余亦有知謩之雅，然皆非其本旨也。湖南空虛，萬事不辦，曾侍郎獨力治軍，不惟不助之，反多方以扼之，官士承旨，視曾軍如土寇。其用左郎中，由張石卿移交，待之同胥吏，白事不為起，見必垂手侍立，余嘗面誚之。劉霞仙出幕藩司，見輒齟齬。凡事皆主於楊重雅，侈然自大，垂拱仰成，則其所長也。江南底平，嚴受安書抵曾侯，以為當推功駱公，聽遠者不審如此，曾以語余，相為笑歎。又世皆言左由曾薦，當密寄問曾時，曾覆奏左未能當一面，恭王違眾用之。李在軍中不見知，當發憤快望，後以沅浦俊臣俱辭避，李乃自請行，非曾意也。此條惜不使郭筠仙見之。

其三云：

記曰，大臣法，小臣廉，大臣不貴廉也。能守法立法，無不廉者。道光末，穆相最為貪黷，其門生勞文毅遷寧道，入見，臨別餽五十金。穆辭不受，云：「汝官不及此，再入則可送矣。」當時非陛見人員，無由謁軍機也。其後肅相受浙藩餽亦止五十金，轉以贈余。同治以後，府道州縣皆得見政府，初遺百金，後乃千萬輦賂，近廿年遂至三、五十萬，以多相誇。故余詩云：「夸名徇權利，昔聞順與彰，牧守空候門，魚睨上高堂。奈何當塗客，斗酒博伊涼。」言招權納賄，亦有老成典型也。

其四云：

《詩・北山》，十二或，寫亡國之臣，有此十二種。道光末大亂將興，封疆大臣，不知叫號。程晴峯治防衡州，黎樾喬渡嶺訪之，盛陳兵勢，問其方略，程但笑不答。黎因言：「今零桂空虛，何以待寇？」程微哂曰：「辦防只能如此矣，四哥豈別有辦法耶？」黎失對而退。及寇圍長沙，羅文僖主防練，城中人士，就行韓策戰守，半日罷議。所親私問羅，今計將何從？羅笑曰：「羣麻雀嘴喳喳，我總沒聽他。」塞相至湘潭，梯而入，徐仲紳代之，留潭七日不進，時議以為不相逼，得大臣體。當時從容養度如此。至曾滌公必折節下士，急迫求助，駱相猶甚惡之，其後乃力言求材，而又有翁康之事矣。

此四節俱近事實，雖微雜以愛憎，而不失之遠，且特有語妙。第一節言曾文正大用由於肅順，此言世多知者，其時湘綺正居肅幕，或正籍其力。倭仁、祁寯藻，皆深忌曾文正，倭以理學名臣自命，而特錮蔽後進。文忠欲派員出洋，且使部曹咸習西學，倭力沮之。蓋當時講宋學者，一不喜更張，二不用新進，三凡稍有才氣聲光者，皆黜之，其不用曾者，亦坐此。言李文忠視曾蔑如，亦可信。蓋曾、李路數各別，文正成名早歿，合肥於身後崇之，以示淵源耳。言駱文忠侈然自大，垂拱仰成，及左非由於曾薦，揆於先後事實皆合。言道咸間賄賂始行，雖以穆彰阿、肅順之貪，於外省人員，皆只數十金，亦可信。證以光緒中年孫毓汶等受餽祇百金，可見其層次之遞進。湘綺所云近年遂至三、五十萬者，指光緒之末年李蓮英等用事之市價也。末段尤妙。湘綺本功名策略之士，好為奇計，故對於程晴峯、羅文僖等之麻木不仁，既深誚之，而對於後來自己無辦法，而亟言求材，叫號慘慘者，亦不以為然。蓋糊塗固不可，搶攘亦不宜也。

以王伾王叔文比端華肅順

予前為端、肅平反其冤，蓋就事論事，則爾。成則為劉章，敗則為李敬業，古來史冊，類此之政變，不一而足。以官府之爰書，成史宬之定論，冤抑賢豪，亦不一而足。千載讀史者，苟得其情，必當務書其實，不可隨聲附和也。如王伾、王叔文，其事即當平反。

考唐順宗即位，抱疾不能言，王伾、王叔文，以東宮舊人用事，政自己出，即日禁宮市之擾民，五坊小兒之暴閭巷，罷鹽鐵使之月進，出教坊女伎六百還其家。以德宗十年不下赦令，左降言官，雖有名德才望，不復敘用，即追陸贄、鄭餘慶、韓臯、陽城還京師，起姜公輔為刺史。人情大悅，百姓相聚讙呼。又謀奪宦者兵，既以范希朝及其客韓泰，總統京西諸城鎮行營兵馬。中人尚不悟，會諸將以狀來辭，始大怒，令其使歸告其將，無以兵屬人。當是時此計若成，兵柄歸外朝，則定策國老等，必無後此之患。所交黨與，如陸贄、呂溫、李景儉、韓曄、劉禹錫、柳宗元，皆一時豪俊知名之士。惟好謀務速，欲盡攬大權，如鄭珣瑜、高郢、武元衡，稍異己者，皆亟斥徙，以故不旋踵而敗。觀柳子厚為叔文母劉夫人墓銘，極其稱誦，謂：

叔文堅明直亮，有文武之用，待詔禁中，道合儲后，獻可替否，有康弼調護之勤，訏謨定命，有扶翼經緯之績，將明出納，有弼倫通變之勞。內贊謨畫，不廢其位，利安之道，將施於人，而夫人終於堂，知道之士，為蒼生惜焉。

其語如此，可見一時期許之盛。今日案其所為，亦正如端、肅案治貪墨之無所謂不法。且其號令登庸，皆深得眾意。乃一則扼於宦者，一則扼於妖后，皆反蒙惡聲，同時輩流，又以黨同伐異之見，不為之諒。此誠當亟為追進發伏，同為平反也。

又案：叔文之事，極似戊戌康梁政變，其求治太急，與所處地位略相似，唯易宦官為太后耳。康、梁得逸，又生於近代，得昌言其故，觀聽亦改。自端、肅以溺於二王，年代久遠，是非曲直，世亦慵於論列，其幸不幸如此。而其事跡當一矯史冊雌黃之謬，則皎然不誣也。

郭嵩燾推重肅順陳孚恩

郭筠仙，亦當日極以端、肅為然之人，以先出都，得免於肅黨之目。予前年曾舉其與陳子鶴談「洋務一辦便了」之語，以實吾札。今考〈玉池老人自敘〉，此節表彰陳子鶴甚力，稱端、肅等以鄭王、怡王、肅相，其不忍斥之之意，顯於詞表，尤易見也。今再全錄此節，以與摯父先生日記中文正所談相印證。

建昌陳子鶴尚書，有權貴之名，而其留心時局，甄拔人才，實遠出諸賢之上。嵩燾之援江西，尚書方憂居，奉命辦理團防，同居圍城兩月有餘，朝夕會議，相待至為優渥。又五年，至京師，常共往來。一日詣尚書，適有客數人在坐談洋務，一意主戰，嵩燾笑曰：「洋務一辦便了，必與言戰，終無了期。」聞者默然。頃之客散，尚書引予就僻處，告曰：「適言洋務不戰易了，一戰便不能了，其言至有理，我能會其意。然不可公言之，以招人指摘。」予不能用其言，而心感之。嗣見馮魯川言，在刑部多年，專意辦案，不屑回堂，堂官訖無知者。陳公任刑部，有疑案，特召詢之，加倚任焉，自覺精神為之一振。及權兵部，李眉生在部，亦加異視，相與誦言其賢。乃悟流俗悠悠之議論，專持一見，不足據也。予自京師乞病歸，尚書方驗漕天津，聞而大戚，屢書屬少留，候回京一見，予不敢從也。甫行兩月，而有天津之變，車駕巡幸熱河，尚書被詔扈行。踰年大喪，鄭王、怡王皆賜自盡，尚書亦遣戍，蓋其時鄭王、怡王、肅相執朝權，漢員被詔，僅尚書一人，言路據以為黨，論劾及之。嵩燾南歸稍緩一、兩月，天津兵潰，嵩燾前言皆驗，尚書必邀致之，便竝入黨禍。尚書機警，能測洋務之必有變，而不能測及聖躬。白香山詩云：「禍福茫茫未可期，大都早退似先知。」嵩燾之不與黨禍，早退之力也。既以自慰，亦重為尚書悲也。

案：筠仙此節之前，即記與僧格林沁力爭，謂戰必敗，僧王不聽云云，此與文正所談相合，亦可見爾時文正、筠仙一派之觀察較深切明銳。筠仙所言，不與黨禍云云，殆必非言與陳匡焦等同科，而以不預於肅門六子之目為幸。《清代野史大觀》中，所鈔某筆記，言肅順一則云：

肅順秉政時，待各署司官，恣睢暴戾，如奴隸若。雖惟待旗員則然，待漢員頗極謙恭。嘗謂人曰：「咱們旗人渾蛋多，懂得什麼？漢人是得罪不得的，他那枝筆利害得很。」故其受賄，亦只旗人不受漢人也。漢人有才學者，必羅而致之，或為羽翼，或為心腹，如匡源、陳孚恩、高心夔，皆素所心折者，曾國藩、胡林翼之得握兵柄，亦皆肅順主之。

又云：

肅順極喜延攬人才，邸中客常滿。湖口高碧湄大令，會試在京，聘為記室，欲以狀頭畀之。庚申，高中式。迨殿試，適肅奉命為收卷大臣，慮有優於高者，欲困之，遂下令曰：「下午四時不交者，撤卷。」乃未晡即有交者，視其名，鍾駿聲也，通篇七葉半，無一補綴。肅不覺大慍，即受而置之靴中。既畢事，亦忘之矣。歸邸，脫靴始見之，大駭，即遣騎馳送閱卷處。閱卷大臣，以為必肅所注意者，遂以一甲一名進呈御覽，而鍾竟得大魁矣。及遍覓高卷，乃知亦在撤卷中。蓋高作字甚緩，日將沒，猶未畢，遂一例被撤，而肅不知也。

及朝考，又以出韵置末等，以知縣發江蘇，補吳縣知縣，有強項聲，肅之愛才，多此類。如陳孚恩、匡源、焦祐瀛、黃宗漢等，皆肅所舉也。而獨不喜滿人，常謂滿人胡塗不通，不能為國家出力，惟知要錢耳。故其待滿人不如其待漢人之厚，滿人深惡之。

此兩節，並可與前記參看。其餘言殺柏葰及其母回女之果報，語皆不輕，未可信。獨此兩節，予意必為信史。以予統觀，世所詆肅順，不外暴戾恣睢四字，所云受賄云云，殆亦怨家之詞，觀肅查辦戶部事，可絕非貪賄之庸奴也。所述高伯足事，即湘綺所嘲為「平生雙四等，該死十三元」者。

肅順治戶部寶鈔司弊案

國人論事，往往先入以論人之成見，所謂忠奸賢佞之主觀既定，於是一切是非曲直，皆不必問。端、肅輔政無虧，以爭垂簾被誅，死本非罪，徒以那拉氏柄國四十餘年，世論遂積非成是，目為叛逆，不但爭垂簾一案也。肅雨亭掌戶部時，嚴辦寶鈔處司員吏胥，備得其舞弊狀，次第嚴懲，不能不謂為情真罪當，即詇附西后之《清史稿》，亦言肅究得矇混狀，乃以窮治過甚，於是清流反目為興詔獄，相率舍本案不問，專攻肅之跋扈，法意既渝，清議顛倒，數十年不以為非，馴使妖后肆貪於上，蠹胥舞文於下，卒斬其國祀，追案史跡，不得謂非異聞也。

清時六部久為書辦窟穴，上下其手。肅順以咸豐九年為戶都尚書，察寶鈔處所列宇字五號欠款，與官錢總局存檔不符，奏請究治，獄久未具，連繫者眾，於是書辦大恐，乃放火滅迹。十一月廿九日冬至，戶部災，自午至亥始熄。火發於堂後之稿庫，延燒大堂、二堂、二門、八旗俸餉處、南北檔房、司務廳、秋審處、官票所、陝西、湖廣、浙江、山東四司，凡三百餘楹，案檔悉燬，於此可見爾時胥吏之骫法恣睢，與畏罪之毒手。事後，群胥播言，謂為天災，山陽丁頤伯有紀災詩，又有〈跋扈將軍行〉云：

水衡操權利，年來困軍儲。金錢日不足，鈔幣供急需。小吏恣乾沒，守藏多染汙，勾稽亦有法，清濁終不渝。云何興詔獄，玉石同焚如。緹騎四方出，逮繫相連株。嚴鈔類瓜蔓，密網張秋荼。生者填狴犴，死者嗟無辜。怨聲感蒼穹，白日精光徂，上帝命祝融，掃蕩無子餘。煌煌大農署，剏建亦有初。巋然數百載，一炬成空虛。將軍不悔禍，叱咤風雲俱。羅織及輿臺，沈命兼吏胥。執拘盡付獄，掠治無完膚。先皇好仁慈，命且緩須臾，宰執免對簿，閭澤咸沾濡。古人造請室，刑不上大夫。前年陷宰輔，對簿同囚奴。相距未三載，好還理不誣。地下若相逢，故鬼應揶揄。

此詩可為一時議論之代表，既云「小吏恣乾沒，守藏多染汙」，而又不贊成興獄。以戶部大火，謂為怨聲自感蒼穹，上帝命祝融為之掃蕩，又不以火後窮治縱火胥役為然，此真迂謬腐敗之成見。以情亂法，以姑息養癰，以迷信飾嫉妬，國人論事習氣，於此畢呈。此案後以肅順被殺，僅以商人馬錫祿抵罪，餘人悉釋，蓋西后有意一反肅之所為，不復根論案情矣。

肅順與翁心存之仇隙

詩中所言刑不上大夫，此自是古意，未可厚非，蓋所以養廉恥，存政體。古時法律誠亦尊嚴，所謂王子犯法，庶民同罪者，指其犯法而言，若但涉嫌疑，則自當別論，尤不能以政治上之是非恩怨，借對簿以凌辱之。寶鈔處一案，肅順欲使翁文端（心存）褫職歸案，此中則挾有夙嫌，故為外間不滿，若純以執法言，原亦非意外侜張也。楊子琴《雪橋詩話》云：

初肅順創議開煙禁收稅，翁文端以大學士管理戶部爭之力，積與之忤。戶部設官錢發行鈔票，積久生弊，文端擇司員司之，肅順藉除奸商，遂興大獄。文宗命怡親王載垣治其事，逮司員下獄，欲坐以贓，而窮治無所得。時文端已予告，肅順奏請命詣刑部。時大學士柏葰東市之事未久，人皆為之危。文端夷然曰：是欲我為蕭望之耶？文宗眷文端深，不之罪，惟交部議處而已。

此所紀肅、翁嫌隙之由，在於收煙稅，頗可注意。今按《翁文恭日記》中，關於此案者若干節，如下：

咸豐十年庚申三月朔，戶部官票所官吏舞弊，經王大臣審實，有旨詰問該司員，以短號整鈔換長號零鈔，曾否回堂？著七、八兩年歷任戶部各堂官明白回奏。初二日，大人具回奏摺，五兄下園齋遞。初三日，午刻，五兄歸，知回奏摺留中。十一日，未初，見再行回奏之諭。十二日，繕回奏摺，五兄下園遞摺。十六日，連日訛言紛起，有謂奏入上震怒，硃批「喪心病狂」等語，將有不測。大人曰：「吾之忠悃，天實鑒之，汝等無為流言所惑。」十九日，夜，辛伯來，以摺底見示，內有翁某等回奏，與司員等所供不符，請將翁某、杜某均摘去頂戴，歸案質訊。二十日午刻，黃壽臣來云，聞諸許師今日硃批如該王大臣等所請矣。大人衣冠出見客，從容坐語。有頃，見上諭，翁某等於司員兌換鈔票毫無覺察，交部先行議處，無庸再行回奏，亦無庸傳訊，等因，欽此。始知前此傳者之妄也，跪讀再三，感深出涕。閏三月十一日，失察兌換鈔票一案，吏部議以降五級留任。硃筆，俟補官革職留任，仍俟定案時，再議失察處分。五月廿五日，以宇商濫支經費，怡王等覆訊，請飭戶部各堂官明白回奏。廿七日，寅正下園，謁沈朗亭師。師云：回奏摺內詳述商人月費不得不加之故，緣先後銀價物價迥殊，與大人摺大略相同。廿八日，寅初三刻，始遞摺。辰正三刻，接事摺留中，寶、基兩侍郎回奏係連名四六文，有同堂同過云云。廿九日，上諭：翁某、沈兆霖、寶鋆、基溥分別交吏部、都察院嚴議。六月十四日，吏部議失察濫支經費處分，均革職留任，奉旨依議。

以上所記，可見崖略。予又考《清史稿》，則知翁與肅以主張不同，齟齬已久。翁傳云：

成豐二年，議行鈔幣，心存疏言軍營搭放票鈔，諸多窒礙，鈔幣之法，施行當有次第，此時甫經頒發，並未試用，勢難驟用之軍營。詔斥為阻撓，即責籌次第施行之法，俾無阻滯。會言官論通州捕役勾結土匪行劫，命刑部侍郎文瑞鞫得實，心存以徇庇革職。（案：翁是時為工部兼管奉天府尹。）

又稱：

八年，拜體仁閣大學士，管理戶部。與肅順同官，不相能，屢乞病，不許。九年，復固請，乃予告，去職。十年，戶部迭興大獄，肅順主之，多所羅織。怡親王載垣等會鞫，謂司員忠麟、王熙震，以短號鈔兌換長號，曾面啟心存。心存回奏，部院事非一二人所能專政，斷無立談數語改舊章之理。載垣等遂請褫頂帶歸案訊質。文宗鑒其誣，僅以失察議處，免傳訊。議降五級，改俟補官革職留任。復以五宇商號添支經費，心存駁令議減，未陳奏，司員即列入奏銷下，嚴議，革職留任。

綜以上兩節觀之，翁本為反對鈔幣者，其第一次革職，雖為匪劫，未必非載垣、肅順之陰為排去，第二次，則原委釐然，蓋從前六部滿漢尚侍六堂，或尚有管部，實際泰半畫黑稿，謂文端與司員勾結舞弊，乃必無之事，肅等於此處，自是操切周內，宜公論之不平。唯文端亦自有失察責任，不能言無過失，與寶鈔處舞弊戶部失火二案，又各不相涉，更不能以文端幾被株累之故，而謂肅等不當究治此兩案。吾儕今日論史，要在衡平，正不必為之左右袒也。

記肅順門客嚴咸

前記肅順事，述其延攬時賢。當時肅順之門客，皆以省籍區分，有所謂湖南六子者，鄧彌之、鄧保之、王王秋、李篁僊、黃瀚仙、嚴六皆也。六子中，王最老壽，嚴最短促。《清代筆記大觀》，有錄自某筆記一段云：

> 湖南李篁僊，名榕；嚴六皆，名咸。溆浦人黃瀚僊，鄧彌之，鄧保之，王某，為肅門湖南六子。肅敗，六子尚在都城。已而李以鑄錢事被捕治，餘五人始懼，相率倉皇南旋。嚴鄉居十年，鬱鬱不得志。忽左文襄念故舊之誼，馳書延之。嚴得函，大喜，謂家人曰：「我固知此公不能任事，是必彼不了，乃請我相代也。」遂出。則左待之殊平平，未嘗諮以重要事，月俸才五十兩耳。嚴殊恚，日作書責左治軍無狀。一夜，嚴忽奪更夫所執柝，自宅門直達籤押房左臥所，擊之不絕聲，至左耳邊，大聲擊之。左驚寤，顧見嚴，詰曰：「君何故來此？且更漏亦軍中要事，汝何可亂之？」嚴曰：「我之言盡矣，汝終不一省，吾知汝終不能用我言，今當久別，故乘夜相見耳。」左曰：「君且歸臥，明日即相見，何言久別？」嚴遂去。次日不見嚴，跡之，則已懸庭中大樹下死矣。

案：茲所記，除為肅順門客外，於嚴事及死，頗有失實處，不可不糾正。考《湘綺樓文集》中，有〈嚴咸傳〉甚詳實，湘綺翁傳其死友也。傳云：

嚴咸，字受安，辰州溆浦人也。祖如熤，漢中兵備道，贈布政使，以平苗軍功知名，逮官清能，天下稱為名臣。父正基，亦方正廉謹，累官至河南布政使，入為通政使，老疾告歸，終於家。咸幼失母，大父妾任撫育之，父官廣西時，當洪秀全之亂，東南大震，及移官輒在兵中，以故咸留鄉里誦讀。能自厲學，穎悟絕人。性介猛，有奇志，長瘠多力，面如削瓜，跌蕩於鄉，鄉人交患之。嚴氏世以禮法敦飭名家，故人人傳嚴氏有跅弛子矣。

年十六，工騷賦文詞。試〈錦雞賦〉，文不加點，詞旨遒麗，督學張金鏞奇賞之，比之禰衡，三試皆第一，遂入縣學。十七，應鄉試，經策橫恣，盡破程法。考官楊泗孫、錢桂森，方求湖外奇材，得之大喜，遽判中式。榜發，同考官疑其違式，議召咸修飭之。咸固不肯，同考官大怒。由是諸生爭言咸文無起止，不可句讀，溆浦人又言咸行佾張，有心疾，無知不知，盡指為巨怪，莫有稱其才者，而咸名愈大著，通湖南府州，聞聲嫉之。咸年少，喜讀史，下筆千言。湘陰左宗棠獨知咸，謂可大成，見其文，未嘗不稱善。咸亦獨依宗棠為重，於眾論不屑也。

舉人既例當覆試京師，咸豐九年，咸至京，天子命尚書沈兆霖、大理少卿潘祖蔭等四大臣覆試天下舉人，得咸文，又大驚怪。闈中十餘人，傳觀其文，且曰：「何人或有言，今來試者，聞有浙江楊生、湖南嚴咸，奇士也。」兆霖憤然曰：「楊生爾雅士，此不通者，必咸也，且姑以三等待之。」祖蔭必欲置第一，眾譁不可。又言，不第一，即四等。眾又不可。兆霖者，祖蔭舉主，祖蔭語侵之，取筆欲注第一。眾與爭卷，強注二等。及祖蔭錄其文出示人，果咸作也，京朝官由是人人知嚴咸，嚴咸遂不會試而歸。

歸二年，學益進，詞章沉博雄鷙，然不自憙，喜論兵，頗慷慨為烈士。於是左宗棠巡撫浙江矣，疏薦咸，有詔趣往軍中，以父老辭謝，而益自奮厲，與人坐言，輒起舞，或默默嘆息，行坐不依於恆，雖親戚頗厭恨焉。咸以名卿子孫，未弱冠，以文科傾動朝省。及被薦，特詔敦發，湖南世家貴游子弟，聲望或出咸下遠甚。顧咸不能飾車馬衣服，無應對酒食玩好之事，獨行踽踽，俗人至羞與為伍。乃反用是自標置，至不欲以文學顯。冬夏惟一布單衣，罄掉而行。祖父有一日本刀，身恆佩之。居家時，屢起鄉兵禦寇，輒造其壘。方設食，有流矢射咸中頸，其見疾如此。又常過人家，主人留設飲，中夜治具，侵曉咸起去，遣人要請，咸拔刀向之，已而又還。婦家豐於財，奴童數十人。咸往，則登屋遺矢而去。其言行大率任己意，蓋有所鬱激佯狂耳。

左宗棠既總督閩浙，求能吏事者，參錯州郡。咸父卒，葬畢，獨騎一羸往從浙軍。盛暑大病，行不肯止，至則遽請領一軍為椎鋒。宗棠辭之，咸已不樂，又求備一卒效死行陣。宗棠言，徐待所宜。是時宗棠頗任夏道李副將，交關公私，咸疾之，欲手斬之。夜入大營，逢傳柝者，奪其柝，入巡撫臥內，大呼，一軍以為狂。宗棠心異之，所以敦勸者百方。俄而咸發病，不食，頭觸壁，大呼求死，乃送歸。到長沙，語友人曰：「吾歸死矣。身不能光益祖父，歿牖下，無名，故求死鋒鏑，竊附于竹帛耳。天必欲吾歸死乎？人死誠亦難，命乎！命乎！莫吾信乎！」言訖，泣下。聞者罔測其意，不能對也。歸一月，果閉戶自經死，人愈以為病狂云。

咸死年二十五，所為文賦牋書騷詩歌行五言百餘篇。其學長于方域河漕鹽法，其文如王符，五言如陸機，隸書如〈敬顯儁碑〉。其交友不過十人，最推向伯常，以為純孝君子也。伯常名師棣，咸同縣人，其年亦得奇疾，死於曾國藩軍中。咸與王闓運約，同隱九疑，闓運自京師遽歸，未至，咸已死。論曰：君子之論嚴咸，惜其文學卓絕，而不成其業。又以咸祖父名德積累，宜以功名顯，至今猶閔其志，蓋亦可謂知嚴生矣。

余以生一出，被大謗，論其卓絕，非能有巨害於當世，世俗望風讎嫉之，使咸致卿相，成旂常之勛，千秋萬世後，亦與猋風輕塵，散隕於天地間而已。且自古論人，但欲其壽，至夭枉才士，必惜其未聞道，而咸遂一瞑不視，以實俗言，使夫眾忌者，叢伺環睨而謗之者，以咸死終不能不解散。然則早死與老死，死等耳，孰與夫以一死謝流俗愉快妒者之心志乎？

此傳中言，咸以擊柝警左文襄後，辭歸一月始閉戶自經死，與前所記次日縊於大樹下異。據予所聞，湘綺所言確，惟以文成在前清，故不敢云肅順門客，一切均在「以文科傾動朝省」句中隱然言其風采震動，為肅順所禮也。惟湘綺傳言咸死年二十五，亦恐有誤。予所聞嚴受安死未逾三十，近見散原先生未刊文藁中，有〈畸人傳〉，首列嚴咸，死年作二十八，殆得實。散原文甚短，似健緊勝於湘綺，今並錄之。陳傳云：

嚴咸，字受安，溆浦人也。大父如熤，陝西按察使，為時名宦。父正基，官大理寺卿，亦有文學。咸名家子，天才超拔，為文章浩侈，數千言立就。咸豐初應順天鄉試，副考官潘祖蔭得咸卷，驚曰：海內奇才不可失也，遂中高選。祖蔭終以咸文無破承起訖，非常法，語咸易之。咸拂衣去，祖蔭追謝，乃肯與覆試云。咸久游京師，被酒狂歌，與屠儈為伍，著木屐，張油紙蓋，造請故舊，四方公車，所未有也。後東南亂起，左宗棠督浙江軍，咸以故人子招置幕府為上客。咸談兵自熹，則欲為將立奇功。宗棠始壯之，會有短咸者，宗棠莫能決，咸由是怨望，以左公無能知我耳，俳優畜我。已發狂疾，夜擊柝，撾宗棠寢門而呼。宗棠仰屋嘆曰：「嗟呼！嚴生奇士，今乃至此乎？」於是咸遂去，歸自經死，年二十八。著書數萬言，閎恣窈冥，殫及萬物，莫究其趣。咸既死，其友王闓運，以文辨名天下，嘗持語人曰，孰使我縱肆而無忌者，非咸死之故乎？

案：散原此文，亦舊作，度在清末，湘綺尚存，故亦諱言其客肅順幕事。所傳畸人，不止受庵一人，其小序亦甚跌宕可喜。序云：

夫天有五氣，地有五材，人性有五，陰陽不同德，剛柔不同位。故古之治道術者，眾矣，皆閎才異智，各有所明，莫能相一，非一世也。自學者是其所習，蔽所不見，於是瑰瑋倜儻之士，往往伏匿，悲夫！孔子曰：不得中行而與之，必也狂狷乎？莊周曰：天之小人，人之君子，人之君子，天之小人。余於師友聞見之間，蓋得數人焉，迹其言行，時雖若不經，要自卓犖不汙於流俗，有足觀者，次之為畸人傳。

案：昔之所謂畸人，今世呼為神經病。然以予所謂，世之名人奇士，其神經幾無不有病者。所謂畸形發達，實即病態也。

高心夔與肅順

與湘綺同為肅黨，而有郗嘉賓之目者，唯高心夔（伯足）。伯足年十七，舉咸豐辛亥鄉試，計偕入都，賓於肅順之門，事敗，往來門下者皆自異，獨伯足有死生之誼。嘗為〈中興篇〉云：

沖皇受賀朝明堂，國有元老平南疆。鍾山九隧迅雷捷，掃穴萬馬真龍驤。五年荊湘畫地勢，一旦揚越通天光。遂連長圍舉京觀，轉策飛將窮飄颺。假息周星不更貸，長鯨短狐從滅亡。景風協律開慶典，亞相金印題紫囊。介弟虬服最輝映，次列圭璧銘鐘㡆。采薇采薇詠未已，汰遣部曲耕資湘。別留艨艟置十鎮，率然首尾江防峻。侍郎威略湖海知，霆軍轉戰兵無頓。七閩督師匡復才，西征夙將宏農儁。尋常躡屐牙帳閒，開府連圻對昌運。肥淮壯士起中原，一旅平吳竹當刃。文致太平武定亂，王民執虜同虎奮。北塘要盟我所銜，八城白帽猶犯順。桯阮應歸黃髮翁，艱難念自先朝進。文宗詒謀深且奇，默禱申甫當傾危。翰林潘卿諫臺趙，薦疏但入皆鎖頤。侍臣故有造膝請，首贊大計承疇咨。口銜兩江授楚帥，所為社稷它何知。烏呼受遣左軍桀，倏忽謀逆丞相斯。君親無將與眾棄，不濟則死忠成欺。國家除惡方務盡，功輕罪重誰敢疑。謬哉區區擲要領，不覿告廟分封時。況論成敗雖人力，亦喜神明扶正直。當時曲突豈與賓，此日登壇動高職。垂殤將士勛業雄，嘗膽君臣憂辱極。范燮陳誡戎馬前，葛亮抗表禽蠻役。吾皇治統茂康宣，紫光劍佩新顏色。台輔宜宏退讓風，法宮日養恭儉德。鳳鳴河清莫虛致，普天率土還耕織。人生有命佐中興，明悊兼垂後賢則。

意以中興將相皆咸豐簡拔之人，而肅順實啟沃其間。肅家始籍，伯足有〈城西〉二首云：

連雲列戟羽林郎，苑樹依然夕照蒼。一狩北園盛車馬，再尋東閣杳冠裳。湔蘭苦汗生前佩，炷麝能升死後香。赫赫爰書鑄惇史，天門折翼夢荒唐。

寵冠親賢料遽衰，致身胡取亟登危。將軍清靜歸醇酒，公子聲華誤繡絲。坊樂入筵天慶節，殿材營第水衡司。十年風誼虧忠告，江海埋流此淚垂。

近人筆記，但錄赫赫兩句，或錄十年兩句，不知坊樂兩句，正肅順之專恣逸樂，伯足必有不以為然者。權相僨事，往往坐驕奢，書生忠告之詞，初謂寒酸，久方知驗。〈中興篇〉中之侍臣造膝直至功輕罪重數句，寫肅豫庭力主用曾、左，戮非其罪，明白如繪，不愧詩史。

陳孚恩黃宗漢及勝保高延祜

《越縵日記》中，於陳孚恩、勝保、高延祜諸事，俱於箋記本案外附述己見，足資史料，茲並錄之。

初八日癸亥，邸抄，詔吏部尚書陳孚恩，吏部右侍郎黃宗漢，俱革職永不敘用；戶部右侍郎劉崑，倉場侍郎成琦，太僕寺少卿德克津太，候補京堂富績，俱革職。

蒓客附識云：「陳冢宰、黃少宰，皆朝列所稱錚錚者。冢宰以拔貢為部曹，直軍機，受知宣廟，不十年間，由主事致位卿貳，又以攝山東巡撫時，獨拒陋規之獻，遂益被任遇，賜清正良臣扁額，以一品銜長樞密。旋正司寇，嘗許以揆席。未幾宣廟升遐，受顧命，陳亦感激圖報。時定王載銓最用事，屢與之爭，力持正議，既勢稍詘，遂乞養親歸，天下高之，想望風采矣。及丁巳再入都，樞長穆蔭，及怡、鄭諸王素惡之，沮抑不得見上。御史錢桂森疏荐之，嚴旨詰責，左遷桂森官。陳乃變計附諸王，階是得起貳刑部，旋正兵部。會戊午科場事發，陳受旨同諸王鞫問，又迎合載垣等，構成大獄，而其子刑部郎景彥，亦連及下獄，不能庇也。去年京師夷警甫定，遂遷冢宰。冢宰故多用科甲，陳得之為僅事，以此旦夕望入相。然陳殊便給有奔走才，又好名愛士，編修郭嵩燾以知兵入南書房，主事何秋濤以博學入懋勤殿，皆所推薦。雖與三人者比，能狎玩制伏之，三人者，亦頗畏焉。當夷事甚急，車駕出狩，內外皇駴，獨騎馬出入填撫，亦有勞。

和議成後，又具疏請還都。至先帝賓天，其得獨召者，實三人恐其在京師創異議，固知公卿中才無出其右，特藉以羈縻之，使不得發。而竊負而逃之語，引用不經，贊決邪議，以此為罪，夫復何辭，一生名節，至此盡敗，惜哉！少宰累任封疆，清強敢為，有黃老虎之目。而自再任川督，被議入覲，左授卿貳，乃亦依附要人，助猖狂之論，成朋黨之勢。昔人云：薑桂之性老而愈辣，若黃者，鄙夫患失，遂反其性，可不戒歟。」（許君先疏請究載垣等黨羽，中旨令指名回奏，許乃首參新城為形跡最著，歷述其去年會議之言，及今秋獨召辦喪儀事，極口痛詆。而下云：尹等保舉者如侍郎成琦諸人，蹤跡最密者如侍郎劉崑、黃宗漢諸人，外間嘖有煩言云云，而無所指實，蓋不過連及之。此詔中所列黃宗漢罪狀，乃當事者增入之，非許疏本意也。）其後又有一節云：

是日發抄勝保所上〈政柄下移，無以服眾〉疏，詞頗切直。其略云：「皇上嗣位尚在冲齡，全在輔政得人，同民好惡。怡親王載垣、鄭親王端華等，以臣僕而代綸音，挾至尊以令天下，實無以付寄託之重，而饜四海之心。在該王等，以承寫硃諭為詞，居之不疑，先皇帝彌留之際，近支親王，多不在側，仰窺顧命苦衷，所以未留親筆硃諭者，未必非以輔政難得其人，以待我皇上自擇而任之，以成未竟之志也。今嗣聖既未親政，皇太后又不臨朝，是政柄盡付該王等數人，而所擬諭旨又非盡出自宸衷，民言可畏，天下難欺。御史董元醇條陳四事，既關係甚重，應準應駁，惟當斷自聖裁，廣集廷議，以定行止。該王等果知以國事為重，亦當推賢虛己，免蹈危疑，乃徑行擬旨駁斥，已開矯竊之端，大失臣民之望，命下之日，中外譁然。自古天無二日，民無二王，禮樂征伐，自天子出，凡統兵將帥暨各省疆臣，皆受先皇帝特簡，雖當勢處萬難，無不思竭力圖報者，亦以統于所尊，故能一誠不貳。今一旦政柄下移，羣疑莫釋，道路之人見詔旨，皆曰：此非吾君之言也，此非吾母后聖母之言也。一切發號施令，真偽難分，眾情洶洶，咸懷不服，不獨天下人心日形解體，且恐外國又將從而生心，所關甚大。昔周之世，武王崩，成王立，周公相之，本朝攝政王之輔世祖，亦猶周公之相成王，疏不間親，典策具在。現在近支諸王中，能知大體過於載垣端華者，尚不乏人，一切離間之言，應請毋庸顧慮。又如垂簾聽政之制，宋宣仁太后稱為女中堯舜，我文皇后當國初時，雖無垂簾之文，而有聽政之實，因時制宜，惟期至當。為今之計，非皇太后親理萬幾，召對羣臣，無以通下情而正國體，非別簡近支親王佐理庶務，盡力匡弼，不足以振綱紀，而順人心，惟皇上俯納芻蕘，即奉皇太后權宜聽政，二聖並崇，而于近支親王中擇賢而任，秉命而行，以待我皇上親政，宗社幸甚。」云云。前日發抄黃縣等所上〈政權上操以振綱紀疏〉，支離掩護，不敢正言，而其中引用古來垂簾事，乃取予所貽商城《臨朝備考》中，雜舉數人，割截數語，前後不相聯屬，諸公不學，至於如此，可為駭歎！董侍御疏，語尤葛藤，以視勝星使此疏，有愧多矣。星使自咸豐初上疏言時事，痛切極言，天下傳誦，遂以直諫名，其人固伉激可快也。

其記高延祜一疏云：

十一日乙未，邸抄：給事中高延祜疏言，近年肅順熱焰熏灼，各部公事往往受其箝制。如工部緞綢庫一案，承審司員，因不敢抗違肅順之意，輒以希圖事後酬謝為詞，勒令具供，從重議罪。請飭刑部，嗣後務持平定擬。詔嗣後刑部議罪，務將案內證據審訊明確，不得以希圖等字，深文曲筆，憑虛科罪，致有冤抑。（蒓客註云：高君此疏，專為同鄉翁惠舫水部事而發。翁，餘姚人，由拔貢為工部都水司郎中，捷給有幹才，前年以綵綢庫發賣舊料事，水部主稿，請堂官具疏，言其事向歸崇文門辦理，請改歸本部自招商人議價，先帝命肅順覈之，遂坐罪下獄謫戍，同官得罪者數人。水部名學涵，已蘭從父也，高君以鄉誼有舊，故冀為申雪云。）延祜又疏訟柏葰、程炳采之冤，且言科場例文簡渾，請飭部詳注。詔從前載垣端華辦理科場一案，未能得情法之平，總由條例原文簡渾，故能任意周內，藉逞私忿。著該部將此例文分別情罪，詳細註明，以免牽混。（蒓客又註云：高君此疏首欲翻戊午科場案矣。然此獄雖為載垣等三人逞威之始，而被罪諸人，皆由自取。柏相國之死，朝野多憐之，要不得為無罪。徇私營賄，關節公行，按律誅流，豈云濫枉？特以禁網久弛，上下容隱，賢書猥雜，視為固然，先帝思懲其弊，載垣、端華遂四出蹤跡，力窮其事，士人滿獄，上相棄市，卿貳庶司，或放或死，事出創見，以為過當。今爰書久定，無可復言，而給諫欲重翻之，其不思為先帝地乎？近日臺諫言事蜂起，未知旬月之先，惠文嶽嶽，皆在何處？乃至權要伏法，朝序清明，而仗馬齊鳴，蹀躞不已，豈果天日澄霽，朝陽之鳳一時盡出耶？吾鄉官執法者，若給諫及朱海門、鍾六英兩侍御，言事尤數，朱君最廉謹，所陳多兵事吏治云。）高君疏言柏葰未曾受賄，與溥安有間，程炳采事屬未成，與李鶴齡有間，且以授受同罪而論，程炳采與李旦華、陳景彥等事同一律，乃李旦華等竟得免罪，而程炳采與柏葰未蒙末減，載垣、端華乘間激大行皇帝之怒，特誅與己不合之人，以快其志云云。

案：蒓客所說，當然以朝旨為是非。然此數跋中，語尚質直。如陳子鶴之負清望，黃宗漢之有吏才，及勝保一摺之直截了當，勝於董元醇之葛藤。高延祜兩摺之希旨翻案，不足取。皆可見公道尚存，雖私室筆削，猶不肯為推波助瀾之辭也。

慈禧之仇外心理

清之亡，自當以那拉后為首功。其殘忍酷妬。奢驕褊很，諸惡德俱備，才亦足以濟之。屢謀廢立，雖不敢行，然先弒慈安，繼摧光緒，膽力福命，皆過於雉、曌矣。予前談文道希，因而談及珍妃致死之前後，妃固死於后手，然若謂壹如德宗、珍妃之意，即可以不亡，亦為過論。珍妃得寵，即出賣差缺，魯伯陽一案，是其顯例，使其得志，未必有以逾西后也。珍妃於庚子臨難時，言帝當留京，此亦可作兩種看法。深言之，欲圖變政，淺言之，則冀脫西后絆挾帝以自重耳。且帝留京之語，迺為妃嬪暱帝者所恆言。當英法聯軍之役，西后方為貴妃，文宗出奔熱河，西后乃力主帝當留京，與珍妃如出一轍，謂非宮中婦侍遇變時必有之議論，不可得也。今撮舉前此西后言，與後此珍妃言，相印證，可見歷史事實宛成對耦，而際遇不同，後來菀枯遂若霄壤，亦所謂有幸有不幸。

吳柳堂〈罔極篇〉中記咸豐庚申事，云：

庚申七月，自慈親得病起，五六日間，即傳夷人已到海口，所有內外一切奏稟，概不發鈔，以致訛言四起，人心惶惑，然猶未移徙也。時皇上方病，聞警擬狩北方，懿貴妃與僧王不可，且謂洋人必不得入京。

此懿貴妃，即那拉氏，後來庚子時挾帝西奔之慈禧也。又一節云：

初七日，我軍與夷兵戰於齊化門外。我軍馬隊在前，且均係蒙古兵馬，並未打過仗，一聞夷人槍炮，一齊跑回，將步隊衝散，自相踐踏，我兵遂潰，夷人偪近城邊。先是親王及御前諸公，屢勸聖駕出巡，聖意頗以為然，但格於二、三老臣，並在朝交章勸止，故有並無出巡之旨，且明降諭旨，有「能殺賊立功，立見賜賞」等語，故人人皆以為出巡之舉已中止矣。初八日早，聞齊化門外接仗失利之報，聖駕倉皇北巡，隨行王公大臣，皆狼狽莫可名狀，若有數十萬夷兵在後追及者。然其實夷人，此時尚遠，園中毫無警報，不知如何如此舉動？當皇上之將行也，貴妃力阻，言皇上在京可以鎮懾一切，聖駕若行，則恐宗廟無主，恐為夷人踏毀。昔周室東遷，天子蒙塵，永為後世之羞，今若遽棄京城而去，辱莫甚焉。

據此，則當時懿妃所主帝當留京之理由，視後來珍妃尤堂皇而詳切。後又有一節云：

有御史某上奏，言奸人熒惑帝聽，倉皇北狩，棄宗廟人民於不顧，以致淪陷於夷，請速回鑾，云云。自初間起，日日聞得與夷換和約未成，或由恭邸不肯出見，或因夷人所說難從，總未定局，居民愈覺不安。初六日，英夷來照會云，我國太無禮，致將伊國人虐死五人，索賠銀五十萬兩，適俄夷亦來照會云：聞得夷人索賠五十萬金，伊願說合，令我們少賠。恭邸以此事即使說合，亦不過少十萬八萬，又承俄國一大人情矣，隨託言「已許不能復改」謝之。俄夷又來照會云：既已許賠五十萬，自不必說，惟英國焚燒園亭，伊亦願賠一百萬兩，前索二百萬，減去一百萬，只需一百萬，便了事矣。恭邸答應，於初九日送去銀五十萬兩。是時夷人所添十六條，無一不從者，當事者惟求其退兵，無一敢駁回，於是夷人大笑中國太無人矣。嗚呼，尚忍言哉，尚忍言哉。懿貴妃聞恭王與洋人和，深以為恥，勸帝再開釁端。

會帝病危，不願離熱河，於是報復之議遂寢矣。

末段數言，則知那拉氏在彼時不但主張帝當留，且當留而力戰。一可見其仇外之心理，早伏庚子之禍機，二可見其於當時之國力，實不甚了了，徒知報仇，而不肯細察原因比較力量，此處卻與德宗、珍妃不同。德宗非必甚明，然至少已知國力不如人，不應戰而應留以講理。使珍妃留京之策得行，則與當年那拉后留文宗之結果，必當大異也。

嗚呼，唯爾時不當戰而戰，其終也所貽於國家民族者，迺為後來之當戰而不能戰。夫至當戰而不能戰，則其痛苦，寗能量計。溯而言之，假使咸同光宣以來，稍有明白算盤，早知不如人而自愧奮，十年教養，十年生聚，則今日又何至如是？由今言之，那拉后之昏悍，士大夫議論之檮昧，愈當永為炯鑒，正不能以頌其復仇二字，掩其愚闇之貽戚也。記此節竟，為之掩卷三歎。

慈禧壞清代成法

前記吳柳堂劾成祿，清穆宗欲殺之，賴王家璧力持不可，而免，可見爾時對於法猶知尊重。我國舊日雖無司法獨立之名詞，然自皋陶「宥過無大，刑故無小」，泐訓垂遠；張釋之「廷尉天下之平」一言，漢文終為折服。相沿以來，世之於法，謂為國法，君之法，祖宗之法，自非昏嚚，莫敢壞之，其一切條文成例，尤相傳為憲章，其骫法濫刑者，必末世也。

清代故事，凡死刑必三法司全堂畫諾，缺一押，即不得繕奏，故王家璧得憑此以救柳堂。當時西后雖已垂簾，尚未敢遽亂刑紀。至光緒五年，西后遣閹赴太平湖之舊醇王府，凡閹人出入，例由旁門，不得由正門，值日護軍依例阻之，閹恃勢用武，護軍不讓，閹歸告西后，謂護軍毆詈。時西后在病中，遣人請慈安太后臨其宮，哭訴被人欺侮，謂不殺此護軍，則妹不願復活。慈安憐而允之，立交刑部，並面諭兼南書房行走之刑部尚書潘祖蔭必擬以斬立決，時論大譁。右庶子張之洞，左庶子陳寶琛，疏力爭之。祖蔭到署，傳旨訊得實情，護軍無罪。秋審處坐辦四員，提調四員，皆選自各司，最精於法律者（時刑署中有八大聖人之稱）。同謂，交部即應依法，倘太后必欲殺之，則自殺之耳，本部不敢與聞。祖蔭尚正直，即以司官之言覆奏。慈安轉告西后，乃大怒，力疾召見祖蔭，斥其無良心，潑辣哭叫，捶牀村罵。祖蔭回署，對司官痛哭，於是曲法擬流。自是閹人攜帶他人，隨意出入，概無門禁。迨慈安歿後，則刑部一聽宮中嗾使。

光緒二十九年，湖南沈北山（藎），原字漁溪，入獄。時在夜半，宮中傳出片紙，天未明而沈已碎屍。其明年王照入獄，即居沈之屋，粉牆有黑紫暈迹，高至四、五尺，沈血所濺也。獄卒為王言，夜半有官來，遵太后傳諭，就獄中杖斃，令獄吏以病死報。沈體極壯，群杖交下，偏身傷折，久不死，連擊兩、三點鐘，氣始絕，小航曾以入方家園紀事詩註。而其後精衛先生，被逮入北獄時，有一獄卒，嘗為述沈事，歎息言曰：「彼亦一鐵漢也。當被捕時，老佛爺本欲即殺之，萬壽在邇，乃命杖死。行刑官宣讀時，彼面不變色，但曰：『請快些了事。』於是亂杖交下，骨折肉潰，流血滿地，氣猶未絕，呼曰：『這樣不得了的，把我堵住罷。』於是裂其衣幅，塞口鼻及穀道，再杖始絕云云。」精衛先生，近為予言之，彌嘆其壯烈。而沈在北京被捕時，章太炎方在上海獄中，有詩曰：

不見沈生久，江湖知隱淪。蕭蕭悲壯士，今在易京門。

末云：「中陰應待我，南北幾新墳。」語甚沉雄，亦稱沈之壯烈也。

沈藎

沈漁溪下獄時，予憶周松孫先生（景濤），一日為予言，刑部邇來有「四美具」之稱。文官，武將，名士，美人，備矣。意謂王之春，蘇元春，沈藎，賽金花也。先生時官刑曹，述四人事綦詳，惜不能悉追記。漁溪時任報業，告密陷之者，為滇人吳某，漁溪之摯友也。原官翰林院侍講，因案褫革，賣友之後，西后為之開復原官，而士論薄之，終不得志。及民國七八年間，龍濟光居北方時，吳某易名，為龍之諮議，未幾病歿。聞友人言，吳臨終時，忽欠伸披頰，若與人格拒狀。乃大呼曰：「沈漁溪來尋某甲，我非某甲，乃某乙。」蓋自稱新名，冀以晦其舊名也。鬼神之說，雖不科學，而其懷慚負疚已久，將死時心理瞀亂，不覺自揭其私，則亦為科學所必有也。

清穆宗

晚清諸帝，以穆宗祚最短，童昏沉湎，遘惡疾以終，其十餘年間國事，皆賴其母那拉后將持，帝德無足稱也。予舊聞鄉先輩某公，旦飲酒肆，聞隔座有歌者，醉中漫叫好，俗例所不許也。即有人掀簾責之曰：爾等何人，敢漫叫好，欲尋死耶？某穴隙視隔座歌者一少年，其旁二客，識一人為王慶祺，知必穆宗也，亟遯去，終清世不復入都，可知帝微行之數矣。近人沃丘仲子費君行簡，所著《慈禧傳信錄》，關於穆宗者云：

八歲時李鴻藻授以《詩經》，日五百字，少讀即能背誦，聽講亦領解，唯好弄，課少閒，輒強諸伴讀出與嬉戲。初綿愉子奕詳、奕詢伴讀，繼則奕訢子載澂也。詳詢皆端謹，帝重之而弗與親，澂敏捷有口給，獨得其驩。然帝性喜怒無定，雖師傅亦憚之。倭仁差嚴正，而每日值講僅數刻，其終朝宏德者，僅鴻藻一人。然素寬和，暇唯與帝談故事，或對弈而已。少長，益不樂后所為，尤惡慈寧諸奄。晨興謁后，未嘗有驩容，比至寧壽，共孝貞語，殊娓娓不少倦，宮中人皆傳為異聞，后更內痛，顧無如何也。屢責寯藻、仁、鴻藻等，以孝弟導帝，而帝終不親后。更召日者推帝后命，謂必帝年踰三十，始免沖剋，性情當漸變。帝聞，怒究引進日者為何奄，將鞭之，孝貞誡之乃已。帝承仁等教，指洋務為異端，當日之同文、方言館、船礮製造局，心皆以為無益。嘗言志，謂他年必盡殺洋人始快。然后則倚奕訢、文祥、李鴻章等，頗欲摹歐人富強，益與帝怡左。

此言穆宗與慈禧忤事，至穆宗致病一節，則云：

穆宗雖不學，而敏銳悉朝野情偽，其清文諳達愛仁伊精阿，暇頗拾市井閒情狀與帝。同治中初，強符珍導之出游，珍榮安固倫公主夫婿，時亦行走內廷者也。珍膽薄，慮致禍，往往避帝。迨載澂入伴讀，出少勤，然不過酒肆劇館，未敢為狎邪游也。倭仁嘗遇帝十剎海，愛仁嘗遇帝崇效寺，廣壽嘗遇帝大宛試館，其他小臣與帝值者，不可勝數也。倭仁每切諫之。廣壽嗣值宏德，亦勸帝勿微行，雖納其言，而事過輒思動。又有奄杜之錫者，狀若少女，帝幸之。之錫有姊，固金魚池倡也，更引帝與之狎。由是溺於色，漸至忘反，兩后弗知也。奕謨窺其事，流涕固諫。帝素愛重謨，慨然曰：「朕非樂此，第政事裁於母后，吾已將冠，猶同閒散，特假此陶情耳。今聞忠告，既知過矣，與汝約，親政後，日理萬機，非典禮不踰外闥矣。」謨舞蹈稱宗社天下幸，此同治十一年正月事也。已而為帝選昏，孝貞屬意侍講崇綺女，后屬意將軍鳳秀女，不能決，令帝自擇之。對如孝貞旨，遂立綺女為后，而秀女為妃。是年九月大婚。后阿魯特氏，後謚孝哲者也，莊靜端肅，不苟言笑，帝頗重之。后以帝己所生，立后當己為政，而綺女非己所選中，又睹其亦如帝旨，頗親孝貞，益怒。孝哲體微豐，趨蹌弗便，乃故令奔走以勞苦之。復以其不嫻儀節，責讓之。尤異者，謂帝行親政，國事繁賾，宜節慾，勿時宿內寢。帝既時外寢，忽忽不樂，羣豎則更導為冶游。師保則倭仁、祁寯藻、綿愉已先死，訢自被譴後，憚帝褊急，務承順，罔敢匡救。清癯令醫官治之，擬方多溫補，服之熱且內蘊，繼復染穢瘡，遂困頓不起。再令醫診視，不敢指為腎毒，則謬以痘症對，然所進藥，皆瀉毒清燥者。浹月竟瘳，兩宮大喜，詔舉慶典，晉內外諸臣秩，赦重囚，崇神祀，帝亦以蒙太后調護，且病中承代閱章疏，宜崇上徽號，令各官敬謹預備，此十三年十一月甲寅事也。乃十二月甲戌，帝遂崩，蓋瘡毒雖除，而腹利瀉不可止，適以祀神畢進棗糕，帝食踰量，覺脹，起更衣，微蹶，撫之氣已絕矣。

予又按李越縵日記：

同治十三年十二月初五日甲戌。是日酉刻，上崩。先是十一月朔，太白貫日，上即以是日痘發，偏體蒸灼，內廷王大臣入問狀，請上權停萬機，兩宮皇太后裁決庶政，上許之。于是御前大臣軍機大臣等列議四事以上，其一，改引見為驗放，如初垂簾故事，識者已惡其不祥。未幾以痘痂將結，遂先加恩醫官，左院判李德立、右院判莊守和，六品雜流官也，皆擢京堂，德立至越六級以三品卿候補，尤故事所無者。旋徧加恩內廷諸王大臣，至先朝嬪御，皆晉位號，凡所施行，俱如易代登極之典。又于大清門外結壝，焚燒采帛車馬，名曰送聖。都人皆竊竊私議，以為頗似大喪祖送也。上旋患癰，項腹皆一，皆膿潰。先十日已屢昏，殆不知人，于是議立皇子，而文宗無他子，宣宗諸王孫，皆尚少，無有子者。貝勒載治，宣宗長子隱志郡王之嗣子也，有二子，幼者曰溥侃，生甫八月，召入宮，將立為嗣矣，未及而上宴駕，乃止，宮廷隔絕，其事莫能詳也。上幼穎悟，有成人之度，天性渾厚，自去年親政，每臨大祀，容色甚莊，而弘德殿諸師傅，皆怗括學究，惟知剿錄講章性理膚末之談，以為啟沃，上深厭之，乃不喜讀書，狎近宦豎，遂爭導以嬉戲游宴。蒞政以後，內務府郎中貴寶、文錫，與宦官日侍上，勸上興土木，修園籞，戶部侍郎桂清，管內務府，好直言，先斥去之。耽溺男寵，日漸羸瘠，未及再稘，遂以不起，哀哉。

兩者皆相發明，而穆宗初受病，乃在男色，此說予早聞之，似尤可徵信也。然費李兩記，皆不舉王慶祺，王實與載澂輩導穆宗冶遊者。比讀金息侯《四朝佚聞》云：慶祺既被斥，輒語人云，穆宗親政後，太后仍多干涉，乃請修園為頤養計，意在禁隔，使勿再干政耳，竟為太后所覺，遂致奇變云云。此說出自慶祺口，雖似妄言，證以沃丘所述，則淫貪專恣之婦，其子固先已嫉之，不待後來德宗戊戌圍劫頤和之謀矣。由此可知那拉后之罪惡，實浮於傳聞，一手斷送滿清，汲汲唯恐不及。其生時若遘政變，圍劫禁錮，自在意中，其死後發冢辱尸，又豈非天意耶？

蒓客日記末，斥倭艮峰輩剿襲講章性理膚末之談，使穆宗望而生厭，以陷於惡，亦殊為有識。

恭王奕訢

湘綺《祺祥故事》，後段述恭王幾失西后寵信諸節，大致不謬。肅順雖傾，湘綺傳食諸侯，老而愈為上客，官闈瑣訊，必得之南皮涇陽諸督者，與尋常耳食，固不侔也。恭親王奕訢，為同光間握政柄最久之親王，其舉措進退，有關於清社之運特大，視後此一味貪婪之慶王不同，不可不記。

恭王之生平，有兩大事，三見黜，俱極有關係。兩大事者，一為英法聯軍之役，怡親王載垣佯與英法議和，而忽誘執英國公使巴夏禮，與戰。戰不利，文宗乃召回怡王，而授恭王為欽差便宜行事全權大臣。王初奏激勵兵心以維大局，後克勤郡王慶惠奏釋巴夏禮，請王入城議和，而聯軍已焚圓明園，王卒與英法聯軍議和，而自請議處，此一大事也。又一大事，則為與兩后定計殺端華、載垣、肅順，詳已見前。三見黜者，一為同治四年三月，兩太后諭責王信任親戚，內廷召對，時有不檢，罷議政王，及一切職任。尋以惇親王奕誴、醇親王奕譞及通政使王拯、御史孫翼謀、內閣學士殷兆麟、左副都御史潘祖蔭、內閣侍讀學士王維珍、給事中廣誠等奏請任用，廣誠語尤切，兩太后命仍在內廷行走，管理總理各國事務衙門。王入謝，痛哭引咎。兩太后復諭，王親信重臣，相關休戚，期望既厚，責備不得不嚴，仍在軍機大臣上行走。此即湘綺所記蔡壽祺等事，揆其實際，殆西后小弄玄虛，意在褫其議政王一職。以恣所欲為，非真有仇隙也。二為同治十二年正月穆宗親政，十三年七月上諭，責王召對失儀，降郡王，仍在軍機大臣上行走，並奪載澂貝勒。翌日，以兩太后命，復親王世襲及載澂爵。此為穆宗之輕躁妄動，起訖才兩日。三為光緒十年中法越南之役，王與軍機大臣，不欲輕言戰，言路交章論劾，太后諭責王等委靡因循，罷軍機大臣停雙俸家居養疾。此次家居十年，至光緒二十年中日之役，始再起，至二十四年四月薨於位。綜計三黜中，以光緒甲申之出軍機，為最有意義。

試就前後朝局論之，咸豐末年，怡、鄭與恭、醇之爭，怡、鄭皆鐵帽子王，恭、醇則本支之親王也，疏不間親，故恭、醇勝。當時自孝貞以暨訢、譞，皆憎載垣、端華，政變作而旋畢，自是權皆歸六爺矣，於是有叔、嫂之爭。四年三月之事，除議政王之銜，以示裁制，此中機括，不問而知為那拉后之以孝貞為傀儡，共削恭王之權，以儆之也。至光緒七年孝貞既歿，那拉后獨當國，欲為所欲為，必有憾於恭王之猶未盡阿附逢迎者；於是因盛伯羲一疏，而恭王與李高陽等俱降革。以予所考，甲申三月政地之小滄桑，清流諫官，俱為被動，那拉后主持於上，下唯孫毓汶實有默契焉。向非中日一役，事變糾紛，非禮醇諸王所能晰解，則恭王亦未必再起，可為斷言。故以其進退菀枯與時局之大勢參照測之，奕訢在諸王中，猶為謹慎明白者。湘綺所論門包等事，或為小疵。予入京時，聞老輩談禮王世鐸秉性庸弱，而近聞放庵先生言：老七爺（即醇王奕譞）實至糊塗，迴不如六爺之穩健。證以恭王甲申黜後，有旨：「軍機處遇有重要事，會同醇親王商榷行之。」而伯羲旋有疏陳，醇親王不宜預聞機務，留中不報。以理言之，伯羲攻去恭王、高陽，而易以世鐸、奕譞，一蟹不如一蟹，鬱華閣主，其亦有悔心哉。

恭王革爵事

同治十三年七月，穆宗旨革恭王一事，直是滑稽劇，後之載筆者，不妨直書也。吳摯父先生日記，十三年九月五日，記云：

見都下某官與某中丞書，言停罷園工之事云：七月十八日，政府親臣，聞大內將于二十日園中演戲，十餘人聯銜陳疏。復慮閱之不盡，乃先請召見。不許，再三而後可。疏上，閱未數行，便云：我停工何如，爾等尚何嘵舌？恭邸云：臣某所奏尚多，不止停工一事，請容臣宣誦。遂將摺中所陳，逐條讀講，反覆指陳，上大怒曰：「此位讓爾，何如？」文相伏地一慟，喘急幾絕，乃命先行扶出。醇邸繼復泣諫，至微行一條，堅問何從傳聞？醇邸指實時地，乃怫然語塞，傳旨停工。至二十七日，召見醇邸，適赴南苑驗炮，復召恭邸，復詢微行一事，聞自何人？恭邸以臣子載澂對，故遷怒恭邸，並罪載澂也。又某樞直言，二十七日原旨中有「跋扈弄權，欺朕年幼，著革去一切差使，降為庶人，交宗人府嚴行管束」等語。文相接旨，即陳片奏將硃諭繳回，奉旨著不准行。復奏請暫閣一日，明日臣等有面奏要件。比入，犯顏力爭，故諭中有「加恩改為」字樣。逾日復草革醇王諭。不知何人馳媿，忽傳旨召見王大臣，不及閣學。時已過午，九卿皆已退直，惟御前及翁傅，直入弘德殿，兩宮垂涕於上，皇上長跪於下，謂「十年已來，無恭邸何以有今日？皇上少未更事，昨諭著即撤銷」云云。

摯父此段，予遍證公私紀載，始歎其文賅事確，某官，某中丞，不詳何人，當時未免有漏言之嫌，今則但覺其史料之可喜矣。

恭王諫修園

野史又采一節云：

圓明園起雍正朝，事成於乾隆，閎敞壯麗冠中國。清制，宮中祖制嚴，興居有時，飲食服御有常度，帝恒苦之，時巡幸熱河。林清變後，則罕幸熱河而常駐園，后暨妃嬪皇子悉侍焉。咸豐末年，英法聯軍入京，內閣中書龔自珍之子龔橙，導之毀園。穆宗御極，洪金田事敗，張樂行、賴汶光先後斃，內外頌承平，慈禧、穆宗思所以為樂者，於是重建圓明園之說起。時交涉日棘，庫無儲蓄，諫言不行，恭忠親王坦然力爭之。一日叩宮門請見，穆宗知為園事也，問曰：「亦來為阻建園乎？朕志久決，亦何必拂太后意（太后謂慈禧）。且朕居彼與爾等討論國是，亦甚善。」恭王叩首言：「當今內患雖平，外難日亟，庫藏無存蓄，圓明園憲、純兩廟所修，當時財力遠過今日。且純廟諭旨，後世子孫勿得踵事華飾。今建園，簡陋，無以備翠華之臨幸，復舊，則國帑不足。以某之愚，不若少緩便。」穆宗默然良久，臥榻上。王更言：祖制不可失。歷數所以訓儉者。時穆宗好著黑色衣，謂曰：「爾熟祖訓，於朕事尚有說乎？」王曰：「帝此衣，即非祖制也。」（宮中制色衣無黑色）因誡穆宗勿微行，引白龍余且事釋之。穆宗曰：「朕此衣同載澂一色，爾乃不誡澂而來諫朕（載澂王之子也）。爾姑退，朕有後命。」旋召大學士文祥入，且坐正殿曰：「朕有旨勿展視，下與軍機公閱速行之。」文祥知其怒，折視，則殺王詔也。文祥碰頭再三請，終弗懌。文祥退，叩太后宮，泣訴之。太后曰：「爾勿言：將詔與予。」殺王之事乃寢。

此節似清亡後時流所著筆，或報章所記者，其中亦頗足參考。穆宗與載澂同冶游，好著黑衣，恭王切責澂，先幽之，澂亦以惡疾先死，諸醜跡，屢見近人筆記，疑諳掌故者，采綴成之。其言恭王叩宮門，文祥退叩太后宮，穆宗有殺王詔，皆顯有誤謬，此事當以吳先生日記所記者為準。

恭王失寵原因

頃見徐芷生（沅）《白醉楝話》，中有一則云：

唐憲宗時，崔羣嘗因面對，論及天寶、開元中事，以為安危在出令，存亡繫所任，開元二十年罷賢相張九齡，專任姦相李林甫，理亂自此而分，洵確論也。以同光朝局而論，亦有與唐事相類者。同治中興而後，湘鄉曾文正、合肥李文忠諸公夾輔於外，而恭忠親王密運樞機於內，雖外患漸侵，國事猶不至遽壞，樞府得人，故也。至光緒甲申三月，恭王屏出軍機，而以貪庸之禮王繼之，時局日非，遂如江河之日下矣。是年退出軍機者，為恭王及大學士寶鋆、李鴻藻、尚書景廉、翁同龢；新入軍機者，為禮王世鐸、尚書額勒和布、閻敬銘、張之萬、侍郎孫毓汶、許庚身。樞臣全行撤換，為前此所未有，且新樞臣中，惟閻文介差負清名，其餘非平庸，即貪黷，不孚眾望。相傳孝欽屢欲興修離宮，皆為恭王所阻，既蓄意予以罷斥，而醇親王奕譞，亦與恭王不洽，授意孫毓汶，密先擬旨，遂成此變局。禮王既領樞府，仰承意旨，以海軍經費移充頤和園工程。外人知我無備也，越十年遂有東藩之役。識者以為甲午之外侮，先肇於甲申之內訌，仲堪此舉，國之亡徵，洵不爽矣。

案：芷生所記，前半皆諸家筆記所詳，與外傳無殊。唯其云醇王奕譞與恭王不洽，授意孫毓汶一節，則稍探祕要。其後尚有一節，論官紀云「迨光緒甲申以後，樞臣孫毓汶狎優縱博，晝夜荒淫，經臣工聯名具劾，未聞稍加懲處」云云，此亦足補史料。惟芷生以恭邸之出軍機為諫阻離宮（案：即指頤和園），未免因襲傳聞。考光緒十四年二月，有旨將清漪園改名頤和園，量加葺治，以備慈輿臨幸，此為頤和園動修之始，亦即閻丹初失寵時。甲申，是光緒十年，今以頤和園事，傳於恭邸高陽之出軍機，而不道盛伯羲、張靄青之一幕，自嫌未盡周詳。然那拉氏之去奕訢，其隱衷正在為所欲為，中間必有若干次之積憾。《文芸閣筆記》云：

> 同治朝，大婚之後，慈禧太后面諭軍機大臣云：「大難既平，吾姊妹辛苦久，慈禧太后，長於慈安太后一歲，然宮中仍呼慈安為姊。今距歸政不遠，欲擇日徧召大學士御前大臣六部九卿，諭以宏濟艱難之道，惟養心殿地太迫窄。」言至此，恭親王遽對，曰：「著，著者，是之辭，京話如此。慈寧宮是太后地方。」太后遂止不語，後亦不徧諭於大臣。蓋后意欲御乾清宮，恭邸窺其意，而先為幾諫也，其機警如此。

此節卻極扼要。芸閣記此，正在乙未年，殊大膽，有特識。大概甲申三月之事，起釁在此。甲午以後，恭王再起，屢受挫折，唯諾阿附，亦不如此之謇謇矣。

恭王瑣事

又恭王瑣事，有可追記者，彙抄於此。

文道希《聞塵偶記》：

「猛拍闌干思往事，一場春夢不分明」，記甲申退出樞廷之事也。

又云：

貝勒載澂，恭邸之嫡子也。卒後，有外婦所生子，或勸恭邸收養之，恭邸不允。蓋宗室定例，非妻妾生子，不能入屬籍，即成立，亦別姓覺羅禪氏。況貝勒素不謹，外室甚多，故恭邸之不錄，是也。慶邸以罪人子，本不應繼近支襲爵，乃先行過繼別房，然後轉繼。其初由恭邸援引時，謬為恭謹，光緒九年以後，事權漸屬，遂事貪婪。後又與承恩公桂祥為兒女姻親，所以固寵者，無所不至。召戎致寇，其罪浮於禮親王世鐸云。

何平齋《春明夢錄》云：

寶師（案指寶鋆）一日將散值時，先往出恭。恭王待之久，及見面，嘲之曰：「往何處撇寶去？（撇寶二字，京中謔語也）」師曰：「那裏，是出恭。」恭與寶，二字針鋒相對也。又一日，恭邸自太廟出，指廟碑下贔屭，謂寶師曰：「汝看這個寶貝。」師號佩蘅，佩貝二字音相似也。師應之曰：「這也是龍生九子之一。」此可謂善戲謔矣。蓋當時樞臣見面閑談，多雜以謔語，意恐一涉正事，轉致漏洩機要，殆古人不言溫室樹意歟。

又云：

清室諸王，以恭邸為最賢明。雖平日有好貨之名，然必滿員之得優缺，及滿員由軍機章京外放者餽送，始肯收受，聞其界限，極為分明。余嘗對寶師稱道其人，師曰：「恭邸聰明，卻不可及，但生於深宮之中，長于阿保之手，民間疾苦，究未能周知，遇疑難事時，還是我們幾個人代為主持也。」恭邸儀表甚偉，頗有隆準之意，余夙未與周旋。簡建昌時，渠適在軍機，例應往謁，見面行禮不還，然卻送茶，坐炕，甚為客氣。敘談頗久，惟送客不出門耳。聞後來攝政王初入軍機時，見客便坐獨炕矣。

又云：

恭邸與寶師同患難，而贊成中興，後聞同時被黜，交情較厚。寶師薨，詔入祀京師賢良祠，誠異數也，進主之日，余獲觀盛典。主未入祠時，恭邸即先往看視祭器祭品，未行禮而遂不見。余怪問滿人，則對曰：「皇子于廷臣不能行跪拜禮。」其來也重交情，其去也重體制，蓋兩得其道焉。

又云：

醇王舊邸，即德宗誕生之地，例名為潛邸。醇王薨，以其邸改為醇賢王廟，猶世宗潛邸，今改為雍和宮也。余時派往查估工程，見其房屋兩廊，自晒煤丸，鋪滿於地，儉德殊不可及。後來親貴，非常驕奢，不數年便覆敗，可見祖宗世業守之難而失之易也。

又云：

孝貞太后出殯之日，余入東華門觀禮，前導無甚排場，鑾輿衛傘扇之外，只見捧香爐者或十人，或二十人為一隊，分隊前行，中夾以衣架臉盆架，錯雜其中，其餘金銀錁紙紮等等陸續而至，與尋常民間出大殯者無異，但品制不同耳。須臾見梓宮自景運門出而上槓，與尋常棺槨，亦無大異，惟和頭作文點式，遠望似黃色繡罩。正在趨前審視間，忽聞有一人喝站住一聲，諦視之，則恭邸也，而德宗即隨之而至，頭戴白草笠，穿白袍，青布靴。其時隨從及觀禮者，幾千百人，一切縞衣，上下無能區別。惟聞皇上縞素，靴用青布，王公親支稍殺之，餘皆不能用布，此所以示別也。梓宮出城，暫安殯宮，名曰暫安奉殿，諸王公輪班上祭，定期下葬，則謂之曰永遠奉安。戊申兩宮崩逝，余在蘇州，不及見。而德宗因崇陵工程未竟，辛亥後始行奉安。聞當時梓宮由火車行，則往事不堪回首矣。

案：以上七節，皆頗可考見恭王風裁及典章制度。而芸閣所言慶王來歷，及平齋所記恭王頗好貨云云，醇王儉而後嗣奢，皆為覆國官邪之權輿，尤可與湘綺所記相印證。

修頤和園原委

穆宗大興園工一事，其源流甚長。上所記僅為恭王一人而發，發而即了，僅恭王俄頃之榮辱耳，修園之事，則綿延未已，直至十年後，恭王再出軍機，與甲午海軍之敗，清社所以早亡者，皆緣於修園之一念。此念，以予考之，實動於那拉后，穆宗為后親子，故知之審，而持之堅，曾以后意，明告諫者。壽陽祁敬怡《鞠谷亭隨筆》中有一節記此事，內容較詳，可與摯父日記相參證。祁云：

山東游滙東侍郎百川，同治壬戌翰林，由御史給事外放，數遷至順天府府尹，擢倉場侍郎，同光間之進階最速者也。有直聲，尤諳習河務。同治末葉，游在御史任，曾疏諫停止圓明園工程。穆宗召見，厲聲曰：「汝亦有父母，豈有父母所欲，而故為違抗者。」意蓋指孝欽之命也。游稱：「皇太后政暇頤養，不如就近增飾西苑，以為臨幸之地，用帑不鉅，易復舊觀。」穆宗可其請，而未知西苑所在。游復申奏：「即南北中三海，近在宮掖。」穆宗命具疏以聞。既而曰：「無須也。」即授以御筆使書之。游戰慄曰：「不敢。」穆宗曰：「朕令汝書，勿庸固執。」不得已，就御座前，書以上。穆宗又曰：「汝此奏即是證據，嗣後臣工不得復以興修三海為言。」游惶恐無措，遂下。無何，穆宗升遐，事遂寢。光緒中，乃復議修此。此乃高陽李符曾先生，聞之閩侯陳弢庵太傅。蓋陳於某年分校棘闈，游為內監試，親聞之於侍郎者。同治末年，兵事初定，海宇晏安，有廣東奸商李光昭，賄託內務府大臣貴寶、文錫，勾結太監，以報効木植請修復圓明園，孝欽意動，乃交直粵川楚四督查復。李固言鄂、粵、川三省，已購木料，天津又為海道，運木所必經。直督李文忠始發其奸謀，謂所定係外洋木料，價僅五萬，浮開至三十餘萬，且分文未付，洋商控告，轇轕未清。川督吳勤惠疏言，從無巨商在川購木。楚督李勤恪，所奏亦同。乃嚴懲李光昭，而褫貴寶、文錫，及司官某某職，譴責有差，園工乃罷。時恭忠親王嘗諫阻，以是出樞廷，罷世襲，並奪其子載澂爵，且將盡革惇、醇兩王、文文忠、李文正等職，為兩宮所聞，殊不謂然，已革者復爵，未革者寢其議。迨光緒中葉卒修葺三海，且修頤和園，以海軍儲款，移作園工，大開報効之途，極為冒濫，有墨勅斜封之誚焉。

此段窮源竟委，可見先圓明後頤和皆實為那拉后之倡議也。清代野史，采某筆記云：

圓明園為前明懿戚徐偉別墅舊址，康熙間名暢春園。世宗在潛邸時，聖祖命於園中闢地築室，以為世宗讀書之所，並賜名圓明，雍正後，遂無復暢春之稱矣。園距平則門二十里，列聖避暑巡幸，歲駐蹕數月以為常。咸豐庚申，西事孔棘，津門被兵，靈囿曲臺，付之回祝，文宗在天之靈，有隱恫焉。同治初政，滿御史有建議修復者，嚴旨切責。十一年，廣東奸民李光照，覬覦富貴，具呈內務府請報効木植，重修淀園。穆宗聖孝邁恆，正思兩宮聽政過勞，無游娛休息之地，因俯從光照請。其實光照一貧子，冀以近倖為護符，得游歷川楚江浙諸產木之區，勒索肥己也。幸聖智如神，卒破奸詭，置光照於法，民間獲免騷擾。當園工議興，中外錯愕，臺諫中惟沈桐甫侍御准，首上書力爭。穆宗震怒，立召見，諭以《大學》養志之義。沈素吶吶，青蒲獨對，攝於天威，但連稱興作非時，恐累聖德而已。又有游侍御百川者，袖疏廷諍，諤諤數百言，聲震殿瓦。穆宗雖未遽收成命，而戇直犯顏，不加譴責，長楊五柞，卒罷經營焉。

此節大體亦不謬，而游百川外，舉及沈淮，可見遇一事出，言者必不止一人，猶前記端、肅一案之董元醇、高延祜之例也。

王國維頤和園詞及注

近人為長慶體者，不多覯。樊山自是能手，但用典微傷蕪雜，又短於情韵。鄧壽遐（鎔）亦喜為之，視樊似又不逮。壽遐前數年，歿於舊京，予挽以詩，頸聯云：「記事解為長慶體，沈憂還遘廣明年。」以荃察余齋詩中長篇歌行不少，頗有感時紀事之作也。前於樊者，唯湘綺，後則王靜庵。兩王長篇，一以圓明園詞著，一以頤和園詞著。頤和園詞，刊於《觀堂集林》中，六、七年前，有邊君敷文，字太初，為作注。邊君蓋舊京吏隱之風雅者，年已六十餘，其註大致不謬。今並王詩錄之，而以予所訂正者，附後。原詞及註云：

漢家七葉鍾陽九，澒洞風塵昏九有。南國潢池正弄兵，北沽門戶仍飛牡。（案：自順治經康熙、雍正、乾隆、嘉慶、道光、咸豐，共歷七代，故曰七葉。此指洪楊之亂，南國，言洪楊之亂在南方也。北沽，大沽也。門閂曰牡。《漢書・五行志》：「成帝元延六年，長安城門牡自亡。」京房《易傳》曰：「飢而不損茲謂泰，厥災水，厥咎牡亡。辭曰，關動牡飛，辟為無道為非，厥咎亂臣謀篡。」顏師古註：「牡，所以下閉者也，亦以鐵為之。」此言英法聯軍進逼大沽，天津失守也。）蒼黃萬乘向金微，一去宮車不復歸。提挈嗣皇綏舊服，萬幾從此出宮闈。東朝淵塞曾無匹，西宮才略稱殊絕。內殿頻聞久論思，外家頗惜閒恩澤。（案：英法聯軍入京，文宗顯皇帝北狩熱河，駕崩，穆宗毅皇帝嗣位，年甫七齡，載垣、端華、肅順，奉遺詔輔政。時駕在熱河未返，文宗妃，穆宗生母那拉后，與文宗弟恭親王奕訢，謀誅載垣、端華、肅順，奉文宗喪及穆宗還京。文宗后、孝貞皇太后，與那拉后同垂簾聽政，稱東宮皇太后、西宮皇太后。孝貞性忠厚，大權實在那拉后。此言文宗至熱河駕崩不返，穆宗嗣位，而政權出宮闈也。）六王輔政最稱賢，諸將專征捷奏先。迅掃欃槍回日月，八荒重覩中興年。（案：六王，指恭親王奕訢，宣宗第六子也。文宗北狩，命恭親王居守，與英法議和。載垣等伏誅，恭親王長軍機為輔政大臣。諸將，指曾國藩等。時朝廷用端華、肅順等遺策，用曾氏節制諸軍，故得削平洪楊之亂。中興之中，讀去聲，唐元結作〈中興頌〉，此言洪楊之亂既平，清室中興也。）聯翩方召升朝右，北門獨付元臣手。因治樓船鑿漢池，別營臺沼追文囿。西直門前柳色青，玉泉山下水流清，新錫山名呼萬壽，舊疏湖水號昆明。昆明萬壽佳山水，中間宮殿排雲起。拂水迴廊千步深，冠山傑閣三重峙。磴道盤紆凌紫煙，上方寶殿倣祈年。更栽火樹千花發，不數明珠徹夜懸。（案：此言擢用曾、李諸將，曾氏由兩江總督移督直隸，故云北門獨付元臣手。漢武帝欲伐滇南，于長安鑿昆明池，以楊僕為樓船將軍，于昆明池習水戰。那拉后于禁中製輪船以供賞玩，詩意指此，但係光緒年間事。西直門，為都城之一門，玉泉山亦在北京。萬壽，山名，亦在北京。昆明湖，亦在北京，非漢之昆明湖，命名同耳。案：皇城西北隅，舊有中、南、北三湖，亦稱三海，同治以前僅有中、南兩海為禁籞，而北海為通衢，任車馬往來行走，所謂金鰲玉蝀是也。光緒中，議修西苑，乃圈入禁中。光緒十四年，西苑工竣。既而又以西苑在城中，山水之趣不及郊野，於是有重修圓明園之議。後以圓明園荒蕪既久，水道阻塞，不如萬壽山、昆明湖水面廣闊，施工較易，乃輟圓明園工，而修萬壽山，錫名頤和園。祈年，宮名，秦孝公起。火樹，見唐蘇味道詩『火樹銀花合』，謂放燈及煙火也。那拉后於頤和園中樹間裝設電燈數萬盞，詩意指此，然此皆光緒年間事。）是時朝野多豐豫，年年三月迎鑾馭。長樂森嚴苦敝神，甘泉爽塏宜清暑。（案：長樂、甘泉，皆漢代宮名，慈禧以宮中不適，每年於三月移駐頤和園避暑。）高秋風日過重陽，佳節坤成啟未央。丹陛大陳三部伎，玉卮親舉萬年觴。（案：未央亦漢代宮名，《漢書》，淮南王等朝未央宮，置酒殿前。上奉玉卮為太上皇壽。坤成，指太后千壽節也。那拉后以十月初十日誕生，每年於是日慶賀。）嗣皇上壽稱臣子，本朝家法嚴無比。問膳曾無賜坐時，從游罕講家人禮。（案：嗣皇，指穆宗，皇帝對太后自稱臣子。太后御膳，皇帝及皇后等侍立于側，不賜坐，撤膳，則命帝后等立而食之，即在宮內遊幸時，亦常如此。此清代家法，古所無也。）六王小女最承恩，遠嫁歸來奉紫宸。臥起每偕榮壽主，笑談差喜繆夫人。（案：此指恭親王女。）尊號珠連十六字，大官加豆依前制。別啟瓊林貯羨餘，更營玉府蒐珍異。（那拉后叠上尊號，後加至十六字曰，慈禧端佑康頤昭豫莊誠壽恭欽獻崇熙皇太后。大官，即太官，掌御膳者。加豆，見《禮記》。加膳，《漢書・王莽傳》，復大官之法膳，王莽請元后勿減膳也。慈禧常膳，食前方丈，皆係珍品，以兩桌接長，羅列于前，隨其喜食者食之，每食糜費甚巨。慈禧好貨，晚年設玉器店於北京，凡司道以下官缺皆可賄買。如玉銘以報効頤和園經費，放四川鹽茶道，魯伯陽夤緣李蓮英報効巨款，得上海道。慈禧因遂於大內貯積金銀，命太監掌之，歿年，積至三千萬，說者謂被內監侵蝕尚不止此數。慈禧又於園中設珠寶房，命親信掌之，凡內外所供獻者，皆貯於其間。）

月殿雲階敞上方，宮中習靜夜焚香。但祝時平邊塞靜，千秋萬歲未渠央。（慈禧每於宮中焚香禮斗，祝國內太平。洪楊亂平後，外勢日侵入，中經甲申甲午兩次法日之戰，然和議既成，自後遂以為可永享承平矣。庚子之變，慈禧尤冀拳匪足以殲外人，恒於宮中設壇焚香拜祝，殊迷信也。）五十年間天下母，後來無繼前無偶。卻因清暇話平生，萬事何堪重回首。（慈禧每於宮中話喪亂事，時常抑鬱，恭親王女輒寬解之，始悅。）憶昔先皇北狩年，屬車常是受恩偏。因看批答親教寫，為製金章特與鈐。（文宗北狩，諸事皆與慈禧籌商。時寇亂方殷，批答中外章奏，日不暇給，慈禧知書識字，每有批答，文宗輒命慈禧代書之。慈禧自是熟知吏治，漸參大政矣。）一朝鑄鼎降龍馭，後宮髯絕不能去。北渚方深帝子愁，南衙復遘丞卿怒。（案：此指文宗薨後，駕留熱河，載垣等謀抗慈禧事。）手夷端肅返京師，永念沖人未有知。為簡儒臣嚴豫教，別求名族正宮闈。（案：此言誅端、肅也。慈禧選崇綺女為穆宗后，並命杜受田為師傅。）無端白日西南駛，一紀恩勤付流水。甲觀曾無世嫡孫，後宮并乏家人子。（案：穆宗在位十三年，以痘崩。《漢書・元后傳》，甘露三年生成帝於甲觀畫堂，為世嫡皇孫。家人子，《漢書》顏師古註，言采擇良家子以入宮，未有職號，但稱家人子也。又《漢書・外戚傳》，惠帝即位，立帝姊魯元公主子為皇后，欲其生子。萬方終無子，迺陽為有身，取後宮美人子名之，殺其母立所名子為太子。詩意當本此，以言穆宗無子也。）提攜猶子付黃圖，劬苦還如同治初。又見法宮憑玉几，更勞武帳坐珠襦。（案：穆宗無子，慈禧乃立文宗弟醇親王奕譞之子載湉，年甫四歲，是為德宗，兩宮仍垂簾聽政。光緒六年，孝貞皇后崩，慈禧獨專政權。）國事中間幾翻覆，近年最憶懷來辱。草地間關下澤車，郵亭倉卒蕪蔞粥。（案：德宗於光緒十五年大婚，慈禧於次年撤簾，其撤簾也，非欲歸政也，特欲藉頤養之名，以遂其盤遊之志耳。故雖撤廉，而仍專政如故。及甲午之變，德宗思變法自強，以翁同龢之薦，引用康、梁諸臣，而戊戌八月政變之禍起，慈禧幽德宗於瀛台，乃復親政。己亥冬廢立說起，以外人及海外華僑之電爭，不果，不得已立端郡王載漪之子，為大阿哥，繼穆宗後，而德等於廢矣。然慈禧及端王等銜外人彌甚，由是遂有庚子拳匪排外之禍。懷來，縣名，英、法、俄、德、美、日、意、奧八國聯軍入京，慈禧挈德宗於七月十九日，倉卒出京西走，乘騾車至宣化府懷來縣，飢甚，鄉民進麥飯，頃刻而盡。《漢書・馬援傳》，士生一世，但願衣食裁足，乘下澤車。《後漢書・光武紀》，倉卒蕪蔞亭麥飯，厚意久不報。此引用其事，以見當日避難之苦也。）上相留都擁大牙，東南諸將翊王家。坐令佳氣騰金闕，復道都人望翠華。（兩宮既西狩，命慶親王奕劻留京。方拳亂之殷也，聯軍攻大沽，清廷大震，詔各省勤王。端王載漪等，矯詔令各省迎頭痛擊外人。兩江總督劉坤一、兩湖總督張之洞、兩廣總督李鴻章、山東巡撫袁世凱，恐大局不可收拾，不奉詔，聯合東南各督撫，與外人結互保條約，東南各省得無恙。八月命奕劻、李鴻章與各國議和，各國索懲罪魁，乃黜載漪王爵，殺毓賢、剛毅、趙舒翹，褫董福祥職，各國始允與李鴻章開和議於天津。約未成而鴻章卒，以王文韶代之，翌年和約成，各國退兵駐天津。是年十一月，兩宮還京，各省派員迎鑾，供張彌盛，翠華所蒞，閭里逃亡，商民罷市。）自古忠良能活國，於今母子仍玉食。宗廟重聞鐘鼓聲，離宮不改池臺色。一自官家靜攝頻，含飴無冀弄諸孫。但看腰腳今猶健，莫道傷心迹已陳。（慈禧回鑾，廢大阿哥溥儁，德宗得不廢。

慈禧仍以時駐蹕頤和園，帝及隆裕后及諸宮眷常陪從游宴。慈禧欲聯絡外人，常召見各國駐京公使參贊夫人，入園游覽。時裕庚之女德菱，方自外國回，慈禧召其母女姊妹三人入宮，為宮眷充繙譯。帝及隆裕宮眷等，皆呼慈禧為老祖宗，慈禧雖年老，鎮日遊玩不倦。）兩宮一日同緜惙，天柱偏先地維折。高武子孫復幾人，哀平國統仍三絕。（光緒三十四年九月二十日，德宗崩，慈禧亦病篤，於二十一日崩。先是穆宗之崩也，德宗繼立，吳可讀自殺，遺疏爭為穆宗立嗣，於是慈禧詔俟德宗生子，即承繼為穆宗之後。至是德宗無子，乃立德宗弟醇親王載灃子溥儀承繼，兼祧穆宗、德宗，是為宣統帝。《漢書》敘傳，班彪〈王命論〉，哀平短祚，國嗣三絕。）是時長樂正彌留，茹痛還為社稷謀。已遣伯禽承大統，更扳公旦覲諸侯。（宣統即位，慈禧遺命以其父醇親王載灃以攝政王監國，故以伯禽周公旦為比。）別有重臣升御榻，紫樞元老開黃閣。安世忠勤自始終，本初才氣尤騰踔。復數同時奉話言，諸王劉澤號親賢。獨總百官稱冢宰，共扶孺子濟時艱。（慈禧病篤，張之洞、袁世凱與慶親王奕劻，同受顧命。安世，漢張安世，指張之洞。本初，漢袁紹字，指袁世凱。劉澤，漢瑯琊王，呂氏之禍與陳平、周勃共定大計，此指慶親王。）社稷有靈邦有主，今朝地下告文祖。坐見彌天戢玉棺，獨留末命書盟府。原廟丹青儼若神，鏡匳遺物尚如新。那知今日新朝主，卻是當年顧命臣。（此言民國大總統，實當年顧命臣也）離宮一閉經三載，綠水青山不曾改。雨洗蒼苔石獸閒，風搖朱戶銅蠡在。（此言宣統即位三年，而頤和園久閉也。）雲韶散樂久無聲，甲帳珠簾即漸傾。豈謂先朝營暑殿，翻教今日作堯城。（鼎革後頤和園開放，大總統府移入三海。）宣室遺言猶在耳，山河盟誓期終始。寡婦孤兒要易欺，謳歌訟獄終何是。（案：宣統即位，監國罷袁氏。及民軍起武昌，乃起袁氏為內閣總理。旋與民軍議和，清帝退位，令袁氏組織新內閣，民軍乃舉袁氏為臨時大總統，授受之際，坦然明白，在清帝及隆裕太后不失為堯舜之讓，在袁氏確為謳歌訟獄之所歸。或易為「謳歌訟獄屬虞廷，寡婦孤兒綿趙祀」，亦佳。案：此段頗似梅村〈圓圓曲〉，結語預知三桂之必反者。詩成於民國初元，袁氏稱帝，已於此透消息。）深宮母子獨淒然，卻似灤陽遊幸年。昔去會逢天下養，今來翻受屬人憐。虎鼠魚龍無定態，唐侯已在虞賓位。且語王孫慎勿疎，相期黃髮終無艾。定陵松柏鬱青青，應為興亡一拊膺。卻憶年年寒食節，朱侯親上十三陵。

予案靜庵此詩，成於民國三年。當時袁氏終必帝制自為，有識者久燭之，靜庵惓惓故君，孤兒寡婦二句，當然如此月旦。邊註所述改竄兩句，度是有人懼文字禍，易為諛詞，視原句何啻點金成鐵邪？聯翩兩句，邊註，以曾文正公移督直隸釋之，似微隔一塵。「聯翩方召」，當指左文襄入軍機，「北門獨付元臣手」，當指李文忠；以文正督直甚暫，且在同治初，與修頤和園相去太久也。「上方」句，邊注以秦孝公祈年宮釋之，誤；此蓋言頤和園排雲殿上層之佛香閣，頂作圓形，其制倣天壇之祈年殿也，詩意甚明。「六王」三句，邊註，但言恭親王女數字，失之略。考吳絅齋〈清宮詞〉：「求郎不徇館陶情，湯沭頻頒視所生，異數今同長公主，連雲甲第峙東城。」註云：「榮壽公主，為恭忠親王之女，文宗以其聰慧軼羣，屢欲撫為己女。同治初元，奉孝貞皇后、孝欽皇后懿旨，封為固倫公主，恩遇甚渥。額駙志端早卒，子麟光，以先代世職襲公爵，屢求要差，孝欽以其少年，終不予也。」公主府在安定門大佛寺後身。是靜庵所詠也。「笑談」句，邊註從略，案：此言繆素筠也。《清代野記》云：

光緒中葉以後，慈禧忽怡情翰墨，學繪花卉，又學作擘窠大字，常書福壽等字，以賜嬖倖大臣等，思得一二之代筆婦人，不可得，乃降旨各省督撫覓之。四川有官眷繆氏者，雲南人，夫官蜀死，子亦孝廉。繆氏工花鳥，能彈琴，小楷亦楚楚，頗合格，乃驛送之京。慈禧召見，面試之，大喜，置諸左右，朝夕不離，並免其跪拜，月俸二百金，又為其子捐內閣中書，繆氏遂為慈禧清客，世所稱繆老太太者，是也。間亦作應酬筆墨，售於廠肆，予曾見之，頗有風韻。自是之後，遍大臣家，皆有慈禧所賞花卉扇軸等物，皆繆氏手筆也。會慈禧六旬慶壽，先數日，忽問繆曰：「滿洲婦人大粧，爾曾見之矣，我未見爾漢人大粧果如何？」繆對曰：「所謂鳳冠霞帔，是也。」慈禧曰：「慶祝之日，爾須服此，為我陪賓。」繆唯唯，即於是日購冠帔服之。慈禧大笑不可仰，謂如戲劇中之某某也。至壽日，置繆氏於眾所屬目之地，眾滿婦人入宮叩祝者，皆見之，無不大笑失聲者。慈禧是日竟大樂，賞賚無算，而繆氏束縛直立竟日，苦不可勝言矣。滿人以漢人為玩具如此，然當時朝中命婦聞之，莫不豔羨，以為聖眷優隆，天恩高厚也。繆氏名素筠，母家姓未詳。

靜庵蓋詠此。「豈謂」二句，邊註，謂大總統府移入三海，予案：堯城不當作此解，堯城解如堯臺。予憶民國三年，有人倡議徙清室於頤和園，又有廢十九條說，度靜庵此時，必聞此言，故謂先朝暑殿今日堯城，又以山河盟誓期終始句為諷，再後之深宮母子句，皆為隆裕母子嗚也。頤和園民十一以前，皆由清室內務府管理，邊註以三海釋之，大誤。靜庵詠頤和園，而身自沉於昆明湖，亦是一預讖。更推論至末段以定陵與十三陵相較，不止興亡之可拊膺。天壽山明陵，至今無發冢者，那拉后死十餘年，已破棺暴骨，雖曰天道不誣，而當時詩人之比興綰合，已儼及之，其足感喟因果者，可堪覼數。

又按中華書局民出版之《清朝野史大觀》，曾收此詞，似采自誰氏筆記。其首節謂園奢麗，過於建章阿房，措詞殊僿。大抵頤和園視圓明園遠遜，那拉后耗二千餘萬，祇粉飾前山，而後山行宮尚未修復，世人嫉之甚，故謂其窮奢極欲。若在今日，耗帑區區，何足深道。誦靜庵詞者，應知國中宮苑，唯餘此園，在建築美術上，必勿任其蕪圮也。

周大烈頤和園詩

王靜庵〈頤和園詞〉：「憶昔先皇北狩年，屬車常是受恩偏。因看批答親教寫，為製金章特與鈐。」四句，自是寫文宗晚年寵縱那拉后，使得干預政事，末句似即指同道堂章。然同道堂章，據湘綺所記，是漢玉章，且為孝貞后所有，靜庵詩意似言特鑄金章賜西后，代書批答時用以鈐記者，又與同道堂章不符。案：咸豐末年，詔敕下鈐小章衹有同道堂一事，西后以咸豐六年生穆宗，始恃寵稍稍用事，而朝廷大政，文宗必以諮肅順，遂啟西后與肅順政權之爭。然文宗間使西后代書批答，事理或有之，特製金章，未之前聞，靜庵所詠，必有譌誤。靜庵後自沉於昆明湖，周印昆有〈頤和園雜題〉十首，頗述西后佚聞，因及於靜庵等事。印昆年長於靜庵，而所歷不同，措詞亦異，錄之可見時代觀感之嬗變，後此若再詠頤和園者，必別有他種感慨也。

《夕紅樓詩・頤和園雜題》十首：

畫手能圖獨老身，排雲坐殿向誰瞋。嚴裝乍見顏如赭，可是當時葉赫人。孝欽皇后，改乾隆清漪園為頤和園，建排雲殿，猶懸遺像。葉赫，孝欽族名，先為覺羅所滅，禁通婚姻，文宗不顧，卒亡其國。

清漪誰復記庚申，經亂園亭半不真。衰柳斷橋三四處，依稀還在後湖濱。清漪園燬於咸豐庚申。

南歸自闢水邊村，一片葭蘆占北門。吳下勝游渾不忘，老來還住惠山園。園北名惠山園，乾隆南巡，仿吳中勝處建，已燬。

鯨鯢歛甲浪猶平，海署移工正息兵。獨坐石船頻戲鴨，何曾一見水邊臣。頤和園為海軍軍費所建，工程由海軍衙門管理，石船在湖邊。

龍衣玉珮夜傳觴，聽擅金龜一曲長。酒半頻呼皮小李，此時猶著老孀裝。孝欽於園中起德和園，時演戲，內侍李蓮英獨擅釣金龜。李本皮工，呼皮小李。

玉瀾堂外水漫漫，數尺高牆障已難。幾日播遷西去後，有人廊倚畔晴看。玉瀾堂為德宗居處，戊戌政變後孝欽至園，禁之堂下東廂，別築磚牆如獄舍。

重重樓閣得閒天，萬水無波在佛前。坐久略聞人有語，小舟撐出北堤邊。佛香閣為乾隆供佛地，望見湖中游船。

魚藻軒前秋已殘，投身應為水多瀾。誰從湖中瀾多後，更為閒游障木欄。廣東革命軍有北趨之勢，清臣王國維謂不可再辱，投軒下死。

九日龍檣御沼開，晴波鷗嶼帝師來。更無黃菊陪佳節，自喚青衣侍玉杯。重九日，宣統師傅朱益藩，乘孝欽御舟，泛湖登山，時宣統已為馮玉祥迫居天津日本租地。

頤園魚鳥獨知春，不奈秋多水又陳。扶梗亂荷亭下立，最能愁殺外邊人。知春亭光緒時建，在昆明湖邊。

案：印昆此詩，丁卯作，民國十六年也。自民國以來，西苑頤和園風景，皆為輩流詩料，望古遙集，可采之作如林，錄此十詩，不過適逢其會耳。

頤和園石船

頤和園中結構各有所倣，不止惠山園，即石船亦倣自前人。印昆有〈題兩石船〉詩：「靄靄茫茫隔柳望，石船同泊兩湖旁。船中妃子多殊態，慣向微波弄水王。」小註云：「清睿親王山莊後湖，頤和園昆明湖，均有石船，為王妃及孝欽后游地。妃本太宗后，后本文宗妃。」案：此註頗有風趣，可見頤和園之石船，迺倣睿王府後湖者，而睿府此製，度是承前明之遺。予曾見明人某筆記，論及船廳，文移鞅掌，遂忘為何書，苦憶不得，容另考之。

張懷奇頤和園詞

前錄印昆〈頤和園雜詩〉，謂作者如林。客或責舉其大者，予案：毗陵張芍巖（懷奇），亦有〈頤和園詞〉，且有自註。詞云：

朱甍天際集鳳皇，九成避暑離宮涼。御龍阿母昇雲上，玉階瓊樹凋秋霜。圓明園火頤和起，西控都門五十里。聞說鑾輿送內家，慣看禁馬馳中使。雲欄月榭似南朝，斑扇當樓擁百僚。六曲屏風雲母飾，九間殿柱水晶雕。鳳京迴護仙霞紫，昆明池館巢翡翠。年高禮佛愛山莊，（園中有一殿供奉觀音大士像，為慈禧禮佛處。）春老役靈移海市。碧水縈洄繞畫廊，新荷五月出池塘。中書奉詔趨偏殿，學士承恩出尚方。月滿桂花珠露重，龍涎細爇御罏供。玉敕還宮正賜宣，金璫返蹕誰陪從。鷹犬年年進九重，度支計畫仰司農。（朝邑閻文介公（敬銘），以大學士長戶部八年，爬羅梳剔，遇事撙節，歲得羨餘百餘萬。及光緒中葉，幾盈千萬。文介欲儲此款不他用，以待國家正用。自頤和園工程起，內務府經費，歲增數百萬，每咨取時，文介輒力拒之。慈禧固知部中儲有巨款，一意提用，而文介一日在位，必不能遂其志，於是眷文介驟衰。文介知不可為，遂稱疾去職。文介去而戶部儲款數月間立盡，此句蓋指其事。）徒聞鄧后裁方貢，又見湯官索歲供。殤帝賓天安帝繼，三朝耆舊知開濟。玉陛臨雲帝座高，珠簾掩月天顏霽。花爛長秋風遞香，絳霄赤鳳正當陽。安知少子春秋富，但覺中興日月長。憂國杜根甘不盡，上書夜半謀歸政。宮中衣帶淚痕多，殿上縑囊膏血迸。（寇連材以上書請歸政，杖斃。）外鎮先知舉事難，反將密計告中官。內廷宰相親迎旨，東市英豪痛毀冠。（指殺康廣仁、林旭、譚嗣同、楊銳、楊深秀、劉光第六君子）君王微失慈親意，奸人乘間窺神器。（指端王載漪，謀立其子溥儁。）流毒天驕濟北王，養癰計拙關西吏。（指山西巡撫毓賢。）痛哭潢池盜弄兵，豺狼當道白虵橫。赤眉米賊傾畿輔，碧眼胡兒入禁城。（指拳匪之亂，與聯軍入京。）輦轂倉黃深夜走，郊甸飢民不如狗。寢殿空虛戰士屯，雄關艱險將軍守。（聯軍入京分駐頤和園，及瀛台等處。時兩宮西走，命宋慶守潼關。）從此阿房付刼灰，羌兵炊飯燒花柳。日落蟲飛蝙蝠羣，臺崩草長狐狸藪。荊棘銅駝倒殿門，途窮賀監乞荒村。官家棄國餘雙闕，大府勤王望九閽。華陰道遠詔西幸，天帝回鑾泥首請。（慈禧西幸後，恐回鑾後外人責問其罪，不敢返京，奕劻、李鴻章等力請，始於辛丑年回鑾。）輦路生禾思故宮，山家獻麥悲新餅。（慈禧回鑾時，沿途頗有中官出而滋擾，閭巷為空。陝督升允飭禁居民不得遷移，祕令某村婦嫗跪道迎鑾，獻田家風物，慈禧笑受之，謂余在北京，那知他們苦況，敕中使賞賜金帛慰勞。）歸車卷幔過天街，不見當年舊館娃。楊柳枝疏牽別院，梧桐葉落響空階。城頭髣髴鳴笳吹，耿耿星河宵不寐。對鏡黃門話昔愁，憑欄白髮流孤淚。涼月無情照鳳樓，清秋燕子不勝愁。重來傳旨徵方物，依舊通泉鑿御溝。沉吟五十年間事，太平雖定亂誰致。一條禍水出宮牆，十丈妖星流大地。天津橋上望君門，絕世聰明履至尊。何必金珠藏大內，枉將財賦竭中原。（慈禧宮中儲窖金銀甚富。晚年賣官鬻爵，以品秩崇卑分等差，自道員以上，價或數萬不等。）下方瘡痏悽蒿目，銳意還教興土木。春夢緜緜醒綠蕉，秋風瑟瑟吹黃竹。牆頭細柳漾宮煙，小侯鵠立拖魚玉。衣監停傳冷翠裘，諫章空積殘紅燭。雙引湖龍天上游，名園雲物冷千秋。鸝梭織錦關宮樹，蛛網垂絲罥玉鉤。秉筆詞人詩作史，兵戈逃出亂中死。釀禍傳聞親貴臣，弄權憶得中常侍。宜凜冰淵一片心，防淫無逸意何深。和熹欲法宮中舜，崇儉皇家第一箴。

案：此作雖不逮靜安甚，亦有數處掌故，可相資證。頤和園興，而閻丹初去，固可太息。然丹青土木之事，正坐庫有羨帑，使妖后生心。傳曰：「多藏厚亡」，故君子不貴有聚斂之臣，而為政當視其遠者大者。

梁瀚致胡林翼書中所言咸豐時政局

胡文忠當時亦為肅順所舉薦，叔章近得文忠家藏信札絕夥，中有數札，似是肅順與胡者，或當時肅黨在軍機大臣之箋候，論政局及各省大勢維詳，惜隱語太多，予正在細考中。又有梁瀚致文忠一書，則言咸豐末年政局，今全錄之：

潤芝仁兄年大人閣下。頃奉冬月二十四日手書，憂國憂民，奮不顧身，忠愛之誠，形於楮墨，讀之令人酸鼻。惟時事至此，前所恃以無恐者，天子聖明，乾綱獨斷，冀望大有振作，漸挽狂瀾，今則情形大非昔比，為左右數人所蒙蔽，權漸下移，即樞密亦成贅瘤矣。如外夷一事，初到津門，兵勢正強，人心正銳，偏不准剿而議撫，以致僧力不鼓，人心渙散。迨藩離已去，漸迫都城，有人議和，復不准撫而議剿。彼時若聖心堅定，久坐不搖，亦可維繫人心，乃滿漢合朝攔阻，痛哭言之，而此一二人者，已暗中安排，備駕以待，迨翠華已行，而百官猶夢夢也。恭邸在京，為保全大局，忍氣吞聲，勉為和議，雖宗社無恙，而元氣大傷，冀望鑾輿速返，極力整頓，在京文武百官，合詞恭請，並行在樞臣當面碰頭，又為此數人所阻。又恐聖意不堅，逼樞中立繕明發一道，復寄信在京諸臣，以後不准再瀆，此後內外續請者，不下數十紙，均以覽之一字了之。現又將行宮所有座落，大加修理，大有久安之勢，所需銀十餘萬，皆派定城中滿洲著名諸大家捐輸，皆此數人之謀也。所有以前正月戲玩之具，以及優伶人等，無不運赴行在，即此可知大概矣。現在部庫支絀萬分，而克翁統兵萬餘，駐扎城外，以保護京師為名，其實於事毫無補益。日前與芝相商榷，為省餉起見，請將勝兵裁撤，或酌減，竟不准行。各省請餉，請撥，紛紛告急，大江南北情形尤甚，部中明知決不可靠，而不能不為紙上之談，且一切由行在一人作主，稍不如意，即被駁回，同事五人，直若無而已。鄂中捐事，如若再請，當與同事者商之。閣下以宏濟之才，居有為之地，正天下安危所繫，務望珍重自愛，加意調攝。弟本庸材，毫無知識，又際此不能建白之時，仗馬日食三斗，一鳴即斥，亦只好隨人碌碌。且重慈年近九旬，侍養無人，久欲陳情而不果，與其訥訥於朝，作無用之人，何若學萊衣舞，猶可取悅於重闈也。渭青開府中州（王笑翁已得大銀臺矣），實為地方之福，然破壞已甚，整飭亦不易易。承惠之件，得濟燃眉，感不可言，匆匆草此。布請台安，兼鳴謝私，惟荃照不盡。年愚弟梁瀚頓首。臘月廿日。

案：梁字海樓，號平橋，陝西鄠縣人，官至戶部左侍郎，此書係咸豐十年十二月作，以書中有渭青開府中州一語；渭青者，嚴樹森也，嚴以十月授河南巡撫。所敘文宗幸熱河肅順專權情事，與各筆記大略相同，唯修理行宮需銀十餘萬，皆攤派滿人，則為各書未詳，宜八旗恨肅順之刺骨也。克翁者，勝保；芝相者，周祖培，字芝臺，是年十二月由吏部調戶部，正梁為侍郎時也。

考定胡林翼書札中之杜翰來書

叔章前獲胡文忠往來函札絕夥，中有一札，不具名，但云沕於劍影雙虹之室，圖章亦同。玩其語氣，皆統論全局，而於益陽稱為尊兄，初疑其即為肅順，近詳加考證，疑為杜翰。今先錄原函，再疏以鄙見。函云：

貺生中丞尊兄大人賜覽。前月奉手示，以初九日甫沕寸函，而來使又甚傯促，未得作復，殊歉於懷。茲復奉正月廿一日惠緘，展誦再三，覺謀國之忱，溢於楮墨，能如我公者，不必二、三十人，但得過半，不患芝蘭之室，不與俱馨也。所陳舉劾各章，一一皆得俞旨，緣來人十三日必行，不及鈔奉，若能諭令於接摺之次日起行，當可錄其全文奉閱也。漕事摺到，此間未必有阻撓者，不過事屬更新，慮人駭異。農曹近日以瑣屑為能，或者有人挑斥句語，持前此丹筆示之，亦必不至異議。蓼城之賊，其勢方張，光帥已有不支之勢，鶴人求解兵柄而不能，其言以為派出之人請悉歸豫軍，自願統三千人力清一路，而此間仍以統帥待之，弟於其離楚之後，隨地募勇，即知其未嘗甘苦，今日之兵之餉，豈尚有多多益善之理？即與商賢言之，而商賢善善從長，大約不揭人短，皆為盛德，而天上之於鶴人，竟幾幾以江羅視之，直至今日，鶴人之意，亦在力救蓼城，即受人節制亦所深願，而猶以六安責之，文不對題，不特昧于事機，亦孤負鶴人自知之明矣。克帥虛憍，是其積習（最好受降，其病不小，亦驕之一字中之也），蓼城之役，則實身任其難，聞盧游擊所統，多係降人，肆虐於商光之間，而克帥但以微詞劾之。英帥處處取巧，先駐汝南，復移沈邱，蓋知汝南無賊，日久必有飭催之信，沈則可以阜陽教匪自固也。我公東下之說，已化煙雲，盡力為之，必有大造於楚。籥帥之在湘南，頗不得於聖人，久之又久，精神自出，其實籥帥有何出人頭地處，不過虛心實力四字而已。以我公之才，何止十倍曹丕哉。江南水部，閩省琅琊，以鄙意觀之，皆有氣而無性者也。來示所謂與役處者，水部為尤甚，然綸扉一席，竟有翕然之思（在聖心轉不甚屬，於此更見世論之淺也），然則大下人尚誰可與言乎？潯城之下，當在目前，他日水陸東征，江皖並重，然自此而撫建，則楚兵能盡其長，北岸進兵，不過得皖城而止，求其深入腹地，勢不相宜。淝帥不去，皖無睡醒之日，香帥不易，豫無睡著之日，此兩人者得天獨厚，為之奈何？粵事如籥帥所言，頗協天意，此間無不欽佩，而鄙意獨難之。圍魏救趙之計，百發百中，而彼更於我求魏，則措置尤難。當籥帥摺到之時，無不同聲贊歎，但惜壽帥之非其人，鄙人獨謂此計不能出其意料，不數日而滬上之信果來矣。滬稅為水部所必護，而海運未行，斷無用武之理，渠欲於二月十七前來，而沙船不過十九不能出洋，即此一節，已成兩困。鄙意相持五七日，而吹散風聲，遂謂籥翁之計已行，則來者恃其迅利，或可反顧，反顧而無其事，則海米已行，彼亦未能遽變，且一發不中，則籥翁之計彼益見攻其不備。虛實之際，爭在先後，此我公所嗤為奇計者，知不值一哂也。諸梁被劫以去，安處船中，粵中十二月初十日來報，猶言紳士赴船，皆不得見，時於艙內窺見其容，有意奚落。（此後遂無隻字，大約接到寄龍羅之信，知中峯要求之語，不能見允，故禁不許言，而自為來滬之說耳。）大約皆鬼所欲言，而大樹中峯不敢不下筆者。滬上照會，並有已將諸梁發往遠處，諸梁深知理短在彼，哭泣之語，其語氣竟與來報相同。此間已改鑄將軍巡撫印信，而不遽易人，大意欲俟壽帥抵粵。其實壽帥之不能了此，不特中朝士大夫知之，即天語亦謂此人大是福相，當無意外，望之甚殷，而許可者止於如此，其意可知。況其中復有鵜鬼其書，與三鬼同來，此間復函致北口，令其循例行文，所論情理透澈已極，不知此時尚是折衝尊俎時否？高賢公正持重，應變大非所長，餘子碌碌，率皆伯始，益無可言。過承麾下另箋之示，惟有心感心愧，勉冀無負曏誨而已。江南之事，毫無端倪，和帥方以領餉不足劾糧臺，而糧臺大員（恐方伯持之過嚴，有殺身之禍也，奇哉）遂有內召之旨，此等驕兵，可與成事哉？當日周文忠、向忠武，皆好用潮勇，此即潮勇之餘毒，其忽賊忽兵，更無足怪矣。手此草復，拉雜不文，尚祈原鑒。即請勛安不一，弟名心叩，二月十二日泐於劍影雙虹室。來示有勞光泰之語，豈其人竟在粵帥幕中乎？能詳述示知否，又拜。

案：此書當是咸豐八年戊午春間所作，以葉名琛革職一事，在七年十二月也。書中首云，所陳舉劾各章，一一皆得俞旨，則此人地位，至少必是軍機大臣。論漕事，謂持前此丹筆示之，亦必不至有異議。丹筆者，皇上之硃諭，或硃批也，司此者非軍機而何？克帥者，勝保。鶴人者，李孟羣。商賢者，周祖培，時周方為戶部尚書，故與之談餉事也。英帥未詳，以下文和春例之，或是英翰。籥帥、籥翁，皆駱秉章。江南水部者，何桂清。閩省琅琊者，王懿德。淝帥，當是翁同書；香帥，則英桂，字香巖也。壽帥，黃宗漢，字壽臣。諸梁，指葉名琛，沈諸梁為葉公也。大樹、中峯疑指馮桂芬，和帥自指和春，其中鬼字，為洋鬼子之省詞，故鵜鬼當指俄人。統觀全書，頗有指揮若定之概。其論勝保虛橋，駱文忠虛心實力，何桂清、王懿德有氣無性，以及翁英黃葉之批評，皆極中窾要。籌畫兵略，亦有見地。正是當時中朝為曾、胡奧援之一大人物，而從函中賜覽二字測之，必非肅順，而必為肅順幕中之主謀者。

考肅黨著名者，無過穆蔭、匡源、杜翰、焦祐瀛數人，中尤以杜翰最有才，此書必出其手。翰字繼園，文正公受田次子，咸豐初以工部侍郎，在軍機大臣上行走，史稱其勇於任事，甚被倚任，胡文忠出其兄翻門下，至相得，故與翰結納，而翰以尊兄稱之。讀此可知咸同中用楚賢之線索，又可見爾時運籌者，別有人在，文宗色荒，肅順粗才，不足語乎細針密縷之補苴也。向例軍機大臣與人書，皆用齋名，劍影雙虹，度是杜齋所牓。杜以咸豐三年入軍機，八年九月以降服憂罷直，此書二月所發，則猶在樞垣。杜旋於翌年再入直，綜其前後在軍機近十年。後坐肅黨，部議革職，戍新疆；然終免戍，褫官而已。此並可見其才略，非常人所及。

同治十三年臺灣番社事件

合肥李文忠致侯官沈文肅書稿，今存文肅之孫崑三家，凡三紙，純白箋，合肥自筆，蓋言同治十三年臺灣番社一案也。原書如下：

幼翁仁兄年大人閣下。連奉七月二十二日、八月二十四日抄件，敬承一一，緣近日無尊處輪船到津，大久保等在京亦無定議，遲遲未覆。日來連接總署函，自重陽日大久保始改議彼此兩便辦法，遂有撤兵回國索貼費二百萬金之說，真情畢露。總署力言不可，姑允被害漂民酌量撫卹。彼又追問撫卹確數，十四日忽又翻覆，柳原因請覲不准，亦告辭，與大久保偕行出京。十六日英使威妥瑪乃為居間調處，多方恫愒。總署恐大久保之速行決裂也，允以從優給卹銀十萬兩，倭兵退後，所棄房屋器具等件，歸之中國，由尊處會查，酌給四十萬兩。十七，威使復稱倭人欲先給一半，文相未准，而五十萬之數已經出口，大約總可定局，似援九年津案賠償法俄各國人命共五十萬，先後一律。弟初尚擬議審所害者琉球人非日本人，又津案戕殺領事教士，情節稍重，礙難比例，今乃以撫卹代兵費，未免稍損國體，漸長寇志。或謂若啟兵端，無論勝負，沿海沿江糜費，奚啻數千萬？以此區區，收回番地，再留其有餘，陸續籌備海防，忍小忿而圖遠略，抑亦當事諸公之用心歟？往不可諫，來猶可追，願我君臣上下，從此臥薪嘗膽，力求自強之策。無如總署前書所云，有事即力圖補求，事過則仍事恬嬉耳。大久保不日當回，倭兵冬間計可撤退，開山撫番，增官設兵，一切善後，端緒宏大，諸賴長才久駐，擘畫經營，俾臻完善，永絕覬覦，感佩曷已。俊侯渥蒙青睞，所部月餉，仰承籌補三關，體卹周摯，益應感激馳驅，惟麾下用費浩繁，餉源竭蹶，何堪增此重累耶？威使致信本國照料購辦利器鐵船，似又中變，日意格自請仿製，諒由外洋另覓熟手匠頭，有把握否？安瀾、大雅為颶風所毀，殊出意外，能否撈起脩整，亦事機不順之一端。內山開礦，為興利創舉，執事鋭意行之，良可欽企。此事工本甚鉅，非僱洋人，購洋器，用洋法，難得興旺，弟方擬於直屬磁州地方籌開鐵礦，機器洋匠約明年可到，未知果有成否？台地百產精英，什倍內地，我公在彼開此風氣，善為始基，其功更逾於掃蕩倭奴十萬矣！手此肅復，順頌勳祺。年小弟李鴻章頓首。

此書為同治十三年九月二十一日。今按臺灣番社一案，始於同治十二年，臺灣生番殺害琉球人，其成為中日交涉，則為十三年三月，其一切交涉結束則在是年十一月，文忠與文肅此箋，正在交涉將了未了時也。是年三月奉旨：「沈葆楨帶領輪船兵弁，以巡閱為名，前往臺灣一帶，密為籌辦。」故爾時文肅之官銜，為辦理臺灣等處海防大臣。考《清史稿・沈葆楨傳》：

十三年，日本因商船避風泊臺灣，又為生番所戕，藉詞調兵，覬覦番社地。詔葆楨巡視，兼辦各國通商事務。日兵已登岸結營，葆楨據理詰之，曉諭番族遵約束，修城築壘為戰備，提督唐定奎亦率淮軍至。日人如約撤兵，乃議善後事宜。

是此案之大略也。以予所考，當時日本亦專派使臣來議茲事，即文忠書中之大久保，至柳原已前在京。大久保者，內務卿大久保利通；柳原者，日木使臣柳原前光也。此案最後日本撤兵，中國以四十萬兩作為購買日本兵營修道造房之用，即文忠書中之撫卹；當時日本要求賠償兵費四百萬兩，至少須二百萬兩，終乃以此定局，不得不謂為文肅嚴修戰備之力。而案定後，言官尚騰謗以為縱敵，見前所錄濤園〈哀餘皇〉詩序中。當時兵備粗陋已極，船政海軍，皆甫草創，而國人已侈然責交涉當局以言戰，可知歷來清議，皆如此也。文忠書中之俊侯，即唐定奎；日意格者，法人，同治六年文肅創辦船政，聘日意格為監督。安瀾、大雅兩運船為颶風毀於澎湖，是八月十九日事，安瀾管駕為呂文經，大雅管駕為羅昌智。兩船沉沒，文肅立派三品銜洋將斯益基格、千總陳兆連、藝生魏瀚，馳往察看，見奏摺。所謂藝生魏瀚者，即季渚先生，其時已學成回國，在船上任職；蓋季渚以同治六年出洋，予前記稍後也。文肅性剛毅有威，不少假借，其辦理番社一案，及其後撫臺與開發臺北之功，累牘不能盡，而言路猶詆之。至合肥尤當時詬為親日賣國者，今觀此書，其明識遠略為何如者。

予尤佩文忠勉文肅「開此風氣，善為始基」之言，不愧老成篤論。予嘗疑同光之際，中日方各變法自強，其大臣忠於謀國，亦未必相去甚遠，特以國人習於虛憍，清廷彌目淫昏，士大夫工於責人，昧於責己，好為高言，安於偷嬾，一、二勇於辦事稍有遠識者，往往不能竟其功，孫過庭所謂失之一毫，差以千里，及其末流，雖痛哭搶攘，曲踊盪決，求為同盡，亦不可得。迄今誦文忠、文肅之遺箋，可為炯鑑者，良不在少，又豈止區區講掌故論史料而已耶？

報紙洩漏外交機密事

同治十三年臺灣番社一案中，有新聞紙洩漏外交軍事案。比日方競言外交公開，又方爭檢查報紙，追錄此一段故實，未知朝野感想，所異幾何也？

此案始末大致如下。最初洩漏臺灣番社外交之消息，為香港報紙。沈葆楨奏：

再臣葆楨奉到六月二十日上諭，沈葆楨等另片奏，近閱香港新聞紙，將該大臣等四月十九日奏片刊刻等語。此次緊要事宜，豈容稍有洩漏？前經疊降諭旨，嚴行訓誡，該大臣將軍督撫等，應如何加意慎重。此次究由何處洩露？即著該大臣將軍督撫等確切查明，據實具奏等因。伏讀之下，且感且悚。惟由何處洩露，須俟密查，未便張皇，轉生枝節，而軍機關重，竟至宣布於外，片由臣葆楨主稿，疎忽之咎，實無可辭。合懇天恩將臣葆楨交部議處，以為機事不密者戒。謹此附片瀝陳。

奉硃批：「沈葆楨著交部議處。」其次繼之為上海報紙，而兩江總督李宗羲奏：

竊臣於同治十三年七月三十日，承准軍機大臣密寄，本年七月二十五日奉上諭：「本年三月二十九日密寄沈葆楨等諭旨，上海新聞紙內竟行刊刻，究係何人洩漏，著李宗羲嚴密確查，據實復奏。」等因，欽此。臣查向來辦理中外交涉事件，凡遇祕密公牘，皆由內署繕辦，卷存內署，不敢稍有洩漏。嗣因籌辦海防，尤關緊要，當經咨行沿江沿海各衙門，一體慎密辦理。本年六月間，檢覈上海《林華書院新報》，載有三月二十九日廷寄一道，及閩省擬購鐵甲輪船等事，據刊係由香港《華字日報》中鈔來。飭據蘇松太道沈秉成查覆，香港《華字日報》內有臺灣消息一條，已載明由福州寄來字樣，即經咨會閩省密查洩漏緣由，嚴行根究，未准覆到。（中略）臣復加查覈，上海《林華書院新報》、上海《匯報》，一係五月二十三日刊發，一係五月二十八日刊發，均係照鈔香港《華字日報》。至香港《華字日報》則係五月十二日刊刻，並已載明消息來自福州，雖所言未可盡信，而此次洩漏並非由於上海，已無疑義。嗣後辦理交涉事宜，自當遵旨格外嚴密，以昭慎重。

奉諭著文煜等嚴行查究，即將洩漏根由確切查明，據實具奏，不准稍涉含混。旋於十三年十一月辛丑，福州將軍文煜、閩浙總督李鶴年、福建巡撫王凱泰奏：

竊臣鶴年於同治十三年十月初七日，在泉州府防次，承准軍機大臣密寄。（中略）伏查閩省洋務，向由督臣主稾，臣鶴年到任後，凡洋務密件，皆由信函往來，不經書吏之手，遇有要事與臣煜、臣凱泰面商辦理，非但新聞紙不能道其隻字，即同城司道不經管洋務者，亦未嘗得聞其詳。惟與外國官員照會，彼此皆知，無所用其機密。此外臣等所奉密諭，及各處鈔寄密摺密函，皆係內署封存，祕之又祕，並無一字外播者。此臣等衙門辦理洋務密件之實在情形也。及先後接到李宗義來咨，並沈葆楨鈔寄摺稾，始知前項密件，有刊入香港新聞紙者，殊深詫異。當即購到閱看，所有三月二十九日諭旨，及四月十九日奏片，均刊在一紙，其係同時流播已可概見，若不確究主名，恐此風仍難禁絕。隨即派委同知文紹榮前往香港密查，所刊前件畢竟得自何處？傳自何人？以期水落石出。旋據該員稟稱：查香港《華字日報》發端於德臣洋行之新聞紙館。平日京報等件，俱其首錄。詢諸該館西人，以為出自主筆之人。續查出主筆陳賢，即陳靉亭，廣東新會縣屬潮連司人，自幼入天主教，於六月間已到福建，而停留福建何處，當時再三追求，無從得實等情，具稟前來。嗣據該員回省面稱，訪聞陳賢即陳靉亭，現在臺灣府城等語。正在查辦間，欽奉此次諭旨，臣等現復密咨廣東撫臣，並檄臺灣道福州府澈查根究，俟查有陳賢下落，獲案訊究洩漏根由，另行具奏。

硃批：「該衙門知道。」十二月，文煜、李鶴年、王凱泰又奏：

臣鶴年拜摺後，隨復函催臺灣道夏獻綸，並檄委候補通判劉晉，即日由泉州東渡，隨同嚴密查辦，去後。茲據夏獻綸稟稱，訪問陳賢有在道員黎兆棠處之說，當經親往查詢。據該道面稱，祇有陳言即陳靄亭，廣東新會縣人，已於八月初二日內渡，聞其已回香港等語。賢言靄靉語音相同，其即係一人無疑，等情，具稟前來。並據通判劉晉稟同前情。臣伏思此案現已查有主名，祇須陳言即藹亭究由何處洩漏，一經提訊，不難水落石出。惟自八月初二日到今已逾數月，難保不回新會原籍，即使仍在香港，按照條約就近由粵照會英國官解送，似亦易獲案。事屬洩漏密件，關繫重大，可否仰懇飭下兩廣督臣張兆棟密飭設法查拏，務獲解訊嚴辦，以示懲儆之處，出自聖裁。

奉諭軍機大臣等：

文煜等奏，查明新聞紙刊刻密件之陳言，已往香港，請飭查拏一摺，陳言即陳靄亭，係廣東新會縣人，經文煜等查明於八月間由臺灣內渡，已回香港，事關洩漏機密要件，亟應查訊明確，以期水落石出。著張兆棟密飭所屬，將陳言即陳靄亭設法查拏解訊，從嚴懲辦，原摺著鈔給張兆棟閱看。

其後粵督張兆棟曾否緝獲陳靄亭，則檔無可查。以意揣之，陳在香港，未必就捕也。從上列各摺片中，可見當時滬報率轉錄港報，而港報則以洋行司發行，其訪員則又以教會為多，布防託庇殆甚密。可見當時報紙，已存反詆清廷之地步。若論臺灣番社一案，幾可謂全未公開，折衝所得，亦未甚喪辱，清廷所以諭沈葆楨者，與閩省欲訂購鐵甲船，事涉國防，張皇於中外，清廷誠不足惜，其有益於國家本身者幾何？亦殊待後人之論定。所歎者，後人方復競以高論相夸，務詆前者以培後，非昔以詡今，窖朝以張野，則其奴主丹素，益未易言，恐惟有拱手以俟更後之人，遞相閔笑而已。

清德宗選后事

光緒十三年冬，西后為德宗選后，在體和殿，召備選之各大臣小女進內，依次排立，與選者五人，首列那拉氏，都督桂祥女，慈禧之姪女也（即隆裕）。次為江西巡撫德馨之二女，末列為禮部左侍郎長敍之二女（即珍妃姊妹）。當時太后上坐，德宗侍立，榮壽固倫公主，及福晉命婦立於座後。前設小長棹一，上置鑲玉如意一柄，紅繡花荷包二對，為定選證物。（清例，選后中者，以如意予之。選妃中者，以荷包予之。）西后手指諸女語德宗曰：「皇帝，誰堪中選，汝自裁之，合意者即授以如意可也。」言時，即將如意授與德宗。德宗對曰：「此大事當由皇爸爸主之。（據宮監謂，當時稱謂如此。）子臣不能自主。」太后堅令其自選，德宗乃持如意趨德馨女前，方欲授之，太后大聲曰「皇帝」，並以口暗示其首列者（即慈禧姪女），德宗愕然，既乃悟其意，不得已乃將如意授其姪女焉。太后以德宗意在德氏女，即選入妃嬪，亦必有奪寵之憂，遂不容其續選，匆匆命公主各授荷包一對與末列二女，此珍妃姊妹之所以獲選也。嗣後德宗偏寵珍妃，與隆裕感情日惡，其端實肇於此。

以上皆宮監唐冠卿所言，蓋深知內事者，其人至今或尚存也。庚子拳匪時守西陵貝子奕謨，告逃難西陵之齊令辰曰：「我有兩語，賅括十年之事。因夫妻反目而母子不和，因母子不和而載漪謀篡。」謨貝子為清宣宗胞姪，其言如此，合上宮監言觀之，晚清宮廷之內幕，可以概見。

清之當亡，固有必然。而其演於外者，為新舊之爭，和戰之爭，鬱於內者，為夫妻之釁，母子之釁，此四者，庶可以賅之矣。（戊申袁項城之被放，為監國之載灃兄弟，借此逐之，以便攬權，非翻戊戌舊案也。楊叔嶠之子，不知其隱，亟取德宗賜其父密詔，上書求雪冤，隆裕執不可，其始終憾德宗之情可見。）

沈瑜慶哀餘皇詩

沈文肅公，本杭州人，遷閩凡五世。其字幼丹者，以尊人字丹林也。故文肅長子，字丹孫。濤園，為烏石山文肅公祠園名，今世以屬於文肅第四子愛蒼先生；以愛蒼先生斥貲購故許友濤園，以祀其先，故人稱之。其集亦署曰《濤園集》。集中有〈哀餘皇〉一詩，蓋為海軍作，沉摯頓挫，歌以當哭矣。詩有引，今並錄之。〈哀餘皇引〉云：

光緒乙亥，日本搆釁臺灣番社，先子奉詔視師，勒兵相持數月，日人情見勢絀，願繳營壘軍械，作價四十萬元，就款。言路騰謗，以為縱敵，先子不為動。師旋，遵旨復陳練兵籌餉製械儲材遊學持久六事，請飭各省合籌，每年四百萬金，分解南北洋，計日治海軍，期以十年，成三大枝，彼時遊學者，亦藝成而歸，製船駕船，不患無人矣。又恐緩不及事，請四百萬儘解北洋，先成一軍，再謀南洋。蓋處心積慮，並日兼程，猶恐失之。嗣北洋徇言官之請，挪海軍款濟晉賑，先子以為大憾，奏請前款仍分解南北，力疾遣學生出洋，監造鎮遠定遠二鐵艦，而先子病遂不起。易簀前夕，命瑜慶就榻前，口授遺疏。先是日本夷琉球為沖繩縣，庶子王先謙疏請伐日本，廷旨飭議，未及復奏。至是遂言：「天下事多壞於因循，但糾因循之弊，至於鹵莽，則其禍更烈於因循。日本自臺灣歸後，君臣上下，早作夜思，其意安在，不可謂非勁敵。而我之船械軍實，無改於前，冒昧一試，後悔方長。願皇上以生知之質，躬困勉之學，所謂州來在吳，猶在楚也。」疏入，廷旨促辦海軍。合肥亦悟，北洋海軍權輿於此。而出使大臣李鳳苞請廢船政，謂製船不如買船，而已私其居間之利。後希中旨者，又挪海軍款辦頤和園工程。甲申一挫，甲午再挫，統帥不能軍，閩子弟從之，死亡殆盡，無更番之代，犄角之勢，專一之權，以至於一蹶不可復振。淮楚貴人，居恒軒眉扼腕曰：「閩將不可用，海軍難辦。」噫！真閩將之不可用耶？抑用閩將者之非其人耶？纍纍國殤，猶有鬼神，此焉可誣？而今日之淮楚陸軍何如乎？是可哀矣！吳公子光曰：「喪先王之乘舟，豈惟光之罪，眾亦有焉。」長歌當哭，遂以〈哀餘皇〉名篇。

詩云：

城濮之兆報在邲，會稽已作姑蘇地。或忍或縱勢則懸，後事之師宜可記。昔年東渡主伐謀，嚴部高壘窮措置。情見勢絀不戰屈，轉以持重騰清議。鐵船橫海不敢忘，明恥教戰陳六事。軍儲四百餉南北，并力無功感盡瘁。宋人告急譬鞭長，白面書生臣請試。欲矯因循病鹵莽，易簣諫書今在笥。蓄艾遺言動九重，因以為功宜可嗣。誰知一舉罷珠崖，東敗造舟無噍類。行人之利致連檣，將作大匠成虛位。子弟河山盡國殤，帥也不才以師棄。即今淮楚尚冰炭，公卿有黨終兒戲。水犀誰與張吾軍，餘皇未還晨不寐。州來在吳猶在楚，寢苫勿忘告軍吏。

濤園此詩引，俱可作史料。海軍始議於同治五年丙寅，而六年丁卯，沈文肅以前江西巡撫丁艱居鄉，為船政總理，濤園引中首及光緒元年乙亥中日臺灣番社之役者，以明中日糾紛之端也。是役文肅不主戰，而終許日和，當時諫官已騰謗，以為縱敵，已可見士議之糊塗。蓋當年所謂兵船者，祇有惠吉、萬年清、湄雲、伏波等自造船不過十餘艘，最大者為船政局收買德國之帆船名建威，實不堪戰。廣東向英國訂購之兵船名安瀾，與船政自造大雅運船，皆在臺灣安平旂後遭風沉沒。臺灣之役，日司令為西鄉從道，帶兵三千，由瑯嶠登岸，文肅以淮軍七千人拒之，另調海關某洋員在澎湖操演海軍，八閱月，事即了。元年，文肅調督兩江。是年冬，文肅以船政法員日意格回國之便，派學生劉步蟾、林泰曾、魏瀚、陳兆翱、陳季同隨赴英法游歷，並訂辦七百五十匹鐵脇船一隻，即後名威遠者也。文肅遺摺所言：「天下事多壞於因循，但糾因循而至於鹵莽，則禍更烈。」其言十倍沉痛。觀其下文數語，則甲申、甲午兩役，無改於前，而冒昧一試，已悉在文肅料中。又按晉省大饑，朝士議提海軍款以濟之，文肅大不以為然，貽書李合肥爭之，謂「國家安危所繫，葆楨老病不及見，必為我公異日之悔」。蓋所見甚遠，老成之言，可為嗟念。

濤園引中稱：「統帥不能軍，閩子弟從之。」指甲申之役，副將張成不諳兵法，勒令各船拋錨聚泊，法人遞戰書於張成，達之何如璋，何如璋祕而不宣。及甲午之役，定遠、鎮遠兩艦，請購配克虜伯十生快炮十二尊，以備制敵，部議以孝欽太后六十祝嘏用款多，力不逮，駁之。及龔照璵等違命不守旅順後路等事類也。兩役閩人將弁殉難者近千人，甲申役中，福星管帶陳英、林森、高騰雲，甲午役中劉步蟾、林泰曾等死事尤壯烈，引中所謂「纍纍國殤，猶有鬼神，此焉可誣」也。

嗚呼！「州來在吳猶在楚，寢苫勿忘告軍吏」，當時少數識者，猶相儆以憂勤惕厲之氣象，今安在乎？夫以慈禧之奢而悍，朝士之闇而憍，海軍不亡於甲午，亦必全覆於庚子，殆無倖免之理。然左、沈諸賢高掌遠蹠，積銖累寸之功，必不可沒，記此以見秦非無人也。

清流興衰與光宣時局

安園歸於繩庵後，名馴鷗園，亦稱鷗園。陳弢庵有〈過馴鷗園留別仲昭〉一詩云：

及身不相就，失君還自來。軒窗積塵土，一一為我開。撐胸鬱梁棟，吐地成樓臺。委蛻等一寄，遑知華屋哀。牡丹正向闌，紅白香作堆。留慰遲暮眼，識君殷勤栽。欲行見遺容，悄然重徘徊。交期安足道，悼此曠世才。

案：此為光緒二十九年弢老聞繩庵之喪，自閩來弔之時所作，度是瀕行之詩，故爾沉痛。

案：清流中以張繩庵為最風厲。南皮雖與繩庵、弢庵善，然南皮惟上條陳言時務，與張、陳專事抨擊者不同，故宦運殊佳。張、陳各外簡會辦後被謫，繩庵僨師，負謗最甚。傳聞豐潤、南皮，晚年頗有違言。南皮移督兩江時，以繩庵適寓江寧，夙為西后所嫉，與之往還，懼失歡西朝，不與往還，又失故人之誼，乃陰諷繩庵移居蘇州。繩庵大怒，謂我一失職閒居之人，何至並南京亦不許我住耶？其後聞南皮又使人先容，微服往訪，至於相對痛哭。此事弢老時已有所聞，故繩庵之歿，特千里唁之。南皮時督鄂，聞弢老至寧，要約其游廬山。而弢老自言吾為弔喪來，非游山也，謝不往。今廣雅堂詩，有題云：「江行望廬山約陳伯潛游不至」，是此事也。故知弢老與二張之交，尤厚繩庵，至與南皮，晚年始彌沆瀣。豐潤《澗于集》刻成，弢老為序，中有云：「其一身之升沉榮悴，實為人才消長國運隆替所繫。」或以為斯言近於過阿所好，然以予所知，光宣朝局之變遷，與所謂清流黨之興替，殊有關。

蓋同治末年，大亂初夷，羣有致治之望，其時柄政者為李高陽及恭邸，而清流實隱佐之。未幾，常熟繼起，佐常熟者，亦為後起之名士，盛伯熙、文芸閣、王可莊、丁叔衡、張季直等是。而黃漱蘭之公子仲弢先生，素不慊於繩庵，亦親常熟。亡何，伯熙遂首攻恭邸、高陽，朝局始變。清流毀於甲申，而常熟一流，則毀於甲午。此十年間，朝中識字人相率並盡，留者無幾。中更戊戌，誅貶更甚，一任滿人顢頇，遂有庚子之役。由庚子至辛亥，則項城與親貴之時代矣。而始終深惡諸名士者，則那拉后一人也。故自直聲奮發之四諫，從容就義之袁、許，戊戌變政之六君子，以暨於號召革命之張季直、湯蟄仙，其中主張有絕相背馳者，殊途同歸，皆為西后所切齒，終身不復尚用有氣節有知識之士人，卒以斷送滿清三百年之天下。吾人歷溯當時讀書人言論思想，逐漸傾向之痕迹，而歎古今史蹟，皆可作如是觀，不止光宣之局為然。但就清末三十餘年間一小段落言，張繩庵之敢言，與其被謫之因果，則於政局良為有關，弢老之序所云，固亦自成片段也。伯熙晚頗自悔發難，故集中刪去諸疏。南皮〈過伯熙宅〉詩：「密國文章冠北燕，西亭博雅萬珠船。不知有意還無意，遺稿曾無奏一篇。」即言此事。當時清流雖推重高陽，而殊無黨魁之崇戴。繩庵《澗于集》中，〈伯潛舟中同宿〉詩「神仙李郭原無黨」，即言清流非有黨援，此說自可信。吾友晚讀先生，近貽予一書，亦言此事，其肯相匡益處，尤可感。書如下：

大著《花隨人聖盦摭憶》，紀太傅師事，文筆軒翥。〈感春〉四詩，詁義特確。〈落花〉四詩，則獨以數語括之，豈有所不欲詳者在耶？文中言師與高陽關係，一云：皆文正羽翼。一云：既與高陽善，而若翁若潘，皆忌其才，《越縵堂日記》屢詆滄趣，皆由於此。此似皆沿歷來之傳說，而未及為之糾正也。去歲弟回舊都，侍師談，偶及此事，師為語甚詳，曾於拙著綴佚中，筆而藏之，茲撮其要，以告足下。師自言，生平謁文正僅二次，一，通籍後以年家子修謁；一，武英殿成書，其時文正總裁，師為總纂，例得獎敘，師攜摺謁文正力辭。自此之外，則皆屬僚例見，未嘗私謁。然文正則絕愛重師。一日師病，張曉帆中丞趨視，先過文正。文正聞師病，喟然曰：「正士今無幾人，而羸弱如此，若國家元氣何？」敦屬曉帆道意。師愈，亦未報謁也。晚近纂修清史文正傳，為新城王晉卿先生當筆，中有「文正值軍機時，張之洞、陳寶琛昕夕過從」之語。師見之，曰：「君傳質實，惟此二語，則稍失考。當時與文正常過從者，為二張，文襄與簣齋也。二君於文正，或為戚屬，或為前後輩，誼不能自遠，若某則修謁之時，蓋稀。」觀於師言，足知師於當時軍機王大臣，皆有不著形迹之意，言官自重，義固如是也。至翁與師是否忌才，弟未及知，未敢斷定。若潘，則與師亦年家，且屬師弟，亦極愛重師，其言論頗見當時於拙著綴佚中，皆聞之師者。越縵日記，其所以詆師者，類為名士結習，未必全由於翁、潘，以事屬纖瑣，不欲見諸筆墨，以存忠厚。兄述作足以傳後，故敢以師所諍於新城者奉諗，以存師之真。

予報以一箋云：

承惠示甚感，復以所聞於弢老者見告，教匡之賜，逾於百城矣。當於下期刊載，以質當世。唯私意，弢老雖自言於高陽無私交，而氣類相援引，則必有之。羽翼之稱，本異暱附，似無礙也。吳縣忌才，此說昔聞已疑之，弢老尚有懷潘詩，今當如示訂正。但吳縣老而婞婞，比於常熟，亦未必力助清流。由今追論，弢老與文襄同官庶子時，即翁、潘亦服其敢言。如李三順一案，松禪日記，猶歎稱張、陳封事，其後，則難言矣。在弢自言，自必羣而不黨，若後人載筆，祇能略辨渭涇。滄趣之於光緒初年朝局，其分野何屬，似未能脫高陽、二張之範圍也。至如細析之，則文襄晚與蕢齋未盡訢合，弢老與文襄亦有不苟同者，若盛伯熙、王忍庵與張、陳趨向各異，又不勝縷舉矣。最繁複者社會，最不可信者人事之情偽，涉及政治或文學，則歧而又歧。此中消息至微，記事者僅得其輪廓耳。若弟之拉雜隨記，信今尚未可能，矧敢言傳後乎？幸兄之諒我而不吝教也。

晚讀述所聞於弢老，故極翔實。予箋，則僅言執筆隨想捃拾，但求朱紫不謬耳。百年之後，或亦得備史料，故並錄之。

光緒甲申朝局變革與後來影響

前記清流盡於甲申。又詳南皮〈懷盛伯熙〉詩，「遺藁曾無奏一篇」句，為諷伯熙首攻高陽，既而悔之，自刪其奏疏。近聞竹君先生談，始知伯熙雖首攻恭王與李高陽，一變光緒初年之朝局，而發動者，別有其人。先生言：

甲申時，秉政者恭邸與高陽李文正（鴻藻）。恭邸自庚申和議後，內平髮捻回匪，外與各國駐使周旋壇坫，承文文忠（祥）之後，雖不悉當，尚畏清議。高陽則提挈清流，開一時風氣，忌清流者亦因之而起。法越事起之前，合肥丁內艱，奪情回籍，守制百日，朝廷以合肥統北洋淮軍，即命向隸淮軍之張樹聲署直督以鎮率之。其子靄青，在京專意結納清流，為乃翁博聲譽，此時即奏請豐潤幫辦北洋軍務。忽為言官奏劾，疆臣不得奏調京僚。豐潤仍留京，因而怨樹聲之調為多事。樹聲甚恐，頗慮其挾恨為難，非排去不安。然豐潤恃高陽，又非先去高陽不可。靄青即多方慫恿清流，向盛伯熙再三游說，彈劾樞臣失職。伯熙為動。乃不意並樹聲亦論列之，此則非靄青所料。自光緒七年秋起，法人謀越日急，恭邸掌樞譯，因應失宜，以致決裂，已屢經臺諫彈劾。且西后於邸，恩眷已衰，迨十年三月伯熙奏上，兩宮即召見伯熙曰：「樞臣如此，教我們如何是好？」即下淚曰：「然則非更動不可。」伯熙亦淚下。次日恭邸與高陽即出樞，樹聲亦開兩廣缺矣。伯熙旋亦悔之。此為同光清流於朝局盛衰之關鍵，清流亦自此結局。迨醇邸當國，援引毓汶入值，從此賄賂公行，風氣日壞，朝政益不堪，旋有甲午之役。前敘靄青與豐潤一節，其時南皮知之最稔，諄諄見告，謂年輩晚者，應知當時朝局變更之所自，後來世變之有因也。

案此當是述南皮之言，然此言實朱紫不謬。靄青名華奎，當時清流已分道揚鑣，伯熙及王可莊兄弟、黃仲弢皆不慊於蕡齋，其事詳予前所記，故為靄青所用。顧政局之遷變，其原因皆至繁賾，南皮所言，僅就朋輩知交中齟齬排軋一部分，可道者道之而已！若以當時全局形勢言，則祁景頤所言為較詳。祁云：

同光時，李文正公（鴻藻）、文文忠公（祥），久居樞府。咸豐庚申，恭忠親王首辦各國交涉，其人忠懇公明，維持調護，文正以帝師兼直軍機，吳江沈文定（桂芬），先數年入樞，當時已分南北派。榮文忠（祿），時方隨文文忠左右，與文正定交，即在文忠所。光緒初，常熟又為帝師，時二張南皮豐潤犇走於高陽，頗攻擊吳江沈文定仁和王文勤。王為沈辛亥浙江鄉試門生，故援王以厚南派之勢。甲申三月事，實起於清流。李文忠丁母憂奪情未起，張靖達樹聲署直督，其子華奎小有才略，向附清流，與二張稔，方謀請以豐潤幫辦北洋軍務。外間傳聞豐潤已首肯，而為南派所懾，於是有致高陽書，中有「某忝值赤墀，豈疆吏所能乞請？若臨以朝命，亦必堅辭」。合肥旋回任，其事乃寢。華奎乃草一疏底，以豐潤曾保唐、徐，時法越事起，唐、徐敗退，為舉非其人，且詞連高陽，因王仁東達於盛祭酒（昱）。祭酒乃更易其詞，嚴劾全樞。正值慈寧不愜恭邸，與醇邸議，而有大處分之下，外傳孫濟寧預其事，諭旨即出其手，然濟寧已先奉命出外查辦事件，早出都門矣。常熟同罷，而留書房，亦頗有人言，翁亦知其事也。於時榮文忠引疾不與朝政者十年，甲午秋，由西安將軍召入祝嘏留京，補步軍統領，旋授尚書，晉大學士、高陽，常熟，再入樞廷，乙丙之間，三人俱在督辦軍務處。東朝與帝，意見已深，常熟暱於帝，每早先至書房復赴軍機處，頗有各事先行商洽之嫌。一日文正入直少早，常熟甫自書房至，文正甚詫。及常熟去，禮邸云：「公始知耶？殆日日如此！」恭邸再出，依違兩可，無多建白，常熟實隱持政權。丙申冬，孝欽普陀峪工程，原為醇邸所承修，年久傾滲甚多，乃命徐相桐、敬文恪信、慶邸、榮文忠兩次勘估，又命文正與端王續估。德宗有時局甫定，庫藏不充，力事從儉之諭，孝欽則意在大加修葺；端附孝欽，文正受命頗為難，卒以最要、次要，分別含糊奉覆。一日孝欽后入頤和園，登高見妙高峯醇王園寢，遽命將園內數百年一銀杏樹砍伐。此樹高可覆雲，亭亭如蓋，蓋有憾於帝而牽及也。榮文忠自東陵回，晤文正，言公何為保留翁某？蓋榮再出，雖未入樞，頗聞機要。先是徐東海（桐）有疏請召張文襄，亦榮與徐密商而定，意在去翁而引張。張已至滬，翁設法藉宜昌教案使回鄂任。先固有翁出書房開缺回籍之議，即戊戌四月之舉動也，恭邸與文正皆不願驟去舊人，暗為保全，僅撤書房而已。戊戌夏，李恭相繼而逝，常熟遂被放，仁和再入，榮督直。八月政變，榮入軍機，庚子引鹿文端入，次年欲於張文達、瞿文慎二公引一入樞，後卒用瞿。蓋榮與文正交久，頗致傾挹，文正素持南北之見，其甚不得已用南人，則當擇較善者。榮狃於文正，亦牢不可破，所引之人，皆文正之戚友門生，其源流派別，相信甚深。記文正薨，文忠輓之曰：「共濟滹同舟，直諒多聞，此後更誰能益我；中流憑砥柱，公忠體國，當今何可少斯人。」款字云：「此蘭兄輓文文忠聯語也，今即用之以輓蘭兄。」大致措語如此，可見於文正傾許甚矣。李、翁同在譯署，翁引張樵野以擠李；後張復排翁，榮遂乘隙進言孝欽，必罷之而後已。自戊戌後立溥儁為穆宗嗣，徐桐、崇綺為傅。劉忠誠己亥入京，力言廢立之不可。劉榮變善，以微言大義相告，保全不少。常熟癸卯日記，聞榮逝有「報傳榮仲華於十四日辰刻長逝，為之於邑。榮，吾故人也，原壤登木，聖人不絕，其生平可不論矣」之言，其隱恨於榮深矣。又見張文襄復榮文忠書，有：「猶憶在京朝與故協揆李文正公，素稱雅故，每聞其談及衷曲，謂平生相知最深，交誼最厚者，遠則文文忠，近則執事；謂文忠篤棐忠貞，竭誠盡瘁，執事公忠宏達，直道不阿，深信文正之取友必端，故於台端素深景仰。祇以蹤跡闊疏，恨未獲一瞻顏色。茲讀來函，道及文正當日交誼議論，許為蘭臭之同，推及屋烏之愛，懷賢感舊，益用愴然，垂愛至深，久深銘刻。方今時事日棘，又非十數年前氣象，入告訏謨，間從下風，傳聞一二，要以上沃聖心，下維全局，正而不迂，通而不雜，欽佩尤不可言。」時為庚子四月二十六日，正拳亂方盛。其時榮知朝局不可恃，乃與素有聲望之疆吏聯絡，張則以戊戌黨案有維新之嫌，見惡於孝欽，而極力與中朝明白有力之大僚聯絡，以藉文正交誼為介合，其言雖不盡由衷，然於文正則皆欽仰甚至也。記此可知當時之局勢。

祁名景頤，祁文端寯藻之曾孫，文恪世長之孫也，今尚健在。觀所述洋洋纚纚，亦庶幾與惜陰所記相表裏，欲詳光緒晚年政治何以愈弄愈壞者，得此可以怳然。

官僚之積習，南北之成見，生心害政，不可究詰也。然予所聞，其根本在於那拉后有憾於恭王。西后晚好興土木，用財無度，每臨幸宮苑，恭王從，后睹稍敝舊處，輒曰：「這地方該興修了。」恭王應曰：「諾。」退則率靳不辦。積久西后不能平，遂決逐去之。所謂去賢親佞，以至於亡國敗家，皆由於婦人之攬權，與縱欲之敗度，有史以來數千年至茲，未能悖此定律，鑒之哉！鑒之哉！

清流盡於甲申之內幕

予前言清流盡於甲申者，始於諫臣悉外放為三會辦，終於濫保唐炯、徐延旭一案。其時馬江敗後，中法議和，朝士切齒於張繩庵，而盛伯熙、王可莊兄弟亦然。伯熙陳奏法事，力詆用人之非，王旭莊切責張繩庵，謂其舉措乖張，與之絕交，張則揭發及於黃仲弢，謂為伯熙主謀。終之張繩庵謫貶塞外，朝局一變。僉謂甲申一役，乃張佩綸之罪，非戰之罪，沈迷憤張，而有甲午之役。及今平情而論，西后久惡清流，故使書生典戎，以速其敗。中法之不敵，張等固不能辭職責，而其實何能盡以咎張？盈廷交謫，同類相殘，適為西后所快。其後甲午常熟主戰，何嘗不蹈蕢齋之轍，特其潰決者愈大，個人之罪謗愈小耳。余昨覓得旭莊與繩庵絕交書，一時意氣斷斷，若不並立，實皆為人所賣，隔靴搔癢，賢者勇於相責，而無遠識，良可嘆息。王書云：

前聞越南北寧失守，由於徐某調度乖方，兩次走訪，擬請吾丈以徒採虛聲貽誤大局自請議處，惜未得面譚。繼思吾丈見理素明，再同事諸君子，亦必有見及此者，以致遲遲未達左右。頃在小帆處晤安兄，談及法人已索償兵費二千餘萬，不勝駭異。回寓又聞太原淪陷，唐、徐拏問，尚惜未明發諭旨，不足以昭赫怒，而振軍心也。吾丈志識，迥越恆流，邇來破格兼官，受恩不可謂不厚。竊謂今日夷務，與吾丈所以自處，均有勢難自止者，擬一以聲罪致討，布告中外，一以薦舉失人，自請罷斥，時局或有轉機。吾丈雖濫保匪人，前此不免訾議，尚可告無罪於後世。倘與朝局一同隱忍，夷患固不可收拾，吾丈亦無以自立。某謬附故交，又復長承教益，故敢以古誼責備賢者。如謂所見大謬，即以此紙為絕交書，可也。

此書詞氣赫然，繩庵若無所逃罪者。繩庵復書云：

承以古誼相勗，感佩無似。鄙人籌算三月，而山西、北甯、太原，以次淪陷，罪何可逭，分應罷斥，正不在誤保徐、唐也。水師火器，與伯潛三年前所瀝陳者，至今全未虞備，而貿然出師，實中兵家之忌。此時琴軒出關，將為何人，勇在何處？槍礮子藥，由何省應付？不此之務，而遽欲以明詔聲罪致討，恐徒為法人索兵費確證耳。鄙人怨家甚多，不患無人彈劾。此事終難補救，亦不患鄙人不去。今日身在局中，不肯劾他人以自解，亦何必自劾以為人解？要之，出處進退，承教有素，當不至有乖於義耳。絕交與否，聽之中散。

兩書相較，吾人甯謂水師火器未備，貿然出師云云，為近於事實也。至於仲弢與繩庵之隙，以予所聞，由於其父漱蘭先生極佩服繩庵，有所作必就正，仲弢則不以為然，後與伯熙等別樹一幟。若謂奏疏皆其主謀，則亦未必。張既疑黃，黃貽書數千言抗辯，且揭其狡飾，此書後為南皮切勸，始燬其稿，然尚有抄存者。同光同時名士，今尚有存者，言及此公案，猶各不相讓。夜起前數年有一詩云：

豐潤當年氣屬天，荷戈一去甲申年。名流正有人微歎，轉覺王家伯仲賢。

即指此事。意祖王可莊兄弟，謂張繩庵氣燄過大。弢老見此詩大不懌，屢斥其非。而夜起最近輓弢詩，猶及之，有「石交惟蕢齋，極口為論辯」，及「何至抑忍盦，相輕意殊褊」等句。忍盦即可莊，為弢老之妹壻，可見當年爭持之烈，至今印象猶深刻。其實是非功罪，兩成陳迹，後此恐亦無作此等議論之人，故錄存兩書，識以清流盡於甲申之內幕，亦可見彼時外交軍事失敗後，朝士所切責者，乃在此而不在彼也。

南皮讀史詩

南皮〈讀史〉詩：

正本安邊有大猷，空談吏治免園流。請看安史蕃回亂，枉費顏元典郡州。

此詩相傳為文襄與于次棠中丞不合，作此寄慨，然所言甚有理。蓋政治首貴至公，勿塗飾自欺；法不貴多，貴立而能守，秦用商鞅，法令密如牛毛，而卒以敗。此詩所謂空談吏治者，僅譏好談催科考績之書生，尚非言徒法不能自行之末世也。其云正本安邊者，謂政治若不能探本，則境內縱宴安，而邊境亦不能寧謐。邊事一動，則易成大亂，吾國史跡所垂，每每如此。徐樂云：天下患在土崩，民多窮困，重之以邊境之事，推數循理而求，民宜有不安其處者矣。不安，故易動，易動者，土崩之勢也。其言極可與此詩對照，後兩句尤沉痛。明皇昧於知人，惑於內嬖，寵任包藏禍心之胡兒，遂成安史之亂，天下塗炭，前此妙選典守郡國之良吏，曾何益哉。由妃戚弄權，祿山典兵，以至關中大亂，土崩一成，盛唐文物盡毀，不過翻覆手間事。誦南皮此詩，可為低徊嘆息。

吳大澂與袁世凱

袁項城曾見賞於吳清卿先生，予前摭錄王伯恭《蜷廬隨筆》，已記及之。春夜過羅儀元家，壁懸清卿畫梅，弢庵題詩，蓋為其先德稷臣先生作者。吳畫題云：

光緒乙酉元旦，仿玉几山人法於煙臺東海樓。時自朝鮮查案事竣歸，阻凍未得北渡也。稷臣仁弟雅鑒，吳大澂。

弢老題二絕句，第一首云：

頡頏曾薛使重瀛，好學深思有薦評。同抱冬心誰竟展，返魂香裏憶平生。

自註：

愙齋會辦北洋時，奏保稷臣好學深思云云。

第二首云：

當年櫜敦伏兵戈，朝貢銷沈鴨綠波。君自愛才人負國，可曾鷄酒墓門過。

自註：

畫為使韓歸途作，是與日本定約，韓若有變，兩國均遣軍援護，須先相聞。及甲午事起，袁某累電請兵往剿，戰衅以成。袁固愙兄所稱為第一才人者，讀此慨然。

按顧起潛《吳愙齋先生年譜》，光緒十一年乙酉，五十一歲，正月初六日，奉到初三日電旨，李鴻章電稱吳大澂等已抵煙台，陸行赴津較遲等語，吳大澂、續昌著俟開凍即行乘輪回津，欽此。十九日，始由煙台乘輪至津。此畫正是乙酉獻歲船阻煙台所作。考愙齋使鮮，在甲申冬。年譜中，十一月初三日具摺奏報啟程日期，酌帶隨員，內閣中書潘志俊、分發候補直隸州羅豐祿、揀選知縣魯說、發往直隸差委同知銜汪啟四員。觀此可知羅於此時尚滯於州縣。東渡後，與愙齋談判者，為井上馨，稷臣則與朝鮮左相金宏集商洽。年譜中不述及袁事，但於啟程內渡條，註云：

> 案先生此行，偕袁世凱同歸，並贈以聯曰：凡秀才當以天下為任，求忠臣必於孝子之門。又跋云：慰庭仁弟，念母情切，乞假歸省，朝鮮士民，乃攀留之不暇，余不忍重違其意，偕之內渡。然時事多艱，需才正亟，尤願慰庭以遠大自期，移孝作忠，共圖幹濟，因撰是聯贈之。先生於袁賞識有素，故相勗甚殷。

云云。即此測之，蜷廬所述袁之得吳賞擢，殆非無因，或其事未必如所紀耳。袁之才調，當時自為第一，吳摺保不虛。至後來諸事，另是一問題，非吳所逆覩。弢老以遺老身分，又與愙齋交誼及平生深惡袁項城諸點上言之，當然如此。此公案，亦不煩更為平亭矣。

吳大澂奏請尊崇醇王徽稱事

悫齋生平有一大事，則奏請尊崇醇親王典禮是也。此在舊史，其擾攘必幾等於宋之濮議，今則時代久易，無人談此類矣。然此事實為政爭，非議禮之爭。錢基博撰〈悫齋傳〉中有云：

方是時，大澂盛負時譽，頗發抒意氣。見孝欽皇后寖驕侈佚樂，頗以醇親王帝父，為天下歸望也，使奄人風人，倡帝以天下養之說。會海軍議興，以王總理海軍衙門事，王揣知后意，頗思所以媚之者，於是歲責成各直省大臣籌巨帑，供海軍衙門費，猶不足。聞海軍捐例所入，亡慮數千萬，泰半耗宮中以興築頤和園，孝欽皇后大悅，而天下顧非王所為。大澂夙與王善，治河有成功，詔實授河東河道總督，賞加頭品頂戴，旋錫兵部尚書銜，寵命稠疊，自恃眷倚方隆，具疏請飭議醇親王稱號禮節，疏中大恉引高宗御批通鑑論、治平濮議、嘉靖禮議為據，意醇王名帝父，義當擁號歸邸，嫌於預政也。自謂立論遵依祖訓，尊稱本生，於義當無罪。疏草具，以視河南巡撫倪文蔚，輒慫恿上焉。孝欽后得疏震怒，意尊帝父，即以傾己勢也，隨發鈔元年正月醇親王豫杜安論一奏，嚴旨斥大澂闞名希寵，不容覬覦。傳者謂王奏實大澂疏上，孝欽后以其引高宗御扎，無能以折之，不如託王小心寅畏，樞臣承旨代草奏，倒填年月，假說王密陳留中，故能與大澂疏針芥相投。事祕莫能明，然說者不為無因也。

案：錢說甚碻，悫齋以光緒十五年己丑正月二十四日上尊崇醇王典禮一摺，直至二月初二日，始有上諭宣示，謂為豫杜妄論，當時已喧傳出之軍機偽作。比日顧君撰譜，復從故宮博物院文獻館，檢取舊軍處檔案中各奏摺，摺上所批日期，均係初三涂改初二，而醇王之奏，廑有鈔本，而無原摺，皆滋疑竇。顧又以畀吳寄荃（燕紹）共觀，吳為悫齋同年友仁傑（望雲）先生之姪，甲午通籍，于晚清舊聞所知甚多，乃為長跋，不僅確證王摺之偽，即樞臣弄柄底蘊，亦昭然若揭。原跋甚長，以有關史料，故全錄之：

慨自沈文定薨逝，寶文靖罷斥，恭親王養疾家居，朝局為之大變。醇親王以本生父之尊，遙執朝權，創辦海軍衙門，將海軍借款，海關收入，移充頤和園工程之用。一般梯榮希寵者流，趨之若鶩，其管事家人張翼，洊歷至內閣侍讀學士，家貲累鉅萬萬，銀潢華胄，與締婚姻。爾時樞廷領袖為禮親王，一物不知，惟利是圖，無論何人，均可拜門，以千金壽，輒畀荐牘，向當道干謁，刺刺不休。滿大學士額勒和布，伴食而已；漢大學士張之萬，以書畫音樂自娛。其中樞執要者，唯濟寧孫毓汶、仁和許庚身馬首是瞻。仁和由軍機章京出身，深得摭拾人過，恐嚇索賄之衣鉢。濟寧性陰險深阻，如崖穽不可測，能以一二語含沙射人，傾擠清流，誅鋤殆盡。其頑鈍無恥者，率為效用，爭以誣陷善類為功，庇其同鄉吳樹梅，羣目之為「白面秦檜」。不數年驟列卿貳，而耿介名流，驅逐出外。有若甲申中法之役，出通政使吳大澂會辦北洋事宜，內閣學士陳寶琛會辦南洋事宜，侍講學士張佩綸會辦福建海疆事宜，陽示為國用人，陰納諸罟罭陷阱之中，而莫之辟。故吳大澂辭北洋會辦，則嚴旨責其飾詞，不許，蓋非迫之名譽掃地不置也。又若趙爾巽為滿族中翹楚，出為石阡府，著名瘠苦，且以曾參黔撫史念祖，思借刀殺人也。文碩亦鐵中錚錚，授駐藏辦事，正以緬約十年期滿，英人力求印藏通商之故，卒假擅行密疏於都察院，褫職。達賴喇嘛，知中朝無人，不足倚賴，遂生聯俄之計，而藏事不可問矣。名御史屠仁守，以時事孔殷，密摺封奏，懿旨飭其乖謬，罷御史下部議，原摺擲還；蓋援御史朱一新豫防宦寺流弊，降為主事之例也。時適濟寧因病休沐，及假滿視事，屬聲究問秉筆之寬縱。故事，京曹以資俸升遷，若謫回原衙門行走，則自奉旨日與新進比肩，六鷁退飛，永無翱翔之望，罰亦重矣。於是羣叩其術，則曰：「若輩好名，死且不懼，何有於一官？惟簡放一苦缺知府，密囑其長官摭拾細故，彈劾罷官，則石沉大海矣。」聞者莫不咋舌。吳大澂之察覈河工也，李鴻藻、倪文蔚方以貽誤河工，獲革職留任之處分，李鶴年、成孚且並戍軍臺，豈真哀下民昏墊哉？殆欲假手於績用弗成，而作羽陵之殛爾。何意河伯效順，鄭工合龍，雖寵以一品頭銜，授河督實職（河東河道總督，乾嘉時本道員升階，吳大澂以廣東巡撫授此職，亦為明升暗降之證），究非樞臣所樂意。適吳大澂以勅議尊崇醇親王典禮請，乃乘間得遂其中傷之計矣。

夫吳大澂之所以奏此摺者，豈取媚而邀寵乎？目擊羣小弄權，好家山將被纖兒撞破，而小人之敢於無忌憚者，以醇親王柔闇易欺也。又在吉林年久，習聞朝鮮以大院君之故，天有二日，政出多門，內黨紛爭，外患迭起，若不變計，漸致陸沉。故欲滌瑕蕩垢，以清朝班，非從根本解決不可。而又未便諷之去位，不得已，以尊崇典禮奏。蓋醇親王既尊皇帝本生父，自不能居就臣列，貴而無位，則權奸自失其護符，庶朝政有澄清之望。濟寧等知其故，不得不出死力以爭之，於是假造一豫杜妄論之摺，以為抵制。

何以證其假造也？考穆宗賓天，為同治十三年十二月初五日甲戌，距光緒元年正月初八日丙午，不過三十三日，梓宮在殯，醇親王方為恭辦喪儀大臣，哭泣之不暇，安得從容閒豫，考訂史冊，何者為至當，何者為不當，作此議禮文字。儼然在衰服之中，何又因以為利，盡人能知之，豈醇親王夙讀聖賢書而遽出此？又是時輿論，以穆宗中興令主，忽以德宗入承文宗大統，雖名為召集宗親大臣會議，實出孝欽后獨裁懿旨，故是月有廣成請頒鐵牌之奏。迨至惠陵奉安禮成，尚傳吳可讀之尸諫，深宮方有違言，是年二月，即遭孝哲皇后盡節之喪，醇親王憂讒畏譏，而作此疏乎？此可證者一。

自古憸壬奸邪之徒，大率機警靈敏，頃刻間喋喋利口，強辭辯難，占人先著。惟其論議，只多眉睫之利，不作遠大之圖，若能預計至十五年，是必老成悠久之藎謀，曲突徙薪，正不當指為妄論。蓋宵小之舞文弄墨，無非躁進巧宦，求目前之富貴功名，即醇親王原奏所謂草茅新進之徒，趨六年拜相捷徑也。倘預計十五年之後，方可得梯榮希寵之效果，無論古今憸壬，斷不若是迂拙，其時兩宮垂簾聽政，德宗方在襁褓，恭親王等正色立朝，醇親王不過閒散差使，並無權力，豈有於十五年前預作帝黨之冷曹，以樹后黨之大敵，此必無之理。既無奸謀之發見，何用豫杜？此可證者二。

又查十五年二月初三日為歸政之日，吳大澂摺及醇親王原奏，均標初三，諒欲於歸政之初，明發此懿旨；不知何故，提前一日發表，故以初三字樣，均以濃墨改為初二。懿旨首稱本日據吳大澂奏云云，一若吳大澂摺為初二日遞奏事處者。實則吳大澂摺於正月二十四日拜發，以鄭工歷次拜發及到京日期，當為正月晦或二月朔。且證以軍機處奏片二件，內稱「遵旨往晤醇親王」，是必軍機散值後前往商議，則往晤之日，必為明發之先一日。由此觀之，吳大澂摺到京，必非本日。懿旨時日可以倒填，何事不可為耶？且懿旨欲發則竟發矣，無庸醇親王修改，醇親王所修改五字，毫無價值，其為假造原奏，是否意見相同，故爾前往商議耶？此可證者三。

又懿旨內引醇親王原奏，「憸壬倖進」等語，下緊接「歸政伊始，吳大澂果有此奏」，是明明指吳大澂為憸壬一流人物。既指為憸壬，何不將吳大澂拿問，交刑部治以應得之罪？即或以鄭工甫經合龍，不無微勞足錄，亦當傳旨嚴行申飭。乃明發上諭竟無下文。懿旨向主嚴厲，何以此次獨虎頭蛇尾，豈色厲內荏，自知豫杜妄論一疏，為偽造文書，氣餒於中，不敢深究乎？此可證者四。

如果醇親王實有此奏，原奏內稱：「如有以治平嘉靖等朝之說進者，務目為之奸邪小人，立加屏斥」等語，醇親王自當將吳大澂專摺參劾，以警其餘，方可自圓其說，乃緘默不言，何耶？即醇親王不願作此彈章，亦何難諷滿漢言官繼踵奏劾，當時言路雖仗馬寒蟬，究尚有祥麟威鳳，何以不聞上崇正之連章？非自問不能理直氣壯，即一時言官，莫不知箇中別有作用耶？此可證者五。

又明發懿旨，嘉許醇親王至優極渥，較之賜坐杏黃轎，尤為隆重，醇親王自應有感悚下忱恭謝天恩之摺。乃現查軍機隨手檔，並無此摺，一若「賢王心跡，從此亦可以共白」之語，與醇親王痛癢不相關者，非專為應付吳大澂而何？此可證者六。

又軍機處凡有封奏，無不紀載，即留中不發者，亦有特別註明，或標明某人摺片，而不敘其事由。蓋當日不發者，事後必有發交之日，對於留中之摺，事關機密，尤為注意，今查軍機處檔中，元年正月初八日實無紀載，此可證者七。

高宗〈濮議辨〉內稱，「為帝王者，苟不違君道，自無有無嗣旁支入繼之事。萬一有其事，何不稱所生曰皇帝本生父，歿則稱本生考。立廟於所封之國，無國則於其邸第，為不祧之廟，祀以天下之禮」。高宗於旁支承統者，早定折衷辦法，是醇親王為皇帝本生父，於事實毫無疑義，則名分自應早定。且高宗於治平、嘉靖之事，一再評論，而子偁秀王之封，不復置論。蓋治平嘉靖之論既如此，則子偁秀王之事自如彼，可不辨而明。吳大澂恭述高宗御批，萬無駁斥之理，聖訓煌煌，斟酌乎天理人情之至當，即醇親王原奏所謂迫其主不得不視為莊論者也。吳大澂摺內有至當過當等語，而醇親王原奏亦有至當之語，何其針鋒相對也。且醇親王原奏，乃根據吳大澂摺而申駁議，豈有於十五年前已知吳大澂必上此奏，而作如是語乎？恐卜筮前知，未能如是詳明也。且醇親王稱子偁秀王之封為至當，則高宗御批之論為不當，隱躍紙上。醇親王何人，而敢違背聖訓乎？此可證者八。

又醇親王於光緒十四年八月乙巳，以歸政有日，請解職務，得懿旨，海軍署神機營依前管理，歸政後奏事勿列銜。是醇親王之請解職務，與懿旨之奏事勿列銜者，均〈濮議辨〉父母重於帝王之意若合符節，與吳大澂摺隱相脗合。至十六年十一月丁亥醇親王薨，上奉皇太后臨邸視殮，上成服，持服一年，懿旨定稱號曰皇帝本生考，立廟於邸第之後。是本生之尊稱，悋遵乎高宗〈濮議辨〉及御批之訓，即與吳大澂摺無異。採用其語，而斥為妄論，有是理乎？此可證者九。

故事，凡密奏留中之摺，日後發交軍機處者，無不將原摺發下，至今軍機處檔案內，發現當時原摺，不一而足。此案祇有鈔件，視其紙色，與尋常軍機鈔發之紙色無二。若謂原摺仍留之宮中，今日所發現於宮中者，康、雍、乾、嘉諸朝，尚皆存在，而此摺獨未之見。且內廷雖有識字之閹人，而不能干預政事，歷垂明訓，軍機章京又無入內鈔件之例，則此摺究為何人所鈔？其為孝欽所手書乎？抑為德宗所手書乎？覆按原摺筆跡，尚可辨認，此事實上之不可能者，何居此摺獨以鈔件聞？況所以宣示中外者，正欲其信而有徵，若有原奏，焉得不發下？而懿旨明言原摺發鈔，而不言原摺發下。是當年宮中本無此原奏，尤顯而易見，此可證者十。

綜此十證，當年樞臣鬼蜮伎倆，無可遁飾，雖九京可作，亦難置喙。推原其故，醇親王忠厚長者，事事為人愚弄，樞臣利用其易於左右之，得以保全其祿位權勢，遂不惜顛倒黑白，自蹈於倒填年月，捏造文書之罪。苟患失之，無所不至，正懿旨所謂其患何堪設想；而吳大瀓心跡轉可共白於千秋。是以倪文蔚慫恿於事前，郭嵩燾、王闓運稱揚於事後，而醇親王陵園，猶將此懿旨大書特書於碑石。蓋其時仁和已卒，濟寧獨秉國政，與蔡京之刊〈元祐黨人碑〉，用意將毋同。君子小人，勢不兩立，一薰一蕕，十年尚猶有臭，此之謂也。今日者，玉步已改，恩怨胥泯，吳大瀓一人之是非，皆成陳跡。所可慨者，國家將亡，必先譸張為幻，棄黃鐘而鳴瓦釜，可乃為所欲為矣。元氣斲而身亡，枝葉摧而根撥，千古一轍，良可嘆也。

吳君此跋，可謂大聲疾呼，洞見原本矣。郭筠仙於窓齋摺發下後，曾有一書致李文忠論之，其書未刊集內。文忠有一書致洪文卿云：

清卿大禮之議，發之太早，都中議論，多諒其無他，郭筠仙書來且盛稱之，洵為清卿第一知己。議禮本如聚訟，此事尤難是非，稚圭、永叔固無可疑，文忠、文襄人猶原其初意，王陽明有言，「張生此論，千載不易」，此老豈曲學阿世者。二月三日詔書初下，中外聳然，清卿處之泰然，方請出境治河，其志慮純實，非流俗悻悻者可比。

此是于晦若擬稿，然必文忠命意可知。至湘綺稱揚則掎摭筠仙之議論以入〈愙齋六十壽頌〉者，不深意，不具錄。筠仙集中尚有致文忠一書，略云：

前書論吳清卿一疏，自謂有見而多未達其旨。竊以為天下大政，總之樞府，樞府得其人，即萬事理；如不得其人，各以所存之志所處之時與地，求自靖焉，可也。

此則不滿樞府之甚。大概當時朝士於吳摺，多不敢置論，間有論議，亦不形於筆墨也。吳寄荃跋首所論朝局，可與前錄樊山上南皮牋相證。光緒初政，誤於濟寧，清議所僉同。

附錄

吳大澂奏請尊崇醇親王典禮原摺

奏為恭逢皇上親裁大政，擬請皇太后懿旨尊崇醇親王典禮，以昭定制，而篤天親，恭摺密陳，仰祈聖鑒事。臣竊維醇親王公忠體國，以謙卑謹慎自持，創辦海軍衙門各事宜，均已妥議章程，有功不伐，天下臣民所仰望。在皇太后前，則盡臣下之禮，在皇上則有父子之親。我朝以孝治天下，當以正名定分為先。凡在臣子為人後者，例得以本生封典，貤封本生父母，此朝廷錫類之恩，所以遂臣子之孝思者，至深且厚。屬在臣工，皆得推本所生，仰邀封誥，況貴為天子，而於天子所生之父母，必有尊崇之典禮。孟子云：「聖人，人倫之至。」本人倫以制禮，不外心安理得。皇上之心安，則皇太后之心安，天下臣民之心，亦無不安。臣考之前史，見宋英宗詔議濮王典禮，明世宗詔議興獻王典禮，聚訟紛紛，幾無定論。恭讀高宗純皇帝《御批通鑑輯覽》云：「英宗崇奉濮王事，由韓琦等申請，且所議並非加尊帝號，更無嫌疑陵僭之虞。必執為人後者不得復顧私親以相辨折，既與大記所云不合，使濮王尚在，又將何以處之乎？且以本生之親，改稱伯父，固非所安，而不加皇於伯，名亦不正。王珪、司馬光之說，並無經傳可據，徒以強詞爭執，自不若歐陽修援引經禮之為得也。」《御批通鑑》又云：「嘉靖欲推崇自出，本屬人子至情。諸臣必執宋時濮議相持，無論事理不同，且亦無慰尊親本願。蓋旁支入承大統，于孝宗固為有後之義，然以毛裏至親，改稱叔父，實亦情所不安。誠使集議之初，即定本生名號，加以徽稱，使得少申敬禮，則張璁等亦無由伺間陳言，或可隱全大義。」等語。聖訓煌煌，斟酌乎天理人情之至當，實為千古不易之定論。自制禮之聖人出，而天下後世有所遵依。本生父母之名不可改易，即加以尊稱，仍別於本生名號，自無過當之嫌。臣受皇太后皇上知遇之隆，忝躋卿貳，先後十年，雖身列封圻，而心殷戀闕，感恩圖報，當與國家休戚相關。朝廷有大典禮，自不容緘默不言。本年二月初三日，恭逢皇太后歸政之期，擬請懿旨飭下廷臣會議醇親王稱號禮節，詳細奏明，出自皇太后特旨，宣示天下，以遂我皇上孝敬之懷，以塞薄海臣民之望。是否有當，謹恭摺密奏，臣不勝惶悚戰慄之至，伏乞皇太后皇上聖鑒。謹奏。

二月初二日，欽奉慈禧端佑康頤昭豫莊誠皇太后懿旨：

本日據吳大澂奏請飭議尊崇醇親王典禮一摺，皇帝入嗣文宗顯皇帝，寅承大統，醇親王奕譞謙卑謹慎，翼翼小心。十餘年來，深宮派辦事宜，靡不殫極心力，恪恭盡職，每遇優加異數，皆再四涕泣懇辭。前賞杏黃轎，至今不敢乘坐，其秉心忠赤，嚴畏殊常，非徒深宮知之最深，實天下臣民所共諒。自光緒元年正月初八日，醇親王即有豫杜妄論一奏，內稱：「歷代繼統之君，推崇本生父母者，以宋孝宗不改子偁秀王之封為至當。慮皇帝親政後，憸壬倖進，援引治平嘉靖之說，肆其奸邪，豫具封章，請俟親政時宣示天下，俾千秋萬歲，勿再更張。」其披瀝之誠，自古純臣居心，何以過此！此深宮不能不嘉許感歎，勉從所請者也。茲當歸政伊始，吳大澂果有此奏，若不將醇親王原奏及時宣示，則此後邪說競進，妄希議禮梯榮，其患何堪設想？用特曉諭，並將醇親王原奏發鈔，俾中外臣民，咸知我朝隆軌，超越古今，即賢王心事，亦從此可以共白，嗣後闞名希寵之徒，更何以用其覬覦乎？將此通諭知之。欽此。（軍機檔、《東華續錄》）

醇親王摺

奏為披瀝愚見，豫杜憸壬妄論，恭摺具奏，仰祈聖鑒事。臣嘗見歷代繼承大統之君，推崇本生父母者，備載史書。其中有適得至當者焉，宋孝宗之不改子偁秀王之封是也；有大亂之道焉，宋英宗之濮議，明世宗之議禮是也。張璁、桂萼之儔，無足論矣；忠如韓琦，乃與司馬光議論牴牾，其故何與？蓋非常之事出，立論者勢必紛沓擾攘，雖乃心王室，不無其人，而以此為梯榮之具，迫其主以不得不視為莊論者，正復不少。恭維皇清受天之命，列聖相承，十朝一脈，至隆極盛，曠古罕覯。詎穆宗毅皇帝春秋正盛，遽棄臣民，皇太后以宗廟社稷為重，特命皇帝入承大統，復推恩及臣，以親王世襲罔替，渥叨異數，感懼難名。原不須更生過慮，惟思此時垂簾聽政，簡用賢良，廷議既屬執中，邪說自必潛匿。倘將來親政後，或有草茅新進之徒，趨六年拜相之捷徑，以危言故事，聳動宸聽，不幸稍一夷猶，則朝廷從此多事矣。合無仰懇皇太后，將臣此摺留之宮中，俟皇帝親政時，宣示廷臣世賞之由，及臣寅畏本意，千秋萬歲，勿再更張。如有以治平嘉靖等朝之說進者，務目之為奸邪小人，立加屏斥。果蒙慈命，皇帝敢不欽遵？是不但微臣名節得以保全，而關乎君子小人消長之機者，實為至大且要。所有微臣披瀝愚見，豫杜儉壬妄論緣由，恭摺具奏，伏乞皇太后聖明洞鑒。光緒元年正月初八日。（同上）

軍機大臣奏片

臣等遵旨往晤醇親王，將所擬懿旨稿，公同商酌，意見均屬相同，惟稿內「大聖賢」三字，公酌擬改為「純臣」二字，「欽重」二字，擬改為「嘉許」二字。謹繕摺呈遞，伏候命下欽遵辦理，謹奏。（軍機檔）

甲午之役與翁李仇隙

甲午中日之役，在研求遠東歷史者，胥認為近世極大關鍵。當時我海軍死事甚烈者，不少概見。以予所聞，甲午以前，外籍將弁，督操甚勤，水手皆體格魁梧，手腁拇壯，行走飛捷，非不可用。使在二、三年前，從李文忠言，更購艦炮，勝負未可知也。不幸妖后淫昏，移海軍之款，以建頤和園，遂使餘皇盡熸，國運日隳，厲階之生，思之彌憤。

或問：海軍款挪以修園，究有何徵？予案：翁文恭丙戌十月二十三日日記，有：「慶邸晤樸庵（醇王之別號），深談時局，囑其轉告吾輩，當諒其苦衷，有『昆明易渤海，萬壽山換灤陽』之語。」蓋隱指孝欽欲興作頤和園，不能不挪海軍儲款也。慶王此言甚明，文恭時為戶部尚書，對此尤瞭如指掌；或即文恭自言，託於慶醇，亦未可知。其始閻文介為戶部，那拉后每索款，輒靳之，卒罷去。文恭繼閻，則模稜依違，戶部款竭，海軍欲增艦購礮，皆無以應矣。書此可見甲午之敗，不但常熟孟浪主戰須負責任，即此數年中躬掌度支，不能正言抗旨，撙節國用，以備不虞，亦須負責任。徒於日記託諷昆明換渤海之語，而不悟己亦有咎也。王伯恭《蜷廬隨筆》載：

光緒中，合肥建議創辦海軍，因籌海軍經費，無慮數千百萬，乃朝廷悉以之興修三海工程，其撥歸海軍者，僅百分之一耳。翁大司農復奏定，十五年之內，不得添置一鎗一炮，於是中國之武備可知矣。

案：若據此言，文恭之責任尤重。唯所謂無慮數千百萬一語，似嫌籠統，頤和園工程，前後二千餘萬，同時修葺三海，費五、六百萬，戶部儲款不足，尚大開捐班報效以足之。李文忠對於海軍籌款，亦不過令各省協款之類，其釐稅所入，固統歸戶部也。十五年不添購鎗炮之奏，則是翁所以窘李者，朝旨似亦未照准，事實則早依翁言停購。予以為中日甲午一戰，原因甚多，從世界大勢及中日國情論之，不勃發於甲午，亦必忽作於乙歲。唯就甲午年各方情勢論之，我國政局中朋黨相角觝，首促成之者，自為翁、李之隙。微文恭之極力窘文忠以快意，則那拉后亦不得逞其滅洋之志也。若就本事件言，則不止翁須負責任，李亦須負責任。前述之王伯恭，為翁之門生，而又曾在朝鮮，與合肥、項城皆雅故，所以述本事件之動機，較翔碻入微。今錄《蜷廬隨筆》中記光緒甲申朝鮮政變始末中之第十四節云：

中國人之健忘，有極可笑歎，而貽禍君國，幾召滅亡，尤可駭痛。甲申朝鮮之亂，中日定約，同時撤防，以後有必須出師者，彼此知照同時進兵，不得一國背約，私出軍隊。訂約時，朝旨派吳大澂、續昌前往蒞盟。乃吳、續二公到漢城後，韓人問其有無全權？答曰：「無之。」韓人曰：「既無全權，不得與聞。」吳、續二公，以此進退維谷，難於覆命。乃謀於項城，覓得其稿閱之，遂據以返報。時清卿為幫辦北洋大臣，彥甫亦官侍郎，項城方以同知保升知府。吳、續二公德項城，欲與通譜稱兄弟，袁不敢承，乃以師禮待二公焉。防軍撤後，項城以管帶改為通商委員。戊子、己丑之間，項城電告合肥，謂朝鮮已潛降俄羅斯，降表為其邏得，請速派海軍提督丁汝昌，率戰艦往問其罪。合肥忘甲申中日之約，遽電丁提督東渡。而丁方巡海長崎，兵士與日警相爭未解，不能奉令即往。事又旋為韓人所聞，國王遣其參判李用俊，奉表來京，辯無其事，且謂降表係袁僞造云云。政府久以朝鮮事專責合肥，不更為計，而合肥又以彼中之事，偏聽項城，以此國王雖有表章，亦置不理。自是韓人與項城，遂不相能，復遣李用俊來華，輦金以求撤袁。而合肥復忘光緒八年與朝鮮訂約，互派通商委員，如有不合，彼此知照立即撤回之條，以項城為所保薦，迴護前奏，終不肯易，且疑朝鮮人之不免詭詐也。是役以丁汝昌未率艦隊往討，日本人初無聞知，故能相安無事。至甲午夏，項城電告合肥，以朝鮮新舊兩黨相爭為亂，漢城岌岌，請速派兵往平。合肥仍不記前約，奏派直隸提督葉志超，率眾赴之。而提督聶士成，自請先往詳探，聞吾禮闈報罷，屬其幕友李穀生入都，請吾同往，以吾曾客朝鮮，與其國士大夫多相識，或可訪得其實也。余謂：事本無忌，可以一電安之，不勞動眾。穀生言，行期已定，不可中止。余謂：既如是，幸毋多帶兵卒，吾將歸省，不克偕往，君其善為我辭。又吾聞葉軍門頃以洪蔭之為軍師，洪雖北江先生之曾孫，其人兼夸詐陰險之長，吾丙戌春與之同寓勒省旃上海寓中，相處三月，深悉其底蘊，煩告葉君，未宜傾心待之也。葉統兵至朝鮮，初無亂事。項城曰：公歸，韓人又蠢動矣，請姑駐兵平壤，以坐鎮之，俟人心之大定，再班師可也。項城見洪蔭之，極為傾倒，蔭之亦不欲遽去，因慫恿葉公暫駐平壤。平壤者，箕子故都，尚有井田，為朝鮮通國勝境，官妓尤多。葉公至，徵歌選舞，顧而樂之，將老是鄉矣。而日本聞葉提督率兵入其國，大驚，以為輕背前約，是必將夷為郡縣也，因議大出師，與中國爭。事為合肥所聞，亟奏請撤戍。而是時張季直新狀元及第，言於常熟，以日本蕞爾小國，何足以抗天兵，非大創之，不足以示威而免患。常熟韙之，力主戰。合肥奏言不可輕開釁端，奉旨切責。余復自天津旋京，往見常熟力諫主戰之非，蓋常熟亦我之座主，向承獎借者也。乃常熟不以為然，且笑吾書生膽小。余謂：臨事而懼，古有明訓，豈可放膽嘗試？且器械陣法，百不如人，似未宜率爾從事。常熟言：合肥治軍數十年，屢平大憝，今北洋海、陸兩軍，如火如荼，豈不堪一戰耶？余謂：知己知彼者，乃可望百戰百勝，今確知己不如彼，安可望勝？常熟言：吾正欲試其良楛，以為整頓地也。余見其意不可回，遂亦不復與語，興辭而出。到津晤呂秋樵，舉以告之，秋樵笑曰；「君一孝廉，而欲與兩狀元相爭，其鑿枘也固宜。」

此節所紀，娓娓可徵，李之偏聽，翁之雪憾，皆誤國也。國人恆喜詆所不喜者以賣國之名，國固未嘗有人賣，臨事喜遷延，喜虛憍，一誤再誤，誤國之弊，十倍於流俗所謂賣國者，而國人則反瞠目不敢言。嗟夫！顛連危辱之事，豈必悉為他人之侮予哉？

翁同龢與中日甲午之戰

翁文恭奏：十五年之內不許海軍添置一鎗一炮，除《蜷廬筆記》所記外，其他尚無可考。必欲徵之，非向前清軍機處檢查檔案不可，然亦恐無從覓得。蓋此等事，或面奏，或附片，不必露章拜疏，更不肯存奏藁也。一昨悉心鈎考，將同治有海軍以來，關於增減餉械之爭辯，直至甲午二月止，為次第之追敘，或亦研求史事，務得真相之微意也。

最初請停止製船者，為同治十一年，內閣學士宋晉，疏稱：製造輪船，糜費多而成功少，請飭暫行停止。章下左宗棠、沈葆楨、李鴻章等議，沈、李覆奏力稱，當日船政締造艱難，揆以列強形勢，造艦培才，萬不可緩，得旨如議。次則光緒四年，沈葆楨奏定各省協款，每年解南、北洋各二百萬兩，專儲為籌辦海軍之用，期以十年，成南洋、北洋、粵洋海軍三大隊。嗣恐財力分給，均感不敷，請以四百萬兩儘解北洋，俟北洋成軍後，再解南洋。適值晉省告饑，朝議提海軍款以濟之，沈葆楨以為大戚，貽書李鴻章爭之，謂「國家安危所繫，葆楨老病不及見，必為我公異日之悔」云云，遂奏請將前項協款，仍分解南、北洋，各治一軍。（案：不久戶部已議挪海軍款壹百萬，充頤和園建築費。意謂暫挪，而自是園工無已時，海軍款二千餘萬，盡成虛耗，南洋調集之款數百萬，亦提辦朱家山河工。）光緒五年冬，沈葆楨卒於兩江總督任所。時值日本夷琉球為沖繩縣，交南北洋大臣會議，沈遺疏稱：「天下事多壞於因循，但糾因循之弊，繼之以鹵莽，則其禍更烈。日本自臺灣歸後，君臣上下，早作夜思，其意安在？若我海軍全無能力，冒昧一試，後悔方長。」云云。

復次則光緒十七年四月，戶部奏酌擬籌餉辦法，議以南北洋購買外洋槍炮船隻機器暫停兩年，即將所省價銀，解部充餉。海軍右翼總兵劉步蟾，屢向提督丁汝昌力陳我軍戰鬪力遠遜日本，添船換炮，不容少緩，丁汝昌據以上陳。秋間，李鴻章奏稱：「北洋畿輔環帶大洋，近年創辦海軍，防務尤重。北洋現有新舊大小船艦共只二十五艘，奏定海軍章程，聲明俟庫款稍充，仍當續購多隻，方能成隊，而限於餉力，大願未償。本年五月欽奉上諭，方蒙激勵之恩，忽有汰除之令，懼非所以慎重海防，作興士氣之至意也。」等語。然以餉力極絀，仍遵旨照議暫停。

最後二十年二月，李鴻章奏稱：前據北洋海軍提督丁汝昌，以鎮、定、經、濟、來、威六艦，共應添換克鹿卜新式快炮大小二十一尊。當經咨准海軍衙門，以目下添購此炮巨款難籌，擬先換鎮、定兩船快炮十二尊。然亦未果行。

據此前後統觀，區區海軍船械，最初有人提議停製，而廷旨不准。嗣則已有主張挪款賑災者，然尚為挹注上之討論，沈文肅之遺言，最可覆玩。最後，則雖奏請購械，而遵旨暫停矣。其變遷階段，蓋如此。而光緒十七年戶部奏請南北洋停購槍炮船隻兩年，此種事實，固赫然至今存於史檔者，其時翁文恭正在戶部尚書任內，此事自出其主張無疑。當時無所謂預算，獨海軍有專款，夙為內外側目，盈於此者，必絀於彼。光緒十四年以後海軍未增一械，先時不許增購船礮之議，即預為移款修園張本。予頗疑此非翁文恭本意，或那拉后授意，文恭不敢不遵，而又適合平日憎厭北洋侈張軍備之意，故不憚創此議也。觀其對王伯恭言，「北洋海陸兩軍如荼如火」云云，言外大有微詞。爾時看法，方以為荼火之盛，不必再有增益，抑豈知凡事不能尚意氣，觀外表，尤不能以國家為孤注，以快恩仇。

關於不許添購船礮一點，吳摯甫、范肯堂書中亦嘗揭出之。吳原書云：

東事軒然大波，尚未識如何結局，周公都統諸軍之舉，逕罷為善，周固非都統之材也。近年歐洲各大國，無不增兵增餉，增船增礮，獨我國以外議龐雜，不許添購船礮，一旦有事，船礮不及倭奴，遂至海軍束手，渤海任他人橫行，陸軍雖集平壤，何能濟事。又況軍械不足用，士氣孤怯，來示謂山海關形單勢弱，未必有備，某則未識何術備之。失在疏於平時，及至兩軍相當，愚亦無可獻之策矣。獨默計時艱，中夜太息，不知相公七十之年，旁無同心贊畫之人，何以支此危局耳？

又有〈與陳靜潭書〉云：

聞諸軍進據平壤，擬招朝鮮人教練成軍，以為前導，朝鮮舊臣，亦有願歸驅策者，其措置規畫，略如尊指。但恐倭已全據要害，我軍未易得勢。且吾海軍不如倭，渤海近為倭所專擅，我船不敢支吾，南北運道已絕。目前用兵與往昔不同，專以軍械新舊分勝負，國家威勢，專以所轄海面廣狹為強弱。李相製購船礮，訪求新式槍彈，而中朝士大夫交口譏彈，連章參奏，朝廷深入其說，近數年來，未嘗添置一船一礮，以此海軍遂無精進之觀。倭人二十年來，切實講求西人兵法，兵輪多於我，其統領水師將帥皆深明西學，研究駛船開礮理法，故其水師一出，即能橫行渤海。我軍不能海戰，縱陸軍獲勝，猶不足恃，況並不能勝哉？

痛言戰爭必恃科學，先燭其幾，摯父先生，誠可人哉。此兩書所言，在今日為極平凡之常識，而當時能聆者無幾人。尤可痛恨太息者，甲午戰事，在八月，李文忠於七月間覆奏摺中。有云：

查北洋海軍可用者，祗鎮遠、定遠鐵甲船二艘，然質重行緩，吃水過深，不能入海汊內港。次則濟遠、經遠、來遠三艘，有水線穹甲，而行駛不速。致遠、靖遠二船，前定造時，號稱一點鐘行十八海里，近因行用日久，僅及十五、六海里，此外各船愈舊愈緩。海上交戰，能否趨避敏活，應以船行之遲速為準，速率快者，勝則易於追逐，敗亦便於引避，若遲速懸殊，則利鈍立判。西洋各大國講求船政，以鐵甲為主，必以極快船隻為副。詳考各國刊行海軍冊籍，內載日本新舊快船，可用者共二十一艘，中有九艘，自光緒十五年後，分年購造，最快者每點鐘行二十三海里，次亦二十海里上下。我船訂造在先，當時西人船機尚未精造至此，每點僅行十五至十八里。近年部議停購船械，自光緒十四年後，我軍未增一船，丁汝昌及各將領屢求添購新式快船，臣仰體時艱款絀，未敢瀆請，臣當躬任其咎。倭人心計譎深，乘我力難添購之際，逐年增置。臣前於豫籌戰備摺內奏稱，海上交鋒，恐非勝算，即因快船不敵而言。

等語。又考《甲午戰紀》，有云：

是戰勝負之分，決於艦礮之靈鈍。未戰之先，定遠、鎮遠兩艦，曾請購配克鹿卜十三快礮十二尊，以備制敵。部議以孝欽六十萬壽，急需巨款，力不逮而未果。

夫試讀文忠摺內，十八海里速率與二十三海里速率，相去懸絕，且直言自光緒十四年後我軍未增一船，此其於近代戰術，言之中的，對於君國，可謂不敢諱欺。勝負之數，當事早已判明，而旁人猶曰：「北洋兩軍，如荼如火。」閉目搖頭，但期戰而不期其勝。當時清流，當負誤國之責，百喙不得辭矣。

翁同龢借和戰擠陷李鴻章

南皮之詆合肥，以議和，常熟之與合肥爭，亦以和戰主張不同之故。細考之亦有不同，南皮之忿然作色，乃恨合肥藐視之，而常熟則蓄意與合肥立異，欲以主戰相窘，此沈文肅所謂「糾因循之弊而至於鹵莽」也。蓋欲言戰，必須夙夜經營，如文肅之初剏海軍時之深識，否則不自揣其力量，未有不以國家為孤注者。唯古今弱國自處於和戰最難，人有恆言：「寧為玉碎，勿為瓦全」，此蓋為個人而發，所謂「南八男兒，死則死耳」，若秉國成者，似未可以國為玉斗撞碎以洩憤。而此等軍國大事，大半各有理由，各有長短，言於廷者，筆於書者，一及此事，師友也，恩怨也，門戶也，無不借此以揚其燄，可以亙百十年爭詰不休。例如，南宋亡千年矣，而宋與金之和戰，時人猶有引以為辯者。予嘗讀長洲宋虞廷《樂府餘論》，中有一則，竊以為可謂天下之公言，不特可釋宋人之爭，並可借作翁、李之隙，下一定論。雖言詞章，實可通於治理。《樂府餘論》云：

南宋詞人，繫情舊京，凡言歸路，言家山，言故國，皆恨中原隔絕，此周公謹氏《絕妙好詞》所由選也。公謹生宋之末造，見韓侂胄函首，知恢復非易言，故所選以張于湖為首，以于湖不附和議，而早知恢復之難，不似辛稼軒輩，率意輕言，後復自悔也。《宋史・張孝祥傳》曰：「渡江初，大議惟和戰。張浚主復讎，湯思退祖秦檜之說，力主和。孝祥出入二人之門，而兩持其說，議者惜之。」按孝祥登第，思退為考官，然以策不攻程氏專門之學，高宗親擢為第一，則非為思退所知也。本傳又言：「張浚自蜀還朝，薦孝祥召赴行在。孝祥既素為湯思退所知，及受浚薦，思退不悅。孝祥入對，乃陳二相當同心戮力，以副陛下恢復之志。且靖康以來，惟和戰兩言，遺無窮禍，要先立自治之策，以應之。復言用才之路太狹，乞博采度外之士，以備緩急之用。上嘉之。」按大臣異論，人材路塞，俱非朝廷所以自治，孝祥所陳，可謂知恢復之本計也，傳乃謂兩持其說，何見之淺也。故北宋之初，未嘗不和，由自治有策。南宋之末，未嘗不言戰，以自治無策。于湖〈念奴嬌〉詞云：「悠然心會，妙處難與君說」，亦惜朝廷難與暢陳此理也。《慶元黨禁》云：嘉泰四年辛棄疾入見，陳用兵之利，乞付之元老大臣。侂胄大喜，遂決意開邊，則稼軒先以韓為可倚。後有〈書江西造口壁〉一詞，《鶴林玉露》言：「『山深聞鷓鴣』之句，謂恢復之事，行不得也，則固悔其輕言。然稼軒之情，可謂忠義激發矣。如韓者，欲以蟲負山，而致傾覆，玉津之事，不聞興義公之悲者，以其本小人，不學無術，乃以國事付之，其喪敗又何足惜哉。

此節中，所謂「北宋之初，未嘗不和，由自治有策。南宋之末，未嘗不言戰，以自治無策」，此即最扼要最持平之論。尤以「二相當同心戮力，以副陛下恢復之志」二語，張于湖之特識，千古皎然。蓋大家若不同心戮力，則借和戰二字，可以遺下無窮禍根。宋氏更深言：「不學無術，乃以國事付之，喪敗又何足惜。」其揚抑之處，亦至切至當。惜乎松禪老人，讀詞不熟，昧於鄉先生之緒論，不為清廷立自治之策，而徒以觝排合肥為能事也。

張謇劾李鴻章

予於季直先生，奉襼已久，而殊鮮相從。癸丑季直先生北來燕都，即寓劉聚卿家。當時雷季興、劉厚生、孟庸生等，方議政局，予亦業報，日與遠庸詣之。亡何，任公歸。又久之，東四牌樓四條胡同，有舊家池館，名西園者，為閩庖所賃，為酒家。會濤園先生南來，一夕約任公、季直兩先生宴集，客唯貞壯、劍丞及予，崑三侍沈先生，不記孝若隨張先生來否？沈、張交素摯，而暾谷為濤園愛壻，故與任公相近。記為七月涼夜，各踞胡牀，就樹陰月色中，談往事甚動人。濤園遺逸自甘，而梁、張方銳志用世，後此未嘗見其會合也。至先生甲午之役，勸翁文恭主戰，世皆言之。今考《嗇翁自訂年譜》，光緒二十年甲午四十二歲，其下有一條云：

> 九月，翰林院五十七人，合疏請恭親王秉政。又三十五人，合疏劾李鴻章。余獨疏劾李，戰不備，敗和局。

觀此，似先生之意，所以自榜者不願諱為主戰，而在於責李「戰不備，敗和局」，故泐之以傳後。案：此亦是事實，先生劾李一疏，甚有名，其大略云：

> 直隸總督李鴻章，自任北洋大臣以來，凡遇外人侵侮中國之事，無一不堅持和議，天下之人，以是集其詬病，以為李鴻章主和誤國。而竊綜其前後心跡觀之，則二十年來壞和局者，李鴻章一人而已。臺灣之事，越南之事，其既往者，姑置不論，請就今日日人搆釁朝鮮之

事，為我皇上陳之。方光緒八年春間，李鴻章令丁汝昌、馬建忠前往朝鮮，與英、美各國立約，許朝鮮為自主之國，朝鮮與東三省唇齒相依，奉中朝正朔，於理於勢，可半主而不得自主也，聽其自主，既失之矣。推李鴻章之意，不過年老耽逸，視朝鮮如一齒，委諸各國之喙，冀其齗齗相持，而我得袖手偷安於旦夕，其朝鮮關繫中國之利害不暇計也。我有自腐之機，敵乃有可乘之隙。盟血未乾，日乘韓亂，故廣東水師提督吳長慶，以六營東援。亂定後，再三以朝鮮政敝民窮，兵單地要，函請李鴻章及早為之修政練兵，興利備患，李鴻章怪其多事，痛斥其非。當日若非吳長慶尚有三營移防，駐守金州，則今日之事，早見於十年以前。而李鴻章則又於十一年將駐韓三營全數撤回，併罷吳長慶所定教練韓兵之事，堅日本必得朝鮮之志，長日本侵量中國之心，謂非李鴻章誰執其咎？自來中外論兵，戰和相濟，西洋各國，惟無一日不存必戰之心，故無一人敢敗已和之局，李鴻章兼任軍務洋務三十年，豈不知之？本年五月間，日釁已見，使李鴻章得袁世凱數十密電以後，援十一年第三條約，詰以派兵何以不先行知照，則日謀可伐，不至於戰。即得汪鳳藻電覆之後，其時日兵尚不甚多，布置尚不甚密，使派葉志超、聶志成率一二十營，如吳長慶之逕入漢京，挾王還我，易客為主，徐待理論，亦尚不礙於和。朝鮮敝政，本應中國早為之酌改，日既以此為言，我何妨令袁世凱與議，折日專惠韓民之計，收我撫字屬國之權。李鴻章則始終執其決棄朝鮮之意，而貽日人以華斥不顧勢難中已之口實，卒釀兵端，一敗塗地。試問以四朝之元老，籌三省之海防，統勝兵精卒五十營，用財數千萬之多，一旦有事，曾無一端，立於可戰之地，以善可和之局，稍有人心，能無痛心？故李鴻章之罪，非特敗戰，并且敗和。

先生此疏，當日流沫傳誦，相傳文忠見之，謂筆意矯健，亦為擊節。其中自以「惟無一日不存必戰之心，故無一人敢敗已和之局」兩語，為最精湛，所謂能戰而後能和也。先生早參吳武壯幕，於朝鮮事，蓋有一貫主張，故言之成理。唯及今推論之，文忠於朝鮮，必抱不干涉之方針，故事事置之，正恐干涉必至於戰，戰而不能必勝，無寧不干涉，此意惜不為松禪、嗇翁所諒解耳。先生此摺，可以加重文忠之責任，而仍無根本解決之方法。即自東學黨變起後，日本出兵，究應與之戰否？未有明確之判斷，事後詬文忠之失著，亦祇得一方面之看法也。實則先生在事前為極鮮明之主戰論者，亦不必諱。當時朝士目擊口述，及諸家筆記，粲然可徵。羅癭庵與先生最相稔，先生居北京為農商總長時，癭公正在《庸言》撰〈中日兵事本末〉，其中一段云：

鴻章屢議與日和，而日本索賠款三百萬，朝士大譁，以日本蕞爾，敢抗大邦，宜大張撻伐。樞臣翁同龢，握大政，倚撰張謇，其門生最親者也，力主戰，並力言北洋軍之可恃，乃決備戰。

先生見之亦無異詞。其他前輩，如弢庵先生對當時事，尤痛切詳言之，今不具記。

滄趣老人〈感春〉〈落花〉二詩詁義

滄趣老人，當光緒初年在京朝時，既與高陽善，故與高陽不愜者，若翁，若潘，皆忌其才。李蒓客《越縵堂日記》數詆滄趣，亦緣此。而滄趣亦有「鶗聲滿耳」句，不慊於常熟。考滄趣之〈感春〉四律，作於光緒乙未中日和議成時，其一云：

一春無日可開眉，未及飛紅已暗悲。雨甚猶思吹笛驗，風來始悔樹旛遲。蜂銜撩亂聲無準，鳥使逡巡事可知。輸卻玉塵三萬斛，天公不語對枯棋。

三四句，言冒昧主戰，一敗塗地，實毫無把握也。五句，言臺諫及各衙門爭和議，亦空言而已。六句，言初派張蔭桓、邵友濂議和，日人不接待，改派李鴻章，以全權大臣赴馬關媾和，遲遲不行。七、八句則言賠款二百兆，德宗與主戰樞臣，坐視此局全輸耳。其二云：

阿母歡娛眾女狂，十年養就滿庭芳。誰知綠怨紅啼景，便在鶯歌燕舞場。處處鳳樓勞剪綵，聲聲羯鼓促傳觴。可憐買盡西園醉，贏得嘉辰一斷腸。

此首，言孝欽太后以海軍經費浪用諸建頤和園與諸娛樂之事。是年適六旬壽辰，當大慶賀，以戰事敗衄而罷。其三云：

倚天照海倏成空，脆薄原知不耐風。忍見化萍隨柳絮，倘因集蓼毖桃蟲。一場蝶夢誰真覺，滿耳鶗聲恐未終。苦倚桔槔事澆灌，綠陰涕尺種花翁。

此首言，海軍告熸，末聯言，北洋枉學許多機器製造，付諸一擲而已。六句，言翁同龢以南人作相也。其四云：

北勝南強較去留，淚波直注海東頭。槐柯夢短殊多事，花檻春移不自由。從此路迷漁父棹，可無人墜石家樓。故林好在煩珍護，莫再飄搖斷送休。

首聯言：俄、德、法三國，代爭已失之遼南，而移禍於割臺也。三句言：臺撫唐景崧，自立民主國，僅數日而已。四句言：李經方充割臺使，在艦中定約簽字。此四詩，盛為人傳誦，其後屢議刊稿，屢刪屢輟，異日集中，不知存錄之否？老人曾以詩旨告於石遺先生，為錄入《詩話》中。余計此詩，去今已四十年，固不妨為作鄭箋，以資傳信也。

滄趣作〈感春〉詩後十八年，壬子，又作〈落花〉詩，仍用前韵，今憶而並錄之。其一云：

樓臺風日似年時，茵溷相憐等此悲。著地可應愁蹋損，尋春已是恨來遲。繁華自懺三生業，衰謝難酬一顧知。豈獨漢宮寒食感，滿城何限事如棋。

其二云：

癡蜂冶蝶太猖狂，未替靈脩惜眾芳。本意陰晴容養豔，那知風雨趣收場。昨宵秉燭方張樂，隔院飛英已命觴。油幕錦幡竟何用，空枝斜照百回腸。

其三云：

生滅原知色即空，眼看傾國付東風。驚回綺夢憎啼鳥，罥入情絲奈網虫。雨裏羅衾寒不耐，春闌金縷曲方終。返生香豈人間有，除奏通明問碧翁。

其四云：

流水前溪去不留，餘香駘蕩碧池頭。燕銜魚唼寧相厚，泥汙苔遮各有由。委蛻大難求淨土，傷心況是近高樓。庇根枝葉繇來重，長夏陰成可小休。

此四詩亦有本事，先生未嘗詳述其寓意。以余測之，大抵皆為哀清亡之作，自感身世，以及洵、濤擅權行樂，項城移國，隆裕晏駕之類。其後十餘年，又有〈後落花〉四詩，則言晚近事，亦用前韵，今不具錄。

蘇元春爲李鴻章鳴不平事

吳摯父日記中，有蘇元春一短札，為李文忠鳴不平者。蘇於文忠歿後，曾削職逮治，與王之春、沈藎、賽金花同時入獄，所謂文臣、武將、名士、美人，是也。吳日記云：

四月二十九日，陳雨樵持示蘇子熙軍門（元春）寄羅芸舫大令書，憤切時事，自敘蓄利器，建斗硐，築臺壘，誓邊師，重款鉅工，悉出私橐，未動公款。又云：合肥自同治初年，整軍經武，謀勇兼人，及任北洋，撫柔控制，開利權之未逮，奪時務之先聲，環海部洲，私相勸戒，從無肇出釁端。縱甲午東海變生，突如其來，顯係訛賴，儼同乞丐惡討，予以殘羹，憮然而去，務要推搡，使必傚傷倒地，觸動群情，而老團頭穩作壁上之觀，何愁不來求我。蓋乞丐者，倭也，群情者，英、法、美也，而老團頭，舍俄誰能當之？陷穽已深，強我逆來順受，凡屬血氣未乾者，得不放聲大哭邪。而合肥任叢謗毀，毅然不動，迨受傷立約，明年又使極西，衰老蓋躬，風濤飽歷，至今謠諑未息，仍思中傷。古云：忠而見謗，信而見疑，今日益信。此無他，自剪羽翼，貽笑外人，以此老之勳業，至今日且名高生忌，覺淮陰去人不遠，何況我輩。

此書恐非子熙親筆，度幕府必加以潤色，而其怏怏處，已形於詞，宜其終罹吏議也。然其中語，有絕可味者，如以日本為訛賴，以俄國為老團頭之類，今日皆仍未相遠。讀「陷穽已深，逆來順受，忠而見謗，信而見疑」數語，何止為謀國之合肥短氣耶？

周家祿文集中之朝鮮史料

聞海門周彥升先生名，近三十年，邇始從其文孫孝伯，得讀《壽愷堂集》。先生先後游於夏子松、吳武壯、張紹臣、陸文慎、卞頌臣、張筱帆、張文襄、袁慰庭幕。中間亦屢主師山書院、白華書塾、湖北武備學堂、南洋公學講席。如皋顧錫爵為墓誌，稱其篤於內行，事親孝謹，伯叔兄弟，敬愛有加，戚族貧者，歲有贍濟，常自困窘，而無吝悔。與人交遊，不為矯異，座客或有不合，常偃臥不語，頗有望君為傲惰者。性善飲，數十觥後，則清談滔滔，鋒不可當。然先生之知名天下，則實在吳武壯公幕，與張季直、朱曼君同儔，而先生才藻踔發，又與范肯堂、吳彥復相驂靳。曾為《朝鮮新樂府》，流傳於時。樂府計十章：〈昌德宮〉、〈長湖村〉、〈大院君〉、〈南壇山〉、〈罪己教〉、〈陳情表〉、〈仁川口〉、〈三軍府〉、〈賣國碑〉、〈守舊黨〉。皆有關高麗亡國，及中日戰事史料。今錄〈守舊黨〉一章，及〈與沈子培書〉一通，以見先生治朝鮮史學之梗概。〈守舊黨〉有序：

朝鮮士大夫，好立朋黨，前明時有東、西、南、北各黨，繼又有大北、小北、中北黨。國朝信順王焞時，有宋時烈尹拯之老論、少論黨，近世朝士，又分開化、守舊二黨。論朝鮮國勢，三十年前，自當以守舊為正，今則外夷環伺，風氣大開，非人力所能挽回，一二拘墟之士，不顧國勢之阽危，欲閉關謝客，為自守計，亦多見其不知量已。《詩曰》：不愆不忘，率由舊章。不由先王之法，而猥以守舊為辭，鶩虛名而昧實禍，朝鮮其危矣哉。嗚呼，豈獨朝鮮也哉！東、西黨，老、少黨，學術分門何不廣；開化黨、守舊黨，朝政分門何擾攘。檀君壤土箕子封，八條教化何雍容。當年遺杖豈堪拄（平壤城內有箕子杖），祇今故墓餘高墉（江東縣有檀君墓）。讀書粗辨周與孔，數典未諳祖及宗。身為老論不講學，各挾門第誇庸庸。古來黨禍出衰世，國事如此誰適從？春秋尊王雖攘楚，戰國連衡遂合縱。當今定復返中古，中古何不還軒農。世運變遷豈得已，大道破碎誰能鎔？同舟胡越且共濟，何況寮寀宜寅恭。如何鬩牆不禦侮，操戈入室難攖鋒。外交未拒英俄法，內亂先搆天地蜂（李載先謀亂時私立名號）。朝中朋黨為禍始，坐令國勢憂蒙茸。九州四海盡波靡，砥柱孰障中流峰？君看守舊幾人在，海山冰雪摧寒松。

〈與沈子培書〉云：

昨勞苦為念。朝鮮國文，據下走在東時所聞，乃前明永樂間國王李祹所創，凡二十八字母，與高明所見不同。當時祹命其臣成三問申叔舟等編成一書，名曰《訓民正音》，癸未、甲申間在漢陽下都監，向京畿觀察使金宏集求其書不得。昨承明問，不能舉似，不勝惶悚。朝鮮黨禍，由來已久，在東時曾戲草一〈黨人表〉，屬藁未竟而內渡，近年彥復索觀，徧覓不得，不知閣置何處？大約發端於前明隆慶間國王李昖之世，當時僅有沈義謙、金孝元二黨，主沈者為西黨，主金者為東黨，一變而為禹性傳、李發之南北黨，南、北黨興，而東、西之緒絕。南、北二黨，以北黨為盛，北黨又分大、小二黨，李爾瞻等為大北黨，柳永慶等小北黨。大北最強，鄭昌衍承之，又別為中北黨，又蔓延為清北、濁北、骨北、肉北諸黨。國朝康熙間，國王李焞時，宋時烈為尹宣舉撰墓誌，論學術不合，宣舉子拯，貽書絕之。然時烈故東國老儒，研程朱之學，拯所師事者也。時論頗右時烈而抑拯，自是宋尹之徒，分門立論，各不相下，主宋者為老論黨，主尹者為少論黨。焞之末年，定斯文處分，嚴敕勿擾。然二黨之子孫，互相標榜，二百年而未已。今王熙之初年，朝士分開化、守舊二黨，洪純穆、金炳始者為守舊之魁，閔台鎬、趙寧夏、李祖淵等則開化領袖也。開化之中，又分中、日、俄三黨。甲申十月，洪英植引日本兵作亂，台鎬等皆死，是中、日二黨相爭也。後來交涉愈繁，分黨益多，甲申以後，莫知究竟矣。大略如此，敢撮舉以備一部之采擇，敬承起居不宣。

彥升先生此二文，皆極可備朝鮮史料。其〈樂府序〉中，有「鶩虛名而昧實禍，朝鮮亦危矣哉」，其言沉痛簡切，直燭其兼併之機。所論朝鮮政情，門戶分立之谿刻爭鬪，東、西黨，老、少黨，尤可為殷鑒。外患日深，而國中又有收復高臺高掌遠蹠之議，先生而在，其感歎奮發，為何如哉？

論甲午戰敗後遷都之議

文芸閣《聞塵偶記》云：

文宗之幸熱河，首倡此議者，僧格林沁也。其奏疏，余于張編修（鼎華）處曾見抄本，言戰既不勝，惟有早避，詞甚質直。以事理論之，唐元宗、德宗屢奔而存，明莊烈一殉而亡，文宗僅幸離宮，較之前代尤為有得無失，此當歸美于議避之臣。而後來誅肅順、端華諸人，乃以此為大罪，以肅順怙寵專擅，誠非無辜，而罪以避敵之議，則大誤矣。至甲午之役，倭人由遼漸迫，太后恆令順天府備車二千輛騾八百頭，然始終不行。張孝達制軍、李芍農侍郎，皆主西狩之議。余亦以為不顧戀京師，則倭人無所挾持，俄王保羅之敗法主拿破侖第一，空都城以予之，是良法也。沈子培員外、蒯禮卿檢討，則主暫避襄陽，而內城旂人洶懼。尚書孫燮臣師，致書李芍農云：勿奏請遷都，若倡遷議，必有奇禍。蓋李是時方考歷代遷避之得失，欲有所論也，得是函而止。既而寇愈迫，翁尚書亦主遷，孫尚書（毓汶）則主乞和，兩人爭于傳心殿。孫之言曰：「豈有棄宗廟社稷之理？」翁亦不敢盡其詞，然密遣人詢李所考歷史得失，蓋講幃之間，當偶及之。而是時所傳上諭，慈聖暫避，朕當親征云云，則實無其事（近時中東戰輯所載多屬譌傳故附訂之）。余乃疏言，此時戰既不足恃，和更不宜言，惟有預籌持久以敝敵之法。同時黃仲弢、沈子封數前輩，聯銜所奏四條，亦兼及遷都之計。夫倭人用兵以來，陸兵固未敢深入，我軍雖孱，然密布山海關內外者，已二十餘萬，倭兵不及五萬，縱每戰皆捷，何能徑入神京。王翦破楚，尚須六十萬人，彼節節留守，則前進力單，彼悉索前驅，則後路可斷，使朝廷深知兵法，及此時明賞罰，作士力，擇將而用之，謀定于內而不搖，雖不出走，可也。不然，則空都城而予之，彼必不敢來；即來，亦易于圍攻。即不能圍攻，而出于和，亦不過咸豐庚申之役，而不敢過于誅索。乃一誤再誤，終于不可收拾者，將驕而惰，士窳而殘，官府疑忌，寧使敵人得志，而不使上得行其志者，其成謀固結，非一朝夕之故也。張蔭桓、邵友濂既往求和，戰守之心益懈，仍勉勵戎行，姑以塞天下之耳目。先是翁尚書受密旨往天津，李高陽避不見客，其事甚密，外間籍籍，謂翁以導上主戰得嚴責，故往乞李鴻章定和局。迨張蔭桓之行，又得無不允許之諭，都中駭懼，以為旦暮將行不測，以講于敵。人心之危，過于被圍，一日之間，訛言疊至，要不悉記。余以為無論禍福，當以人心正天心，故當萬馬噤聲之時，毅然與諸同志約，不撓沮，計生死。

案：文芸閣此節，其要語，不外「戰既不足恃，和更不宜言，惟有預籌持久以敝敵之一法」。此議論自為於和戰之外，思一不屈不撓之策，古今人心所同，不獨芸閣為然。唯所謂預籌持久之計畫如何，則未必有合理之算盤，蓋芸閣此時尚是小臣，未能預聞密計，觀其末段言，翁尚書以主戰得嚴責，故往乞李鴻章定和局云云，純是道聽塗說，不知內容。常熟此行，乃奉西后旨責李合肥，往聯俄，其事已見予前所著錄，芸閣未嘗知之，亦可見其空懷熱願，而不悟處地之疏逖也。大抵此等遷都大計，當時必不謀及詞臣，與其責朝廷以兵法，不若就史跡敷陳，或較動聽。就吾國大勢言之，大抵遼朔諸方為天下之首腦，未可輕言委棄。顧亭林有言：「唐都關中，以范陽、盧龍，斗絕東垂，為契丹奚室韋靺鞨所環伺，於是屯戍重兵，增節鎮，終唐之世，河北常為厲階。其後契丹得幽燕，因以縱暴於石晉，女真得幽燕，因以肆毒於靖康。」其言甚剴切扼要。亭林又云：

漢都長安，則置朔方之郡，列障戍於河南，又開河西五郡，以絕羌與匈奴相通之路。唐人築三受降城，則守在河北，又置安西北庭都護，則西域盡為臣屬，故關中可以無患。及至德宗以後，河隴之地盡沒於吐蕃，而涇陽渭北，戎馬且充斥焉。然則朔方不守，河西不固，關中亦未可都也。都燕京而棄大寧，棄開平，委東勝於榛蕪，視遼左如秦越，是自剪其羽翼，而披其股肱也，欲求安全無患，其可得哉？

論尤明通。故與其臨事而謀遷，不若擇都之始，先勿如亭林所言：「委東勝於榛蕪，視遼左如秦越。」及已棄之，則收之已難。又《容齋隨筆》有一則云：

國家大策，係於安危存亡。方變故交切，幸而有智者陳至當之謀，其聽而行之，當如捧漏甕以沃焦釜。而愚荒之主，暗於事幾，且惑於諛佞孱懦者之言，不旋踵而受其禍敗，自古非一也。曹操自將征劉備，田豐勸袁紹襲其後，紹辭以子疾不行。操征烏戎，劉備說劉表襲許，表不能用。後皆為操所滅。唐兵征王世充於洛陽，竇建德自河北來救，太宗屯虎牢以扼之，建德不得進。其臣凌敬，請悉兵濟河，攻取懷州河陽，踰太行，入上黨，徇汾晉，趣蒲津，蹈無人之境，取勝可以萬全，關中駭震，則鄭圍自解。諸將曰：凌敬書生，何為知戰事，其言豈可用？建德乃謝敬。其妻曹氏，又勸令乘唐國之虛，連營漸進，以取山北，西抄關中，唐必還師自救，鄭圍不憂不解。建德亦不從，引眾合戰，身為人擒，國隨以滅。唐莊宗既取河北，屯兵朝城，梁之君臣，謀數道大舉，令董璋引陝虢澤潞之兵趣太原，霍彥威以汝洛之兵寇鎮定，王彥章以禁軍攻鄆州，段凝以大軍當莊宗。莊宗聞之，深以為憂。而段凝不能臨機決策，梁主又無斷，遂以致亡。石敬瑭以河東叛，耶律德光赴救，敗唐兵而圍之，廢帝問策於羣臣。時德光兄贊華，因爭國之故亡歸在唐，吏部侍郎龍敏請立為契丹主，令天雄、盧龍二鎮，分兵送之，自幽州趣西樓，朝廷露檄言之，虜必有內顧之慮，然後選募精銳以擊之，此解圍一算也。帝深以為然，而執政恐其無成，議竟不決，唐遂以亡。皇家靖康之難，金騎犯闕，孤軍深入，後無重援，亦有出奇計，乞用師擣燕者。天未悔禍，噬臍弗及，可勝嘆息。

此則言當斷不斷之禍，末段與芸閣所言相彷佛。惜芸閣輩當時不究論禍始，不推論應戰或勿戰之機宜，而斤斤於遷都之末節，可見清流與李文忠成見太深。而文忠始終不滿意清流者，殆亦皆緣翁、張、文、沈諸名士平日大言掣肘，不肯靜俟遠謀之成，及至事急，所言咸為臨渴掘井。夫井泉誠能療渴，抑豈嘗計九仞及泉之時力耶？

甲午戰役與臺灣

割臺之議，當時士大夫反對至烈，各種議論，皆有之。文芸閣《聞塵偶記》中，有二小節皆關甲午事。其一云：

棄臺之議，定於甲午，不待使者既行，而已知之，特昧者尚不信耳。漢棄珠崖，豈容後人藉口乎。

其二云：

戊子、己丑以來，京師愛著薄底鞾，達官貴人尤尚之，其名曰跑得快。至甲午之亂，滿城遷避為之一空，竟符其讖，此服妖也。

芸閣當時自為反對合肥者，故言棄臺定於甲午，意若謂與日人夙有默契，此說羌無實據，恐未必然。而當時自有此一種傳說，則無可疑也。「跑得快」之讖，與宋說部之「錯到底」，若出一轍。國人喜言服妖、童謠之說，以隱指時事，其實此讖，何止應於甲午乎？

光緒二十年甲午大考翰詹事

繆藝風上南皮一書，纕衡昨以見示，楷法端整，用粉紅羅紋箋，恪守翰苑後輩規矩也。書云：

夫子大人函丈。前肅蕪緘，諒登籤室，辰維崇勛式煥，懋祉增綏，沛嘉澍於荊南，序臻夏長，迓綸雲於闕北，澤被春恆，鈴閣翹瞻，襲軒曷既。受業時乖運蹇，計無復之，祇有歸耕一途，猶可苟全性命。第自遭寇難，生計毫無，奔走卅年，一廛未卜，不能不圖館穀以為饘粥之需。仰懇夫子大人憫其窮途，賜以末席，效趨承於左右，藉報答於涓埃。而衰病之餘，性靈日退，枯腸難索，采筆已還，不敢希席上之珍，但免作溝中之瘠而已。受業之開罪徐掌院也，因儒林等五傳，奏派受業與譚叔裕總辦。徐太無學術，又堅愎自是，硬交紀大奎、方東樹入儒林。受業等兩人，恐為清議所鄙，力持不肯，屬有讒人交構其間，遂固結而不可解。此次入都，撰文舊缺不派，慶典不派，會典館潘文勤索之於前，翁尚書索之於後，允而不派，京察不能不列一等，考語平常，以致不能記名。掌院例不閱大考卷，忽特旨命之覆閱，業已拆封，恩怨易辨，受業卷初列二等，因一訛字，改置三等之首，亦可以已矣。徐一見大喜，謂非置四等不可，翁尚書再四挽救，置三等倒第四名，奪俸兩年，徐尚以為未快也。深仇宿怨，為之下者，不亦難乎？現擬收拾圖書，提攜細弱，午節前後，航海而南，趨敂崇階，面聆訓誨。雜事數則附呈，手箋祇肅，敬請鈞安，伏維垂鑒。受業繆荃孫謹啟。

此書所述與徐桐齟齬甚詳，纕衡以柳翼謀為藝風先生弟子，今春復屬為跋。翼謀援翁文恭、葉緣督兩家日記，張蕢齋《澗于書牘》以證之，爬梳源流，瞭若導川矣。今並錄之。柳跋云：

纕衡同年檢眎藝風師上張文襄書，中述甲午大考事，屬為題記。按《翁文恭日記》：「甲午三月廿六日，翰詹大考，實到二百零八人。賦題，水火金木土穀，以九功之德皆可歌也為韻。論題，書貞觀政要于屏風。詩題，楊柳共春旗一色，得林字，七言八韻。閱大考卷，崐岡、孫毓汶、孫家鼐、陳學棻、志銳、王文錦、李端棻、龍湛霖、徐會澧、梁仲衡。廿八日奉派覆看大考卷，張之萬、徐相，及臣龢。發下卷二百零八本，禮邸、孫毓汶傳旨細看，除第一及另束五本毋動外，餘皆可動。（詒案：第一即文芸閣，未試即預定者也。）有頃，奏事太監文德興傳旨如前；並云，在上書房當差者，可酌提前。廿九日閱至巳正，粗畢，請蔭老寫奏片清單訖，遵旨改定三卷，擬改後者二卷，擬改前者一卷，三等末廿名重排定。未初遞上，二刻許發，于清單擬改前者，上硃筆著即列入一等末，正摺傳旨依議。遂與青老定三等後數十名，皆脫字出韻塗改者，請軍機章京二人寫名單名次，簽重粘一過，余等一手經理，申正二刻始畢。」張蕢齋《澗于集・書牘五・致王廉生太史》：「聞大考之信，弟意閣下當列高等。及芸閣寄晦若一單，竟屏置三等十八，意極沮悶。幸月朔得電復，知聖人藻鑑，拔置前茅，（詒案：此即翁記移前一卷列入一等末之事，並可知翁等未覆閱時，文芸閣已詳知名次，告知津幕。）繆小山何以由三等之前，抑置榜後，豈風聞竟入天聽耶？（此語不知何指）記是兄之房師，不至改官否，均祈密示。」葉緣督日記：「甲午三月廿八日，聞大考前列，喧傳一等五人，道希、佩鶴、伯揆、戴鴻慈、陳兆文，詠春在二等前列，蔚若、穎芝皆二等。即往蒿隱處觀全單，余與屺懷、韶臣、建霞、小山、禮卿、子封、蔚庭，皆三等，子獻四等。四月初一日，至鳳石處，見大考全單，南皮、東海、常熟覆閱後，廉生由三等擢至一等末、筱珊以題中錯一字，與陳雨杉同移榜尾。初八日大考，宣旨，道希、佩鶴、伯揆得學士，其餘轉坊階有差，三等後三十名皆罰俸，四等第一罰俸四年，第二改官內閣。丙申八月廿八日，夏閏枝來述，筱珊因與掌院爭紀慎齋入儒林，大考為所中傷，日前接見同署諸君，昌言不諱。丁酉九月三十日，補撰《儒林・紀大奎傳》一首，東海相國之意也。大奎從邵子先天入手，闡明良知，亦不攻朱學，又旁涉二氏術數，疑龍、撼龍諸說，其學頗不純。東海師初以屬筱珊，不允，致齟齬，余不能卻，即此媿吾友矣。」綜三書所述，以證師札，蓋東海抑之，雖虞山不能為力，卒之，徐以袒庇拳匪不保其終。葉雖勉撰〈紀大奎傳〉，後仍附《循吏傳》，一時軒輊，于紀無加，于師亦無所損，第可備修史故實，故詳摭之，以為談故之助云。乙亥春二月柳詒徵識于盋山陶風樓。

案：翼謀此跋，翔實該洽，予又何加。藝風自茲嶔崎江表，著述彌宏，名實不第無損，而乖戾執拗之徐蔭軒，師事大師兄，日誦《太上感應篇》，榜革嚴範孫等門籍，卒肇庚子之禍，身後論定，正為庸妄。故此一層公案，固不煩再為繹考。唯文道希上結主知，先審名次，於此又得一確證。予亦又得一删見，以為南皮癸卯入京時，有〈讀史絕句〉四首，其第四首〈張孝祥〉，正為文道希作。詩云：

射策高科命意差，金杯勸酒顫宮花。斜陽烟柳傷心後，僅得詞場一作家。

此詩第一句，即指文道希大考第一事。按畢沅《續通鑑》卷一百三十，紹興二十四年三月，帝御射殿，策試正奏名進士，策問，諸生以師友之淵源，志所欣慕，行何脩而無偽，心何治而克誠，進張孝祥為第一。以擬德宗預定文為第一，可謂工切。第二句，用《能改齋漫錄》，張孝祥知潭州，誦至金盃酒宮花顫，其頭自為搖動一節。案金盃酒，君王勸，此陳濟翁〈驀山溪〉詞，以喻文受德宗特知，幾於金杯勸酒，而又以潭州妓坐之事，影喻文不自檢點。末二句，乍觀其意，似云稼軒以後，僅有于湖。而不知「斜陽正在煙柳斷腸處」句，為壽皇所大不懌，正言德宗因此案而卒釀宮掖之變，傷心之極，所換得者，僅雲起軒一卷詞耳。文詞固晚清作家也。道希以甲辰八月二十四日卒於萍鄉，南皮此詩，則前一年作，道希必不及見。

又考王壬秋日記：「光緒二十年四月十八日，大考單。第一、即閶面也，實為可笑。此人必革，第一例不善終也。」亦指此事。文以閶闔誤書作閶面事世所知。湘綺援信俗傳，謂大考第一必不善終，後卒如其言。道希以光緒二十二年丙申二月十七日，為楊崇伊所參，永遠革職，驅逐出京，湘綺度必撫掌稱驗。而不知文以新進勾結妃侍，獲得高科，取非其道，又處帝后猜忌之際，其取禍被謗，宜也，何關於第一必不善終之俗讖乎？

汪鳴鑾長麟

光緒二十一年十月，吏部右侍郎汪鳴鑾、戶部右侍郎長麟，並以召對妄言褫職。汪、長召對何語？諸家筆記，皆莫追詳。以文芸閣《聞塵偶記》考之，汪、長二人必帝黨為西后借題所斥者。汪柳門為浙之名士，前記楊乃武案，汪即力主平反。至長麟，字石農，為滿人，晚近乃不常覯述之者。比見舊京吳介清君所記，殊可供史料。吳云：

長石農能文善書，與清秋浦總憲銳，均為翻譯界出色人物。任右翼總兵時，年僅廿八、九歲，短小精幹，英爽俊偉。陛見日，奏對稱旨，聖眷因之日隆。（時慈禧已撤簾，德宗銳意圖新，喜用青年。）甲午事起，失利疊聞，不得已起用恭忠親王督辦軍務（在內設督辦軍務處），特簡長隨同辦事。一日因某事與王爭執，抗辯不少屈。退出後，王顧左右云：「後生可畏。聖上喜用青年，吾輩暮氣深沉，不足任重致遠矣。」不意進銳退速，乙未十月竟以離間宮廷，不知大體，與吾鄉汪柳門先生（鳴鑾）同日罷黜。先是和議成，大學士六部九卿翰詹科道，齊集內閣大堂，恭讀硃諭，汪讀至賠款兩萬萬，與其師高陽相國，均痛哭失聲。自是嬰心疾，早蓄歸計，至是得遂初服。但是日緣何致觸上怒，疑莫能明。其後曾有人追述此事經過（似是《時報》駐京記者汪中翰康年），事隔多年，今亦忘之矣。甲午十月，豫撫裕寬入都祝嘏，覬覦蜀督，先謀之李闍，所索奢，未能滿其欲。裕故與珍妃母家為近婣，乃輦金獻之珍妃，俾伺便言之上前。未及行，為李偵知，慽裕舍己之珍，遂以告孝欽。孝欽果大怒，立召珍親詢之。妃直自承不諱，且曰：「上行下效，佛爺不開端，孰敢為此乎？」孝欽怒，杖之百，賴先朝諸妃嬪，及大公主（恭邸女），環跪乞恩，乃與瑾妃並降為貴人。翌年十月，長麟罷黜，不數日竟復二妃封位，此在魯伯陽案之前，外間多不之知。謠傳種種，均謂長麟與珍案有關，然宮闈祕密，莫得究竟也。

案：吳所言校以史乘及他筆記，似極可置信。就前後情節觀之，汪、長必為珍妃被黜進言，以為應復其位，以泯帝后之嫌隙，故觸上怒。而此事又不能明言，故以「離間宮廷，不知大體」八字，籠統揭布。意其情形，汪柳門有借此求去之隱衷，長石農則年少敢言，自恃八旗子弟。其同遭淪謫不復起，則緣德宗始終抑鬱，故帝黨一蹶不振也。

吳名汝廉，舊官吏部，亦儒雅能記舊聞者。原籍杭州，故與柳門為同鄉。

文廷式革職驅逐事

文道希革職驅逐一事，實為戊戌政變之先聲，當時帝后齟齬中一大公案也。由今觀之，德宗必挫，事機之危，瞭然有數，惜當時袞袞諸公，熟視無睹耳。考《翁文恭日記》：

光緒二十二年二月十七日，楊崇伊參文廷式摺呈慈覽，發下，永革驅逐。楊彈文與內監文姓結為兄弟，又聞前發黑龍江之太監王有、聞得興，均就地正法，聞即楊摺所謂文姓者也。上年有奏事中官文德興者，攬權納賄，久矣，打四十，發打牲烏喇。聞有私看封奏干預政事語，蓋慈聖所定也。又聞昨有太監寇萬才者，戮於市，或曰上封事，或曰盜庫，未得其詳也。

松禪此記，於寇連材，筆誤作萬才，當日已知其罪為上封事，則亦可見得訊之早。考連材事，與道希事，頗有關連。那拉后之杖瑾、珍二妃，在乙未十月，而逐道希、斃連材，則相去不過三閱月，今節舉近人筆記言二事，以見大凡。

野史云：初珍妃聰慧得上心，幼時讀書家中，江西文廷式為之師，頗通文史。廷式以庚寅第二人及第，妃屢為上道之。甲午大考翰詹，上手廷式卷，授閱卷大臣，拔置第一，擢侍讀學士，充日講官。遼東事急，廷式合朝臣聯銜上疏，請起恭親王主軍國事。太后素不喜恭王所為，上力請而用之。內監或搆蜚語，譖妃干預外廷事，太后怒杖之，囚三所，僅通飲食，妃兄禮部侍郎志銳，謫烏里雅蘇臺，上由是悒悒寡懽。

又考：寇連材，直隸昌平州人也，年十五，以奄入宮事西后，為梳頭房太監，甚見親愛，舉凡西后室內會計，皆使掌之。少長，見西后所行者多淫縱事，屢次幾諫。西后以其少而賤，不以為意，惟呵斥之而已，亦不加罪。已而為奏事處太監一年餘，復為西后會計房太監。乙未十月，西后杖瑾、珍二妃，蓄志廢立，日逼德宗為樗蒲戲，又給鴉片烟具，勸德宗吸之，而別令太監李蓮英，及內務府人員，在外廷肆其謠言，稱德宗之失德，以為廢立地步。又將大興土木，修圓明園，以縱娛樂。連材大憂之，日夕皺眉，如醉如癡，諸內侍以為病狂。丙申二月初十日，晨起，西后方垂帳臥，連材則流涕長跪榻前。西后揭帳，叱問何故？連材哭曰：國危至此，老佛爺即不為祖宗天下計，獨不自為計乎？何忍更縱游樂生內變也。西后以為狂，叱之去。連材乃請假五日，歸訣其父母兄弟，出其所記宮中事一册，授之弟。還宮，則分所蓄與小璫。至十五日，乃上一摺，凡十條：一請太后勿攬政權，歸政皇上。二請勿修圓明園，以幽皇上。其餘數條，言者不甚了了，大率皆人之不敢開口言者。最奇者，末一條，言皇上今尚無子嗣，請擇天下之賢者，立為皇太子，效堯舜之事。其言雖不經，然皆自其心中忠誠所發，蓋不顧死生利害而言之者也。書既上，西后震怒，召而責之曰：「汝之摺，汝所自為乎？抑受人指使乎？」連材曰：「奴才所自為也。」西后命背誦其詞一遍，無甚舛。西后曰：「本朝成例，內監有言事者，斬，汝知之乎？」連才曰：「知之，奴才若懼死，則不上摺也。」於是命囚之於內務府慎刑司，十七日移交刑部，命處斬，越日遂有驅逐文廷式出都之事。連材不甚識字，所上摺中之字體多錯誤訛奪云。同時有王四者，亦西后梳頭房太監，以附德宗，發往軍臺。又有聞古廷者，德宗之內侍，本為貢士，雅好文學，甚忠於德宗，為西后所忌，發往寧古塔，旋殺之。丙申二月，御史楊崇伊劾文廷式疏中，謂廷式私通內侍聯為兄弟，即此人也，崇伊蓋誤以聞為文云。

合兩事觀之，南皮之「斜陽煙柳傷心後」即指珍妃被杖。松禪日記之疑聞德興者，亦可恍然矣。以予所聞，道希被革出於那拉后授意。其時后與帝不相容，已如水火，道希在當日，則於外交內政，已極有主張。葉緣督日記：光緒二十年九月八日，道希、木齋約赴謝公祠，議聯銜奏阻款議，及邀英人助順。又道希主稿，請聯英、德以拒日。此可見常熟一系，當日之政策。又某筆記載：德宗戇直，上書房總師傅翁同龢亦頻以民間疾苦外交之事誘勉德宗。德宗常言，我不能為亡國之君，語侵慈禧，而廢立之說興焉。時坤寧宮與德宗弗睦，頻以讒間達慈禧，故事機益迫。甲午清兵潰，軍艦被擄，吳大澂、魏光燾督師關外，劉坤一督師關內，李鴻章議約多損失，幾定約焉。翰林學士文廷式，習聞宮中諸事，知內憂外患交乘，國將覆，往見坤一，請力爭約款。坤一未會意，謂弱國無權利可言。廷式請屏左右，以廢立之說相告。且謂宮中蓄謀久，榮祿以疆臣督兵將不應恫之。慈禧有所作，每詢疆臣等意思若何？是宮中滋忌疆臣，疆臣資高負宿望者今惟君。某知爭約必不成，俾內廷因斷斷爭約，知廢立之難實行，則曲突徙薪之效見焉。坤一屬廷式代起草，而廢立之謀以止。據此，道希為德宗謀不為不忠，從權應變不為不智，西后必去之心，已躍然愈急，論者乃以大考通關節事，並誣其才，非知言也。

大抵清流黨以後，所謂名士，意氣皆凌厲無前，前之張繩庵以此遭忌，後之文芸閣亦然。王湘綺所以恨閻面者，以與芸閣有違言故。考王日記：「光緒十三年五月七日，文廷式（道溪）來約會談，至則已出游矣。與長者期，約而不信，未必自知其非也。」又光緒十四年三月二十日：

「重伯會文道溪、召星海、陳伯嚴、羅順孫飲啖。重伯言，文道溪無禮，眾皆不然之，未知何如也。陳子濬來言，文以余言彼與醇王倡和，疑其譏己，故盛氣相凌。則余戲謔之過，談中其隱，故耳。」是王之憾文，亦在其盛氣凌人也。

文廷式聞塵偶記中感懷時事之言

繆藝風《雲自在龕筆記》載：

康熙間，俄羅斯進貢，聖祖諭曰：外藩朝貢，雖屬盛事，恐傳至後世，未必不因此反生事端。總之，中國安寧，則外釁不作，當以培養元氣為根本。又諭曰：島國互市廣東，百年後必為中國之患。

案：此節若刊除文飾之辭，質言之，即康熙已知中國來日必困於外患。清代三百年基業實奠於康熙一朝，日本治史學者，至泐為《康熙大帝》一書，以紀其盛，帝之見解，固應有獨到處。唯康熙已知來日必有外患，而以為只須中國自強，則外釁不作，此即所謂自立自強，自求充實之主張也。同治時，胡文忠望見江中小火輪行駛如飛，忽吐血暈倒。其後曾文正、李文忠、沈文肅等，皆主張派員留學，設廠製械。斯咸見於科學能力之偉大，欲急起力追，冀直從物質方面補救，此有類於近人楬櫫造船救國、設廠救國之主張也。清德宗賜康有為手敕云：

朕惟時局艱難，非變法不足以救中國，非去守舊衰朽之大臣，而用通達英勇之士，不能變法。

此則以為救中國之第一步，必須從制度與人才上著眼，即所謂變更組織與賢能政府之主張也。三者，實為一事，不自強，無外交可言，即亦無禦侮可言，故充實力量，是一開篇概論，其應設廠造船，以及變制用賢，則皆充實之各種步驟也。不幸昔人往往各執一端，而硜硜相責難。舊日名士清流，尤以為只須有兵，便可撻伐；修私德，便可不勞而治，從我之言，如此如此，便可富強。當日朝士與合肥相水火，迂謬者，不必論，明通者，亦往往看不清事實與理論之差別，道德與科學之分野，各是其是。致熱心者由發憤至於怨悱，至於謾罵，其始公私不分，後則由救國而至於興獄相斫，由自立而至拳匪仇外。吾人橫覽同光間之公私筆牘，求一始終明達條暢，洞知大勢之議論，殆未易多覯，惟餘郭筠仙等一二人而已。若就當日筆記中求之，則私室放言，或猶有一、二中的者，如文芸閣之《聞塵偶記》，中間即有極精切者，今迻錄十節，如下，其一云：

> 甲乙之間，事變至繁，和議成後，一年以來，漸皆復舊。所稍異者，南城賃屋之價，不致太昂，各衙門團拜之戲，或有不舉而已。其謀差事，求京察者，則紛紛擾擾，無異昔時也。

案此言人心玩愒也。其二云：

> 和議既成，舉國爭言洋務。請開鐵路者有之，請練洋操者有之，請設陸軍學堂、水師學堂者，亦有之。其興利之法，則或言銀行，或言郵政，或請設商店，或請設商務大臣。諸人非必無見，諸說亦多可行，然天時人事，則猶有所待也。

案此意言，非德宗親政，則西后無意行之，行亦無補。其三云：

> 中國人心，至是紛紛欲舊邦新命矣。乃英使歐格訥瀕行告恭邸曰：「中國若再不改行新政，吾數年後來，不見此國矣。」德前使巴德蘭來告樞廷諸臣曰：「中國敗衄不可危，既和之後，翫時愒日，乃可危。是促各國分裂中國也。」當時聞之者，亦頗驚心，旬日以後，泄

皆如故。嗚呼，天禍中國，祖伊之告，乃出敵人，吾輩於何逃責耶？

案：此可見彼時英、德等國之期望，與覘國者之忠言。當時瓜分之說甚盛，英、德智者，皆不願有此事，以促國際紛爭，皆甚願中國變法自強，故督責綦切。德宗戊戌之變政，西后庚子之仇外，其動機皆在此。其四云：

德使升科語人云：「中國此時，又急急置船購械，此吾德國所願。然中國有船而無駕駛之人，有礮而無教習之人，不知費息借之金錢，辦此無益之廢鐵，果何謂也？」箴砭切至，足以悚愧。

案：此言真是當頭棒喝，不謀自立，而購外貨謂可救國者，視此。其五云：

凡督撫條陳電達總署者，總署或奏或不奏，或改易字句而後奏，悉由王大臣一、二人主之，餘雖同事，不敢過問也。李穆門員外（舜賓），嘗告余云，閩督譚鍾麟，電請以兵船遊弋海面，署臺灣撫唐景崧，請派戰船擾日本海邊。此兩電，五、六月到京，迄今九月，上竟未之見也。類此者甚多，專擅之弊，前古所未有也

案：此可見晚清蒙蔽之習，但此兩電，主張極平常，或有意留中耳。其六云：

電報既設，而兵事則利人而害己，海軍既刱，而將士則背國而降敵。設一廠則貪官蠹吏窟宅其中，行一政則奸官猾商敗壞於後。積數千年之弊，非真見本源者，未見言蕩滌也；合數十國之長，非真知大體者，未易言注挹也。補苴苟且，尚不足支旦夕，又況從而剝裂毀壞之哉？

其七云：

臺灣既割，舉國遂諱言臺灣二字。劉銘傳卒，特旨予卹，而不正言其官為前臺灣巡撫，不知票擬諸臣，果何所用心也？

案：割臺遂諱言臺，是國人惡習。其八云：

劉永福棄臺而遁，終身之名，一朝而敗，時論惜之。然較唐景崧之攜鉅貲內渡，而猶欺人以貧窶者，尚勝一籌。臺境淪胥，致命之士，不見一人，而仗節死義者，乃平日之商賈庶民也。

其九云：

劉永福既逃之後，有士人簡大度者，尚與倭人數戰，其事未詳，俟他日訪諸臺人，當為補錄，以繼劉獻廷之記鄭氏也。

其十云：

積百年之力，挫折天下之廉恥，殫數世之心，消磨天下之志氣，拱手以俟他人，勢所必至矣。國初禁立社，禁學會，又多明故閹黨之所定，如馮銓、劉正宗輩，皆是也。人才不振，夫何責焉。

以上所言，皆至今可誦。

文廷式聞塵偶記中掌故二則

文廷式《聞塵偶記》云：

貝勒載澂，恭邸之嫡子也，卒後有外婦所生子，或勸恭邸收養之，恭邸不允。蓋宗室定例，非妻妾生子，不能入屬籍，即成立，亦別姓覺羅禪氏。況貝勒素不謹，外室甚多，故恭邸之不錄，是也。慶邸以罪人子，本不應繼近支襲爵，乃先行過繼別房，然後轉繼。其初由恭邸援引時，繆為恭敬，光緒九年以後，事權漸屬，遂肆貪婪。又與承恩公桂祥為兒女姻親，所以固寵者，無所不至，召戎致寇，其罪浮於禮親王世鐸云。

又云：

恭邸退閒時，知慶親王之貪黷，嘗與志伯愚侍郎言，輔廷（慶邸字）當日貌為清節，凡有人餽送者，不得已收一二小物，皆別束置之，謂予曰：「此皆可厭，勉為情面留之，概不欲用也。」予故援引之。今貪劣如此，若國家責以濫保匪人，予實不能辭咎。及恭邸起用，亦竟與之委蛇而已。

此二節早揭奕劻之誤國，可謂有識。又有云：

乙丑冬間，翁叔平尚書，嘗語余云：上御毓慶宮，一日忽於馬褂上重加馬褂，尚書詢其故。上曰：寒甚。尚書曰：上何不衣狐裘？上曰：無之。蓋上平日便服甚稀，狐裘、羊裘各一，適狐裘裂縫，修治未畢，故也。尚書曰：內庫存料甚多，上何不敕製進？上曰：且徐圖之。尚書述此時，謂余曰；世家子弟，冬衣毳溫，孰知天家之制，其儉如此。

此則顯言那拉后虐待德宗，可與後之先弒德宗而後死，得一蓄意已久之旁證也。

續記三則

記寇連材事竟，纕衡出所藏文道希《聞塵偶記》抄本見示。此是萍鄉未刊祕稿，五、六年前，從廣和居筵上見之，弢庵、樊山兩翁、書衡丈竝在，共相檢閱，今又得手此編，追拾舊聞，殊有黃罏之憶也。道希撰此，適為丙申年，自序為正月，後有小註云：「是年二月被劾出都，其有所錄，半出追記。」故開卷即記寇連材事。今錄其記寇事二節，及評王壬秋一節，記徐桐一節，以與前所攟拾者相發明。

文記寇連材事，甲節云：「丙申二月十六日，上在頤和園，是日午刻誅太監一人于菜市，聞其罪坐私遞封事，語言悖謬云。後乃知太監名寇連才，昌平州人，其奏乃諫遊行、建儲、停鐵路、練鄉兵，又勿聽用李鴻章、張蔭桓等十條云。」乙節：「又聞寇連才言事摺，跪進於太后手，閱之半，震怒。是日，內務府大臣工部尚書懷塔布，以祭龍神路經頤和園，太后召見，承旨交刑部正法。懷塔布為連才跪求稍寬，不允，故此事不由軍機處。恭親王告翁尚書云：吾等為曠官矣。」

評王壬秋云：「李蒓客以就天津書院故，官御史時，於合肥不敢置一詞，觀其日記，是非亦多顛倒。甚矣，文人託身不可不慎也。然蒓客秉性狷狹，故終身要無大失，視舞文無行之王闓運，要遠過之。」

記徐桐云：「徐協揆甲子分校鄉試，以磨勘去官，日誦雷祖經，不數年而復用。及潘文勤癸酉典試，亦以磨勘罷官，徐以雷祖經傳之，乃急招門生十餘人，齋於佛寺，日寫而誦之，不久亦得復任。徐為一時宋學宗師，潘亦漢學壇坫，而所見如此，較之王夷甫之清談，相去猶遠。若使神州陸沉，諸公亦不得辭其咎也。」

此三節所言皆可備史料，末段在彼時自甚精卓。又予前所言寇案與文之被譴有連者，蓋指那拉氏以怒寇故，旋即發驅文之念。蓋其關鍵，一在於聞文亦與德宗御前宮監有結納，次則在詆與文等俱為反對建儲，又詆李合肥之人，故后同時觸類及之，非即謂文與寇有何結託也。

楊崇伊爲戊戌政變之急先鋒

予前言楊莘伯之劾文道希，由於內廷授意者。或疑未盡然，蓋以道希以與梁節庵關係，受舊日道學者之掊擊，又以結納內官遭后黨之嫉，其時滿廷皆忌厭新黨者，不必西朝授意，而後發難也。然楊之黨后專劾附德宗者，傳聞線索有所自，實鑿然可徵。葉緣督日記：

光緒二十四年八月初六日，政局全翻，發難者仍楊侍御也。並聞先商王、廖兩樞臣，皆不敢發，復赴津與榮中堂定策，其摺係由慶邸遞入。

據此，則楊又為戊戌政變之急先鋒，與榮祿、奕劻勾結之狀，歷歷如繪。

珍妃得罪慈禧之原因

庚子七月，都城陷，珍妃為那拉后令總管崔閹以氈裹投於井，其事絕悽慘。朱彊邨、王幼遐，所為〈庚子落葉詞〉，皆紀此事。八國聯軍入京，日本軍守宮門，紀律甚嚴，宮人乃出妃屍於井，淺葬於京西田村。以予所聞，珍妃初得罪之由，實不勝太監婪索，奔訴那拉后，太監恨之，因悉舉發魯伯陽等事，以有乙未十月之譴。考《翁文恭日記》：

光緒二十年十月二十九日。太后召見樞臣於儀鸞殿，次及宮闈事，謂瑾、珍二妃，有祈請干預事，降為貴人。臣再三請緩辦，不允。是日上未在坐，因請問上知之否？諭云：皇帝意正爾。次日上語及昨事，意極坦坦。又次日，太后諭及二妃，語極多，謂種種驕縱，肆無忌憚。因及珍位下內監高萬拔，諸多不法，若再審問，恐興大獄，於政體有傷，應交內務府撲殺之。即寫懿旨交辦。

事勢昭昭如此，而道希猶効忠孱主，必待踰春遭譴始行，見幾不亦晚乎？然予又聞某公言：當時前之松禪、道希以及後之長素、任公等，皆明知德宗必無幸，欲竭天下豪傑力，一與那拉氏搏耳；非不知不敵，乃知其不可而為之。揆以諸賢當時，皆少年盛氣，理或然也。

珍妃死狀

那拉后之殺珍妃，其時聯軍已入城，四野傳烽，九衢喋血，而於烟塵霾蔽、萬眾倉皇中，龍樓鳳陛，乃有老婦豺心，權璫助虐，至今想像，晦冥號厲，宛轉蛾眉之狀，真帝王家末路孽寃。若播之管絃，固亦一驚心慘劇也。珍妃死狀，今可徵者，唯有景善之《庚子日記》。記稱：

二十一日。文年告予，老佛寅時即起，只睡一個時辰耳，忽忽裝飾，穿一藍布衣服，如鄉間農婦，蓋太后先預備者，梳一漢頭，此太后生平第一次也。太后曰：「誰料今天到這樣地步？」用三輛平常騾車，帶進宮中，車夫亦無官帽，妃嬪等皆於三點半鐘齊集。太后先下一諭，此刻一人不令隨行。珍妃向與太后反對者，此時亦隨眾來集，膽敢進言於太后，謂皇帝應該留京。太后不發一言，立卽大聲謂太監曰：「把他扔在井裏去。」皇帝哀痛已極，跪下，懇求。太后怒曰：「起來，這不是講情的時候，讓他就死罷，好懲戒那不孝的孩子們，並教那鴟梟，看看他到羽毛豐滿的時候，就啄他母的眼睛。」李蓮英等，遂將珍妃推於甯壽宮外之大井中。皇帝怨憤之極，至於戰慄。

此段所記，揆情斟理，皆必甚可信。珍妃幽廢已久，那拉后易服欲逃之際，未必遽記及之。迺妃挺身言帝當留京，則一刹那間，乙未之案、戊戌之案，怨妬驚忿，併湊而燃，陰機動矣。故妃之死，自在發言之不擇時。然爾時戎馬崩騰，間不容髮，妃若不言，又安可得也？所惜者，那拉后神志未昏，（考景善日記亦言，當此危急之時，唯老佛一人，心神不亂，指揮一切。）若使稍瞀亂，或從妃言，則西后逃後，帝與珍妃留京，此局必大有可觀。景善為載瀾之師，曾為內務府大臣，記中之文年，即當時內務府大臣，每日入直，蓋可以灼知宮中事者，故自可信。其後二十七年十一月，以「隨扈不及，殉難宮中」八字，追贈皇貴妃，則皆以此掩世人耳目。記清末某筆記有云：推妃墜井，乃內監崔某意。西后且云，予嚮言遭亂莫如死，非必死珍妃，乃予一言，崔遽墮之井，予見崔輒怦怦然，乃黜革之，時宮中見鬼故為此言云云，尤為事後之飾詞，或畏鬼之曲說。蓋妃之死，全在帝留京一言，此語含意義至多，故后必死之也。

又案：故宮於十九年五月，曾於《周刊》中，特出珍妃專號，其照片洵罕覯，而文字敘述，終恨疏短。其傳略，即采《清史稿》原文，既嫌過簡，後僅錄〈百鍊盦談故〉一節，於近人歌詠所舉者，祇朱彊村〈聲聲慢〉等三闋，李希聖〈湘妃〉一首，曾重伯〈落葉〉十二首，亦嫌太少。以予所知，王病山（乃徵）〈落葉〉七律四首，李孟符（岳瑞）〈無題〉八首之第二首，王半塘《庚子秋詞》乙卷，調寄〈漁歌子〉，范肯堂〈庚子秋題妻賢妃所書屏翰二字〉七律一首，惲薇孫（毓鼎）〈金井一葉落〉五律一首，吳絅齋《清宮詞・趙家姊妹共承恩》一首，其中託詞寓諷，率指茲事。即鄭叔問〈楊柳枝〉詞：「雨洗風梳碧可憐，秋涼猶咽五更蟬。誰家殘月滄波苑，夜夜漁燈網碎鈿。」一首，蓋亦庚子秋傷時諷事，有感於此也。至文道希，為珍妃之受業師，挽詞雖不敢作，而歌以當哭，必有異於他人者。今考其集中，〈落花〉八詩，皆為茲事作。如「華表鶴歸猶彷彿，木門燕啄自逶迤」，如「愁絕更無天可寄，恨深纔信海能填。銅仙熱淚銷磨盡，況感西風落葉蟬」，如「有情湖畔三生石，無用樓東十斛珠」，如「月缺尚應憐顧兔，雲深何處覓青鸞」。備極沉痛。又〈擬古宮詞〉二十四首，前十二首，均敘景仁宮事，由授讀內廷以至被幽墮井種種俱全，可當珍妃一部小傳讀。後十二首，雖咏頤和園及西苑瑣事，而亦有縈憶及者。如云：「畫省高才四十年，暗將明德起居編。獨憐批盡三千牘，一卷研神記不傳。」等皆是。其詞中寄意者，如〈滿江紅〉之簪素柰，歌黃竹。又如〈憶舊游〉庚子八月咏秋雁之「天遠無消息，問誰裁尺帛，寄與青冥。遙想橫汾簫鼓，蘭菊尚芳馨。」〈念奴嬌〉之「聞說太液波翻，舊時馳道，一片青青麥。翠羽明璫飄泊盡，何況落紅狼藉。」咸可謂此中有傷心語，甄錄均未及。又以半塘及彊邨〈金明池〉詠扇子湖荷花，指為諷此事，細翫詞意，卻似未盡然。本來文人比興，論定最難。吾人所舉，亦嫌挂漏，但既敘抉此題，闕略過多，畢竟有憾。

專號後刊〈宮人中語〉四則，敘稱為「本院得諸舊宮監及白頭宮女之口」。計舊宮監唐冠卿言二則，白姓宮女言一則，劉姓宮女言一則。案：此等口述材料，須分別觀之。太監、宮女學識皆中人以下，平日奔走給事，趨奉顏色，伺察隱微，必有見聞獨到處。至政治上進退刑賞之繇來，或變起倉皇，加膝墜淵之心事，則絕非彼輩所知。況世人心目中，僉以為椒房阿監，必深諳內事，例相叩質；彼亦絕不肯諉為不知，於是粉飾過甚之詞，什必七八，此皆辨別史料者所當知也。大抵所言關於平日者，多可信。如言德宗與隆裕感情日劣，隆裕之妬珍妃，唐、白兩人言皆同，情理事實，皆釐然可見。劉女言：珍妃照片，乃光緒二十一年二十二年之間所照，所著衣服，長袍為洋粉色，背心為月白鑲寬邊，乃光緒二十一年最時髦裝束，係於宮中另做者。珍妃每早於慈禧前請安畢，即回景仁宮，任意裝束，竝攝取各種姿式，此像則於南海所照云云，皆必可信者。至臨難情形，則言各殊。白言：

入井前一夕，慈禧尚召妃朝見，謂現今江山已失大半，皆汝所致，吾必令汝死。妃憤曰：隨便辦好了。

唐監則言：

聞珍妃至，請安畢，並祝老祖宗吉祥。后曰：現在還成話麼？義和拳搗亂，洋人進京，怎麼辦呢！繼語音漸微，噥噥莫辨。忽聞大聲曰：我們娘兒跳井吧！妃哭求恩典，且云：未犯重大的罪名。后曰：不管有無罪名，難道留我們遭洋人毒手麼？你先下去，我也下去。妃叩首哀懇，旋聞后呼玉桂。桂謂妃曰：請主兒遵旨吧！妃曰：汝何亦逼迫我耶？桂曰：主兒下去，我還下去呢！妃怒曰：汝不配。忽聞后疾呼曰：把他扔下去吧！遂有掙扭之聲，繼而砰然一響，想珍妃已墜井矣。

唐此段言，繪聲繪影，如目擊者，而與白言已相迕刺。但故宮附註，白姓宮女，曾侍珍妃，惟於珍妃在南海被責後，即為慈禧逐出，則庚子墜井之變，白何由知之？唐言縱較近似，而既自稱僅為屬垣之耳，前後終成揣摩。退一步言，事事屬實，而殿上噥噥之語，亦莫能辨。以予意度之，所謂請帝留京者，殆盡在此噥噥數語中，其談話非極中后之怒，極有筋力者，后不致決心了之。故終以景善日記中言，為可憑也。

妃被禁處為鍾粹宮後北三所壽藥房，窘辱備至。死後，那拉后追封為神。又夢妃搤其喉，盡腫，因設神位祀之。推妃入甯壽宮井者，為崔玉桂，此皆北都舊人所習聞者。

經元善電請收回立大阿哥成命事

經蓮珊電請收回立大阿哥成命一事，近人筆記言多不詳，予從惜陰先生聞其首尾甚悉。經姓望出平陽，《說苑》魏有經侯，云是其裔，未足信也。明代濠有經濟，江都有經承輔，是大江以南始有斯族。自蓮珊此舉，而經氏名於史冊矣。惜陰老人言：

經蓮珊（元善），上虞芳洲（善人）之嗣。芳洲旅滬營商業，創辦滬城清節、育嬰諸善舉。粵寇陷滬城時，避亂婦女，亦投入清節堂內，保全名節，無慮千數百人，寇亦重其人而不擾。粵寇至浙，過上虞經家村，謂此係經善人鄉里，相戒勿入。其能感化如此，載入上海、上虞兩縣志。蓮珊讀書好學，著有《趨庭紀述》。席其先人之業約五萬金。光緒八、九年間，直隸大災，蓮珊即收業，盡攜此五萬金航海至津，親赴災區散放。從此每遇各省水旱，盡力籌振，奉旨嘉獎至十一次。旋北洋創議商辦電報，派盛杏生督辦，蓮珊即與蘇人謝家福招股三十餘萬附入，方能著手。蓮珊即任上海電局總辦。向留心中外政治，痛中國之不振。惜陰於光緒十五年自粵調鄂，過滬識之，曾約至鄂籌辦織布局事。甲午同旅滬。大東溝海軍一熸，至馬關議約，憂國之士羣起，康、梁均集海上，老人與蓮珊皆時與討論。蓮珊以為宜先辦女學堂，即聯名呈總理衙門，准之。中國辦女學實自蓮珊始。至戊戌而新舊衝突，宮廷生隙，旋立大阿哥之命下，遽違祖制。蓮珊感德宗有志振作，甚不慊於此舉。其時盛杏生在京，即電請上言挽回。盛覆電，僅一語，云：「大廈將傾，非一木能支。」蓮珊得此電，以為大局垂危，乃以候選知府銜名，逕電總理衙門王大臣，大意言此舉有違祖制，中外惶惶，請收回成命。西后震怒。老人述此事云：「消息至滬，蓮珊速予往電局，謂此事究如何？予告恐有不測。鄭陶齋即力勸其姑往澳門暫留。當日即行。旋杏生與何梅生電，謂經事由予袒護，言官併欲劾予，即託梅生詢予電覆。予言：予已無可參劾矣。旋知都下喧傳此事時，御史余誠格即參盛杏生，謂經係盛用之人，應勒令交出。盛急而恐經遠遁，故來電恫嚇，冀我勿再助經。然經已先去滬。盛被余誠格參後，即上奏：「經係臣辦事所用之人，康有為乃是余誠格之門生。」深宮至此方知之，即放余廣西簡缺知府出京矣。盛此奏針鋒相對，前覆經電，僅作空洞之驚人一語，惹出一場煩惱，關係之際，措詞欠酌矣。立儲本違祖制，內外廷臣，竟無一人敢言，乃待疏遠閒員，突然電請，蓮珊可謂朝陽鳴鳳，足傳千古。江督鹿傳霖密派道員洪某來滬，先訪何梅生，囑約予晤談，一見通問，乃琴西之子。琴西三牌樓案失察罷官後，調粵差遣，病歿於善後局，予曾為料理身後。其子憶及，即稱予世叔。言鹿欲予勸蓮珊回滬，僅辦永遠監禁，絕無他慮。予即告之云：「我與彼固摯交，渠與在甯山長褚伯約，及屬吏法公堂葛範夫，同係親家，何不託之？此時何有定讞？亦豈有勸一親友就獄以候不測之誅？一旦有旨嚴辦，鹿亦何能抗？將來史筆，書兩江總督鹿傳霖殺經元善，亦殊不值。即指為康黨，蓮珊著有《趨庭紀述》刻本，載答康之信，責備甚周，足證不能以康黨罪之。書在此，可帶回寧，望芝帥再思之。」洪去，自此寂然，想已納予言。芝帥尚是君子人也。因恐由粵督就近拏辦，予為函致合肥傅相幕府徐賡陛，勸合肥勿承內降。合肥云：「我決不做刀斧手。」此語真爽快，使人放心，即延為宕案。經則安居澳門礮台，為國際保護。至拳禍事畢，逐大阿哥後，方回滬上也。」

老人又言：

戊戌以後，立大阿哥以前，西后急欲行廢立。己亥，合肥在大學士任，一日法使訪詢果有此事否？外國視一國君主無端廢立，絕難承認。午後榮祿往訪，傳西后意旨，欲探外使口氣。合肥即以今晨法使言述之。合肥知都下不可居，謀出外，旋督兩粵。同時榮祿密電探江督劉新甯。劉覆電有「君臣之義久定，中外之口難防」。李既不能助，劉又有違言，事即難舉，不得已而先立大阿哥。乃忽有閒員放言高論，謂違祖制，干怒可知。榮祿祗探兩人，因湘、淮軍僅存之碩果，不無顧慮，而先探其意，此外疆吏，蓋可置之。榮祿早年為清流彈劾罷職，參者即陳侯官；榮祿在日，雖經屢薦，終未起用。南皮，清流推為黨魁，榮向不與通函電，亦在可置之列。傳言同有電詢，非悉當年之情事者也。

案：大阿哥即溥儁，道光之曾孫，祖為惇慎親王，父即端郡王載漪。立後，令崇綺為師傅，徐桐照料弘德殿，其時德宗年廿九，溥儁才十五歲。劉忠誠之電，各家筆記皆作「中外之口宜防」，今玩文義，以作難防為是。文末之陳侯官，蓋指弢庵先生；然陳籍閩縣，此亦一微誤也。

趙鳳昌述庚子東南互保事

樵風庚子秋日諸詞中，〈謁金門〉外，以秋恨之〈賀新涼〉兩首為最沉痛。蓋閔亂憂生，傷時感逝，併為一噫者，自易出色。其中有「休灑西風新亭淚，障狂瀾，猶有東南壁」二語，自是指劉峴莊東南互保事。予嘗疑劉峴莊才非過人，互保必幕府所為。其後聞當時往張南皮處說此事者，為沈子培、張季直，而峴莊處，為沈濤園；後迺知發動此議斡合兩督者，則趙竹君先生（鳳昌）也。竹君先生，今已登大耋，而神明過人，音吐鴻暢。予以暇日，過惜陰堂，叩以當時情事，老人為追數當年情勢，歷說布置，如見運籌杖策時，誠江介之靈光，山林之白羽。黃任之嘗言，此四十年間，東南之局，有大事必與老人有關，而惜其言之不盡用。證以予所知，良皆確論。老人手示所記〈庚子拳禍東南互保之紀實〉一文云：

庚子拳匪之禍，當日中外報章，事後官私奏記，亦已詳盡；惟東南互保之議，如何發生？則無人能言之。予既為發議之人，更從事其間，迄於事平，應撮其大要記之。

自五月初良鄉車站拳匪發難，京津響應，各省人心浮動；或信以為義民，或迷其有神術。上海遠隔海洋，忽傳城內已有拳匪千人，飛渡而至，旅滬巨室，紛紛遷避內地，有剛首途而被劫者。其時南北消息頓阻，各省之紛亂已日甚，各國兵艦連檣浦江，即分駛沿江海各口岸，保護僑商。英水師提督西摩擬入長江，倘外艦到後，與各地方一有衝突，大局瓦解，立召瓜分之禍。憂思至再，卽訪何梅生老友商之云：事已如此，若為身家計，亦無地可避，吾輩不能不為較明白之人，豈可一籌莫展，亦坐聽糜爛。其時各省無一建言者，予意欲與西摩商，各國兵艦勿入長江內地，在各省各埠之僑商教士，由各省督撫聯合立約，負責保護。上海租界保護，外人任之，華界保護，華官任之；總以租界內無一華兵，租界外無一外兵，力杜衝突，雖各擔責任，而仍互相保護，東南各省一律合訂中外互保之約。梅生極許可，惟須有任樞紐之人，盛杏生地位最宜，謂卽往言之，並云此公必須有外人先與言，更易取信，當約一美國人同去。旋杏生約予往晤，尚慮端剛用事，已無中樞，今特與外人定此約，何以為繼？予謂此層亦有辦法，可由各省督撫派候補道員來滬，隨滬道逕與各國滬領事訂約簽字，公不過暫為樞紐，非負責之人，身已凌空，後來自免關係。卽定議由其分電沿江海各督撫，最要在劉、張兩督。劉電去未復，予為約沈愛蒼赴寧，再為陳說。旋得各省覆電派員來滬，盛卽擬約八條，予為酌改，並為加漢口租界及各口岸兩條，共成十條，並迅定中外會議簽約之日。其會議之所，卽在新建會審公廨。盛既不在簽約之列，對外卽不便發言。又慮滬道余聯沅向拙於應對，卽為定中外會議座次：外人以領袖領事在前，以次各領事；中則以滬道在前，盛以太常寺卿為紳士居次，與余道坐近，再次各省派來道員，先與余約：倘領事有問，難於置答者，卽自與盛商後再答之，庶有轉圜之地。議時領袖係美國古納總領事，果因五月二十五日上諭，飭全國與外人啓釁，開口卽云：「今日各督撫派員與各國訂互保之約，倘貴國大皇帝又有旨來殺洋人，遵辦否？」此語頗難答，遵辦則此約不須訂；不遵辦，卽係逆命，逆命卽無外交，焉能訂約？余道卽轉向盛踟躕，盛告余，卽答以「今日定約，係奏明辦理」。此四字本公牘恒言，古領向亦解之，意謂已荷俞允，卽諾諾而兩方簽約散會。盛回來深服予之先見，預與余道有約，幸渡危境。予亦極稱其迅答四字之圓妙。自此互保簽約後，西摩及各外艦停止入江，內地免生外釁，不致全國糜爛，難乎收拾，亦云幸矣。予卽每日到盛寶源祥宅中，渠定一室為辦事處，此室祇五人准入，盛及何梅生、顧緝庭、楊彝卿與予五人，負責接收京津各省電報消息，有關係者，勿稍洩漏，共籌應付。此卽創議東南互保成立之事實也。餘有可記者，亦分條書之。

（一）東南中外互保訂約後，英政府沙侯，忽與劉、張兩督通電。劉督譯文，僅謂如需英可以相助；張督譯意，謂需若何相助，均可盡力。同一電文，譯意有簡複，則劉之譯才不如助張所用之梁崧生。崧生告我，語氣似在窺探兩人之旨，意在言外，如兩人有何主意，亦必相助。詎兩人皆矢忠清室，然亦可見外人因清廷縱拳啓釁，而欲絕之矣。

（二）拳匪稱外人為大毛子，辦外交通西文者為二毛子，均在必殺之列。匪戴端邸為首領，端強執朝權，孝欽亦已難制，不附和者人人惴恐，如互保各省，為所大忌。六月中旬劉督與盛電，奉廷寄約至寧面商。電問何事，堅不預洩，更使人不測。然不得不往。盛卽邀予同行。予向病暑，卻之，心則頗歉，梅生偕去。詎見後，卽示廷寄，乃飭停還洋債。卽商定置不復奏，可見廟謨之如兒戲也。

（三）各省見五月二十五集拳排外之上諭後，頗有附和稱拳匪為義民。江蘇巡撫係定興鹿傳霖，李秉衡巡視長江適來蘇，駐節拙政園，兩人在園會商覆奏，極贊拳匪義勇。鹿忽接定興本籍信，自設典業，被匪搶劫，始改為剿撫兼施。鹿亦派其婿李子康來滬，向予探訪消息。鹿初意京電不通，係盛所阻扣，不知北道電杆，久已毀壞，京滬通電，係託西人在水線代遞，其疑稍解。即訂明滬得京電，應告各督撫者，亦照轉蘇撫。李秉衡素偏執，不達外情，其時奉調北上，欲巡閱沿江礮台。江督劉慮其貿然與長江外艦開釁，密飭臺官預將各礮門取去，杜其逞憤。李還過德州，即燬教堂，七月朔抵都召見，力主戰，請先殺內奸，即指顧大局勦拳匪諸臣，張南皮亦在列，初四日即殺許、袁矣。其時聯軍已進至楊村，飭秉衡統武衛軍赴敵。迨抵通州，聞外兵到即潰，秉衡殉之。李自山西知府，南皮撫晉，薦保至封疆，在舊日吏治，亦可稱廉謹。撫山東時，德藉教案遽占膠島，即辦理錯誤，此公亦可謂誤國之忠臣也。

（四）七月二十一夜，外兵陷京城，天甫明，兩宮倉卒出幸，不知所之，大抵西行，全國惶惶，勢將紛亂。予姑擬一電致鄂督曰「洋電兩宮西幸，有旨飭各督撫力保疆土，援庚申例，令慶邸留京與各國會議」云。意欲鄂得此電，可宣布文武官僚，地方士庶，藉以安長江一帶人心耳。詎鄂督覆電，詢「電從何來，即確復」。電本自擬，殊難置答，即持往來電文商之盛杏生，由彼照發同樣之電與各督撫，以示其確有此電。杏生又拘忌，謂旨豈有揑造？予解說揑旨亡國則不可，揑旨救國則何礙？且既稱洋電，即西人之電，吾輩得聞，即為傳達而已。各督撫憑此電以安各省人心，為益匪細，否則兩宮消息杳然，督撫即無地位，何以對人民？始允照發通電。俟其發出，予再復鄂督電云：「盛亦得洋電，已通電各省，望即宣布，以安地方，而免意外。」其時七月二十二也。旋已確知西幸，慶邸隨扈在途，八月初三日兩宮傳命慶邸折回京，尚逗留保定。迨八月十五果有廷寄，援庚申例飭奕劻與各國開議，且一如所擬之電。此憂患中一快事。予復得京友慶寬信，八月初五日，日將大島即促其赴保定照料慶邸回京。慶寬曾專使至日，得日寶星，大島向識之，故於京城紛亂中，覓得慶寬，而請與慶邸通消息，使其放心也。

（五）德國因拳匪戕其使臣之憤，德將瓦爾德西為來華外兵共舉之聯帥，意氣頗盛，駐節儀鑾殿。德竟主瓜分中國，其時美國總統麥荊來通電各國政府，如主瓜分，美不能允，此議方息，見英之藍皮政書，不可不知。

（六）七月予接鄂張督電，錫良北上，並非助拳排外；端方在陝，保護外人甚力，近派員護送教士出境，已安抵襄陽，可詢教士；湘撫俞廉三並不信拳，教案持平辦理；豫撫于蔭霖亦不袒拳，可告西人知之等語。此電想因西報謠傳，漢口領事詰問，故亟發電代為聲辯。即以轉達，謠亦漸息。滬亦聞錫良自湘帶兵二千，由京漢鐵道北上，過鄂時兵隊即截留矣。

（七）拳焰熾時，樞臣惟端王之命是從，附端甚力者剛毅；其慶邸、榮祿、王仁和，雖依阿其間，仍時與滬通電；惟辭氣含糊，為兩方敷衍之語。

（八）六月予得慶寬信云：「今日往謁剛相，論義和團行為甚險。送出門時，其僕竟向我說：以後勿再來見中堂。復詣慶邸告之，慶即謂汝切勿多言，保汝身命為要。又告宮中傳見義和團之紅燈照，試演其術，且獲賞。我已送老母往西山避禍，南中當知大局去矣！」意望南中挽救，其時正在進行互保之策。

（九）東南中外互保，事後酬庸，乃赫德與盛同旨加宮保銜。外臣向係另旨，又以漢臣列外臣之次，可知於互保，尚有意見。盛得此後，與予相見，即謂予「君未獲獎甚歉」，予答以我本無此想也。

此文詳明深切，曾一見於《人文月刊》，所敘自皆事實。蓋其時盛杏生正握交通樞紐，而於李合肥及諸帥宮府皆至諳悉，既發動此議，乃必能見於實行。文中之何梅生，為何嗣焜，常州人，曾居張靖達幕府；顧緝庭，為當時招商局總辦；楊彝卿，後為蕪湖道。所謂寶源祥，乃盛之辦公處，其地在上海租界外灘，即今之客利飯店。其文中「予為約沈愛蒼赴寧」一節，即濤園先生參同建議之始。老人為予言，是日為六月某日，為星期六。時由滬赴寧必以輪船，星期例停開。濤園方以道員在峴莊幕府，詗其回滬宴集，亟走訪之。尚記座客有陳敬餘（季同）。以人多不敢言，捉衣令著，納車次，熱甚，汗如洗，默無一語，到盛處，始詳言之，即請下船詣南京，勸劉。至濤園如何促峴莊，雖不能知，要其在幕府有大功則不妄也。

予案：《濤園集》，有〈壽新寧宮保〉兩絕句，其一云：「平戎仲父憂王室，薦士梁公感舊京。痛定若思茂陵策，故應險絕念平生。」即言東南互保事。後二句，可見爾時峴莊之尚有猶疑，而濤圈力勸，故云險絕也。又按陳伯嚴先生為濤園墓誌，中亦云：「拳匪亂，東南互保之約成，公首奔走預其議。補淮揚海兵備道，護漕督。」聞亦竹老告彥侯兄弟，敘入行狀者。其授淮揚海道，則詩中所謂「薦士梁公感舊京」者，益可徵濤園必言之甚力，故峴莊感激而力保之。至季直、子培偕赴漢口，聞拔可言，實主鄭蘇堪處，為南皮言東南自保。張四先生與惜陰老人至交，是否亦得慫恿之力，未及詢之。

記前清之季，有《抱冰堂弟子記》一書，其實南皮所自撰，中有一節云：

庚子拳亂初起，甫自淶水擾定興，五月初四日，即電總署請嚴禁剿捕。嗣後於五月內，疊次電奏，斥為邪教亂民，請保護使館，力剿各匪，勿召回出使大臣。單銜徑電各國外部，及各國來華水師提督，與約保護東南，勿擾東南，勿驚乘輿。並聯合各省督撫十餘人，電各國外部。與劉忠誠會同，與滬上各外國領事立約，不得犯長江。聖駕西幸，與各國堅明約束，勿擾襄樊，以通東南貢賦之道。

此是文襄自己表彰處。觀其「五月初四日卽電」、「單銜徑電」等字句，皆處處寓占先幾，而與劉忠誠聯電立約，反列為最後，可知南皮之意，初不以峴莊之議為獨創，其間單銜數電，或別出於沈、張輩之建謀，未可知也。世乃以互保事歸功劉峴莊，則成功後眾人之見，不第不知彼時幕後主持之人，並同時合肥、南皮之表示，亦不暇考矣。

因憶一笑話，峴莊歿後，江寧有劉忠誠祠堂，光緒癸卯，有江南副主考續昌來謁祠，題一聯云：

因保半壁地，用妥九廟靈，君子與，君子也。

可託六尺孤，并寄百里命，如其仁，如其仁。

下署「頭品頂戴，外務部郎中，江南副主考某，敬獻」。有改之者云：

本是外務部，來作副考官，頭品與，頭品也。

因題一副聯，擅改四子句，笑殺人，笑殺人。

此雖諧謔，可見滿人以互保為大功，心悅誠服歌頌之；孰知此公徒尸其名，當時發蹤指示，固仍在南州數名士耶？惜陰老人所記，有一微誤者，卽殺袁爽秋、竹篔乃七月初三，而誤作初四日，至稱李秉衡為誤國之忠臣，真可謂名言。國事至此，正坐有無限若干之「誤國忠臣」也。

庚子兩宮西狩之是非

惜陰老人所記，於鹿定興之模稜，特抉發之。合肥逝後，南皮未入樞府前，皆定興主政，蓋有特受西后之知者，則力主西幸之說也。癭公〈跋抱冰堂弟子記〉，中有一節云：

> 案：兩宮在太原時。江蘇巡撫鹿傳霖，以勤王師至，力請幸西安，遂降入陝之旨。江督劉坤一，聯合督撫電奏，言陝西古稱天府，今非雄都，又與新疆甘肅為鄰，新疆近逼強俄，甘肅尤為回藪，內訌外患，在在可虞。又云：各國曾請退兵回鑾，不占土地，正可藉回鑾之說，以速其撤兵之議。倘西幸愈遠，拂各國之請，阻就款之忱，朝廷徒局偏安，為閉關自守之計，以偏僻彫敝之秦隴，供萬乘百官之糧，久將不給等語。當時若仍駐太原，聯軍亦斷無逼駕之事，回鑾較速，合約亦較易成。乃入陝經年，糜費數千萬，至臣工屢次籲請，乃議回鑾，雖由孝欽之懼逼，亦傳霖啓之也。

此節，正可與惜陰所言定興與李秉衡拙政園會議相對照，可見非甚了了，其實鹿年已逾七十矣。峴莊此奏，視互保之識尤偉。蓋爾時不主西幸者，李合肥、劉峴莊；而力勸西幸者，鹿定興、張南皮。及今論之，不第南皮之識，去合肥甚遠，後者且近於阿附西后意旨。今考《抱冰堂弟子記》云：

> 庚子七月中旬，京師危急，聞兩宮意將西幸，合肥李相糾合各督撫力阻聖駕，並未先商，

已電山東請發摺，然後電知。乃急報項城，謂此議大謬，萬不可行，鄂斷不會銜，如已發，當單銜另奏。乃撤去鄂銜。幸此摺到京之日，畿郊已大亂，疏未達而乘輿已行，不然，大局不堪問已。合肥又有聯銜疏請駕留山西，勿赴陝，亦駁之。

此是廣雅尚在湖廣督任內所自襮者，意在表明與那拉氏之亟思入陝，若合符契。當時德宗主留京，而西后則否，前記珍妃節，已詳之。若使帝后始終不離燕都，則北京受劫不至甚酷，和議條款，不至甚苛；懲禍首，獎有功，可以速決，天下之觀感，亦必大異。惜乎，既昧國君死社稷之義，平日縱羣昏以召變，事急則委之先去以為民望，清之亡，抑已晚矣。那拉后不足責，南皮、定興，皆號為重臣，其畏禍偷安，力主播遷，以糜國帑，又何淟涊乃爾？

或云，南皮、定興，皆與宮闈通聲氣，故諸電蓋有以窺其微，代為之說。然合肥於西后意旨，又何嘗不刺探？及臨大事變，乃獨抒所見，則畢竟老成謀國也。忠誠反對入陝之電，不知出何人手筆。鹿文端以名州縣起家，與先王父同官廣西極相得，晚年入樞府，已耄，故不欲主險著，前說亦與年齒有關，鹿與文襄有姻連，故當時南皮、定興，實為一氣也。

景善日記

景善之遇至酷，聯軍入城時，已七十八歲，為其子所弒。其子又殺人，旋為英軍槍斃。闔家先已殉難，書籍珍玩，盡入外兵手，日記一殘帙，為英人所得，今未詳藏於私家抑圖書館。國中所見者，從英文譯出，大致度未失原意。唯原書載景善死於七月二十一夜，而二十一日之事，已記及之，似其死期，當略後一二日，否則二十一之事，卽述文年之言，不能走筆詳悉如是也。景善為都統桂順之子，端王、瀾公，皆其弟子，曾親見咸豐庚申之役，故於外軍入城不甚致怖，又不以拳匪為然，不意其遘家禍也。其日記必可信，以仁和王文勤（文韶）家書證之，可見。文勤家書中一節云：

二十日早，本宅喜雀胡同一帶，炮聲尤甚，炮子如雨下。忽傳天安門及西長安門，已經失守，然不能得真消息。我在直宿未歸，禁門已閉，不得出入。至二十一日早七下鐘，我坐小轎進內，始知兩宮已於黎明出城矣。我上日（卽二十日）共召見五次，至亥刻見面，僅剛、趙二人。太后云：「只剩你三人在此，其餘均各回家，舍我母子二人不管，你三人務須隨扈同行。」並諭我云：「汝年紀太大，尚要吃辛苦，我心不安，汝可隨後趕來。」剛、趙二人素能騎馬，務必隨駕同行。」等諭。我覆奏：「臣必趕來。」皇上亦云「汝必要來」云云。至夜半見面，猶說不卽走，豈知甫及天明，兩宮已倉猝出宮，狼狽情形，不堪言狀，兩宮均便衣與庶民一樣。

勘以《景善日記》云：

二十日下午五鐘，通州陷，洋兵將至京。今日召見軍機五次於甯壽宮，老佛將避往張家口。申時，瀾公匆匆入宮，不俟通報，呼曰：「老佛，洋鬼子來了。」剛毅隨至，言有兵一大隊，駐紫天壇附近。太后曰：「恐怕是我們的回勇，從甘肅來的。」剛毅曰：「不是，是外國鬼子，請老佛卽刻出走，不然他們就要來殺了。」夜半復召見軍機，惟剛毅、趙舒翹、王文韶三人在前。老佛曰：「他們到那裏去了，想都跑回家去了，丟下我們母子不管，無論有什麼事，你們三人必要跟隨我走。」又謂王文韶曰：「你年紀太大了，我不忍叫你受此辛苦，你隨後趕來罷。」又謂剛毅、趙舒翹曰：「你們倆會騎馬，應該隨我走，沿路照顧，一刻也不能離開。」王文韶答曰：「臣當儘力趕上。」皇帝忽若驚醒，謂王曰：「是的，你總快快儘力趕上罷。」兩宮究於何時離宮，則予不甚清悉，此時榮祿正極力收集軍隊，不及入見。

可知二十夜召見三大臣，及德宗曾說一句話之情形，皆如出一轍。德宗自戊戌後，不多說話，故每發言必為臣下所注意。其對文勤言：「汝必要來。」頗有獨戀戀於較明白之漢人意，悽怨之心如掬。又宮庭事，漢人雖官尚侍，非留心刺探，不能知，若滿人官內務府者，則逐日言動，皆備詳之，向來如此。故《景善日記》，能言當日內庭事，亦不足為奇也。

金鑾瑣記中之拳亂掌故

《金鑾瑣記》，為珠巖叟高樹所撰，全書計有絕句一百三十首，所詠皆為庚子以還，清季之京朝掌故，綴以小注，足資取證。其有關拳亂者，茲錄數首：

禍國殃民喚奈何，閹門納賄進鑾坡。他年編輯奸臣傳，開卷惟君笑語多。

註云：「剛毅由粵撫入京祝太后壽，獻各國大小金銀錢於李閹，約計千餘元，全球略備，無一雷同，大得閹歡心，遂為太后寵任。其人不學無術，語多可笑。」又云：

八十高年徐太師，傖言俚語信偏癡。誰言避炮猩紅染，瞽說無根豫席之。

註云：「瞎叟豫師言，樊教主以婦女猩紅染額，炮不能中，徐相信之。豫師字席之。」又云：

學守程朱數十年，正容莊論坐經筵。退朝演說陰門陣，四座生徒亦粲然。

註云：「徐相素講程朱理學，在經筵教大阿哥，退朝招各翰林演說陰門陣，蓋聞豫瞎之言，樊教主割教民婦陰，列陰門陣，以禦槍炮云，樊實無其事。」又云：

八卦由來屬太陰，肉屏風下陣雲深。何時玄女傳兵法，欲訪青州張翰林。

註云：「徐蔭軒相國傳見翰林，黃石蓀往，遇山東張翰林，曰：『東交民巷及西什庫洋人，使婦女赤體圍繞，以禦槍炮。』聞者皆匿笑，蔭老信之。」又云：

涿鹿回車草奏箋，娉婀深得相公憐。百人慘戮稱遭劫，酷吏心腸鐵石堅。

註云：「刑部尚書趙舒翹，為剛毅所保薦，極博剛之歡心。剛命往涿州察視團匪，密約入京，回京言團匪甚忠義，剛大悅，團匪亦蜂擁至，日以禁洋為事。城外良民老幼男女，將近百人，團匪誣以白蓮教，殺之於菜市，舒翹不救，但言劫數而已。」又云：

西庫圍攻計妙哉，佛門子弟是奇才。龍刀一柄經全部，函請神僧下五台。

註云：「尚書啟秀，函請五台山僧普淨來京，攻西什庫教堂。僧言關聖降神附其身，攜青龍刀一柄，《春秋》一部，騎赤兔馬往攻。入陣便中炮亡，惟馬逃歸。」又云：

何人樞府語譊譊，舌作秦腔嗓韵高。甘為權奸作奴隸，伯珪聲大莫敖驕。

註云：「到軍機畫稿，聞有大聲爭論者，問舒拉何人？對曰：趙大人與王中堂抬槓，（抬槓，北方諺語。槓者訌之訛。）趙怒吼如雷，王聲細如女子。我問剛相不調停耶？對曰：剛中堂笑於旁，若甚快意。噫，趙舒翹倚剛毅勢，遂呵叱王相若此。」又云：

殿上咆哮起立愆，端王氣燄已薰天。至尊手挽臣衣袖，偽說臣將御袖牽。

註云：「庚子秋召見臣工，皇上泣曰：圍攻使館，大啓兵端，朕一身不足惜，如宗社何？如太后何？如天下臣民何？命許竹篔跪近前，曰：汝見外洋有此等事否？以手攬許袖而泣。端王起而咆哮曰：許景澄汝拉皇上衣袖為何？許曰：是皇上拉臣袖。皇上聞之，卽釋手。」又云：

伏弢裹甲臥雕鞍，巷口居民不許看。聞道前軍藏大帥，低頭騎馬渡桑乾。

註云：「儀鑾殿見外國公使，董福祥立殿下，大吼曰：我不怕洋人。及敗逃，狼狽乃如此。」

又云：

明明狂寇似黃巾，竟說中興好義民。誦罷新詩忙避亂，短衣負擔出城闉。

註云：「拳匪為太后、李闇所主張，此名士作詩頌美，蓋作熱夢。名士楚人，向山人誦所作頌揚團匪詩。山人曰：聯軍已入城，尚不知耶？乃短衣負擔遁出京城。」又云：

戰敗偽將戰勝傳，破城尚說水門穿。佞臣自古言多誑，菌作青芝鴞作鸞。

註云：「某侍御崇奉團匪，每戰敗捏報戰勝。洋兵攻入內城，出示云，教民穿水門入，已打退。」又云：

佩符習咒羽林郎，江錦纏腰入未央。誰把干戈作兒戲，六街都唱小秦王。

註云：「非端王不至大亂如此。」又云：

六龍西幸入秦關，為問鑾輿幾日還。誤國已同韓侂胄，漫言風節似文山。

註云：「崇文山信奉團匪，所取字有玷文信國。」又云：

八國聯軍將入都，少年幕府勝孫吳。席前借箸真奇策，恨不洋街一旦屠。

註云：「團匪設幕府於景運門內外，凡諂附李闇與端、剛者，爭往充幕僚。有年少某部郎，所獻皆屠滅東交民巷之策。」

按上詩皆不佳，而所注今日儼成史料，故甄錄之。觀其記趙舒翹與王文韶爭論事，此君蓋是小軍機，此節所言或可信。至云剛毅得用，由於獻李蓮英各國幣樣，則恐攟拾之談。以疏遬曹司，雖廁身樞近，未必深審權禁交結之情偽也。言徐、董、剛、趙之腐執迂謬，則皆確。讀者未可輕易忽過，以此輩不第不學無術，且含有民族劣性之舉例。余彌悲吾民泰半失學，或食古不化，此曹謬解，至今未已也。

辛丑以後清政之昏昧數事

《蒼虬閣詩》，有一絕句云：

徒快恩讐淺者為，自甘猶醢亦堪悲。重來馬廠回車地，何處刑天第八師。

此為丁巳復辟作。第一句言段與張勳不協，故興兵討張，馬廠為第八師駐屯地，段誓師於此，其時第八師長為李長泰。蒼虬為主復辟者，故用《山海經》刑天與師爭神事。然復辟之役，張勳敗績，則孰為被刑之刑天，後之箋詩者，宜有疑詞也。其實此詩，太豁露，殊可不必存。夫今言國事者，此亦一是非，彼亦一是非，本可不必強為畫一。但平心論之，國事敗壞，由於清季朝政昏謬，則為不可辯之事實。種因悠久，陸續獲果，至今未已。二、三遺老，猶欲戴此一姓，而不肯蔽以誤民之辜，亦太昧昧矣。

余以光緒二十八年至北京，時大創初復，而朝中百事乖弛，可知那拉氏了無悔心。其時報章雜誌，大半敢言朝政。率祇敘述事實，不加以月旦，而庸昏之態，已自可掬。此種楬櫫，與海內人心向背，至有關係。今舉是年報章所載數事，亦可供掌故之舊聞也。一為王病山侍御乃徵劾瞿子玖尚書事，報載云：

王摺既上，太后見之甚怒，諭曰：「此無他，不過我所用之人總不好。」將立召侍御入對。時某相在側，因言御史妄劾人，固極可恨，惟政府事極繁重，誠恐不免疏忽之虞，奴才與共事諸臣，惟有有則改之，無則加勉，以息眾謗而對聖明，云云。太后乃已。越日，宴見，太后復提及王乃徵事。某相曰：「御史參劾政府，此亦無怪，連上數封奏，則今年炭敬，便多收數分，不憂無度歲貲矣。」太后大笑，然猶深惡王不已。

案：某相未知何人，為病山開脫數語，自極巧宦之能，亦見用心之苦。然從政體政制言，已絕無是非刑賞之準鵠。且可見賄賂之公行也。下有一節云：

某侍御前劾某尚書，內有兩事。一為正陽門內東棋盤街路東官廳後邊，有方地一區，界連美國兵房，本未劃入使館界內，去年美人曾照會蹕路工程處，請將該地闢為花園，准許中外人民遊覽，蓋恐溲溺汙穢之氣，甌脫之地，必更加甚也。其實陳夔龍在局，揚言我但能辦蹕路，不管交涉。其後美人言之於外部，外部不答。美人以為中國已棄此地，乃於周圍樹以木棚，圈作操場。一為兵部街工部街兩處道路，亦不在使館界內。前經英使照會外部，請將此道修治，外部日久不覆。於是英人越界代修，既修之後，不准中國車馬行走。此二事原屬細微，但外部似此顢頇，更何能辦理他事。詎王相（文韶）某日到署，傳集丞參以下各官，謂本署公事，外間從何得知，此必本署有人洩漏，必須查究。某君對曰：「本署中人，未必有心洩漏，且洩漏者必不自認。況本署不言，而洋人能言之，外國報紙能言之，此事恐難查究。」王相曰：「果能認真查究，必有頭緒。」某君復曰：「非但此事難查，即本署所辦交涉，既名交涉，斷斷不能祕密。現在各國互相猜忌，公事愈形棘手，似不如明白宣布，轉可彼此瞭然，免致誤會也。」王相曰：「總當處處謹慎。」於是各官諾諾而退。

案：所紀若實，則今美國兵營與瑞金大樓相對之地，應非使館保衛界矣。所敘經過，確為當日辦理外交情形，顢頇可恥。以余所知，十年前之政府，猶有此習，外人函商辦法。稍涉難題，率置不復。及其怒而自取，反瞠然無詞。嗚呼，誦宋人「客至怕談遼左事」之詞，而歎國人皆一丘之貉，勿謂不相及也。一為李蓮英侄得優差事，報云：

李總管蓮英之猶子，有分戶部者，到部卽得幫稿優差。此差有辦十餘年而尚難得者，緣榮中堂叮囑再四，謂李亂後甚苦，此次其侄輩捐官，出于老佛爺見憐賞給捐款銀兩，實不能與尋常納捐同日語也。

嗚呼，壬寅至今，不過三十餘年，太平誰致亂為誰，耳聞眼見為君說矣。夫君以國為市，以民為醢，彰彰若此，孰為刑天，又更何必費詞耶。

慈禧之聯俄拒日主張

遼左之局，自中日日俄兩役，逐漸造成，此世所共知。後之如何演變，雖未能逆料，前此之造因，則有若干史料，必當保留，以資研索。舊日國人心理，對俄最重視，林文忠將歿前，已有此語，所謂：「終為中國患者，其俄羅斯乎？」世多憬然。其後西后藐日而輕戰，戰不勝而欲以俄制之，遂啟糾纏。當時世但傳李文忠主持重，後又傳文忠最主聯俄，而不知戰與聯俄，皆翁常熟為之介，其實仍出自西后意。據祁景頤所記：

清光緒二十年甲午，八月二十日，孝欽后召見軍機，諭：「翁同龢馳赴天津面告李鴻章，此事不能書廷寄，不能發電旨，俄使喀希尼前有三條同保朝鮮之語，今喀使將往天津，李鴻章能設法否？」翁奏對：「此事有不可者五，最甚者，俄若索償，將何畀之？且臣於此等事，始未與聞，乞別遣。」后不允，又諭：「吾非欲議和，乃欲緩兵。汝既不願傳此語，則逕宣旨，責李鴻章何以貽誤至此？縱朝廷不治以罪，以後作何收束？退衄者為淮軍，李鴻章何能置而不問？」翁赴津，見李，傳諭慰勉，即嚴責之。李惶恐引咎，對：「緩不濟急，寡不敵眾，實無可辭。」翁又言：「陪都重地，陵寢所在，設有震驚，誰尸其咎？」李對：「奉天兵實不足恃，鞭長不及，真無把握。」適接廷寄：「聞喀希尼三四日到津，李鴻章如與晤面，可將詳細情形告知同龢覆奏。前曾有喀使既有前說亦不決絕，今不必顧忌，據實回奏。」李對：「喀使以病未來，其國參贊巴維福先來，云俄廷深惡日占朝鮮，中國若守十二年所議之約，俄亦不改前言，第聞中國議論參差，故竟中止。若能遣一專使與商，則中俄之交固，必出為講話。」又言：「喀與其外部侍郎不協，故無權。」翁言：「同京必照此覆奏，若俄連而英起，奈何？」李言：「無慮，必能保俄不占東三省。」此丙申李文忠專使赴俄之由來也。二十二年丙申七月，李隨員道員塔克什訥，乃同文館俄文學生，精俄語，熟悉情形，李遣齎約本由德回。同船有日本王爵某，極費周防。約本儲匣，匙隨函遞。於是中俄之約，承十二年丙戌舊約，繼續而成。庚子，於各國公約外，專有俄約，彼時頗棘手，李竟以憂懣病逝。政府派管理外務部大臣大學士王文韶為全權大臣，辦理簽約。後數年，遂有日俄之戰。

觀此可知李之聯俄，亦翁承后意督促成之。當中日和局定議時，國人集詬於李，幾如萬鏑叢身，尤可歎者，只有詬厲而不聞有辦法。蓋有一西后於上，雖有十李文忠，其主張亦無所用。至戰敗則一切條款，乃當然之事。西后之聯俄，自云「欲緩兵」，此是其識力庸下處。國不能自強，而欲因人緩禍，其終也，轉資敵以機會，而別種無量惡因，以使若干人類肝腦膏地，相讎相斫，又開一局面，何曾真能緩兵哉？

嘗究當日僨事之原因甚多，而無限若干書生，本非政治家、外交家，卻自命通曉事理，又假以時機執持政柄，造成清議風氣，劫持迫脅，使國家不得不走上絕路，亦是助因之一。桐城吳摯甫先生居文忠幕府久，有〈復陳右銘先生書〉，述見聞甚詳切。書云：

開示李相各節，多某未及知，豈敢妄辯。獨謂淮軍之敗，並無戚容，似非其實。某聞平壤之敗，李相痛哭流涕，徹夜不寢，此肯堂所親見，某親詢之者。及旅順失守，憤不欲生，未聞其無戚容也。倭事初起，廷議欲決一戰，李相一意主和，中外判若水火之不相入。當時倭人索六百萬，李相允二百萬，後增至三百萬，而內意不許。及平壤敗後，英、俄兩使居間，則勸出二千萬。其時清議，皆謂李相通倭，業已積毀銷骨矣。李相面告二使，謂大皇帝決計開戰，某係領兵大臣，和議非所敢聞，請入都與恭邸議之。其後，議卒不合。及十月初，某再至天津，則旅順岌岌，各國皆守局外，不復排解，有言和者，則倭人已索五萬萬矣。以上所言，皆某所親見。旅順、威海既失，海軍覆沒，中國絕無能守之理，此時言和，直乞降耳，乃欲以口舌爭勝，豈可得哉？去冬已索五萬萬，今春乃減至二萬萬，此非李相口舌之功，乃入境被刺，倭恐見譏列強，兼得割地之益，遂得減為此數。至此次和約之不容於清議，則西人已先事知之，不謂吾國士大夫，竟不出外人所料也。俄人代爭遼東，此自別有深意，豈吾國之福。倭之許俄，正其代謀妙策，此亦與吾國無干。若和約未定之先，則彼皆束手旁觀，絕不肯代出一言，以違公法。倭人不遽入關，並非力有不足。去年內廷深恐倭入瀋陽，李相料其決不深入，以其行軍全仿西法，輜重在海，不欲遠離，後果如其言。若謂關內防守至嚴，倭不敢入，殆非篤論也。中國不變法，士大夫自守其虛憍之見，以為清議，雖才力十倍李相，未必能轉弱為強，忠於謀國者，將何以自處？李相之欲變法自強，持之數十年，大聲疾呼，無人應和，歷年奏牘具在，可覆按也。

摯父先生，當時與范伯子、于晦若皆嘗居合肥幕，故其見聞較確。書中並不為合肥彊作左袒語，而處處舉若干事實為證，準情酌理，不自諱病痛，所以可貴也。右銘先生責李之理由，前曾掎摭及之；大抵責李得君既專，明知不可戰，何不以去就爭？摯父復書有「中外判若水火之不相入」及「某係領兵大臣，和議非所敢聞」等語。蓋文忠言不宜戰，尚可，若力主不戰，而以去就爭之，是更坐實爾時清流之言，而身家性命，皆必不保矣。觀常熟所傳諭旨，層層責備，層層束縛，使文忠不得不奮然聯俄以自明，西后之很，可畏也，摯甫書極明通，其末言：「李相欲變法自強，持之數十年，無人應和。」是乃痛心於西后之言。即前所謂有一西后於上，雖十李文忠亦無所用。蓋政治之本，在不貪不驕，女戎之禍，無毒可比，無謂女子之貪很驕淫，不影響於政治也。

凡司政地者，一動念、一畫策之微，其終也可使若干民族受其永久之禍福。予今記此，以見謀國之不易。有謀國之責，而其實無權者，尤極人世之苦痛，非第摭存史料已也。

日俄戰爭後清政府之態度

予以光緒癸卯至北京，其年俄兵占領奉天；次年日俄開戰於東三省。其時革命思想已瀰漫，同學中如張榕、顧兆熊皆尤著者。又明年，日俄訂約於泊資茅斯而吾國不預。予語同學，謂以堂宇假鄰人為鬥場，已迺袖手旁觀，已極可恥；毆竟，便欲分割我室，而猶恬然勿聲，若斯政府，豈遂終不知恥乎？此事迄今已逾三十年，國勢之隤，如丸走阪，追溯禍基，正坐當道之茶闇。近聞惜陰先生言：泊資茅斯會議時，中國頗思預聞而不獲許，其事曲折，而首發動者仍為先生。先生記茲事云：

日俄戰爭，彼此力竭之時，日挽美國出而言停戰議和，日俄各派專使往就美之泊資茅斯訂約。予意戰地在我旅大東三省，和約倘涉及我疆域，我應干預。商之張菊生、小圃諸君極以為是，即說之端陶齋、盛杏生，由盛並商呂鏡宇諸公合電樞省，告美國轉達日、俄，許中國預聞和議。其時貝子溥倫赴美賽會過滬，擬請派就便至泊。倫亦以此舉重要，願膺此任，惟云慶邸向與我不合，恐其疑我在滬謀兼此差，公電待我到東洋後再發。即屆時電樞。乃慶邸覆電，云「倫年輕資淺」一語，於其事之應否未及，與倫不合則果然。旋知樞意擬遣端，先電我駐美使臣向美政府言之，竟不允中國預聞。其時已調端赴京，事不容已，即改為派五大臣出洋考查憲政。五大臣臨行，合電張季直與予兩人，大意某等學識庸闇，奉派出洋考查憲政，過滬時學、商兩界萬勿有所舉動，俟歸國後考查有得，再與諸君快聚。其意蓋在歡送。學界以集會須得同意，約在時報館樓上會議，赴者二十八人。予與季直諸君在一品香，由狄君楚青往來傳達。學界初均不欲歡送，坐中一人向楚青云：「可問諸君曾走過橋否？」楚青即去言之，立回復諸君已照允歡送矣。迨吳樾炸彈一發，過滬歡送之舉自罷。陶齋過滬，即駐海圻兵艦未登岸，約予往晤。予告以欲預聞日俄和議未成，而改派考查；朝廷於立憲，仍為敷衍延宕之計，革命終不能免，可以早回，得南洋一席。歸後果得之。端滿人，畏革命固然，而能識輿情，因亦顧慮將來，早與漢族聯姻。故蒞任凡遇革黨案，不欲深究，且優待劉申叔，惟負英異之才如吾宗伯先，則猜防甚力。辛亥後，與學界黃韌之、沈信卿兩友，追述往時「走過橋」一語，兩君云均在坐聞之。各省有諮議局，人民始能團結，其後立時召集十七省合議，粗定改革之局，蓋似以考查為上橋，而各省有會議之形式如已過橋矣。

案：此係光緒三十一年乙巳六月至八月間事。文中之張小圃為張鶴齡，呂鏡宇為呂海寰，呂時已卸外務部尚書為商約大臣。溥倫行四，道光之孫，近支王公，有嗣立希望，扼於慶親王奕劻，不得志，久之始得資政院議長也。爾時使美為梁誠，使日為楊樞，使俄為胡維德，慶王有無先電深誠屬向美政府言之？今無可考。《清季外交史料》卷一九〇，外部收胡維德電云：

來電均悉，日俄直接議和，不容他國干預，現在美國擇地開議。我若派員前往，其勢亦難攙入。特於支電照會聲明宗旨，預占地步。此時俄雖有意，未便再商。……

此電是六月十八日發，視五大臣考查憲政之諭旨後四日，電中「其勢亦難攙入」一句，自非望望然不敢參加之謂，必先已得梁誠電知，加入無望，故掉文作此語氣也。五大臣出洋諭旨，初只為載澤、戴鴻慈、徐世昌、端方四人，紹英係隨後加入者。致電自稱學識庸闇，過滬時學、商兩界萬勿有所舉動，其真意卻在於求開歡送會，此是吾國官場慣技，度必端陶齋所為。趙、張以「走過橋否」叩學界，其用意深。蓋謂改革國事者，欲達彼岸必先走過橋，不能厭憚跋涉也。繇此論之，豈唯諮議局與十七省會議為過橋，後此種種，其為革命之津梁者，抑已多矣。

劉坤一與晚清輿論

文芸閣在乙未前，初不滿於劉峴莊，其札記云：

劉坤一駐山海關，一日譌言日兵至，坤一懼而三徙，其怯謬如此。舉國望湘軍若歲，至是乃知其不足恃。魏光燾、李光久，能戰而後敗，則猶差勝於淮軍也。

又一節云：

劉坤一治兵既無效，而營求回任之心至亟，內則恭親王、榮祿主之，然上意殊不謂然也。乃遣江蘇候補道丁葆元入都，糧臺以報銷餘款濟之，遂得要領。余告李高陽，高陽以為事所必無。不數日而回任之旨下，高陽又謂余曰：「汝前所言之事，乃真實語也，丁者何名？信有神通耶？」余曰：「非某知之，有門人籍甯波者，言四恆（寧波人在京師開銀號者，有恆順、恆豐等共四家，交通賄賂，人皆信之，故名。）前月已出票，故敢告也。」高陽曰：「上終惡之。」故於其保薦之人，咸諭毋庸記名。至戊戌七月，遵旨保舉人才，復以丁葆元名列上云。

又一節云：

甲午之秋，神機營出兵，有遇於盧溝橋者，見其前二名，皆已留鬚，第三名則十一、二齡之童子也。餘多衣裾不周，蹲踞道旁，不願前進。遇之者口占一詩，有「相逢須下海，（京師呼翳為下海，海字疑領之轉音）此去莫登山」之句。蓋兵出防山海關，故借點山海二字云。

皆極不滿峴莊者。其後南來，峴莊為兩江督，則頗通問矣。然其記四恆出票事，不謬，此四莊，在當時政界，實有潛力，與前門外諸金店，稍相低昂。予所不解者，彼時清流名士，既深知湘淮軍以及神機營之不足恃，顧乃張皇求勝，而不肯自求革新，先從根本為繕備，於政治則但知責備私人，見斯下矣。

其實劉峴莊雖非甚清高，而其後已漸算為明白人。庚子夏，那拉后命義和團攻駐京各使館，端王等字諭各直省大吏，先殺外人僑居內地者。峴莊先奉旨而祕不宣，乃嚴檄水陸防營，保護外人，違者以軍法從事。江蘇提督楊金龍，亦得密詔，復奉剛毅私書，屬其駐師吳淞，專擊列國兵艦商船及各教堂，金龍立率所部移屯吳淞。峴莊聞之大怒，別飭俞統領持令箭往，諭之曰：「楊金龍不遵令，可持其頭來。」楊始如命撤兵回防，乃大哭，覆書剛毅云：「劉坤一身任封疆，不保國而保外人，真漢奸也。」剛毅持其書示其友人，皆讚歎以為忠臣語。先是剛毅奉那拉后命，自江南搜括歸，那拉后令剛毅密保將才，剛毅奏曰：「江南武員，唯有楊金龍，可稱古之名將。」后問能比何人？剛答可比古人黃天霸。后為莞然，反稱剛率直不欺。滿人不學如剛毅者甚眾，加以愚而好自用。剛嘗改瘐斃為瘦斃，改逐北為逐比，此輩居以鈞衡之地，責以平章軍國，其覆餗可必。然何必責剛毅，楊金龍何嘗是滿人耶？又吾人亦不必誚剛書別字，本來讀書能文與從政原為二事，剛毅不學，固可哂，庚子五月之諭旨，有云：「與其苟且圖存，同歸於盡，何若大張撻伐，一決雌雄，彼恃戰力，我恃人心。」為軍機章京連某所擬，固漢人且翰林也。以文理言，比瘦斃、逐比，自勝一籌，如此高文，又有何補？顧此等議論，邇又屢聞之。或謂終不能言其無道理，則亦神州運會使然，寧為游夏，不敢贊一詞矣。

又案：劉峴莊後半世，手眼聲名，俱稍勝者，聞皆幕僚之力。案：幕僚之制，近於專家治事，未可厚非。〈緇衣〉之詠好賢，即如言今日能延聘專家之長官也。

清德宗遺事

前記珍妃事，引《景善日記》，妃稱帝當留京一語，友輩或有以為疑。按當時德宗實欲留京，與妃意訢合，在當時不失為一策，則無可疑。曩癭公既為《庚子國變記》，酬鳴又為〈書後〉一篇，有云：

憶扈從某官云，西后自出險，恒語侍臣云：「吾不意乃為帝笑。」至太原，帝稍發舒，一日召載漪、剛毅痛呵，欲正其罪。西后曰：「我先發，敵將更要其重者。」帝曰：「論國法，彼罪不赦，烏論敵如何。」漪等額巫稽。時王文韶同入，西后曰：「王文韶老臣，更事久，且帝所信，爾意謂何？」文韶知旨，婉解之。帝退猶聞咨嗟聲，漪等出，步猶慄慄也。未幾剛毅恚而死。已定議再西，帝尤憤。抵潼關，帝云：「我能往，寇奚不能？即入蜀，無益。太后老，宜避西安，朕擬獨歸，否則兵不解，禍終及之。」西后以下，咸相顧有難色，顧無以折帝辭，會晚而罷。翌晨，乃聞扈從士嘈雜戒行，聲礉，駕竟西矣。帝首途，淚猶溢目也。

又新城王晉卿先生所序王小航述《德宗遺事》，第七節云：

太后之將奔也，皇上求之曰：「無須出走，外人皆友邦，其兵來討拳匪，對我國家，非有惡意，臣請自往東交民巷，向各國使臣面談，必無事矣。」太后不許。上還宮，著朝服，欲自赴使館。小閹奔告太后，太后自來，命褫去朝服，僅留一洋布衫，嚴禁出戶，旋即牽連出狩矣。

又第九節云：

駐蹕太原多日，上仍求獨歸議和，太后及諸臣堅持不放。其實是時早歸，賠款之數可少，而外人所索保險之各種條件，皆可因倚賴聖明，而無須提出，公論昭然，懷愍徽欽之禍，萬萬不容擬議，其理至顯。而諸人因識見腐陋，不知此者，十之九，明知而佯為不知者，十之一，則為太后榮王岑諸人也。時岑幕中有張鳴岐者，年少銳敏，力勸奉皇上回京，收此大功。岑詞窮而不語。

此兩書所記皆同。大抵清之亡，雖有多因，而那拉氏實一力成之。牝晨專恣，帝后相讐，光緒中葉以後，一切政潮皆為此事。西后以其姪女為德宗后，即以箝之，德宗遂惡后而與珍妃謀。終德宗之身，雖迭受凌辱，中猶倔強，故西后彌留時，隆裕與崔玉桂等遂有置帝於死地之必要。此一段因果相乘，亦事勢有必然者。

案：德宗之非善終，戊申以來，世皆疑之，顧莫得左證。近日私家記乘迭出，旁證見聞，此事迺七八可信，當別詳之。王小航（照）雜事詩一本，皆述德宗軼事，邇別有輯其註單行者，即上述之《德宗遺事》。其記珍妃事，與諸說稍有不同，今附錄之。《德宗遺事》第六節云：

外兵逼京，太后將奔，先命諸閹擲珍妃井中。諸閹皆不敢行，二總管崔玉貴曰，都是鬆小子們，看我去。於是玉貴拉珍妃赴井口。珍妃跪地，求一見老佛爺之面而死。玉貴曰：沒那些說的。一腳踢之入井，又下以石。辛丑回鑾後，上始知之，惟懸妃之舊帳於密室，不時徘徊帳前飲泣而已。

案：王言珍妃死前未嘗見西后，及德宗辛丑始知妃死，與各家說及宮監口述，皆不符，又無左證以自圓之，良有臆測之嫌。唯崔玉貴之凶悍，與德宗之淒戀，則於茲可見眾口所同。異時，有傚陳鴻之傳長恨者，或可別備一故實也。（案：瘿公撰《國變記》，以湘鄉李亦元之日記為藍本。民元二間，瘿晨起訪友，午後必涉足歌場，夜九時以後，始兀坐撰筆記，至二時始休，引證浩博，而語皆有本原。酬鳴是當時朋輩所署筆名，未憶為何人，度是惲薇孫、麥孺博、陳翼牟、章曼仙之流，倉卒不可考矣。）

光緒之死

清德宗之非令終，當戊申十月，已有此傳說。蓋西后與帝一生相厄，而帝畢竟先后一日而殂，天下無此巧事也。當時羣疑滿腹，而事無左證。其所以使眾且疑且信之繇，則以德宗臥病已久，而醫者僉斷其不起，事理所趨，一若德宗之死，勢所必至，西后之死，轉出意外者。其實德宗正坐西后暴病，遂益趣其先死，此則純為累年之利害與恩怨，宮中府中，皆必須先死德宗也。當時后黨之魁，內為隆裕，外為項城，二者始終握大權，噤眾口，故雖易代，亦無人為此孱主鳴冤。迨至民國十年後，故宮易主，項城勢力亦漸盡，私家筆記間出，宮女、太監，亦能道之，事實始漸露。王小航雜詠中，《德宗遺事》云：

袁世凱入軍機，每日與太后宮進奉賞賜，使命往來，交錯於道。崔玉貴更為小德張介紹於袁。小德張，隆裕宮之太監首領也。三十四年夏秋之交，太后病即篤，又令太醫日以皇上脈案示中外，開方進藥，上從來未飲一口，已視為習慣之具文。（原註，下均同：「當日江侍御（春霖）向李侍御（浚）言曰：皇上知防毒，彼輩無能為。豈料彼輩之用意，不在於方藥中置毒哉。」）其前歲肅王曾謂余曰：「我所編練之消防隊，操演軍械，無異正式軍隊，以救火為名，實為遇有緩急保護皇上也。」至是余自保定來，題及前話，謂：「倘至探得太后病不能起之日，王爺即可帶消防隊入南海子，擁護皇上入升正殿，召見大臣，誰敢不應？若待太后已死，恐落後手矣。」王曰：「不先見旨意，不能入宮，我朝規制，我等親藩較異姓大臣更加嚴厲，錯走一步，便是死罪。」余曰：「太后未死，那得降旨？」王曰：「無法。」余曰：「不冒險，恐不濟事。」王曰：「天下事不是冒險可以成的，你冒險曾冒到刑部監裏去，中何用來？」余扼腕，回保定，又百餘日而大變釀成，清運實終矣。（家必自毀，國必自伐，所謂自作孽，不可活也。）

又云：

隆裕自甲午以前，即不禮皇上，雖年節亦無虛文，十五六年中皆然。上崩之數日前，隆裕奉太后命，以侍疾來守寢宮。（是時崔玉貴反告假出宮，小德張之名尚微，人不注意也。）上既崩，隆裕仍守牀畔，直至奉移乾清宮大殮後，始離去。赴太后宮，太后已不能語，承嗣兼祧之事，問諸他人始知之。自上崩至奉移大殮，親王大臣，以至介弟，無一人揭視聖容者，君臣大禮，蓋如是之肅也。吾聞南齋翰林譚君，及內伶教師田際雲，皆言前二日尚見皇上步遊水濱，證以他友所聞，亦大概如是。昔穆宗之以瘍崩也，尚殺內監五人，此則元公負扆，休休有容，粉飾太平，足光史冊，雖有南董，無所用其直矣。

小航此言，大致不謬，繹此，似德宗之死，死於隆裕之手者。按惲薇孫（毓鼎）《崇陵傳信錄》云：

十月初十日，上率百僚晨賀太后萬壽，起居注官應侍班，先集於來薰風門外。上步行自南海來，入德昌門，門鑰未闔，侍班官窺見上正扶奄肩，以兩足起落作勢，舒筋骨，為拜跪計。須臾，忽奉懿旨：「皇帝臥病在床，免率百官行禮，輟侍班。」上聞之大慟。時太后病洩瀉數日矣。有譖上者，謂帝聞太后病有喜色。太后怒曰：「我不能先爾死。」十六日，尚書溥良自東陵覆命，直隸提學使傅增湘陛辭，太后就上於瀛臺，猶召二臣入見，數語而退。太后神殊憊，上天顏黯澹。十八日，慶親王奕劻，奉太后命往普陀峪視壽宮，二十一日始返命，或曰有意出之。十九日，禁門增兵衛，譏出入，伺察非常，諸奄出東華門淨髮，昌言駕崩矣。次日寂無聞，午後傳宮中教養醇王監國之諭。二十一日，皇后始省上於寢宮，不知何時氣絕矣。哭而出，奔告太后，長歎而已。

據此，西后既發毒語，云我不能先爾死，則德宗之死，似又在西后前二日，又似西后命內監死之者，譖之之人，度是隆裕、崔玉貴之流。蓋從惲記之「諸奄昌言駕崩矣」一語，可知德宗之命早繫於諸奄手，西后與隆裕之意，欲何時了之，皆可，固不必問出於何人手也。其時朝野，皆疑西后與項城及隆裕諸奄合謀鴆德宗，予意項城未必預此事，隆裕諸奄足矣。英人濮蘭德所著之《慈禧外紀》一書，頗為西后張目者，其中述及此事，亦可相證發。今節錄之：

皇帝賓天之情形，及其得病之由，外間無從知其詳，此事亦與其他諸祕密事，皆埋藏於李蓮英及其親信小監之腦中，即北京滿漢諸大臣，亦言人人殊，關於太后及皇帝同時相繼賓天，各持一說，互相矛盾。然欲考查其真相者，亦非無線索之可尋。日處憂危之域之皇帝，若一旦得以總攬大權，其必為彼李蓮英輩所不利，固一定之勢也。且當時頤和園中深密之計畫，或尚有為太后所不知者，亦意中之事。太后之所以不知者，蓋當時諸人以為太后將先皇帝而薨，故不得不密為布置，此乃東方歷史中之特別情形也。據目擊當時情形者論之，此或亦理勢之所有，然欲搜求其確據，處處相合，則極不易也。下所記載，乃由兩大臣所陳述，一滿人，一漢人，皆當時在朝者，其所言大概與較可信任之報紙所載相合。此等報紙所載，亦由官場中傳出也，吾等皆收存之。然此最大之疑案，終莫能明，或此同時賓天之事實出於天然之巧合，亦未可定也。但言者又云：聞之於太后親信之侍從，謂皇帝賓天之後，太后聞之，不但不悲愁，而反有安心之狀。

此段匣劍帷燈，彌極深刻，雖力言最大疑案終莫能明，而其明蓋如鏡也。清社久屋，德宗順受全歸與否，更不足辯。傳後之史，例必以事證為憑，故此祕將長此終古。抑古之專制宮闈類此之事至多，正不必引為詫也。

載灃使德被窘事

吳柳堂疏免外使拜跪，事在同治初，其時語氣，內已恭而外尚侈。乃不及三十年，庚子之役，清廷遣醇王載灃赴德謝罪，而德皇威廉第二，要求載灃行拜跪禮。柳堂疏中所云「聚犬馬羊豕於一堂，而令其舞蹈揚塵」者，轉瞬間外人亦以此施於滿清，事之可哀，何過於是。雖以再三哀求獲免，而已喧騰中外，今錄載灃原電以證之。電為光緒辛丑八月所發者，灃即後為攝政王，革命後，猶時偕所眷日臨茶園觀劇，十餘年不衰，北都人士咸嘗見之。電云：

前接嘯樞電，相機因應，並示折中，仰見周密，欣有遵依。十四德皇停止禮節後，遣來朝車提督禮官，俱未撤回，察其動靜，似有挽回之機。因與廕昌李希德等，再四籌維，命廕昌用德文信，致賡音泰，婉商外部，以跪禮我國萬難應允，於德既無所取，更與兩國體面，大有相關，作為出自灃意，懇請德皇寬免，一面又與駐巴在爾艾領事面商，或將此意由灃備函徑達外部，託其先為代通消息，復於十八晚面命呂使趕回德京設法接辦。十九呂回後，接嘯電，亦即轉電呂，命其照示，再與外部切商。旋於廿申，據艾領事來稱，頃得外部電，命詢王爺何時起身，以速為宜，我皇必見，跪禮已免，遞書只帶廕昌一人，餘在別殿伺候等語。當晚復接呂回電云，德皇六號出巡，現據外部大司員云：王爺前來，德皇必見，事有轉機云云。據以上各情，事已挽回。但為時甚迫，灃未敢稍涉拘泥，趕即於十一鐘時令該國來接各官，備車前往。二十一三時到坡思丹，德皇又遣朝車並頭等提督接灃等，均至舊皇宮居住，供應優渥。隨商定次日進見，並送故德后花圈禮節。二十二巳刻，親至故德后墓，如禮。十二時復遣朝車提督迎至新行宮，灃隨帶廕昌進見內殿，遞書宣讀頌詞，張翼六人在外殿侍立。禮成，德皇遣馬隊送歸舊行宮。兩時德皇親來答拜，意極殷勤，坐談良久，並命備舟車游覽哈芳湖孔雀島。二十三早看操，午後仍至新行宮，進見德皇，並留多在柏林居住，看各廠院，又面屬前赴丹西會唔亨利親王，看其水師。灃未便拂命，現擬見德后後，即赴柏林，另住客寓。所有一切均賴國家鴻福，俱臻妥協，堪慰宸念，祈代奏。

電中所云優渥殷勤鴻福者，皆謝罪時之創鉅痛深至哀大恥也。英人濮蘭德《慈禧外紀》述此事，以為德皇所以允不必用拜跪禮者，乃「遲疑多日，卒迫於中國向來外交拖延忍耐之手段而讓步」。與載灃電中，懇請德皇寬免一句，恰相輝映。濮氏又云：

至於京中官僚，見和局已成，危險已過，遂以為復睹太平，立忘前此畏懼之心，故態復萌，一切卑鄙嬉樂之象，又如往日矣。從各種方面，皆可察見此等現象。至後來脩訂商約之時，尤為顯見，足以證明吾人之定評。此定評乃數年前一在北京之英國代表所指出者，其言曰：此類人毫不講情理，若恐懼之則事事屈服矣。

其所以誚晚清者，甚冷酷。於此可見前清所以屢挫者，乃為先倨傲自大，而後卑屈。凡事不中理鮮不失敗，抑躬自薄而厚責於人，一遇彊梁，尤無不敗也。

袁世凱

項城與南皮身皆矬，項城亦微明即起治事，晚八九時睡，食量宏而膽精。予見項城於頤年堂時，為民國三年甲寅，面通紅，短鬚純白矣。項城書字古勁有姿媚，而筆多反而趯上。於當世大政細事，靡不究心，每談要案，莫不洞其首尾，間稍有惑疑，輒自起檢案briefly某層，則某案本末具焉。其彊記精力有過人者，不唯儲之夙也。南皮晚頗頹唐，視項城體質，亦似稍遜。項城歿時年五十六，南皮歿時年七十三，上溯壬癸兩次會晤時，袁年才四十一、二，張已六十六、七，袁之櫜鞬周旋，張之倦不能支，皆年齒為之，試一案其歲時，則愈信吾前說之必不謬也。

相傳項城將稱帝時，瞿文慎（鴻禨）方在滬，有某君告瞿，袁必反，其書筆筆皆反也。文慎追思，歎為信然。瞿亦最輕袁，五大臣出洋後，有朗潤園官制會議，瞿方為外部，袁以北洋大臣來京預議。各部尚書，袁謂宜改大臣，兩人於席每抗辯，卒用袁言。及議決案上奏，瞿在軍機處，輒又改之，袁亦無如之何也。

前所言丁未後，張、袁同在樞府，一時比之廉、藺，此亦善頌之詞耳。張、袁何足比廉、藺？張甚似王導，袁則似桓溫也。

又世傳袁世凱家書，言朗潤園議官制時，載灃欲槍擊世凱，予殊疑之，載灃庸訥，豈能持槍拚命者邪？

袁世凱之黜罷

南皮與項城同在軍機年餘，南皮初不滿於項城，及與同列議事，乃甚挹佩，南皮數為人言之，非偽飾也。然項城司外交，握軍柄，經營八表，目中已不畏南皮，委蛇而已。戊申九月後，政局一變，此時項城只問何時去位，與南皮不可並論。近見胡瘦唐、江翊雲所述，竝言項城之去，南皮與有力焉，此自意中事，而皆非袁去真因。瘦唐《國聞備乘》云：

袁世凱忌張之洞譽望出己上，嘗語人曰：「張中堂是讀書有學問人，僕是為國家辦事人。」意蓋譏其書生迂闊，不達事情也。之洞聞而惡之。太后之病亟也，已屬意今上，恐為奕劻所撓，命勘陵工，密召之洞世續夜半定策，不及世凱。世凱既不與定策功，意頗怏怏。載灃監國之初，推心以任之洞。之洞與監國，密商處置世凱事，累日不決，其孫君立（君立為張權字，之洞子也）洩之御史趙炳麟。炳麟曰：「是可撼也。」猶恐勢孤不勝，復邀陳田兩人，同日各具一疏參之。疏上，世凱果罷。初田未具疏時，往謁之洞，極言世凱之奸。之洞曰：「袁公知兵習夷情，亦朝廷不可少之人。」田又極言其挾外交自重，誤國欺君各款。之洞掀髯笑，謂田曰：「松山，持論不可過激。君讀史人，豈有樞輔重臣，朝廷肯輕聽一言官之辭，遽行易置乎？」田出，大罵之洞袒奸庇惡，與世凱結為一黨，而不知其內謀如是之祕也。

翊雲《趨庭隨筆》云：

> 隆裕以戊戌之事，深惡項城。張南皮命其孫厚璟，授意御史趙炳麟彈劾，炳麟逡巡不敢發。於是給事中陳田露章參之，袁遂去位。

案：瘦唐亦名御史，與竺垣、松山至相稔，所記必實，然亦未得其全。以予所聞，德宗既殂，隆裕數有噩夢，以宮闈久不睦，隆裕黨西后，陰扼德宗甚至，至是大恐。發德宗平日案替，皆紙條，書「袁世凱凌遲處死」、「徐世昌、楊士驤斬立決」者，無慮數十，蓋帝平居隨筆所書者。隆裕揚言，當為德宗雪恥，必殺袁世凱。然宮中又傳，德宗實無此手書紙條，所以如是言者，載灃兄弟與隆裕謀，欲奪項城軍權、財權以自肥。事雖無可稽，隆裕與載灃言，載灃謀於南皮，則皆以世凱有罪於先帝為詞。載灃巽弱，南皮生平未嘗有辣手，且亦佩袁材略，僉言不可有刑辟，但當放歸田里。商之累日，隆裕終韙之。君立之子道孫，授意臺諫劾袁，殆即協議之結果，猶南皮曲全之微意。又傳，戊申冬項城不預定策之命，逆知必去，故偽示足疾，陰為之備。爾時朝端沸傳將有處分，即楊蓮府亦為之危。袁部本多偵探，日夕探詗宮府消息者以百數。已而偵知隆裕、載灃猶豫不敢發，私自喜，迺欲謀出國。一日，宴外部侍郎左右丞，酒次微語謂「諸君勿疑太后逝而予眷瀕衰，宮中固猶相倚畀也。顧予任事久，甚思易地。我國儼然一等國，與世界各國，曾無代表國家之大使往來，殊病簡陋，予將以此名義往新大陸，請共擬奏摺措詞」云云。其夕，南皮已聞之，亟電梁誠，使先向美政府剖析欲升高使節而財力不遂之故，得美政府諒解。袁數日後，袖摺商攝政，載灃示以梁電，袁嗒然無語。又次日，陳、趙兩疏並上矣。此事予聞之久，袁自為謀一節，或小有出入。而袁之去，初非南皮所主動，則絕對如此也。

且張與攝政謀去袁，與其謂內謀之祕，毋寧謂其徘徊畏沮，雖云袁之門生軍吏布中外，有所憚，然亦可見當軸者弱苶之至。南皮本非猛鷙之才，再入樞垣，其職志亦只在調停，詩中亦自道之。不知隆裕與諸親貴，皆闇而貪，為利而爭，何調停之有？此處張自不如袁，遠甚。隆裕心欲追踵西后，而無才無膽，其去袁藉口為德宗報仇，事實上絕無重翻戊戌一案之意。楊叔嶠子，上德宗之衣帶詔，謂將有追念驚痛之詞，乃置不問，其昏庸尤可哀也。

至南皮一派，與項城一派，久相水火，源流至長。大抵光緒初年以來，國人所謂讀書人，最嫉言洋務者。既登科第，或為諫官，其所掊擊者，首李合肥，稍後袁項城繼之，李尚優容，袁則亦甚薄視書獃。讀書人既不為袁所用，則其勢必折而為使貪使詐。迄宣統元年，八旗浪子，與依附南皮之不更事書癡，合力去袁，怡然自得。在南皮其始未必不以為袁去則清流進用，將大申其志？一轉燭間，親貴弄權，朝局大壞，觀石遺室《張之洞傳》稱：

醇王載灃攝政監國，專用親貴，至十部大臣，惟司法學部屬漢人。以母弟載洵、載濤典水陸軍。載洵招權作威福，日營宮室，天下側目。載澤長度支，無所知，惟與之洞爭幣制，袒庇瑞澂，以亡其國。之洞力爭親藩典兵，至於椎心嘔血，病旬月以薨，遺疏有「守祖宗永不加賦之規，凜古人不戢自焚之戒。」各語，天下誦之。

其晚遇極可哀，一木之不能支，昭昭然也。清亡袁再興，卒以使貪使詐，驕盈致敗，亦悉如書獃所料，一若重證宰相須用讀書人之義不謬者。盖文柔者迂暗，武健者不學，其僨事則一。末流矯枉過正，是非殽然，用亦違其才，又重武輕文。客或云：南皮若在今，不過為項城之戈什哈耳。予聞此說也，唯有苦笑。而南皮與項城雖不相下，固皆猶有承平風度，則予猶能證其非讆言也。

清末八旗兵之腐敗

辛亥八月革命軍起，予為絕句遍詠當時各省督撫，人系一詩，投稿於陸詠沂之《中國日報》；憶其時二十二行省，漢人專圻者，不過五、六人，餘皆滿籍也。其時載澤綰財，洵、濤綰海陸，大權集中於滿人，而亡逾速。然清末滿洲親貴大官雖盈朝，而八旗生計已至迫，旗營兵丁尤苦。洪楊一役後，旗兵不堪用，天下所知，而朝中猶設神機營，猶侈言秋操，奉行故事，掩耳盜鈴，其愚良不可及。旗兵既奇窮，怪事乃無所不有。光緒六年南苑大操，自八月初都統穆騰阿赴南苑秋操，至十月廿一日回京，時科爾沁親王伯彥訥謨祜管理神機營，廿六日奏請誅一已革驍騎校，蓋蒙王主操政嚴，士多怨，此人以犯令革復求見，搜其衣中有小刀，疑欲行刺，杖之垂斃而後誅之。誅之次日，其母及妻子以貧不能生，皆服毒死於伯王之門。李蓴客〈詠史〉云：

貙劉五柞設和門，神策由來七校尊。虛說霍光搜挾刃，竟聞胡建刻穿垣。南軍日造黃龍艦，東府親持白虎幡。講武驪山原故事，銀刀組甲早承恩。

紀其事也。事後醇王上聞，奉命管理神機營務佩印鑰，以寶文、靖鋆並管是營，而伯王坐是撤差，則蒙王併不得轄旗兵矣。其時京營疲苶愈暴露，盛伯熙有詩云：

我朝起東方，出震日方旦。較似卻特家，文治尤糾縵。豈當有彼我，柯葉九州徧。小哉洪南安，強分滿蒙漢。闤闠生齒繁，農獵本業斷。計臣折扣餘，一兵錢一串。飲泣持還家，當差牘弓箭。乞食不宿飽，弊衣那蔽骭。壯夫猶可說，市門驕女歎。奴才恣揮霍，一筵金大萬。津門德國兵，饟餫八兩半。從龍百戰餘，幽縶同此難。

可謂垂涕而言，詩中以分別滿蒙漢歸罪於洪文襄，此即世所傳洪氏密策制滿之說也。李孟符《春冰室野乘》，似曾論及之，案頭無此書，不能記其原文。《清朝野史》有一節，或是爾時孟符、孺博一流議論，略云：

當滿漢一家之日，洪承疇密室造請，竟建以漢人養旗人，不令旗人營生計之策，從此滿漢分居，漢人得安其農工商賈之業，二百七十年來，免受其擾，雖出租稅以養之，猶有利焉，此則洪承疇之有功漢族，抑若善於補過者也。馴至八旗之人，一物不知，仰恃漢人，猶嬰兒之於乳母，民軍一起，數月間而亡其族矣，蓋彼早亡於洪氏矣。

即伯熙所咎者。而世又傳金之俊降清時，與多爾袞約十不從，所謂：男從女不從，生從死不從，陽從陰不從，官從隸不從，老從少不從，儒從而釋道不從，娼從優伶不從，仕宦從而婚姻不從，國號從而官號不從，役稅從而語言文字不從，多爾袞允之。又定凡旗人不得經營商業之制，謂限滿洲，實為金文通之功，此說似後來傳會。大抵八旗食祿而不許經營他業，自為逸豫亡身之張本，洪文襄創此議時，不得謂非飲以甘酖，具有深心也。抑二百餘年間，大官之驕奢淫逸，駐防之暴戾恣睢，亦已甚矣，雖厚其怨，以速之崩，而歲月蓋亦甚久，貪墮之習，傷於國脈民性者已深。東南民庶，受駐防旗兵之荼毒，無可告語者，尤不勝枚舉。顧清祚所以長於元者，或正賴此十不從之寬大約束，使民安其俗，不必遽鋌而走險，故所謂文通之功者，恐實不如文襄之功。

又案：清自乾隆以後，得有天下，實皆漢人之力。即三藩削平時，力量已竭蹶，詞科八股，亟事懷柔，更無改革文字風俗之勇氣，此亦滿終為漢同化之一因。今日國內種族之成見，已不復存，記此陳迹，聊為造作特殊階級自求怨府者之炯鑒而已。

習菴漫筆正誤數事

友生數督責余，謂何不記政聞？謝不能，謂近事民所具瞻，且多不復省憶也。一昨從人假得一卷書，題為《三十年來燕京瑣錄》，署為「習菴漫筆」。習菴，不知誰某，所言有異於嚮壁虛造者，意必南人，久客燕市者。雖間有隨俗雌黃，而采輯略備，疑此君或友朋中人，聊為之考訂數事。

其言：袁世凱戊戌曾護理直隸總督，似誤。袁未嘗護榮祿之直督也。言袁至津以兵備道胡燏棻之介，得謁李鴻藻者，亦有誤。袁謁李高陽，實許筠庵（應騤）為介也。言唐紹儀由六國飯店，乘人力車至麻線胡同，予車夫以鈔票五元，事有誤。唐予車夫以銀幣一，彼時京師皆用銀票，以兩計，未嘗有五元鈔也。唐畀車夫一元，其時眾已大駴異。言袁世凱再出，盛宣懷主之甚力，則大誤。力主召袁者，載洵也；盛與載澤，皆不以為然。及聞旨將下，盛謁載濤於軍諮府。盛年已七十餘，平日喘息甚劇，須兩人夾扶之，是日盛馬車至府門下，猶兩僕掖之。及上樓，揮肱去僕，危梯健步，見載濤，屈膝乞賜放歸。濤允為言，宣懷始頓首謝，下樓時，顏盡赤。蓋袁入京，而盛先數日南行，識者謂盛不行，必及於禍，兩人久相阨，斷無主之甚力之說也。言趙秉鈞來歷不明，事卻甚確。趙自言不詳父母姓氏，幼蓋被人販鬻者，其未到津前，嘗為河南典史。言王闓運介袁世凱於周媽曰：「此袁甲三大人之四孫公子也」，大謬。湘綺耄而未昏，久涉官幕，豈有知為總統，而倚老揶揄之理?余見湘綺雖遲，而以此徵於其及門諸君，亦言絕無其事也。

所考訂止於此，其後有言近人事數十則，縱有謬誤，亦不復繩墨，以違余所自戒者。

汪精衛獄中所聞

精衛先生居北京獄中可二年，時時就獄卒，得聞數十年來軼事，曾雜見於《南社詩話》。比語予，所聞字字實錄，出自獄卒之口，質俚無粉飾，較之文人作史尤為可信。今舉數節如下。

一云：「有老獄卒劉一鳴者，戊戌政變時，曾看守譚嗣同等六人。其言曰：『譚在獄中，意氣自若，終日繞行室中，拾取地上煤屑，就粉牆作書。問何為？笑曰，作詩耳。』可惜劉不文，不然可為之筆錄，必不止『望門投止思張儉』一絕而已也。林旭，美秀如處子，在獄中時時作微笑。康廣仁，則以頭撞壁，痛哭失聲曰：『天哪！哥子的事，要兄弟來承當。』林聞哭，尤笑不可仰。既而傳呼提犯人出監，康知將受刑，哭更甚。劉光第曾在刑部，習故事，慰之曰：『此乃提審，非就刑，毋哭。』既而牽自西角門出。劉知故事，縛赴市曹處斬者，始出西角門，乃大愕。既而罵曰：『未提審，未定罪，即殺頭耶？何昏憒乃爾。』同死者尚有楊深秀、楊銳，無所聞。惟此四人，一歌，一笑，一哭，一詈，殊相映成趣。」

又云：「刑部獄舍分兩種，一為普通監，一為官監。普通監，陰濕凶穢，甚於豕牢。官監則有種種，其最上者，客廳書室寢室及廚皆備，無異大逆旅也。專制君主，喜怒不測，其大臣往往朝列廊廟，而夕投囹圄者。亦有縛赴市曹，而臨時赦免，倚畀如故者。相傳雍正時有工部郎中李恭直者，以事繫獄，為獄卒所侮辱。既而得釋，旋遷刑部郎中，管獄，擣摭諸獄卒以毛細事，痛杖之，每日杖十餘人，有杖斃者。獄卒既經此次懲創，咸有戒心，對於犯官，大都伺候維謹。犯官有予以賂金者，且屈膝謝賞，口稱大人高陞焉。故犯官入獄，惟患無錢，錢多，則居處適意，直如家中。最豪侈者，為淮軍諸將葉志超、龔照璵等，以甲午戰敗，喪師辱國，拿交刑部治罪，一被斬，一繫獄中，至庚子聯軍入京，始乘亂逃出。獄卒為言，其在獄中時，放縱邪僻，實駭人聽聞。初入獄時，賂獄中上下逾萬金，自管獄郎中以下，皆成感恩知己。每食，席前方丈，輒以餕餘犒普通監諸囚。其尤可駭者，家中侍妾八人，輪流至獄中當夕，稍不如意，輒加以鞭撻。凡分三等，最輕者自執鞭條撻之，較重者褫下裳，笞其臀。最重者，裸而反接，令馬弁以馬鞭撻之。獄囚每聞婦人哭號聲，輒動色相告，曰：『龔大人生氣，打姨太太了。』其荒謬，有如此者。」

又云：「庚子之役，尚書徐用儀、侍郎許景澄、太常卿袁昶，以直言被殺，世所稱三忠也。徐已年老，就戮時，昏不知人。許慘默無聲，惟袁意氣慷慨。將赴市曹時，跪聽詔旨畢，起立受縛。故事三品以上，以紅色絲線為縲絏。袁忽慨然曰：『死亦好，省得看見洋人打進京城。』監斬官徐承煜，大學士徐桐之子也，聞而呵曰：『你想洋人打進京城嗎？』袁大怒，目光如炬，詈曰：『你倆父子，把中國害透了，狗一樣東西，還敢詈我。』徐亦怒詈曰：『快些拉出去，宰了他。』袁曰：『哼！我死得很痛快的，你們將來死得連一隻老鼠都不如。』獄卒聽者，面無人色，蓋以前犯官，皆俯首受戮，未聞有作如許激烈語者也。其後聯軍破城時，徐承煜以保宗全家為請，迫其父自縊，旋亦伏誅。臨刑時輾轉不肯受刃，就地作十數滾，斯真鼠子之不若矣。」

又云：「內務府總管大臣立山，家鉅富，下獄時攜金葉百餘疊，令獄卒報消息，每一報，輒給以金一葉。最後報至，已飭提犯人立山出監，立探衣囊出丹紅一小塊，納口中，提者未至，已氣絕矣。聞是鶴頂紅。」

又云：「賽金花曾繫女監，管獄郎中某，設盛筵款之。酒酣令作歌，賽金花辭以不可，乃娓娓作清譚。某語人，此為一生最得意事。刑部司員來探望賽金花者，踵趾相接。有主事某，洪鈞之門人也，一見屈膝請安，口稱師母，賽金花亦為之赧然。」

案：末段呼賽為師母者，必奚落之詞，非有感激於洪文卿也。

丁巳復辟掌故

《瘦庵集》中，有〈沈培老輓詩〉云：

先公所薦士，王沈天下名。（先公以同治庚午順天鄉試分房得公及閩縣王可莊卷，詫為奇才。）辛丑初識公，一麾去帝京。（辛丑識公於灌陽唐尚書座上，公旋出守。）駸尋十六載，易朝如隔生。是時初復辟，畿甸慮搆兵。蕭寺謁吾師，苦口勸之行。（南海先生與公及王病山，同寓賢良寺。）吾師頗感動，就公計分明。公言三日餔，祇樂吉語聽。石火遽相及，玉貌困圍城。蕭然美森館，二老對寒檠。（南海先生避居美國使館，公就焉。）明夷本无咎，蒙難亦艱貞。南歸屢攖疾，伏枕望太平。己亥謁起居，論事辨晰精。今秋訪精舍，病榻憊送迎。忽聞壓墟謝，使我心骨驚。公學若巨海，導之窮八溟。公文若元氣，引之貫日星。後進失依歸，覺路已晦冥。當為天下慟，寧止哭交情。

此詩頗關掌故。瘦公尊人嵋農先生，名家劭，同治乙丑進士，官翰林院編修，沈子培、王可莊，皆其庚午北闈分房所得士也。嵋農先生逝時，瘦公才周晬，故與王、沈之齒輩相懸絕。其言南海與子培一節，則皆民國六年事。是年夏，張少軒以十餘營兵入京，號為調停督軍團，實謀復辟。南海入都，外間尚知之，培老偕來，則事至祕。及七月一日後，以培老為學部正大臣，眾始略譒，猶有疑海日老人在滬必不來者。瘦公與任公並為萬木草堂弟子，而稍眦於梁，當時形勢，固萬無一幸。聞癭曾痛為南海剖析利害，而培老謂少須數日。乃三日馬廠師起，不及旬而定，此時京津情勢一幕活劇，至今憶之，歷歷如昨日事。老耄愚忠，為人所弄，固不必再論，而培老於辛酉秋，竟卒於滬瀆，去復辟之丁巳，才四年也。

癭公丁巳有〈兵後問樊山翁起居〉詩，中云：「同居石火流丸地，是我槐陰午睡時。舉國未成三日酺，長安又了一枰棊。」即詠復辟，與後之輓沈詩，語意相類。大酺三日，疑是培老有此語。

曾廣鈞詩中之復辟掌故

前記沈培老遺事，竝及癭庵於復辟時詣賢良寺勸康、沈南行。頃見重伯《環天室續刊詩》，末有〈紇干山歌〉，蓋詠張勳復辟事。重伯詩無箋，今錄而釋之。詩云：

紇干山頭凍殺雀，生處何如此間樂。冰井銀床五月秋，肯向華嚴覓樓閣。南看猶自波洶湧，北望徒驚雪峎崿。何事金樓一斛珠，偏獻君王萬年藥。別殿仙人號麗華，連天姓氏出兵家。天教豔極還招妒，地為恩殊每自誇。十二玉書逢內召，三千犀甲擁如花。新妝競羡宮衣好，深抱誰知春帶賒。水殿阿姨隨水佩，雲廊綵伴逐雲車。笙歌未徹霓裳月，浮白猶喧九醞霞。爭知事勢朝來異，河婺星娥滿元會。紅粉初披雉扇開，紫袍已捧鑾輿至。瑤電俄通四大洲，簽名最近重瞳字。耆舊中原見朔風，園陵東郡還佳氣。喜極鴟夷酒作腸，悲來駝狄鉛為淚。婑媠鬟長彈綠雲，傾城爭學盤蛇髻。飛旐依然舞兩螭，郵筒仍是鐫雙鯉。老子西行去不回，山人南海聞風起。寺主鴛央且等閒，侍郎碧落先除擬。一經兩海舊封疆，八座三貂議憲章。廣召散仙登祕殿，還將十賚寵華陽。頃刻桃花求聖解，逡巡棗果覓靈香。只言天上光陰好，流浪人間抵十霜。誰知天上烏蟾速，更比人間鐘漏促。逡巡造酒酒難香，頃刻開花花不馥。幾處黃旗舉未成，幾家丹竈燒初熟。海上星羈獻荔龍，隴頭雪隔啣芝鹿。南國當熊舊綠娥，鮫鮹未到珍珠幅。西殿阿嬰老令萱，雁飛尚滯關山曲。記得春風燕子樓，一羣嬌鳥河陽谷。素女為師態萬方，紅綃結約胸三覆。自矜白日可回中，自信黃河可西出。日不能中水不西，青琴絳樹鬪腰肢。衛賈相爭因五可，尹邢互詬為偷窺。明明如月言猶在，暮暮為雲夢更迷。羽書迫處顰雙翠，粉鏡拋時殺一圍。朱雀桁頭星火急，翔鸞閣上紙鳶飛。濁涇姊妹參商惡，清渭君臣去住悲。還君昨夜香羅帶，著妾來時黑蝶衣。珠簾甲帳成焦炬，永巷長門淚如雨。鳳子能憐霧髻酸，雁臣也識芳心苦。寶扇迎歸馭氣車，羅帷擁入清虛府。只隔宮牆一道紅，淒涼便斷仙凡路。隧隱猶聞長樂鐘，依依正對昭陽樹。煙岫濃邊指泰陵，平蕪盡處明鄠杜。獨立自憐傾國人，憑欄細共餘香語。寥廓何心逐海鷗，衷情無計瞞嬰武。羅綺從風任作灰，釵鈿經亂拋如土。屢散萬金何足惜，長垂雙玉誰為主。繡枕斜欹曉到曛，銀釭坐照今非古。恨海經過仔細思，情天影事從頭數。錦帕題封密密藏，花牋細字層層貯。海月蒼涼照蜃樓，春星華豔排鸞柱。安息氈毹沒翠翹，扶南媚子安釵股。優婆色雜曲項笳，答臘都曇細腰鼓。多謝磨登孔雀裙，蒲桃勸酒胭脂舞。舞經淚眼損橫波，酒入愁腸蹙眉嫵。此錯原非鑄六州，重來未必無三戶。精衛雖填尚漲波，重華不見空瑤圃。當時不殺任蠻奴，至今枉恨韓擒虎。黛謝紅零覓賞音，人間只有嵇延祖。

案：復辟，乃張勳與幕客萬公雨所排演，從政治上觀之，其手段至拙劣。徐州會議各督軍簽名，滬上遺老雀躍，其一舉一動，京津皆知之，以勳有兵故，不置喙，然智者早知其必敗，特不審如何敗法耳？重伯詩，「十二玉書」句，即言黃陂以消弭督軍團，召勳入京。「爭知」四句，即言勳以擁護李仲軒（經義）內閣，一夕間突易為復辟也。「老子西行」，指仲軒，「山人南海」，則明言康長素。以下六句皆紀分配各部，及自為議政大臣也。海上龍，指龍濟光。隴頭鹿，指陸洪濤，言有約而阻隔。其「南國當熊」句，自指馮華甫，下句以地望考之，亦言雁門不響應也。燕子樓，自言徐州會議，所謂紅綃結約，言各督皆有代表簽名。其下之「衛賈尹邢」，則言馮、段與張不協。「焦炬」句，言勳南池子宅被燬於炮火。「迎歸馭氣車」，「擁入清虛府」，則言荷蘭使館遣一汽車、兩衛兵迎勳遁入，後四句言清宮與使館咫尺也。其後節，則純言勳託庇外人，牢騷希冀而已。當時與後世，對此事必皆論其庸妄，而在爾時發蹤奔走之輩，與夫夢想迴天倒日之諸遺老，則固以為震古鑠今之大舉，細針密縷之籌維也。

憶是年七月一日，予侵晨得眾異電話，告已復辟，君即詣津。予告林季武，同坐小車詣天安門覘動靜，僅見禁衛軍、武服兵弁，來往指撝而已。折而走臨清宮，詣弢老家，則老人已退直，茗敘，若為不知者。已而言，今日復辟事，皆張少軒所為。渠出二勸進表，其一馮華甫領銜，其一陸榮廷領銜，云皆款洽，無疑義。予等默然。老人叩予意，予恭敬答言：「事恐不成，行且糜爛。」弢老聞亦默然。其後飛機擲彈乾清宮，予復冒暑往視弢老，則已咨嗟太息，知不可為。吾儕亦深念此老垂耄忠勤，惓惓故主，其心坦然無他，故特慰之。十一日到津，訪任公遠伯，知收京猶需作戰。踰日登車竟歸，次豐台，知正陽門及南池子有戰事，三時許始達，望南池子，煙尚矗然也。

復辟之近因，由於府院以對德宣戰及憲法諸問題相陵轢；遠因，由於蚌埠、徐州盟誓合作。當時李純在九江演說，曾發其覆，此實後來作史者所宜知。又當兩路入北京時，馮煥章即欲圍宮掃除，而段香巖不肯，此亦一實事也。予固不欲志廿年間政聞，以釋重伯詩故，微饒舌矣。

識小

古今風俗變遷

風俗由積漸而成，雖瑣事皆有所本，承平愈綿久，愈使人忘其意義，寖成俗矣。近歲舊俗盪滌一空，新學者唾棄祖國俗例，唯恐不及，固為盪滌原因之一，而國家多故，喪亂相尋，士皆短後按劍以備急，略無歲時伏臘之娛，亦其一因也。後者自為國難殷亟，民無樂生之心，復何有於洽鄰舉酒？若前者，則頗有可議。

昔之風俗，冬至日獻韈履於舅姑。今日但知有聖誕節，不知有冬至，但知有聖誕老人贈兒童玩具之韈，乃至新婦多不願有舅姑，遑知有獻韈乎？即此一端，餘不枚舉。吾聞古者亡人家國易，亡其國之風俗難，若國未亡而俗先自喪，所謂見被髮於伊川，知百年而為戎，理或不誣，抑何其易也。

馬夷初所記，《武林新年雜詠》云：「時憲書，迎春，小春牛，迎神，接竈，春牛圖，青龍馬，代圖，開門，拜年，拜節錢，燒香，開井，上墳，牀公牀母，門神，春聯，天花，門綵，柏枝，圓鑪，松棚柴，歡喜團，善富燈，歲燭，聚寶盆，花元寶，富貴不斷頭，隔年飯，果子茶，新年酒，暖鍋，春盤，豬頭肉，年糕，糖糕，元寶糕，春餅，湯圓，鐙圓，篆筍，八寶菜，柿餅，風菱，過年鞋，年鼓，太平簫，竹喇叭，爆杖，烟火，花筒，流星，塞月明，滴滴金，龍燈，馬兒燈，走馬燈，紗燈籠，燈謎，面鬼，吹雞，竹龍，趕魚兒，風箏，燈鷂，鞬子，相思板，哈哈笑，門牌，陞官圖，狀元籌，此並相沿未改，名或小差，實無大異。至於門簿，則貴家顯閥，乃有專司，尋常則門黏一紅紙袋，上寫流芳而已。拜年帖子，故家大族，輒自尊長下逮孫仍，具於一帖，或云，頓首拜，或衹曰拜，仍兼投到謁人刺。紫姑樂，燒菜桂錢，開口橘，橘茘，銀杏，柏子花，長春花，元寶花，燈棚，行燈，秧歌，大頭和尚，燈戲，春球，陞仙圖，百花圖，蓋隨時代謝，文獻無徵矣。燈節盒，金團，則偶爾一見，不成風會。紅蘿蔔絲，說書，則不限新年者也。」

夷初此節，秩然可徵。然如開口橘之俗，吾鄉尚有之，諺曰：「新年新年，沒橘也得錢」，即云賀正後，先以橘相餽遺也。秧歌，大頭和尚，陞仙圖，百花圖，予於北方，皆常見之，特於杭寡見耳。瑣瑣摭此，初非低徨舊俗，甘於退伍，迺欲告識者，此紅綠喧闐之風味，實由若干年之承平積累而成，一經喪亂，便爾消失。漢俗亡於五胡，汴風盡於金虜，涉念及茲，則可知非舊俗之可思，實承平之不易。知承平之不易，則當知所以慎保承平者，不在於孤注之擲，而在於平日政治之修明。而執政者之臨民，與其鞭策以求新，不若使之涵濡安輯，使共知生事之樂。吾國幅員廣，情俗殊，若無包舉之力，則當知為日本、為土耳其之非易，師其意勿泥以法，可已。

社會事物之由繁變簡

人類於習見事物，多忽略不求其本原。居舊京日久，見推獨輪車者，隨俗謔為手車，固未暇考其為流馬之遺製也。如今俗，吉凶慶弔，戚友率以綢緞幛為贈，此風不知始自何時。王元吉《梧溪集》，有〈紅帳奉送朱知事太夫人〉詩一首，以壽詩書紅帳，度為後人壽帳之祖；蓋由屏而幛，由壽文壽詩，而省略至四字，皆由複雜近於簡便之一理。李文忠歿於賢良寺，張南皮憾其謫為「書生之見」，不撰輓聯，用白布大書一奠字嵌於幛中，繇是奠幛益盛行，斯亦簡而又簡矣。

又今俗以茶敬客，比戶皆然，此風似明始然。古人初不好飲茶，尤非家家所飲。《太平御覽》引《世說》，晉司徒長史王濛好飲茶，人至輒命飲之，士大夫皆患之，每欲往候，必云今日有水厄，是古人不常飲茶之證。然須知古人所謂茶，本有二種，《爾雅》木檟苦荼，郭注樹似梔子，冬生葉可煮飲。郭又謂今呼早采者為荼，晚取者為茗，兩物實一，蓋古人摘兩次耳。古稱烹茶，蓋皆煮之極釅，故有細乳等稱，謂茶上浮白沫。茶煮成，又或以鹽薑等物點之，其繁瑣苦口可想，飯餘消食則可，以之敬賓，勢所不能。後人以沸水澆之，清香易辨，遂成風俗。此雖瑣末，亦可見社會事物，由繁變簡之一例也。

古之寢衣

都市近多著睡衣，或以毛氈巾之浴衣當之，或別以繭綢及毛織物為之，皆仿歐製。案：睡衣，古謂之寢衣，《論語》：「必有寢衣，長一身有半。」何晏《集解》，以為今之被。引《說文》：「被，寢衣也，長及於膝。」言寢衣之長，僅及身之半。案：此說未明澈，被訓寢衣，乃指古製，若僅及膝，是短襹矣，故仍以朱注為是。朱註：「其半蓋以覆足。」意謂：寢衣之長，過於一身又半，其長出之半，乃以禦冷施於兩足者。蓋古寢衣，上如衣，下如衾，兼衣被之用。昔長洲蔣敬齋，喜講道學，自製寢衣，長六尺餘，本《論語》一身有半之義。錢梅溪見而告之曰：「古之寢衣，似即衾被，恐泥古太甚。」敬齋愕然，為之下拜。案：敬齋固誤，梅溪似通古訓，而實亦誤。古時寢衣之制，今尚存於日本，殆漢時所傳入，儼為上衣下被，寢衣訓被之說，觀於日本而瞭然。敬齋之誤，在於知衣而不知被，長六尺餘之寢衣，何能拖之以行，且以見客？梅溪徑以為即今之衾被，不知古別有寢時之衣。此皆古制失傳，非學者之過也。

國人不著寢衣，而別用有池之被，施以入睡，似漢晉間已然。觀左思詩，「衣被皆重池」句，可知。至時下睡衣之製，於古似為長襦，或類古之袍，非古之寢衣。然即此可徵古人夙有此服，非必以舶來為尊。至其修短盈絀，因時制宜，固不必泥古也。

古鐘錶

歐洲鐘表入中國，在明萬曆二十八年，至康乾間，則宮廷卿從，皆有此物。《西清筆記》言：

內府一自鳴鐘，下一格有銅人，長四五寸許，屈一足跪，前承以沙盤。鐘鳴時，銅人手執管，於盤中劃沙，作天下太平字，鐘響寂，則書竟矣。昔在閩，見一鐘，上一格兩扉常闔，至交初正時，內有銅人，兩手啟扉，轉身，於架上取槌擊鐘如數，畢，置槌於架，兩手闔扉。又有銅人高數尺，如十三、四丫頭，面粉衣繒，前置洋琴。啟銅人鑰，則兩手起執棰擊琴，左右高下，其聲抑揚頓挫合節，頭容目光，皆能運轉，助其姿致。鼓畢，則置棰於琴，兩手下垂矣。又置飛雀，呼噪逼真。西洋工匠之巧如此。

此是清初意大利等國餽進者，迨詞臣筆之於書，必已在百年以後。《西清筆記》又稱：

諸臣趨直，各佩表於帶，以驗晷刻。于文襄相國，於上晚膳前應交奏片，必置表硯側，視以起草，慮遲誤也。交泰殿大鐘，宮中咸以為準。殿三間，東間設刻漏一座，幾滿，須日運水貯斛，今久不用。西間鐘一座，高大如之，躡梯而上，啟鑰上弦，一月後再啟之，積數十年，無少差。聲遠，直達乾清門外。文襄每聞午正鐘，必呼同直曰，表可上弦矣。

此則可見爾時挂表已徧於大官，又可見于敏中之謹密合度也。因憶客言，張香濤巡撫山西時，謝恩摺有「經營八表」語，其堂兄子青尚書，方在軍機，見南皮摺微笑。值午屆，表咸上弦，子青徐出表曰：「我纔有一表，不意舍弟，竟有八表。」眾皆絕倒。文達意謂，巡撫而言經營八表，未免失於夸也。譚瓶齋聞此，謂予，「如此則張南皮八表，可對陳簠齋十鐘矣。」

又案：八表，謂八方之外。近見滄趣老人昔年〈登泰山〉詩，有「八表來塡膺」句，雖用八表同昏意，而但標兩字，似嫌不詞，豈師少陵之「百萬聞深入」耶？

命名當平易通俗

人之命名，意在表德，故姓之與名，義初不應相屬，此說亭林已詳釋之。而近人好以姓名併合，可作一名詞，以為穎異可喜。不知「鏡新磨」迺是伶名，「完孝思」原改院姓，名與姓本不當有聯綴之義也。然古人此例亦多，如宋之何求，後唐之周匝，南宋之黎明，明之高士，不勝析舉。其僧尼名字，及滿人之名，尤不在此內。蓋丁口日繁，咸取文名，久則自厭，於是非取極習見之成語，即取不常見之奇字，兩者意皆在於出奇標勝也。

曩年聞客縱談，謂大地生齒日多，人而命名，不勝其煩，不如以數目編號。語畢自詑為奇論，不知此例八旗已有行之。如七十一，著有《西域聞見錄》；七十五，征金川有功；九十，為廣西提督；八十六，官至江寧將軍；其餘以數目命名者，不計其數。予所言《縉紳錄》筆帖式七十三、七十五者，若干人，然亦不能通行，以人有性靈學識，不能如機械之但編號碼也。

大抵古之奇名，非外國人，即屬宗室。《吳志・孫休傳》：「五年春二月戊子，立子𩅦為太子。」註，引休語，休為四男作名字，太子𩅦音灣，字莤音迄；次子𩃙音觥，字𡘊音礐，礐音元；次子𣝗音莽，字昷音舉；次子𡨧音褒，字𤆈音擁，是為奇名之始。自後帝系，多用奇字為名。宋宗室載在世系表者，其名之奇誕，如㷗𠑛訜潒𣂼弅衎璟庁𡧃鐃𩫖諱謕盜壽䤑邅𦟛𨮘𢘆𢚜等字，皆不經見。

明代宗室之名，尤多為字書所不載，其例以五行為次，終則復始，故字恆苦不足。考漁洋《居易錄》云：「明宗室諸藩生子，例由禮部制名，主者索賄不滿意，輒製惡字與之。如崇禎壬午舉人朱慈㤞，衡王府孫也，字火西，詩文有盛名，㤞字，蓋取愁人二字牽合之。」據此，則詭誕之字，大抵為制名索賄之流弊。

清代宗室雖不多製奇名，但聞人言，凡國喪百日內，宗室近支，有入房生子者，子生，追算年月如受胎適在喪期，則命名必加犬旁，暗示其父母有獸慾，如載漪之漪字，即是一例。此說不知可信與否？其尤可笑者，清嘉道間緜字輩宗室某將軍，好鼻煙壺，有三子，長名奕鼻，次名奕烟，三名奕壺，命名之誕，至斯已極。又寶竹坡先生，名長子曰富壽，小名曰一二；次子曰壽富，小名二一。此種顛倒迴文，亦足嗟異。唯一二二一之名，出於內典，竹坡固非不讀書者耳。

瑣瑣記此，以見命名必以平易通俗為主。務取常語成言，固使兒孫窘於稱呼，好為怪誕，使人不識，尤非制名傳遠之本義也。

穩冷很

杜詩：「聞道長安似弈棋，百年世事不勝悲。」以弈喻世事，自古已然。嘗謂世事如弈者，其始環文楸旁觀，爭欲對局，殆可十餘輩，日長人倦，飛邊打刦，最後對弈者不過兩人，用智角才，久之，又必有一人推枰而起矣。或問弈術，有答云，穩冷很三字。按此三字，實政術，非止弈技也。

抑此三字亦有所本。某筆記（偶忘其名）載有清晚年，有某太史者，為某相國館賓，以相國力，得入清祕堂，京察一等，出守大郡。常語友人曰：「居官要訣，惟穩冷很三字。」友人徐曰：「其如別有三字不能兼顧何？」曰：「何也？」曰：「君親民也。」太史慍甚，而無如之何。按此語亦自未盡確，穩冷很是手段，與君親民之顧否，可不相涉，但如清季牧民之官，則大半不顧君親民耳。

就弈技言，能穩冷很者易勝，緜三字本與政術相通。易代之際，興廢無常，故詩人託喻於弈者殊多。錢牧齋集中，有前後觀棋絕句若干首，皆隱指時事。余因推論牧齋為人，殆絕有心計，於穩冷很三者，皆頗有得，其晚節自隳亦在此。相傳牧齋宴客，杜茶村居上坐，伶人爨演垓下之戰，牧齋索詩，茶村援筆立書曰：

年少當筵意氣新，楚歌楚舞不勝情。八千子弟封侯去，只有虞兮不負心。

牧齋為之憮然。茶村所諷固當，然牧齋雖降清，實不忘故國，且頗為延平及二張陰相策應。以事不成，又習於穩冷，故不能出以慷慨耳。洪北江所謂「山上蘼蕪時感泣，息夫人勝夏王姬」，恕論，亦覈論也。

筆至此，有問，近年名人，有足稱穩冷很者乎？余以為此三字袁項城足以當之。顧項城於冷字，實欠工夫，不必追溯洪憲故事，即就于晦若（式枚）嘲袁之浣溪沙言，已信而可徵。晦若詞云：

頓足搥胸哭鈍初，裝腔作勢罵施愚，可憐跑壞阮忠樞。包辦殺人洪述祖，閉門立憲李家駒，算來總統是區區。

其狀袁布置張皇之態，可掬。是不能安於冷，宜其終敗也。（晦若於袁交本甚厚，辛亥後居青島，袁屢招不至。袁任以參政，于復書不就，書首稱慰庭四兄大人，末又別附數行，有云：「封題是官樣文字，自應從同；函是平日私交，不敢改二十餘年布衣之舊。」案：袁餽于四百元，于覆函外加一封，書「大總統鈞啟」，內附小封，則書慰庭四兄也。）

官場與戲場

清乾隆間江西巡撫國泰，與藩司于某，同演長生殿，國飾玉環，于飾明皇。于念堂屬不敢盡情嘲媟，國莊容責于曰：「在官言官，在戲言戲，苟非應有盡有，則戲之精神不出。」此事久傳為笑談，然國泰寥寥數語，卻是藝人正論，惜其忘卻本分耳。假令國泰能如其言，在官言官，處處盡責，則以餘暇登場，庸何傷？抑更進言之，假令在官言官，又焉有餘暇演戲耶？

惟在官言官，在戲言戲，此理相通，抑亦相通。趙撝叔《章安雜記》中，有一節云：

官場如戲場，以相似也。然相似而不同。戲有腳色，腳色有生旦淨丑。戲有曲，曲有南北，曲以外有梆子，有二簧，有西皮，崑曲則依舊法，有高腔，吾越又有亂彈。戲目，則如八義千忠，正也，《西游記》、《封神榜》，幻也，最下有花鼓，嫖院，過關，打扛，餘也。餘者，天地必有此段事，不在多，不可無。如厭粱肉者，偶得蔬菜，亦覺清絕。終日正衣冠坐堂皇，偶入私室，更褻服，登榻假寐，亦覺快意。故觀戲者，點戲者，唱戲者，皆取樂之以綴景，極熱鬧極悲極樂之間，雜以談笑，令人意舒。若令終日演戲腳色盡取丑，丑為之主，而生旦淨類，皆附丑戲，戲不唱曲惟取諢，丑之諢，常也，淨亦能諢者，乃並生旦而亦使諢，非不知諢難，則諢而愈厭，唱戲者所不願為，點戲者或未之知。然而戲臺之下，觀者且千百人。合千百人屬目之地，竟令淨丑科諢終日，不惟終日，且窮日窮年為之不已，則從古無此戲也。來閩日觀戲，頗悟不同之故，因記之。

撝叔此文殊妙，竝生旦亦使諢數語，尤刻且悲，非衹言閩戲也。《章安雜記》，迺抄本未刻，故錄之。

古代重視紅色

今日衢路，率以紅色為危險標識，非紅色為危險色也，以其色鮮明，入人眼簾，渥然而丹，易於認辨。然吾國古昔恆以紅色為無事之象徵，不獨吉慶用大紅，即旗幟之純赤色，亦往往為無事之一象，如「旃」是。

考《說文》七篇上，「㫃部，旃，旗曲柄也。」所以旃表士眾，从㫃丹聲。《周禮》曰：「通帛為旃，或从亶，作旜。」《釋名・釋兵》云：「通帛為旃。旃戰也，戰戰恭己而已，通以赤色為之，無文采，三孤所建，象無事也。」旃何以象無事？殆取其純色耀目，主文明之祥，為吉徵，故為無事。旃為純色者？《周禮・春官・司常》云：「司常掌九旗之物，名各有屬，以待國事。日月為常，交龍為旂，通帛為旃，雜帛為物，熊虎為旗，鳥隼為旟，龜蛇為旐，全羽為旞，析羽為旌。」鄭註云：「通帛為大赤，从周正色，無飾。雜帛者，以帛素飾其側。白，殷之正色。全羽，析羽，皆五采，繫之旞旌之上，所謂注旄於干首也。凡九旗之帛，皆用絳。」〈司常〉又云：「孤卿建旜。」鄭註：「孤卿不畫，言奉王之政教而已。」《爾雅・釋天》云：「因章曰旃。」《左傳》僖二十八年疏引孫炎註云：「因其繒色以為旗章，不畫之。」綜合經傳及注家之說，旃从丹聲，蓋即以聲為義。《說文》五篇下丹部云：「丹，巴越之赤石也，旃之制以大赤，故字從丹聲。」鄭君云：九旗之帛皆用絳，《說文》，絳訓大赤，則九旗皆赤，而旃受義於丹者，以常交日月，旂畫交龍，旗畫熊虎，旟畫鳥隼，旐畫龜蛇，而旃則不畫。物以素帛飾側，旞旌以五采注旄，而旃則不以他色為飾。又考《周禮·春官·巾車》云：「建大赤以朝。」鄭註云：「大赤，九旗之通帛。」大赤之色，在紅，為最深色，有熛怒奮揚之義。漢以火德王，當紅，故有赤伏之符。自漢以後，五德讖緯之說不復用，而國人恆以漢自相稱吾族，則今日國旗之尚紅，固其志也。

案：古人稱赤，稱朱，不常稱紅。紅字，漢人多作女紅或功字解。然《論語》已言，紅紫不以為褻服，吾意此即古已重視紅色之明徵也已。

唐代胡食

前摭論唐代所受納西來習尚，引及《舊唐書》稱，「貴人御饌，盡供胡食」。所謂胡食之種類，可於慧琳之《一切經音義》見之。

《一切經音義》卷三十七陀羅尼集第十二釋䭔𩝐云：

此油餅，本是胡食，中國效之，微有改變，所以近代亦有此名，諸儒隨意製字，元無正體，未知孰是。胡食者，即饆饠、燒餅、搭納等是。

考漢魏以來，胡食即已行於中國，至唐最盛。安史之亂，玄宗西幸，至咸陽集賢宮，無可果腹，亦以胡餅充飢。《通鑑・玄宗紀》云：「日向中，上猶未食，楊國忠自市胡餅以獻。」胡三省注曰：「胡餅，今之蒸餅。」高似孫曰：「胡餅，言以胡麻著之也。崔鴻《前趙錄》，石虎諱胡，改胡餅曰麻餅。《緗素雜記》曰：有鬻胡餅者，不曉名之所謂，易其名曰：爐餅，以為胡人所啗，故曰胡餅也。」是胡餅可名麻餅，亦曰爐餅。《清異錄》云：湯悅逢士人於驛舍，士人揖食，其中一物，是爐餅，各五事，細味之，餡料互不同，以問士人，嘆曰：此五福餅也。是胡餅亦著餡。唐代長安盛行此餅，日本僧圓仁《求法巡禮行記》曰：「開成六年正月六日，立春，命賜胡餅寺粥。時行胡餅，俗家皆然。」此種胡餅，疑係西域各國常食，或近今日之燒餅。

今考唐代燒餅，與今日不同。唐代燒餅，不著胡麻。《齊民要術》，有作燒餅法云：「麵一斗，羊肉二斤，葱白一合，豉汁及鹽，熬令熟，炙之，麵當令起。」唐代作燒餅法，與賈氏所云，當不相遠。慧琳所釋之䭔飳，據《日本古典全集・和名類聚鈔》，作䭔飳，音部斗，亦作䭔䬺，謂為油煎餅。考《齊民要術》記，餢飳作法云：

盤水中浸劑，於漆盤背上，水作者省脂，亦得十日軟，然久停則堅。乾劑於腕上手挽作，勿著勃入，脂浮出，即急翻，以杖周正之，但任其起，勿刺令穿，熟，乃出之，一面白，一面赤，輪緣亦赤軟而可愛，久停亦不堅。若待熟始翻，杖刺作孔者，洩其潤氣，堅硬不好。法須甕盛，濕布蓋口，則常有潤澤，甚佳，任意所便，滑而且美。

此種油煎餅，聞日本至今尚有，可知西來胡食流布之廣。《資暇錄》述饆饠之得名云：「畢羅者，蕃中畢氏羅氏，好食此味，今字從食非也。」《唐語林》亦載之。近日人桑原隲藏考隋唐來華之西人，謂安國西百餘里有畢國，其人常至中土貿易，疑所謂饆饠者，因其來自畢國等地，因以為名。慧琳所謂，諸儒隨意製字，了無正體，是也。楊慎云：《集韻》饆饠，餚食也。按《小說》唐宰相有櫻笋廚，食之精者，有櫻桃饆饠。今北人呼為波波，南人訛為磨磨。」《青箱雜記》，亦謂餅一名饆饠。北方有所謂波波者，今俗書作餑餑。即此。唐代長安有專售饆饠之畢羅店，一在東市，一在長興里，俱見《續酉陽雜俎》。唐代賣饆饠，亦以斤計，唯中置蒜，以較今北方之餑餑，以甜者為多似不同。但滿洲餑餑，著葱肉作餡者，猶有之。若書作波波，殆無人能曉。

以上皆為《一切經音義》所言胡食之分別考證。於此所當詳辯者：胡餅之名，實非唐代始自西域輸入。《三輔決錄》：「趙岐避難至北海，於市中販胡餅。」是漢已有之。即謂決錄出後人手，而《晉書》稱：「王羲之獨坦腹東床嚙胡餅，神色自若。」是晉已有之。故胡餅由西來，臆測當在漢班超通西域時，惜缺左證。而余更以為今日市上油煎之餅餌，大半源皆西來，至我族舊有之餅，則以湯煮或蒸者為多。《釋名》：「餅，并也，溲麥麵使合併也。」崔實《四民月令》，立秋日食煮餅及水溲餅。《漢書・百官表》，少府屬有湯官，主餅餌買餅（註）。是皆煮湯作餅者。若《晉書》載何曾尊豪累世，蒸餅上不作十字不食。及《柳氏舊聞》載：唐玄宗食，俎有羊臂臑，太子割，餘汙漫刃，以餅潔之，上熟視不懌，肅宗徐舉餅啖之，皆是蒸餅。故能以之拭刃，蓋甚軟也。《水滸傳》所言武大賣炊餅，度是《齊民要術》之餢鍮，所謂當酵使麵，輕高浮起，炊之，賈公彥以為起膠餅。由是可知凡蒸炊煮屬，皆是中國舊法，西域唯有牛羊，得水惟艱，故多用油煎也。

瑣瑣記此，亦足見盛唐文物，所涵蓄流被者至遠。更百十年，吾儕食前方丈所見者，其製品源流，殆必奄雜東西，無能根究矣。

註：《漢書・百官表》少府官屬有湯官，親師有註云：「湯官主餅餌。」無「買餅」之說，此二字疑為衍文。

再記胡食及胡樂

前說胡餅，以為油煎者，其源皆繇於西域。近翻宋耐得翁《都城紀勝》，覺吾說幸未謬。《都城紀勝》，食店節云：

如酪麪，赤只後市街賣酥賀家一分，每個五百貫，以新樣油餅兩枚，夾而食之，此北食也。

案：「北食」及「新樣油餅」，當即為慧琳所釋之䭔䭏。以其後出，故曰新樣。《紀勝》又言，豬胰胡餅，自中興以來，只東京臟三家一分，每夜在太平坊巷口。此則新出之胡餅，以其用豬胰，或非回紇食品也。又言，小兒戲劇糖果，如打嬌惜、蝦鬚、糖宜娘、打鞦韆、稠餳之類。據此則今日街上篩鑼吹糖之業，其源已古。其云打嬌惜，疑即《水滸》宋江打婆惜之說，度為爾時中瓦勾闌相沿傳播之事，在南宋時已演為戲劇也。其記鬅茶一則，是今日上海茶館講理之俗所本，江南有此俗，蓋已久矣。

又余去歲觀滬上之工部局樂隊，譜奏〈北平胡同交響曲〉，以舊都市聲，編為樂曲，聞者歎美。考《都城紀勝》載：

叫聲，自京師起撰，因市井諸色歌吟賣物之聲，採合宮調而成也。

是古人製樂，亦嘗採閭巷謳吟之聲，但國樂複音，視歐西為少耳。因憶歐陽公問東坡，聽琴詩以何為最？坡舉韓退之聽穎師琴詩，歐陽公以為然，既而云是聽琵琶詩。此言殊有理，蓋琵琶後出，所摹收之音，視琴為複雜。由此更悟古人樂器所彈調子，大率摹取日常所聞無量聲音，而詩人詠歌，卻稱絃中高低疾徐，何者肖何音，自香山、退之、宛陵、東坡、山谷，作琴琵琶詩，皆舉若干譬詞，抑豈知此兩者，固輾轉相師乎？

考琵琶亦西來樂器，《釋名》已言，琵琶為胡中馬上所鼓。傅元〈琵琶賦序〉，言為漢送烏孫公主馬上所作，度必是烏孫樂器。唐太宗平高昌，得其樂部，遂制十部樂。所謂十部者，燕樂、清樂、西涼、天竺、高麗、龜茲、安國、疏勒、高昌、康國，是也。十部中，復分為坐、立二部，其樂器，皆以琵琶為主。樂工若米嘉榮，子米和郎，曹保，保子曹善才，善才子綱，今人皆考定為米國或婆羅門人。與曹綱同時之裴神符，亦考為疏勒人。然則唐以後所傳較繁之樂器，皆參雜西域。吾族之古樂，果皆病於單音畸形，不如西來之完美也。

香印與炊餅

《青箱雜記》，太祖廟諱匡引，語訛近香印，故今世賣香印者，不敢斥呼，鳴鑼而已。仁宗廟諱禎，語訛蒸，今內廷上下皆呼蒸餅為炊餅，亦此類。案：匡胤作匡引，又係吳氏臨文之諱。鳴鑼賣物，今惟吹餳作人物者為之，此業殆即宋香印之遺。共傳吹餳之業，皆處州青田人劉誠意之後，誠意以為子孫計，宜託業微而僅資餬口者，亦孫叔寢丘之意。鳴鑼為號，獨有此業。宋以前未始無香印，但鳴鑼自宋初始。笵土為型，吹餳作印，此即當時之香印，未可知也。蒸餅之為炊餅，流俗所傳，祇有《水滸傳》中語，可見元時猶有宋之所遺俗語也。

舊京飲饌掌故

京呼湯圓為元宵，昔唯燈節常供，今則長年有之。中以果實蜜糖為餡，符詩所謂桂花餡裹胡桃者，是也。方海槎詩，元宵更糝糖，此則指純以白糖為餡者。《周禮》有糝食，謂以米屑和肉煎為餌，正是餡意。海槎此詩，題為〈詠都門食物〉，作俳諧體云：

旅食京華久，肴羞亦偏嘗。山珍先鹿兔，海物首鱘鰉。燒鴨尋常薦，燔豚饋送將。鷄如春筍嫩，魚比麵條長。火鼎膏凝雉，炎鑪胛熟羊。煑鴉真瑣細，炙雀漫張皇。壓汁蝦成滷，調羹蟹去匡。晨凫掌堪擘，夜鴿卵難藏。驢肆嫌生脯，屠門陋貫腸。蒲抽聊當筍，藍劈卻無瓤。出瓮憐菘白，堆盤愛韭黃。蔓菁醃作腊，薯蕷熟為糧。釘小蘑菇掇，珠圓豌豆量。菜名跟斗異，瓜類醋筒詳。蘿蔔兼稱水，芫荽獨號香。是人皆食蒜，無品不調薑。惡漢蔥三斗，貧兒薺一筐。炊糜要和合，說餅即家常，扁食教濡醋，元宵更糝糖。窩窩充糗糒，餑餑佐餭。油饊鬆盤髻，牛酥瑩割肪。卷蒸高飣座，和落細排床。著手蘇花膩，沾牙豆粉涼。碾纏銀線短，鍋炸玉磚方。緩火詅羹擔，通薪賣腐坊。茶膿和炒麵，粥薄飲甜漿。果有頻婆美，仁稱巴旦良。蒲桃青綴乳，柿子白留霜。杏酪醍醐味，櫨糕琥珀光。露芽烹茉莉，紅唾嚼檳榔。糖栗充饑腹，酸梅解暑湯。淡菰誇易水，苦酒說良鄉。定許供饕腹，從教慰渴羌。方言多掎摭，故實任評章。戲作俳諧體，談資餔餟場。詩成還一笑，匕箸早相忘。

案：此詩可考證者雖多，然泰半皆眼前習見物，久居北地者率知之，唯茶膿和炒麵句，乃指茶湯而言。茶湯以炒麵和糖為之，以涫水澆食，如南方之藕粉然，迺蒙古食品，遺於朔方。舊京製此，以鮮魚口內之天樂園對面某肆為良。餑雖入聲在月韻，然北音讀作波波，此則北人讀入作平之恆例也。《舊京瑣記》中，亦有關飲饌者，附摘數節。其一云：

飯食以羊為主，豕佐之，魚又次焉。八、九月間正陽樓之烤羊肉，都人恆重視之，熾炭於盆，以鐵絲罩覆之，切肉至薄，蘸醯醬而炙於火，其馨四溢。食肉亦有姿式，一足立地，一足踞小木几，持箸燎肉，傍列酒尊，且炙且啖且飲。常見一人食肉，至三十餘柈，柈各肉四兩；飲白酒至二十餘瓶，瓶亦四兩；其量可驚也。水鮮，惟大頭魚、黃魚上市時，一食之，蟹亦然。如食某魚時，則舉家以此為食，巨室或至論擔，但食此一種，不須他饌，亦不須麵或餅。

其二云：

飯以麵為主體，而米佐之。本京人多喜食倉米，亦謂之老米，蓋南漕入倉，則一經蒸變，即成紅色，如蘇州之冬秈然，煑之無稠質，病者為宜。

其三云：

酒肆之鉅者曰飯莊，皆以堂名，如慶壽同豐之類，是也。人家有喜慶事，則筵席、鋪陳、戲劇，一切包辦，莫不如意。其下者曰，園館樓居，為隨意宴集之所，宴畢皆記之賬，並可於櫃上借錢為游資，亦弗靳也。三節始歸所欠。然非至年節，索亦弗急。

其四云：

南人固嗜飲食，打磨廠之口內，有三勝館者，以吳菜著名。云有蘇人吳潤生（閣讀）善烹調，恆自執爨，於是所作之肴，曰吳菜。余嘗試，殊可口，庚子後，遂收歇矣。士大夫好集於半截胡同之廣和居，張文襄在京提倡最力，其著名者為蒸山藥。曰潘魚者，製自潘炳年；曰曾魚，創自曾侯；曰吳魚片，始自吳閏生。又有肉市之正陽樓，以善切羊肉名，片薄如紙，無一不完整，蟹亦有名。蟹自勝芳來，先經正陽樓之挑選，始上市，故獨佳，然價亦倍常。城內鍋瓦市，有沙鍋居者，專市豚肉，肆中棹椅皆白木，洗滌甚潔，旗下人喜食於此。

其五云：

月勝齋者，以售醬羊肉出名，能裝匣遠賫，經數月而味不變。鋪在戶部街，左右皆官署，此齋獨立於中者數十年，竟不以公用徵收之，當時官廳猶重民權也。曰二葷館者，率為平民果腹之地，其食品不離豚鷄，無烹鮮者。其中佼佼者為煤市街之百景樓，價廉而物美，但客座嘈雜耳。

方詩所紀土宜品物，為三百年來之習俗，而夏記則近三十年者京僚所聞見，兩人雖截然不同，信手掎摭，皆足流涎。夏記作時，廣和居尚未歇業，今已閉七、八年，相傳有二百餘年之賬薄，及名賢字畫甚多。光宣以來，飲此肆何啻百回，及今閉目尋思，壁間趙堯生侍御之字幅，几上潘魚江豆腐之佳肴，猶宛然浮目而饜口也。

鰣魚與吳肺

予性嗜魚，前二年春盡日賦〈浣溪沙〉，有云：「鰣羹京口阻南烹。」言鮮鰣夏初焦山有之，而不得嘗也。今年與前溪飲于焦山華嚴閣，得嘗新鰣，果絕腴，而迄不能成詩。因憶舊傳乾隆間，邵闇谷之夫人善烹鱘鰉魚頭，張商言與趙雲松半夜買魚排闥叫噪，闇谷夫婦已寢，夫人不得已起治庖，魚熟命酒，東方已明。又法梧門《病中雜憶》云：

吳肺（穀人善製豬肺）趙魚（味辛善製黃魚）更汪鴨（杏江善製冬鴨），一冬排日設賓筵。丹徒翅子論山法（鮑雅堂製魚翅法最精），膾與詩龕糝玉延（雅堂言京城白菜和玉延切碎雜魚翅羹之美不可言）。

莫氏捶鴨比燕窩（青友），松花團子擅誰何（秦小峴、何緩齋家皆擅此）。元杯宋碗周秦鼎，蔬筍香中古趣多（緩齋器具多古製，且無重複）。

此皆可見承平燕衍之樂。穀人豬肺，未知如何？三十年來，治豬肺以弢庵先生庖為最，用水細滌極白，謂為銀肺，及自來水管出，而此製頓成平常矣。何緩齋以周秦鼎彝供菜，此恐為器皿仿古式，古銅器綠鏽斑然，何能著油湯邪。

潘魚

舊京廣和居有潘魚，世傳為潘文勤遺製，實誤。創此者，為潘耀如先生（炳年），曾官夔州知府，吾鄉之前輩也。

潘魚，乃以羊肉湯及酒燉成，法殊簡。相傳潘宴客於廣和居，延新友首座，北都例請座客點菜，友意蔬價必廉，方春而菜單有王瓜，因點一器，食而美之，更再而三。潘變色，友乃弗覺，及席散，計黃瓜一味，值銀五、六兩，潘乃貽書絕交。蓋燕京冬春王瓜，價絕昂，潘疑友人知之，而故以相窘也。此事一時譁為笑談。予案：嘉慶間〈京都竹枝詞〉云：

黃瓜初見比人參，小小如簪值數金。微物不能增壽命，萬錢一食是何心。

可知此物，非時為貴，由來已久。光緒《順天府志》載，胡瓜即黃瓜，今京師正二月，有小黃瓜，細長如指，凡宴貴客用以示珍也。謝墉《食味新詠》註載：

北俗尚食新王瓜，初出急以售之貴人，貴人亦以先嘗為豪，不待立夏。其最早出者，雖不佳，可以兩條易千錢。

此皆可見昔年王瓜之價值。南呼王瓜，北呼黃瓜，其實一物，訛久不改。鼎革以後，焙製者日騰坌，漸不值錢，使潘後二十年請客，斷不至以微物與朋友反目矣。

蒜

蒜最健腸殺細菌，北人入夏，庖廚多用蒜，實有至理。相傳四十年前，西人入燕京，見市人多飲生水，而腸不病，研求久之，始知食蒜之故，乃求其功用，以製新藥，此說不知確否。然國中士大夫，率不喜食之。佛家列葱、蒜為五葷，忌食之，以為發風火，動舊疾，至於厭其惡味者，又比比皆是。彭孫貽〈帝京十二詠．蒜〉詩云：

蒜本出胡中，遂汙諸夏口。南中啗不無，北客餐必有。皇都五侯鯖，此味首盤缶。搗泥或乞醯，擘片先下酒。豪談觸鼻至，湊氛鄰坐走。吮箸驚廁籌，殘羹疑渤溲。安得萬斛泉，雞舌煎百斗。一滌京傖吻，庶堪同飯餽。

彭本南人，故深惡蒜臭，至於此極。《滿清稗史》之〈新燕語〉，中有一則云：

清初女子邵飛飛〈燕臺詞〉云：「炎天斗室臭難聞，燒酒生葱盡日熏。」其惡之斥之，可謂極肖極盡矣。《吟香書屋筆記》云，南人惡食葱蒜，北人好食葱蒜，雖曰風俗，由土性使然也。而葱蒜亦以北產為勝，直隸、甘肅、河南、山西、陝西等省，無論富貴貧賤之家，每飯必具。《甌北詩鈔》有〈旅店壁題〉詩云：「汗漿迸出葱蒜汁，其氣臭如牛馬糞。」蓋亦深疾之也。今都中猶有喜食葱蒜者，故即秀麗女子，偶一吹氣，不可嚮邇，頗有西子不潔之歎。或叩以故，則曰，北地多蠍子，食葱蒜可以辟之，理或然歟？

案：此亦是南人不食蒜者之談，其言蒜可避蠍，予未之前聞。惟食蒜多在夏日，蠍出亦多在夏。《水曹清暇錄》載〈燕臺新月令〉，六月云：「是月也，儀官浴象，象始交，果子乾成，檳子香，海茄大于盆，蠍始孕，壁虱臭，桃奴出，聞觀果解。」其大書特書蠍孕者，可見北京人之畏蠍，容或以蒜之味烈殺毒，謂可以制之也。

福建荔支

舊曆仲夏，江南始得嘗閩荔。以閩荔熟時稍後，而產量少，故比年南國，爭稱粵荔。其實閩荔，舊稱最上品，君謨所譜無論，即百年以外，閩荔猶居第一。外曾祖蒹秋先生（柏蒼），以博學多能聞於鄉，雅通諸藝，於山川形質，物產良楛，旁逮草木鳥獸之微，罔不精究，使在今日，不為地質製造專家，亦當為農林牧藝大師矣。予六歲寄居外家，讀書玉尺山房，所聞先生絕學軼事，不可縷記。其著述已刊者，如《烏石山志》、《閩產錄異》等，近年漸為人所知，中言荔枝最詳，今錄之以告世人，且以諗研求果蓏園藝者。

荔支，種類綦多。樹高三四丈，至六七丈，大至合圍。歲再出葉。（稱時棄花，顧本年則三次出葉。）與龍眼皆宜斥鹵，畏霜雪，忌霧凇。（蒼見永定縣亦有數株，武夷大王峯有小荔支，名山荔支，似又不必盡宜斥鹵。）古謂荔實週天兩歲星，是二十四年方始結實，其說不然。

龍眼用接，荔支用櫓。（櫓，就樹接也。櫓枝之櫓，以兩木相接，故稱櫓，讀魯，下平聲。）櫓者，春初擇佳種之細枝，就本枝刮去麤皮，搗稻草，摶黃泥束之，泥乾即澆。至霜降前後，刮處生根，並泥鋸之，特植於圃，謂之囤（讀屯去聲）。再以稻草作繩，綑其本。若遽受霜雪，則皮剝矣。皮剝之本，他日成林，亦歇枝。（呼不結子為歇枝。）囤至三四年，去其花，使不結實；再二三年又去花之半，則成實矣。以大核為正種。大核最香，亦最甜，細核無渣滓，酥核多帶酸。其種類每因水土而變，百步之內，美惡懸殊，非如他果可以依類而傳。

酥核，漳浦人呼焦核，去其宗根，用火燔過，植之，生子多肉而核如丁香，故曰焦核。泉州之宋家香，蒂實皆香，為上。漳浦之焦核細核次之，福州興化之酥核又次之。福清皮麤核大者，呼山荔支，為下。臺灣乾隆間移種，近亦不亞內地。各郡產者恆自誇其美，譜之，錄之，且多飾辭。酥核之樹，雜出大核，有一枝而酥核大核錯生者。花時以青鹽或溝泥之鹹鹺者，壓其根，不然則實隨落。諺云，荔支愛花不愛子，龍眼愛子不愛花，言荔支不落花而落實，龍眼不落實而落花也。

荔支、龍眼二木，生伐之可以染緼，（即網也，字書無緼字。）取其入水不爛，出水易乾，荔支膏厚，染緼較勝。有蟲，以兩肩出溺，名溺背，俗以背堅，呼石背。荔未熟則害荔，既熟登樹採荔，石背見人，則側兩肩出溺以射之，其沸如湯，採者兩手紺紫，經月始退。荔之歉熟有閒歲，俗謂荔支楊梅熟，則五穀荒，故諺曰：山中紅，田裏空，不知荔支、楊梅皆熟於旱而歉於雨耳。去臘霜雪多，則今年石背少。園人呼駕為夜燕，荔熟時敲竹嗒嗒作聲逐鳥，兼以防盜。若未熟，路人入園竊啖，則夜燕公然羣聚矣。

福州以小錢塘為第一，（乃漳浦細核之種。）古乾元寺地也，諸荔淨盡，小錢塘始出，往往供七夕瓜果之用。長慶寺，明中葉有荔支五百株，明末經兵，今僅百餘株。法堂前後，梁開平間，慧稜禪師，手植四株尚存其一，詳《竹間十日話》。《三山志》：「荔支州北自長溪寧德羅源至連江北境，西自古田閩清，皆不可種，以其性畏高寒。連江之南雖有植者，其成熟差晚半月，直過北嶺，官舍民廬及僧道所居，始大蕃盛。大觀庚寅冬，大霜，木皆凍死，經三十年始於舊根復生。淳熙戊戌冬大雪，亦多枯折。常時霜雪寡薄，溫厚之氣，盛於東南，故閩中所產者，視巴蜀、南海尤為殊絕。」蒼見道光辛卯正月初四，同治甲子正月十五，俱得雪四五寸，不聞荔支凍枯，但歉產耳。弘治十四年興化冰結，荔支凍死。荔支畏霧淞，甚於霜雪。《三山志》：「大中祥符二年，歲貢乾荔支六萬顆，煎荔支一百三十瓶，丁香荔支煎三十瓶。崇寧四年，定歲貢圓荔支一十萬顆。」所云圓荔支，今之元紅。《三山志》：「生荔支，紹興初始貢，至二十四年因罷貢溫州柑，亦令不得供進。」宣和間，以小株結實者，置瓦器中，航海至闕下，移植宣和殿，錫二府宴，錫御辭云：「密移造化出閩山，禁御新栽荔子丹。瓊液乍凝仙掌露，絳苞初綻水晶丸。酒酣國豔非朱粉，風泛天香轉蕙蘭。何必紅塵飛一騎，芬芬數本座中看。」時余太宰深詩，有「賜比西山藥一丸」之句。上稱賞之。順治、康熙以來，荔支貢由延建抵浦城，以瓦盆架船上。因花時須用青鹽，貢船乃滿載私鹽，州縣鹽商患之，道光元年，罷貢。

泉州有宋公荔支，極高大，實如陳紫而小，甘美無異。或云陳紫種出宋氏，世傳其樹舊屬王氏，黃巢兵過欲薪之，王氏媼抱樹號泣求與樹偕死，賊憐之，不伐。宋公名誠，年八十餘，子孫皆仕宦，人多誤指其祠為宋璟。其荔支被巢寇下斧，至今尚在，結實千萬，一一仍有斧痕。南安有宋荔二樹，稱文狀元武狀元，其形差扁，大次於橘，擘者去絳囊，而瓤不染紙，瓣如瓜，甘芳異常，採接他處，成為常荔，此亦地土使然也。又福州產水晶丸，其實小於諸荔而無核，芳甘異常，近此樹枯矣。餘詳蔡襄陳鼎徐𤊹《荔支譜》，及郡縣各志中。

案：先生潛心格物，又躬歷全省，足跡所至，必徵物產利病，又詳其培養製造之法，兼以博學能文，遠探原本，故翔實如此也。先生之歿，已五十年，此五十年中，里中屢經喪亂，海國負山貧瘠，重困於稅徭，荔支之業寖減，所謂宋以來之佳種，凋零斬伐，不知凡幾，其使世人但知粵荔者，事理之宜。然閩荔小而甘肥，無酸尾，識者終能辨之。予生以來，居鄉日少，但知烏山之雙驂園、濤園，皆有荔，而邱賓秋丈家有數株最勝。雙驂園屬於龔氏，藹仁先生之：「平生最愛說東坡，日啖荔支三百顆。天下幾人學杜甫，安得廣廈千萬間。」一集蘇杜句為聯，豪妙若此，世所傳稱。而雙驂園之荔，又不如藹老城內環碧軒所植。往日濤園先生，亦喜荔支，嘗為予言，還鄉啖荔西禪寺或濤園，最好黎明風露未晞，就樹下摘食之，若能以短梯就樹間擇佳者，摘蒂急剝，一吸都盡，渣滓俱無，真玉液也。予則謂凡果屬菜屬，就場圃生食，必皆佳妙，荔支其尤者耳。

龍眼

案牘中，偶見有仙遊商人請豁桂圓牙稅者，因歎荔奴風味，不嘗新又近四年矣。童時嬉於高節里丁氏姑家，庭有一樹，夏末實纍纍，唯恐為風颱所敗。風颱者，即太平洋夏令之颶風，時襲閩廣海岸，荔枝以先熟，多幸免，龍眼則不能免者居多。抑世人唯知桂圓為補品，豈知其風格及其培植所宜耶？前記荔枝，今乃不能獨遺龍眼。

按蒹秋先生《閩產錄異》中述龍眼云：

龍眼宜斥鹵。樹高二丈餘，大合抱，春分後舊葉彫謝，至立夏，舊葉漸盡，新葉俱榮。核入土，十四、五年始實，其實無肉，名曰栳。實之最大者，曰榛。鋸栳之枝幹，留其本，以榛枝之壯旺者，接之，謂之接針。藉栳本之力，使榛枝易於暢茂。接針之法，取石棗花卵二枚，一夾於栳本榛枝銜接處，一束於栳本榛枝接筍之外。石棗卵在土中，形如小棗，既能黏合，又經久不乾，凡接樹者，必用之。龍眼熟於白露，其味其候，皆次於荔支，故曰荔奴，俗呼圓眼。張岳《惠安志》：「大者名龍眼，次名人眼，小名鬼眼，俗不識別，總謂龍眼。」蒼案福興泉漳四郡，龍眼有榛、栳二種。核烏而實大者為榛，榛者，榛子也，言其實大可如榛子也。榛經三接，名曰頂圓，蓋愈接愈大，愈接愈圓也。又名寶圓，以八月熟，因名桂圓。（桂圓之裝舶者，以黃土和薑黃傅之，外夷並殼煎以為藥。福州烏石山下所造泥佛及玩器，烘以穀殼，使結實，裝載出洋，其市甚廣。外夷以為玩物，兼以煎湯治病。）出長樂者，大寸許，名長樂丸。泉州英山，即其亞也。栳者，核自生未接之本也，接一枝，曰一針，兩枝，曰兩針，花司照針計值，有一本接三針者。龍眼之美者，曰榛，閩音榛與針同，故誤以接榛為接針。《閩小紀》云：「閩會二十里東南隅，多龍眼樹，樹三接者，為頂圓。核之初種，經十五年始實，實甚小，俗呼為胡椒眼。覓善接者，鋸木之半，去大實之幼枝接之。至四、五年，又鋸其半，接如前。若此者三數次，其實滿溢，倍於常種。若一二接即止者，形小味薄，不足尚也。三接者，曰針樹，未接者曰野栳。」蒼案又有紅核、仔核，紅實稍小，肉亦滿溢。興化所產，名興化三、興化四，肉皆薄。南靖有皇帝荔支、皇帝龍眼，或曝或焙，皆可出舶。凡賈人於花時以值壓園，謂之喝園，言不計其花實之如何，實時計樹出值，謂之樸青。大賈樸青，小賈喝園，喝樹。樸龍眼者，利倍於荔支，亦時有傾家。福州與泉漳六月初，七月半，每有風颱擠擊，吐漿不可入焙。龍溪有一蒂兩實，一大一小，小者如珠，無核，名抱雞子，種最貴。

案：荔枝、龍眼，皆恃佳種，而龍眼出興化者最眾。興化昔為府名，常與江蘇縣名混，府廢，遂以首縣仙遊名。先君子昔為仙遊金石書院山長，歸恆為予道楓亭產荔之美。惜予少而隨宦，長而飢驅，未始一探鯉湖名勝，執筆記此，不覺悵然。

又案：文中之樸字，實本於《說鈴》，意謂包租也。考樸字，《集韵》訓穙積，無租賃義。《荔支話》作贌，此字亦不見字書，然甯創勿借也。《荔支話》云：

閩南植荔支龍眼家，多不自採。吳越賈人，春即入貲，評樹下。吳越人曰斷，閩人曰贌。有贌花者，贌孕者，贌青者。樹主與贌客，倩慣沽鄉老為牙人，牙人遶樹指示曰，某樹得乾幾許，某少差，某較勝。雖以見時多寡為言，而後日之風雨之肥瘠，牙人皆意得之，他日摘焙，與所估不甚遠。估時兩家賄牙人，樹家囑多，贌家囑少。

案：此制最忌颶風，故蒹秋先生云，時有傾家也。顧相傳福州產占風草，俗呼風颱草，其葉如竹，一一離披。然歲有風颱，二、三月時，其葉即橫折，無折，則六七月無風颱。贌荔枝、龍眼、橄欖為生者，每視此為進退，多驗。夫動植物，誠有能感覺氣候者，抑豈能預知於數月之前，說殆不可信也。

舍利

金陵舊時某寺有一僧，具密行。狄平子言，此僧殊自晦，無人知之，然每剃頭時，但聞刀口作聲，必有一舍利隨聲而落。又聞，楊仁山居金陵時，某寺有舍利，郭松林及陳松生（曾劼剛之妹壻）與楊各以髮引之，陳、楊咸牽綴，郭屢引終不起，僉云：「其戰功高，殺孽亦重也」。

按舍利之說，莫盛於唐，而《尚書故實》記李抱真焚僧集金帛事，云：「別求所謂舍利者數十粒」云云，則舍利之真偽，不辯自明。李抱真與郭松林皆名將而不佞佛者，可紀也。然湘淮宿將，晚年窮無復之，入道逃禪者，何可勝數。袁珏生丈昔為言，嘗與寶沈堪遊南京，至燕子磯三台洞，遇一道者，癯骨疏髯，貌至沈肅，操湘鄉音，已而審為曾忠襄舊部，積功至專閫，姓成名自元，緣事隱此，沈堪泚筆記於壁間。袁丈游時，逮今已十四年，不知此道者尚存否？

清南北洋督署瑣聞

河北，明為北直隸，以別於江南之南直隸。清既都北京，直隸遂存其一。晚清始有南北洋大臣之制，南洋大臣始於曾忠襄，世稱九帥，即前記與陳弢庵不合者。弢老二十一歲成進士，會辦南洋時，不過三十餘，而曾已六十餘，嚄唶宿將，故輕談兵之文士也。北洋，則始於合肥李文忠。北洋大臣，例兼直隸總督，褒然為疆吏之首行，設行署於天津，以就近轄海軍。一昨客自津沽來，為言督署一瑣事。合肥督直時，有獻雙鶴者，豢之署中，其種佳，故祿亦厚，每月鶴俸為二百元，飼豢糧料皆在內。自文忠以迄於民國之李景林，咸仍其舊。以四十年計，鶴俸當為九萬六千金矣。及褚玉璞督直，乃殺其雌者而烹之。鶴老，其肉有毒，褚之兵士，食而死者七、八人，故其雄者獲存。客言，雄鶴羽毛輪囷，視常鶴加倍，時亦能襹褷而舞。近年俸減其八、九，獨立無羣，天津詞流，聞而哀之，社集以此命題，作者八、九人，楊味雲、林子有皆有詞。是實北洋行署之軼聞，世嘲羹鶴，今乃親見之。

方叔章因言，南京督署一瑣事。曾文正初督江南時，有一乳媼自湘來，及文正移直，以此媼薦於馬新貽，及文正再來，薨於任，此媼始終在署，繇代理者以至李文忠，及曾忠襄督兩江歸，始挈此媼返湘。以一傭婦歷事制府凡四、五任，亦可紀者，叔章蓋聞之於曾氏云。

太常寺仙蝶

初民蒙昧，其於動植畸形銳狀，率加以靈異之名，仙草仙禽，載籍屢見。及今科學既昌，此等誕名，已無容喙之地。顧吾國雖為先進，而閉關三千餘年，初民之態依然，又此類靈名，往往為文人所樂道，舉以為詩賦之藻辭。憶藏園宴集，嘗聞沅丈談及太常仙蝶之異，此固有清卿曹特有之傳說，顧未嘗整理排次為有統系之載記。去年沅叔成一文，述蝶顛末特詳，今具錄之：

太常寺仙蝶，事迹久著燕京，相傳自明嘉靖，至今數百年，神物也。而見諸紀載，則自揆考功之《隙光亭雜識》始。按考功言：「太常寺公署，垂花門之上，有蛺蝶子三枚，黃質而黑章，鬚之末有如珠者二，常以夏至來集。每祭方澤，各官齋戒，蝶輒先至其所，祭畢，則翩翩而逝。或以帛及扇承之，呼曰，老道，便飛而下集，似有知者。見燕子必從而逐之，燕莫之敢抗。秋分即去，不知所之。」及乾隆時，曾御製詩以紀其異，斌良《抱冲齋詩集》註云：「乾隆戊申冬，有黃蝶飛於太常寺中，樂工某以帚撲之，頃刻化黃蝶數百，飛繞庭宇。時大宗伯德明管太常寺，事後一日召對，奏之。高廟命取蝶進呈。宗伯虔心致禱，倏有蝶降於寺，因以黃袱藉盤，進呈御覽。時值隆冬，忽覩肖翹仙質，上大悅，賜名吉祥仙蝶，並御製五律一首，刊諸寺壁，徧賜諸臣。命送蝶至方澤靜室，作香龕供奉，每逢祀壇日，仙蝶輒至。」嗣後靈蹤時見，來往人家，若阮文達、英煦齋、麟見亭、馬秋藥、戴文節、許信臣、潘星齋諸人，咸得目覩，播諸詩文，或寫為圖畫，蓋流傳既久，燦然為春明一掌故矣。

余辛亥六月，奉旨派充中央教育會副長。會設於學部廣庭，開會之日，忽黃蝶一雙，穿門而入，飛集議事台上。余坐於唐尚書于侍郎之前，蝶忽臨冠上，翩翾飛舞，良久乃去。于侍郎語余曰：此仙蝶也，殆與君有夙緣耶？以數百人聚議一堂眾口喧豗之際，乃鼓翅飛翔，了無驚怖，斯亦奇矣。其幻化之迹，見諸載集，傳之人口者，尤不可勝數。茲徧檢前人志乘詩文之屬，臚舉異徵，凡得數事。

蝶之形狀，與常蝶無殊，惟左翅有圓孔四，足有白毫兩，目赤如丹砂，鬚綴二小珠，入夜其光閃爍，其異一也。凡蟲豸入冬則蟄，此乃隆冬恆至，不畏風雪，其異二也。呼其名則下集，進以酒則盡飲，其異三也。所至之家，必有瑞徵，且能辨別忠邪。如德明祝之則飛集御函，和珅視之，則化為朽蛻，具有知識，其異四也。久棲寺署，而時出城郊，或遠至數千里外。如麟見亭見之於淮，許信臣見之於豫，許星叔、俞曲園見之於浙，匡鶴泉見之於魯，徐叔鶴見之於湘，王勝之更見之於日本，度越山海，自在游翔，其異五也。惟考索仙源，傳說不一，許信臣以為季雨太常卿忠魂所化，吳仲甸以為自嘉靖間始見，棲於大堂匾額內（《養吉齋叢錄》），陳鄺齋以為明代忠義之魄所寄，然皆未指其為何氏也。至光緒中葉，馮心蘭馮聯棠二太史，在京邸為扶鸞之戲，乃言其神為元季江南路洞庭同知僉事葉朮，及完顏都赤沙爾哈金帖木耳千戶三人，初為太常土地，永樂時隨遷入京。李端遇又有明初元臣周繼賢之說。夫忠烈之氣，歷久不渝，精爽所憑，幻茲瑋怪，使後世慕其流風，藝林傳為佳話，斯足尚矣。若欲矜奇弔詭，乞言鬼神，別搆姓氏以實之，則石言神降之流，宜明哲所不屑道。馮李所言，亦姑存此說，未足為典要也。

宣統初元，官制既改，太常寺廢，署址在今大理院中，舊蹟漸就銷沈。二十年來，故邱名園，亦未重覩鳳子翩飛之影，意者莊夢重回，不免令威化鶴歸來之感耶？昔廷子澄部郎，輯錄歷來故事詩文，都為一帙，名曰《蝶仙小史彙編》。書凡六卷，刊於光緒己亥，其書博贍可觀，於《蟲天志》外，別開生面。試取而觀之，亦足資逸聞，供談助，正不必惑於荒怪之譚，轉令日下舊聞，第於齊東野語也。乙亥二月春分後，沅叔記於藏園石齋。

沅丈此文，寓託深遠，異時校補蟲薈者，正可取材。比者鐘簴已改，烽燧屢驚，若有錄東京之夢華，記武林之遺事者，雖於禽魚草木之微，猶或戀之，矧其事首尾井然，固可永供談藪者耶。

扶箕

竺落皇笳之天，在文詞中自為豔僻可摘，此必有人偶翻《道藏》，見而識之，託之箕筆。然扶箕之事，有絕不可解者，予素不信其有靈。民國初元於北京賈家胡同舅氏春榆先生邸中，蟄雲表兄喜為此，一日降神，予思有以難之，因請賦十二生肖詩，以孫、袁、黎三人為咏。箕盤運筆颯然，頃刻成七言古詩十二句，句隱一生肖，以四句詠一人，今尚記其起兩句云：「飲河故事君休嗤，望氣早有仙吏知。」其末句為「長弓短箭空支離」。書成，眾茫然，請示出處，答：「長弓短箭，騎豬酣戰，見《北齊書》。」蓋寓豬字也。此典雖扶者未嘗知之，而箕忽自得，豈非竺落宮之類乎？

按箕俗皆作乩，不知始於古人，以簸箕插一竹箸，令若鬒，舉扶而旋之，少須即自動，甚或不扶而大旋不止。《東坡樂府・少年遊》序云：「黃之僑人郭氏，每歲正月迎紫姑神，以箕為腹，箸為口，畫灰盤中，為詩敏捷立成」云云，即指此，予五、六歲猶嘗見之。自宋以後，寖假而以木之杈枒，下削杙著筆降神，亦名為扶箕，此則製器之進步，去本義稍遠。至乩字則後起之名也。

悟善社扶乩

敬天事鬼，初民所同，時至今日，宇宙之謎，其儵昧不可知者蓋寡。而我國以閉關既久，民久失學，儒訓無傳，遂猶有侫禱之風，可哀孰甚。舊京十二、三年前，有悟善社之設，其顓愚侈誕，不可殫述。使稍進者，葉名琛、義和團之事，不難復見。斯實政海之枝聞，寒窗記之，兼資嘔噱。

嘉善既失閣揆，鬱鬱不自聊，乃與江宇澄共創悟善社。於香花壇坫之外，益以師弟受傳，又益以君臣封爵，又益以員司銓選，儼然一內閣也。所謂孚佑帝君，為呂洞賓，又稱純陽祖師，蓋主判者。達官貴人，一時雨聚，各頒法號。江號慧濟，錢之號與魚玄機同。日將昃，嘉善則到壇治公，其奔走左右治事，有參議、司長以迄科長之名，文移簽判，雜遝幽明，錢江顧而樂之。聶憲藩者，聶士成之子，方為衛戍。一日詣壇問其父死後狀，士成以力戰八國聯軍死於八里台者，於是乩以忠臣之後，賜座賜酒，言士成天爵尊榮，已儕關岳、楊令公、楊椒山之列。乩判數十字，首言：「子欲見令先令公乎？」中稱令先令公者三四。不知令公之稱，郭子儀、趙普皆以官中書令，故得呼此，楊業有此稱，則稗官妄以擬於汾陽。聶士成官止提督，追贈宮保，清無中書令，何來斯名乎？夏用卿丈（同龢）為戊戌狀元，詣叩，乩則盛稱：「小羅學道謂三十年才消受狀元二字。」又言：「子資質純美，又與我同出身，當與慧真同看待也」。蓋世傳呂岩為兩榜進士，故欲以進士出身自榮，不知夏乃狀元，當言賜進士及第也。姚姬傳桐城古文家，降壇稱姚仙，文文山稱文大帝。甚至西洋亞里士多德，亦來臨，稱曰亞仙，則與張效坤妾同名矣。柳仙者，小說所云洞賓之徒，武劇《蟠桃會》中，綠臉綠髮者是。號為宏教真人，代宣玉皇上帝批獎呂岩及悟善社之詞曰：「據奏已悉，准予立案。仍仰該帝爵力行勸誘，務廣上天愛育黎元之至意。天道無親，爵祿無常，惟有德有惠者得之。欽此。」蓋雜仿前清民國詔令體為之，其不學無術，不堪作偽類如此。此皆不足奇，最奇且可笑者，為此社將隳時事。

陸閏生（宗輿）亦社員之一，擁金最多，社之主者（時嘉善已歿）涎之，於是刺取陸陰事若干，俟其匐伏時，乩忽震怒，大詬責之。陸初惶駭，已而言須責手心若干下，於是眾皆跪為代請，乩固不許，陸哀求不應，已蓄慍矣；繼言若欲蠲免掌責，須納金若干萬，陸聞言大怒，一躍而起，繡墊掀騰，香燈亂落，大聲疾呼曰：「假的！假的！」一時踉蹌而散，聞者皆為捧腹。若斯之事，皆彰彰在人耳目間。國將亡，聽於神，北政府之必亡，即此瑣瑣，已可預決。抑舊日士夫，其心目中所縈踞者，不外科名迷信，與夫長官呼諾之榮，稍失意便頹茶無狀，於是借徑鬼神，而一抒其慾焉。此其為毒深入而廣種，觸處可見，以失學至是之民，迺欲奮空拳以僥倖圖存，世上豈有倖事哉？

因憶去年旱災未作時，余適有莫干山之役，西湖方有佛事，車中客滿，相識者或以為詣靈隱。余有二詩紀遊，其一詩，後半云：

車人怪我躡吳越，問訊梵會疑相從。餘杭故是山水窟，沃土倍功繇力作。鄭渠翟陂久不修，北國磽旱誰當尤。會稽竹箭今尚遒，慎勿佞禱教民偷。

謂雖沃土猶當力作，不當如中原水利久廢之易旱也。至於佞禱之風，初視若私人之事，實則教民以偷。如上紀悟善社種種，皆苟偷一念之演變，不可不慎也已。

籤兆

前記《商山鸞影》，因念凡問籤扶鸞此類事，多脈絡井然，迨即而究之，則曶昧惝怳莫可恃。此理雖不能詳，意或為心理學上所謂直覺，或為問者扶者二、三人間心靈上之交流所起之作用，而舍人外無所輔麗，則確然可信。昔葉名琛最信扶箕，以戰守之術叩於神，卒之身敗名裂，為天下笑。蓋葉不悟其所禱者，殆即其左右或本身之心理變態，非別有鬼神也。因此悟《左傳》「鬼神非人不靈」一語，實深知古今所謂幽靈情偽。由來談仙說鬼，有於人之聞見以外別有所謂鬼神者乎？一切唯心所造，造而怖，復信之，可知人類實至智而至愚者矣。顧近來記問籤扶箕之事，有漸成掌故者，有可詳名人軼事者，排比事實，亦可資筆麈，固不必以妄誕而並泯之。

林暾谷（旭）戊戌八月十三罹遘東市之僇，天下稱六君子，是年元旦日蝕，暾谷有〈戊戌元日江亭即事〉詩云：

> 倚闌雲起亂鴉呼，黯黯西山望未無。乍入闇虛催夕景，還連風色落平蕪。主憂避殿當元日，臣職操兵見嗇夫。如我閒官神所笑，何祥欲問自疑迂。

此是晚翠軒名作，末二句乃言江亭西偏有觀音大士祠，暾谷時以內閣中書甫到衙門，與林詒書丈同往抽得一籤也。籤詩第一句「長沙謫去古今憐」，第二句「繡被焚香獨自眠」，第三句不可復記；第四句起有「巴童蜀道」四字，後三字亦遺忘。《石遺室詩話》記此事，亦未備舉其籤。《詩話》但謂：

相傳籤詩中有巴蜀湘閩等字，含有四章京被禍語意，當時固不覺，而詩中主憂避殿亘職操兵各語，詩讖分明，已見圍攻頤和園孝欽訓政景帝幽處瀛臺諸兆。

予案：此籤解者甚多，皆謂不祥。首句長沙謫去，已明言少年向用，終被逐僇。第二句，有解作暾谷夫人沈孟雅終於殉節者。而讖兆之惡，則世所爭傳，此一事也。

陳子言述徐澹廬云，張嗇菴先生未登鄉榜時，曾叩禱於北京前門外關帝廟，拈得籤語云：

曩時敗北且圖南，精力雖衰尚一堪。若問生前君大數，前三三與後三三

當時以籤語深奧，未解其旨。迨至光緒乙酉科中北闈南元，時恰三十三歲。再加三三為九數，至四十二歲甲午科乃中狀元，此前三三之數驗。自四十二歲至共和丙寅七十四歲捐館，恰又三十三年，後三三亦驗。

又云：吳彥復主政光緒丁酉官刑部，以上書陳時事為長官所抑，憤而棄官，便道詣前門關帝廟求籤，有「雁行一半入祥烟」等句。迨庚戌重游京師，而舊人劉裴村、楊叔嶠、林暾谷、康幼博均死於戊戌之難；壽伯茀、仲茀昆季，及英山王鐵珊，又死於庚子之難，則此籤亦驗。此又一事也。

翁文恭庚申年日記中有一節云：「廿七日晴，磨墨作字。詣老丈處，晚飯後歸。老丈為余言，昔文端公在江蘇學政任時，埽一樓奉乩仙，懸筆於上，老丈輒從拜於樓下。一日乩書某次子修賜名敏齋。又一日書年庚八字一，綴一詞於下，有『二十四橋明月夜，明珠一顆掌中擎』之語。越日又書云：昨所示八字，乃上海葉令之女，可與修為佳耦，命幕友張某為媒，急往，限某

日到，沿途多加縴夫。文端承命，遣張君急行。至則前一日葉令方與寧波林氏議婚，適賡小恙中止。張君至，述神語，遂委禽焉。于歸三年，生一女而沒，年二十四，乩書所謂二十四橋者驗矣。所生女即余亡妻也。亡妻歸我十年，無子女，年三十而卒，鏡合無期，珠摧先兆，其命也夫！曩曾聞亡妻言之，不甚悉，今詳紀之。」案：翁娶於湯，所云文端公者，湯敦甫（金釗），此又一事也。

吾國古今說部，荒唐幽怪不可勝詰，區區三事，正如大海之與蹄涔。然刪去其不可解者，而錄其故實，則亦殊可為異日談掌故者助。春宵無俚，聊綴而存之。

夢幻

幽冥夢幻，皆緣錯覺，吾國前此述夢說鬼之文字綦夥，若別作一種小品文章讀之，茶餘酒後，撫掌醒目，固亦大佳。蟄雲近作《寒碧簃瑣談》，專言鬼怪，亦袁子才《新齊諧》、李文石《燃犀錄》之流亞，中有一條云：

王湘綺跅弛不羈，晚年猶風趣。一日譚某訪之，適櫻桃花盛開，邀登樓共賞，樓中棐几，置《周禮》一帙。譚曰：「君近日常讀經邪？」王笑曰：「此周媽所讀也。」周媽者，王所狎傭婦，相傳為笑。王自云，有二異夢。年十八時，夢二青衣女童，引登一樓，絕鉅麗，樓上先有女道士，年皆四五十許，相迎慰勞，惘然坐對。其一笑曰：「姊不復憶耶？」出一紅帖相示，文字朗然，頓悟為其舊居之所。對窗有一大龕，青帳交垂，欲就偃息。二人交手壓帳云：「不可啟。」俄下梯，驚覺。又五十歲，忽夢登樓，一垂髮女子攜小兒臥帳中，案上殘燭熒然，香篆未燼。彷彿欲步，其人已醒，嬰兒不復見，女乃自請薦枕。驚其盛年，辭以既老，女斂容曰：「君自入世緣，夙修墮矣。妾來與君調坎兑，正情性，非有他也。」聞語悚然，悽感頓悟。

狀湘綺輾轉之思，頗曲折。憶郭筠仙〈自序〉中，亦有記夢一則云：

生平有最奇異之夢境。丁巳戊午之交，官京師，供職史館，讀聖祖實錄，以不及生其時為私憾。嘗論康熙、雍正、乾隆三朝，當國朝極盛時，上有聖明之君，美惡是非，鑒別分明，無從掩飾，但能勉力供職，朝廷皆能辨之。然雍正、乾隆時，人才奮興，各舉其志，或稍拂朝廷意旨，立蒙譴責，多不及申辨；惟聖祖曲意陶成，期使人人輸寫其心意，而賢者有以自達，為之思慕無窮。自是三夢聖祖，或召對，或扈從在途，夢中惟沈吟詠歎聖量之宏。其後入直南齋，舉以語治貝勒。治貝勒因問所夢聖祖作何形狀？答言：「西湖見聖祖，御容闊大，與夢中全別，長面瘦削，白鬚，長六七寸。」治貝勒擊節曰：「君所見真聖祖也。往年見聖祖御容，良如君所謂闊大者。後奉旨承脩奉天太廟工程，請見聖祖御容，瘦削多鬚，正如君所夢，蓋晚年御容如此，君豈曾歷聖祖朝之舊臣耶？」思慕所結，通之夢寐，自信非偶然也。

筠仙此夢之繇來，自為史館讀聖祖實錄以生不及時為憾，因而幻為夢思。質言之，筠仙於清代諸帝，獨許康熙，而其用世之志，累受讒謗挫折，故思得一明君以自效，與湘綺自負於女色有異稟者，不同。一則涉想帷房，一則瞻懷殿陛，日之所思，夜則成夢，豈不信哉。

冬寒

陸放翁詩：「十月江南未擁爐，飛蠅擾擾莫嫌渠。細看豈是堅牢物，付與清霜為掃除。」此自為譏世之作，然江南之遲寒多蠅，從茲可見。放翁蓋嘗歷梁益，故以十月未擁爐為言，若江南人，則固習之矣。此與少遊〈宿金山詩〉，「十月不寒如晚秋」，皆可證宋時江南氣候，亦正如此。

今日南部之寒，大半在古曆十二月後，尤以春寒為劇，所謂如越兵之來也。北部之寒，以舊都為準言，則當以大寒節前冬至後為最，每歲新曆元晨，什九皆冰雪沍途。及舊春廠肆既開，則風轉微融，故所謂耶穌降生馬槽之日，戶外罔不奇寒，此北部之冬候一常例也。十餘年前，偶以新曆歲除，涉足析津，寓歐人旅邸，睹中外貴遊舞蹈，酣嬉之盛。忽為詩云：

高館張燈炫夕光，嚴風不動夜來粧。穩圍珠袚飄烟細，半袒金訶滴粉涼。世事久輸胡舞樂，春盤又見眾雛忙。誰知執轡交衢外，忍盡鼉更幾遍霜。

此詩極為觀槿所賞，傳之時人，其實了無新語，但爾時甚憫風雪中之御者耳。比來江表，觀租界中舞抱狂歡，歲除尤甚。而租界外，號為通都大邑，撫摩歐俗，汲汲唯恐不及。習俗中人，恐未易譬解，但室中人，正不念環其外者，皆凍死骨也。

考古人最重冬至，不論豆粥、黍糕、薦雁、服貂之典，且如《易通卦驗》云：

冬至之始，人主與羣臣左右縱樂五日。天下之眾，亦家家縱樂五日，為迎日至之禮。

此尤足表昔人至日之盛。今者雲物不殊，黃口少年，已鮮能辨何謂長至者。假使告以冬至後三日，例值聖誕節，必矍然以喜。冬至之名，將倖託耶穌以存。喜者何?喜其將有詞以縱歡而已。因念閉關之日，大率力田苦讀，歲時伏臘，餻酒相存問，其為歡常若有餘。今日國與國競，百年積弱久廢之後，遂使神州數萬里，匱乏不能自生，傀傀顧影，每忘逢辰之樂。即少年之為樂，亦常苦不足。寒燈回念，層冰峨峨，正不知當以何願力超此劫也。

故都冰牀

江南春寒，非能劇於北地也，禦寒之具，南不如北。舊都冬日長晴，明窗負暄，廣場冰戲，皆是一樂。不必言黨帳羊羔，已足使陶穀爽然自失。

考溜冰之戲，導源最遠，初民遊牧，朔方荒迥，履冰為嬉，何所不有，特不收史乘耳。後苑冰戲，始見於《宋史》，又不詳其制。二十年間，此風日甚，男女躡利屣，迴翔澤腹，故是習勞敏事之助。視錦幄圍春，袒裼屢舞者，有裨實多。然余觀吾族舊習，似怯於踏冰，而以乘橇為便。此自士大夫儒緩之風，猶之車騎輿服皆有志，而未嘗有弘獎著屬急足者也。

冰橇，俗稱冰牀，晚俗呼為拖牀，竝冰字亦去之，以北人習於此，但舉拖為名。古人呼為凌牀，見江鄰幾《雜志》，則甚雅馴，今後恐無知者。沈存中《筆談》：「信安滄京之間，挽車者衣葦褌，冬月作小牀，冰上拽之，謂之凌床。」葦褌之名尤新，蓋縛草加於袴上，草中虛，能藏熱也。《倚晴閣雜抄》：「明時積水潭，嘗有好事者，連十餘牀，携榼籃酒具，鋪氈毹其上，轟飲冰凌中。」此則為貴遊豪舉。清制，西苑門內，有冰床，為王大臣設，床甚華美，如綠呢車箱，行絕駛。清高宗〈臘日詩〉：「破臘風光日日新，曲池凝玉淨無塵，不知待渡霜華冷，暖坐冰床過玉津。」即言此事。鼎革後，液池易為官府，乘床待渡，嘗之已屢，及今思之，始覺可入隨筆也。遷都以來，官府再易為公園。因記二十年臘月，祭任公於快雪堂畢，余獨自北海子冰上，徐步直出瀛臺。天已垂暮，沍寒沈陰，踽踽然，遠望西山，近眺瓊島，黯黮無色，百感上心。有〈柬印昆〉詩，所謂「不雪西山亦黯然」，所謂「憂生我正涉冰川」，皆紀實也。

南中更歲，但有苦雨，呵手記此，誦彊邨〈高陽臺〉「虛堂冰雪凌兢甚，怕過時春不歸來，最無聊，照取吳霜，婪尾深杯」，真有愁深酒淺之歎。

北平夏季多雨

吾國幅員遼廣，大陸氣候，與海洋氣候，以及高原沙漠，莫不兼而有之。故同歲竝時，北服毳棉，南御絺葛，乃為恆覯之事。即以本部氣候，適處溫度，號為得中，然江南夏秋最熱，而薊北此時轉多涼風，則以北方雨季在七月也。予居燕都三十年，冬夏遊騁，靡遠弗屆，南遷伏日，恆思西山避暑之勝，猶有餘味。

薊之山，東唯田盤，西唯大房，舍此外，本無足道。然以七百年王者所宅，物力較豐，山林結構，亦得人工為多。西山當夏而清涼，高明爽塏，既不蒸溽，雖有蟲豸，亦不為大害，蚊蚋尤少，此一樂也。西山病在少泉，既夏大雨時行，山洪數發，時或礌硠數壑，日亦涓涓連澗，此二樂也。昆湖西接翠微，軒檻如林，匪惟浮瓜沈李，百物雜陳，即深入厤峪馬鞍上方諸山，琳宮亦皆宏深豁爽，此三樂也。自議者不以居北控遼為重，凌夷至今，夫復何言。舊京百事，轉眼成陳迹，錄夢華胥，行如昔人之憶汴京耳。

最憶甲子六月盛雨中，車出西郊，望香山掛瀑如練，予方賃屋大悲寺，故過門不入，而心喜之。有詩，中有「香山蟾蜍峯，雲絮冪其首。經過摐鏷地，遠聽眾瀑吼。樓臺出萬柏，石氣繞之走」者是，蓋以東坡「催詩走群龍」為韵，賦五詩，末詠祕魔山崖奔泉之勝。翌歲乙丑六月，大雨，為償前遊，決意驅車往香山。出西直門，見高粱堰水已平堤，沿路樹如沐，畦間玉蜀黍盡偃水際，過頤和園，始有積潦，車行絕駛，不為阻也。青龍橋以西，光景頓異。暮色既合，峯峯深碧，近望紅山口，已沒雲裏，西眺香山，雲腳如翦，直覆山腰，蔚藍間曳以溟濛霧縠，意其方雨。車過靜明園舊門，越橋而西，直對香山，道始深濘。行不二三里，望前車沒泥際，顛簸起落，皆可二、三尺，輪轉愈速，若巨舟入海，受浪而舞，後者見之，撟舌大駭，乃下車而步。步又甚苦，道旁溝水濺濺，中則深泥，其可著足者，寬不過數寸，相石傍柳，僅而得渡。可數里，道少夷，乃復上車，抵宮門已深黑矣。園門池水受泉而鳴，柏香馥郁，同行者六人，皆肩輿上十八盤，天雖窈黑，猶可辨樹色，望香山北嶺，所謂鬼見愁者，雲已盡裹其額。輿夫言，「今日雨已五、六次」。山頂方霧，迤南磴道已為水壞不能行。盤道既盡，漸犨漸高，下視壑中樹隙，青翠迴合，時露星火，頗似潭柘龍潭下眺時也。所居雨香館，瀾泉交霤，屋後復出泉如沸。予與同游者，坐廊下，二更風起，雲氣四合，移燈入室，但聞浪浪之聲，不辨為風，為雨，為泉。翌日雨止，北下經芙蓉坪，觀泉，穿林陟陂，皆得水趣。歸見及門李生（猗），方以杖導屋後新泉，決土為渠，引之入澗。予詩有云：「巖竇新泉瀧瀧鳴，一池侵曉不辭盈。憐渠定向秋來涸，忍睡來聽齧石聲。」又云：「決去泉聲亦一奇，可應泉脈有窮時。導河積石非無願，未許支祁聖得知。」皆一晌支頤所得也。

丁卯後寂居舊都，又五六年，困頓蕭戚，不常為山游。而已巳夏雨連旬，猶時為小詩自遣。有云：「烏雲含雨又趖西，湖水高粱岸與齊。自是故都人意惡，晴鳩不敢出林啼。」又云：「捧土何能塞眾流，漂殘壩麥恐無秋。商羊欲舞焦明出，傳語乖龍可少休。」皆斯時作也。又有「將雨園林暗夕陰，避風山鵲動歸心」一絕，則為公園遇雨之作。北部多鴉少鵲，獨公園多山喜鵲，頑雲西起，風聲颯然，則山鵲四匿矣。又有：「瀁月池頭千竹聲，雨聲還雜水聲清。兒時愛雨閒滋味，百度追摹總不成。」一則憶兒時讀書玉尺山房，極愛池傍叢竹雨聲也。又有：「宣南夢味廿年中，浩蕩街泥幾度逢。今日小車還犯雨，長街不見白燈籠。」一則言舊京宣武城南酤肆，率備白紙燈籠以送客，自清季後漸絕跡，然無馬路處，每雨街泥三尺，猶甚思得此也。是歲連雨，得十餘絕句。蓋燕市邸居，遇雨即閉門，尋常夏夕，必擁被，雨則重袷薄棉。久熱得涼，容易得句，不似南中惶惶終日，但覺趙盾之可畏也。

古銷夏法

逭暑之術,近代貴以冷氣調節之,計後此必當盛行,而物質、生產兩落人後之吾國,未必遂有力遍設也。去夏酷熱,劍丞飲於滬之都城餐廳,歸作〈苦熱行〉,起句云:「廣堂冷氣收炎暑,坐久吾忘日方午。」即言冷氣也。後半段云:「人生苦熱甚苦寒,物力奢豪利非溥。貧家對竈或回溫,富家始得盤冰貯。人為巧思搆冰室,試問幾家能辦取。街頭入夜萬人夢,惟盼一涼天賜與。」發揮遂無遺蘊。末言申江暑夜,居人多就弄夜眠也。實則海壖故非甚熱,內地為大陸氣候,尤歊炙不易得寐。如西湖,唯夏不宜,蚊多蒸溽,俗稱六月遊湖如銷金鍋煮雞子,信語不誣。或疑杭熱如是,南宋何以建都?爾時貴游,何以銷夏?予案:吾國舊日宮廷銷暑,固亦不惡。《乾淳歲時記》載:

禁中避暑,多御復古選德等殿,及翠寒堂納涼。長松修竹,濃翠蔽日,層巒奇岫,靜窈縈深。寒瀑飛空下注,大池可十畝,池中紅白菡萏萬柄,蓋園丁以瓦盎別種,分列水底,時易新者,庶幾美觀。又置茉莉、素馨、建蘭、麝香藤、朱槿、玉桂、紅蕉、闍婆、簷蔔等南花數百盆於廣庭,鼓以風輪,清芬滿殿。御座兩旁,各設金漿數架,積雪如山。紗廚後先,皆懸挂伽蘭木、真蠟、龍涎等香珠百餘,蔗漿金盌,珍果玉壺,初不知人間有塵暑也。聞洪景盧學士,嘗賜對於翠寒堂,當三伏中,身體戰栗,不可久立。上問故,笑遣中貴人以北綾半臂賜之，則境界可想見矣。

又記〈都人避暑〉一則云：

六月六日，顯應觀崔府君誕辰。自東都時，廟食已盛。是日都人士女駢集炷香，已而燈舟泛湖，為避暑之游。時物則新荔枝，軍庭李，二物產閩，奉化項里之楊梅，聚錦園之秀蓮新藕、蜜筒甜瓜、椒核枇杷、紫菱、碧芡、來禽、金桃、蜜漬元昌梅、木瓜、豆兒水、荔枝膏、金橘水、糰麻飲、芥辣、白醪，涼水冰雪爽口之物。關撲、香囊、畫扇、涎花、珠珮，而茉莉為最盛。初出之時，其價甚昂，婦女簇帶多至七種，所直數十券，不過供一晌之娛耳。蓋入夏則游船不復入裏湖，多占蒲深柳密寬涼之地，披襟釣水，月上始還。或好事者，則敞大舫設蘄簟，攤枕取涼，櫛髮快浴，惟取適意，或留宿湖心竟夕而歸。

上述二者，皆記湖山消暑之樂，伏中思之神爽。惟寒瀑飛空下注，及廣庭鼓以風輪，不知用何機括？《唐語林》載唐明皇涼殿事與此絕肖，蓋其法亦來自西域者。唐都關中與宋都東京臨安，皆在腹地，故盛講銷暑之法。近六、七百年，國都皆在北京，舊曆六、七月，適為北方雨季，北地本早涼，盛熱，則皇帝或幸熱河避暑山莊，故未聞涼殿之踵製。然涼棚冰碗，猶推北地第一，則固物力所萃也。

秦淮燈船與西湖畫舫

金陵銷夏，夙稱秦淮燈船。其實今之秦淮，惟有復成橋側一里許，差有勝趣，其餘了不足觀。凡談游衍之樂者，必知雖小事亦皆繫於史蹟與地勢之盛衰。南京名勝，六朝久成陳迹，南唐遺構，至南宋亦盡，故言南京者，當斷自有明為始，而秦淮燈船，亦起於明。溯秦淮燈船之前身，則西湖燈船也，故從全部歷史論之，秦淮燈船，與西湖燈船，實為興衰倚伏，互為消長；質言之，即宋與明之迭代也。

考，湖船唐時已有之，極盛於宋。南宋之西湖畫船，皆華嚴雅靜，誇奇競好，而都人密約幽期，會龍賽社，乃至貴遊要人經營囑託，大賈豪民買笑百金，無不在焉。日糜金錢無數，故杭諺有銷金鍋兒之號。其時湖中大小船隻，不下數百，大者約二十餘丈，可容百人，小者長數丈，可容二、三十人，皆奇巧打造，雕欄畫棟，行運平穩，如坐平地，無論何時，常有遊人賃假。舟中所需器物，一一畢備，但朝出登舟而飲，暮則徑歸，不勞餘力，惟支費錢耳。豪家富宅，多自造採蓮船，用青布幕撐起，容一、二客坐，裝飾尤精緻。更有賈秋壑府車船，船棚中無人撐駕，但用車輪腳踏而行，其速如飛。明時遊船，比宋差小，而檻牖敞豁，便於倚眺。明黃新玠詩。有「湖水碧於玉，湖船深似家」之語。至清代，而大船抵宋之小船，所謂玻璃窗大船者，長可四五丈，有大紅小呢門帘，其中鋪設華麗，點綴精工，船中更包酒菜，另有伙食船隻隨傍而行。道光咸豐間，西湖中最大之船，不過三、四十隻。其餘之船名撐搖兒，可容四、五十人。此為搭船，自湧金門搭至聖因寺前，往回均錢五文；小划船客坐四、五人，船價亦然。以後則船愈小，今日殆絕不見大船矣。

南宋湖舫之盛，可證者，為《馬哥波羅遊記》卷二第七十七章，〈行在大城再紀〉，中有一節云：

在余所立之湖中，供遊覽用之大小遊艇甚眾，可載十人、十五人，有二十人不等，長十五步，至二十步，底平幅廣，航行甚穩。有欲與婦女或朋輩同遊者，可雇湖艇一艘，船中桌椅及其他筵宴應用之具，一律齊備。篷頂平坦，舟人立其上。湖水深不過兩步，是以一篙容與，任意東西。篷內及內部其他各處，俱繪以悅目之顏色，船窗圓形可以啟閉，故湖船緩進時，游客亦可據案眺賞兩岸景物也。游湖較陸行為勝，容與船上，全城在望，宮殿寺院園囿，以及陂陀閒參天喬木，秀麗風物，俱入眼底。而市民一日之事既畢，午後輒約家中婦女，或平康女子，或則泛舟湖上，玩此美景，或則馳車城中，游目六街繁華。

可見當時湖舫之聲勢。至秦淮燈船，則恰盛於明，西湖船漸以小，秦淮船漸以大。明末，杜于皇作〈秦淮燈船歌〉，傳誦一時，令人想見明季河舫之盛。張岱《陶庵夢憶》云：

秦淮河河房，便寓，便交際，便淫冶。房直甚貴，而寓之者無虛日，畫船簫鼓，去去來來，周折其間。河房之外，家有露臺綺疏，竹簾紗幔。夏月浴罷，露臺雜坐，兩岸鼓中，茉莉風起，動兒女香甚，女客團扇輕紈，緩鬢傾髻，軟媚著人，年年端午，京城士女，填溢看之。好事者集小篷船百十艇，篷上掛羊角燈，如聯珠，船首尾相銜，有連至十餘艇者，船如燭龍火蟨屈曲連蜷，蟠委旋折，水火激射。

又戴名世《憂菴集》云：

秦淮五月之燈船最擅名，余往見詞人之詩歌樂府，所以稱美之者甚至。及僑寓秦淮數載，常得見之，然亦無奇者。其船或十餘，少亦有四五。船之兩旁，各懸琉璃燈數十，燈或皆一色。船尾置一大鼓，船頂露以白絹。船中凡一、二十人兩旁列坐，各執絲竹奏之，鼓人擊鼓，節之。涼棚者，秦淮小舟之名也。是時涼棚無算，來游觀者，各集賓客數人賃涼棚，飲酒，隨燈船上下。兩岸河房，皆張燈，簾櫳紗窗之間，紅妝隱躍。此沿古時承平之習，父老謂其衰減於曩日，已不啻數倍矣。

曾文正於同治初，力謀恢復河舫之盛，嘗自乘畫船綴燈八十餘盞，商民燈多者，亦與相若，見《求闕齋日記》。自文正督兩江以來，迄前清末年，流風餘韻，猶及於民國十四、五年。此五十年間，秦淮燈船，皆略可觀，連艫如山，歌呼行炙，皆在大船，實非行舟，乃水上架屋也。近十年來，淘汰略盡矣。迴觀西湖艇子亦日小。蓋此十年，當另畫入一時期，而宋與明西湖與秦淮舊式遊宴之樂，當以清亡為一結束關鍵。匪唯湖與淮之燈船，一切舊事物，莫不以此時為結束關鍵也。

湘贛大械鬥

湘贛接壤，兩省人士相沆瀣，予所識贛籍師友而習於湘者，尤不可勝紀。然百年前二省有大械鬥之隙，死者纍纍，舊聞吳靄林言之，但言釁起於江西優人之飾藍兔、白龜以嘲兩湖籍者，近鉤稽筆記，始得其詳。

此案始於嘉慶二十四年五月，湘潭有江西優人演戲火神祠，俗呼火官殿，演《渭水求賢》，念白至周家八百八十年，頓露土音，土人譁笑之，江西人以為辱。越三日復演於萬壽宮，江西會館也，土人鬨笑如故。又三日，江西商乃設劇誘觀者，閉館門，舉械殺數十人，乘牆傾糜粥以拒救者。縣官聞報，至不敢遻入。縣人大怒。時估舟檥湘江湖南籍者多至數千艘，有東安水手舉鐵錨撞破館門，閉者始竄出。於是聚眾結四廠，日夜伺津渡尋鬥，遇口音少異，輒格殺之，江西人亦濫死無算。死則投諸湘流，埋之郊野，全境洶洶，巡撫調協標兵千駐湘岸始散，遂成奏案，窮治其獄。先發者，當坐，而江西人被害者無左證，其會館中則搜出骨骴凡數十筐。其時巡撫周邦慶原籍江西，密令其鄉人乘夜棄人骨湘水中，易以獸骨。縣人益憤其左袒，飛書京師。湘潭人周系英為侍郎，入對頗奏其事，有旨詰問。而周子詒楨，先以系英名，致書巡撫，語不直江西人。邦慶以系英干預，劾免之。及委員到縣，引問館旁尹生某，證閉門殺人事，恫喝之，生懼不敢質言。探花石承藻方以給事中丁憂家居，往觀訟，見生囁嚅狀，叱歎之聲，聞於縣庭，因並坐免。

邦慶旋亦罷去，李堯棟繼任巡撫，會總督治其事，僅坐誅倡亂者一人，從者流徙十餘人，以塞責。然土客猶相讎，江西販商往往獨行不歸，惴惴不得意，幾五十年。至金田事起後，百業彫殘，復就和睦。此案聞湘中有專書紀之，兩造案牘俱全，予未之見。此從陳伯弢諸人所紀，筆之以詢湘贛友人，大致不謬。大抵贛之農工多操勞役於湘，與土著積不相能，故爆發為此。案雖結，而碼頭爭鬨，至今猶時有之。

吾國幅員過廣，風俗往往殊隔，雖經數千年混一之陶鎔，而省界扞格，其小節每不易遷就，故斯案實編社會史者所宜緝而存之也。然亦惟以幅員廣歷史久之故，一切鬨爭，旋起旋滅，不足目為大患。使在他洲，將必以為兩族間之鉅事矣。

六部成語

吏部胥吏婪索最甚，與戶部胥吏庫丁，同為京曹膏脂之地。昔人以富貴威武貧賤六字，分擬吏戶禮兵刑工六部，時論僉謂恰當。相傳譚文勤（鍾麟）辛卯歲以吏部左侍郎兼戶部左侍郎，謝恩日，遇翁叔平尚書，戲之曰：「君由吏而戶，可謂富且貴焉。薛雲階（允升）由刑而工，可謂貧且賤焉。」文勤應聲急答曰：「皆恥也。」其語敏而有味。後此新進，不讀書者多，即問此，亦不知出處，則索然矣。

因又憶及客座聞一事。蔡和甫（鈞）為上海道時，與長江提督李占椿為親家，和甫號通洋務，懼人言其不學，發言好用成語。偶聞客談馮子材戰功，謂此老時有馬革裹尸之志。蔡意為諛詞，因謂李曰：「親家將來必馬革裹尸。」李瞠目不知所對，退而叩人：「馬格禮斯，在英文作何解？」蓋李固莫辯何言，而蔡又誤裹為裹也。

北京十庫

吾國近史中七百年之都會，今日差見完好者，唯北平一城而已。既廢京，且不得為陪都，寖假而為邊隅，以史册都邑興亡言，亦自常事。而在茲世人心，乃不能不有今昔之感。

考北京之有今日，所靡人力為多，尤以七百年間竭天下之財貨，輦輸庫藏，席豐履厚，取精用宏，為蔚成大都之主因。當時庋藏之富，首視倉庫。倉以儲穀，觀倉場總督及常平倉之沿革可知。庫以儲物，則罕言其詳。以北京言，明清各有十庫。明之十庫，在西華門，今稱西安門迤北一帶曰西十庫，即其址也。俗又疑十字不典，作什字，本義則一。十庫者。甲字庫，貯布疋顏料。乙字庫，貯袢襖戰鞋，及軍士裘帽。丙字庫，貯棉花絲纊。丁字庫，貯銅鐵獸皮蘇木。戊字庫，貯軍器胡椒。贓罰庫，貯沒收官物。廣惠庫，貯錢鈔。廣積庫，貯硫磺硝石。廣盈庫，貯紵絲紗羅綾錦紬絹。承運庫，貯黃白生絹。此十庫之外，尚有司鑰庫，亦名天財庫，貯各衙門管鑰，亦貯錢鈔。《日下舊聞考》，謂「其修廟碑記則云，禁城西北隅有司鑰庫，而天財庫亦屬焉。是司鑰庫乃十庫總理，而天財庫其附焉者也」云云。是司鑰庫之下，又有天財庫。考《酌中志》載司鑰庫云：

掌印太監一員，管理僉書寫字監工可數十員，凡寶源局等處鑄出制錢，該部進交本庫。

又云：

凡乾清宮等門及午門東華門等鑰匙，皆本庫監工，於五更三點時自宮中發出分啟各門，其鑰即便繳回。其印文曰司鑰庫印，俗名曰天財庫云。

則天財庫並非另有一庫。《明會典》亦載：「天財庫，凡正陽等九門並各鈔關本折錢，及皇城各門鎖鑰俱送本庫收。」是司鑰庫即天財庫之又一證也。西十庫雖屬內庫，而又隸於各部，乙字庫屬兵部，戊字庫、廣積庫、廣盈庫屬工部。其甲字庫、丙字庫、丁字庫、廣惠庫、贓罰庫、承運庫，則屬於戶部。清初封鎖三十餘年，塵埃堆積，庫後古木叢茂，居人稀少，鳥巢以萬計。康熙曾一幸，命內務府清查檔案，籍其菁英入清之十庫。至光緒十二年，因興修三海，以是地換給蠶池口之天主教堂，西人乃於是建新教堂，工程經十閱月始竣。聞當時建堂時，其地下尚有桐油及漆若干窖未動。而此地視蠶池相較大小懸殊，不但賠以數十萬兩遷移費，並定永與之契約。晚清旗人無識，所辦事損利喪權，往往如此，可發一歎。

清之十庫，則內庫一，戶部庫三，內務庫六，總之得十，地址多因明之舊。梁溪坐觀老人《清代野記》，有一節云：

太和門之左，有明庫六，每年欽派滿大臣二員，率司屬人等盤查一次。每查一次，即盜一次。覺羅炳半聾，曾隨其堂上官往。有一庫皆簾幙衣履之屬，一珍珠帳幔，寬長可八尺，皆用珍珠穿就，四圍則以紅綠寶石間之，小者如綠豆，大者竟如龍眼核也。穿線有朽敗處，一抖晾，則珠落，必一一拾而裹之，記於簿，加印花焉。然所裹皆贋鼎，蓋已為匠役等易之矣。更有宮人繡履七、八箱，嵌珠如椒，皆萬歷間物也。更有皮張庫，則皆鞹矣。又有藥庫，內藏毒藥甚夥，有不知名者，相戒不敢動。更有金庫銀庫，則歷年報空者，此亦前清具文之一端。

案：此節言而不甚詳，所言藏珠帳之庫，當是清之六庫，所謂藥庫，則必明之丁字庫也。《清代野記》此節後，有庫兵肛門納銀一節文殊冗。然所記皆事實。如云：景濂為戶尚，點派庫兵時，當堂有一人被劫去（擄綁勒索）。如云：祁世長署戶尚時，庫兵偷銀置於夾底之水桶，桶底壞而藏銀露，皆實有此事。至藏銀穀道，則都人士類能道之，非祕聞也。

予所見談清十庫者，以何平齋丈之《春明夢錄》為最詳，蓋皆目擊筆之於書者。丈新逝，著述未見剞劂，爰錄四節，以為考清十庫之談助。其一云：

京師有十庫，而銀庫居其三。一係紫禁城內庫，存款百二十萬，備閉城日用，永遠不動也，一係內務府銀庫，專儲金玉珠寶，不藏銀也。惟戶部之銀庫則專藏銀。余在京十九年，奉派隨同查庫四次，每次藏至多不過一千一百萬，少至九百萬以上。當時全國之精華，其現銀不過此數。余守蘇州六年，省有藩司糧道兩庫，每年首府均奉派查過一次，且有前後任交代，一年不止查一次者，然兩庫所藏，不過百萬。蘇州為財賦之區，而所藏不過如此，甚矣，中國之不富也。然當時政不繁，賦不重，雖不大借外債，而國計仍可勉力支持。

其二云：

京師銀庫，防弊極嚴。庫設管庫大臣一員，以戶部侍郎兼之，設郎中為司員，下有庫書數人，庫兵十二人。庫書不入庫，而入庫者只有庫兵。外省解餉到庫，每萬兩闈須解費六十兩，卻非明文，不知庫書、庫兵如何瓜分。然庫兵入選之日，戶部門外必先有十數鏢客保之去，防被擄勒贖也。庫兵之貴如此，似非區區部費所能養其廉，是非出於偷竊不可。庫兵之入庫門也，雖嚴冬亦脫去衣褲，內別有衣褲，亦不能穿之出庫。出庫時，設一板櫈，跨之而過，示股間無銀也，且兩手向上一拍，口叫出來二字，示脅下口內均無銀也。然其偷法有出人意表者，則以穀道藏銀也。法用猪網油捲圓錠八十兩，恰可相容，平時則向東西牌樓一袐密藥鋪買藥服之，謂男子穀道亦有一交骨，服之則骨可鬆。然油捲鉅而銀之分量重，塞之於內，只能容半點鐘工夫，稍久亦便出。余初疑其說，同人告余曰：汝不查過內庫乎，內庫兵不曾脫褲，因褲藏皆大元寶也，余聞之，亦無以難。至冬間偷銀，又有抽換茶壺之一法。茶壺出庫，必倒開一驗，冬天凍冰，銀凍在茶內，雖倒開亦不墜也。其餘則重出輕入，天平上亦不能無弊。然無論如何，大數不能過差，查庫時須求適合，可見所偷亦有限甚矣。當日庫兵之笨，又未嘗不嘆其可憐也。

其三云：

緞疋庫，亦戶部三庫之一也。名曰緞疋，其實御用緞疋皆藏於內務府之緞庫，茲所藏者，特備賞賜之緞疋及官用之麤質布帛耳，庫中有樓，樓上積土，不許打掃，土厚時，則加蘆席以上，積二百餘年來，不知加席幾次，脚踏其上，軟如棉，而塵則甚囂然。查庫時，堂官率同司官十餘人分樓查點，每項數千百疋，或以一、二十疋為一捆，或以數十疋為一捆，查不勝查，不過抽查一、二捆點數而已。有一日余上樓查三線羅列數百捆，捆高充棟，余舉其最高者，指一捆令其取下查檢。庫役緣梯而上，高舉布捆倒擲地上，塵土四起。時方盛暑，揮汗如雨，面目為之黧黑。蓋庫役嫌余苛察，故惡作劇也。溥倬雲怨余曰：「誰叫汝多事，致上此當。」余曰：「要認真不能不上當。」一笑而散。三庫內，又有顏料庫，所藏尤雜，凡各種材料皆備。檀香成堆，散布於地，然無人敢檢拾者。宣紙多數十年物，積疊如牆，聞其中有蛇穴居，每次查庫者，皆不敢過問。年年貢品，用之不竭，日積月累，幾不可數計。月要歲會，冊籍爽若列眉，其實偷漏抽換，弊竇固無可究詰也。

其四云：

京師十庫，余均查過，內庫戶部三庫之外，則有內務府六庫。六庫中銀庫在弘義閣，（太和殿有兩廂，東曰體仁閣，西曰弘義閣。因弘字避諱，不設大學士，故人鮮知其名。）庫藏最貴者，為藍寶石，約兩指大，僅三片，金剛鑽大如青果核者兩口袋，餘則金玉珠寶璀璨滿目而已。磁庫內的古磁如宋元明所製，排列數十架，色色俱備。若南薰殿茶庫所藏字畫，尤多可觀。歷代帝王像，有盤古，有湯武；唐宋以下，則較全，間亦有皇后像。此外如徽、欽二帝及李杜小像各十餘幀，徽、欽活畫蒙塵面目，李白面白而鬚稀，杜甫面黑而胖；又有吳三桂鬥鵪鶉小像，皆特色也。聞又有王右軍墨蹟及古畫甚多。值大雪天寒，不免有分班偷空時刻，惜未能徧觀也。他如緞庫皮庫，記又有一顏料庫，皆視外庫為優焉。

此四節雖僅記大凡，而與野記對勘，則已可得十庫狀況之八九。其後辛亥革命，清宮退居三殿之後，十庫均歸民國，接此者為內務部及總統府庶務司，故所藏大半入官，究歸何氏，不易究詰。然散佚民間，或賤價標售者，亦不在少。予所知僅顏料紙張一項，至民國十二、三年，估客託詞持售，猶未盡脫。以歷代帝王像而言，明清宮庫所藏者有五、六分，今僅餘其二。世人豔稱故宮博物院與古物陳列所之庋藏，其實故宮僅為不易取携之餘品，陳列所則僅熱河避暑山莊之陳設耳。若圓明園之驟燬，靜明、靜宜、朗潤諸園之久廢，合併十庫計之，珍奇可喜之物，或灰飛煙滅，或流轉喪奪，其量豈可臆測哉？衡以萬物聚散之理，盈虛消息之常，固爽然自失。即以吾國民性破壞逾於建設之史例觀之，此二千年間，吾民自造之菁英，而復自隳之，凌夷至今，又豈偶然耶。

京通十七倉

前談十庫，而未及於倉，倉與庫相類，而弊更甚，蓋錢有數而米量難計也。何平齋有談京通十七倉者，今節錄之。

京通十有七倉，京倉日積月累，米色紅朽，名曰老米，六品以下官俸及兵糧皆取給焉。其米色好者則儲於通州倉，以備宮中所用及五品以上官俸。京倉米既朽壞，京官領米不能挑剔，只付與米鋪打折扣而已。而兵米則不然。每次發兵米時，八旗都統必派員先看倉，此米倉色不對，則換彼倉，若此倉箇箇不要，則倉監督必當查辦。於是請託行賄，百弊叢生，計無所出，只有虧之於米而已。虧之愈甚，竟至有放火自焚者，謂米之潮濕能生火也。倉弊愈甚而訛詐倉官者愈多，倉監督形同傀儡，而從中了事者，則皆倉書也。總之領米者，不能得好米，八旗官吏及參倉弊之被動御史與夫倉官倉書皆得錢也。憶癸巳倉虧案發，奉旨查辦，口說官話而從中黑幕，何曾是因公？米數固當查點，然數百倉廠何能徧查，只飾其名曰抽查而已。惟到倉時，看其廠座外潮地，一律鋪席，與緞疋庫樓意同，席上粒米狼戾，結成餅團，幾與糞土無異，任人踐踏而過，暴殄天物，迄今思之猶為痛心也。

案：朽米，即老米，有專嗜之者。舊都酒肆，廣和居、泰豐樓、東興樓等五、六家，皆以老米飯著名。廣和居閉後，唯東興樓尚供此製，歲久所儲朽米喫盡，後此恐不可復得矣。

廠甸掌故

偶覽沈南雅《便佳簃雜鈔》，見其中甄錄陳劍潭〈異伶傳〉、〈彭嫣傳〉，夏蔚如〈廠甸雜詩〉，林白水〈名硯記〉，皆朋輩文字，其中有〈火珠考〉一文，則予舊應白水之屬所為者。摘拾璣錦，具見檢翻書報之勤，而多不著作者姓名，歲久恐有貽誤，南雅已歿，惜無人悉標舉之。南雅亦自撰〈琉璃廠竹枝詞〉，與蔚如所咏，皆宣統末至民國六、七年間新春廠甸之盛。臘後舊都書來，海王村間，喧闐如昔，追撫前塵，龍鸞並逝，可勝歎憶。又從來談廠甸故事，皆言書畫、珍玩、方物充牣之美，至多記名優、游女、俠少、貴游之一二軼事而已。清末有在琉璃廠毆官而興大獄者，此亦廠甸之枝聞，舊京之小掌故也。李蒓客《越縵日記》：

同治元年壬戌，正月十三日，丙申，是日聞張西園死于刑部獄。張西園者，名其翰，山西人，家富于貲，少無賴，善鬥，入貲為坊官，日以摴博狎游為事，出則多從諸不逞少年，人少近之，輒奮毆，即士夫亦不免。旋以宿妓拒捕，革職論戍，遇赦釋回，益橫行無顧忌，都市中無敢眨視者。或事發，吏人蹤跡之，皆畏其拳捷，又多死黨，不敢近，以是無不知有張西園者。復入貲，得郡丞，歲己未，再以宿妓被名捕，乃投勝帥營，竄名軍府中。刑部奏請提問，有旨收繫，勝帥匿不遣，且抗疏為力辯。司寇再執奏，並劾勝帥，去年始解赴部下獄，又以恩詔得釋。刑部主事吳養原者，總督文鎔子，當訊其翰時，叱之跽，其翰銜之，是月之二日，遇於廠甸，即率諸惡少，捽養原，痛擊敗其面。巡視中城給事中孫楫適至，睹其狀，亟督團防兵擒縛，送刑部，而遽偕御史興奎入奏，言其翰著名光棍，挾仇毆傷承審官，請飭部嚴訊究辦。詔：「張其翰敢於白晝通衢，糾眾毆官，怙惡不悛，目無法紀，交刑部嚴行審訊，按律從重懲辦；同黨定四，及助毆各犯，令步軍統領、順天府、本城一體嚴拿，不許一名漏網。」云云。刑部諸曹官，素畏惡其翰，榜掠楚毒，令首其黨惡者姓名，遂捕定四及陸葆德等五、六人，皆置獄鞫問。血肉狼籍，輦轂稱快。定四，滿洲人，工部筆帖式，陸葆德者，巡撫蔭穀子，輸貲為部曹，勝帥挈置軍中，以事逮問革職，儇薄狠鷙，與其翰結為兄弟，亦銜刑部諸曹官，密袖鐵椎，思報，未得間，而其翰先發。其翰之死，人以不及棄市為恨。此輩都邑出沒，不過狗鼠之技，非真安世大猾，武陽悍夫，遇威嚴京兆尹，立杖死車下足矣。即其黨與，恣睢倡和，亦不過慷慨酒食之側，矜耀綺褶之間，非同畏養椎埋，陰聚亡命。然使竟寢不治，則狼子野心，虺蛇變易，不幸一旦有事，小則為行劫之閧子，大則為倡亂之山棚，是亦京國之患也。觀其束手就斃，如磔孤雛，平時所羽翼者，奔匿不暇，亦可笑矣。

案：此事，以予所聞，西園豪猾，自罹法網，不足論；勝保專羅致此一流人物，當時朝中清議，已有謂其終不能免者；不久，卒以陝事逮治，伏尸市曹，或亦比匪之過歟？廠甸當時游人雜遝，時時車馬梗塞，故西園捽擊吳養原，甚易。巡警始于光緒末，彼時迺以五城御史或給事中，率防兵巡視，可以就地縛人，露章入奏。燕市武健稱豪士者最多，非積有夙怨者，御史及刑部，殊不根治，此皆論茲事所宜知。光宣以來，以武犯禁之風既戢，易以妖姬明僮，靡靡招挑，清社墟，而都城亦徙。

廠甸春燈

前記張西園廠甸毆官案，因念廠甸可記者尚多，與燈市亦相關連，鮑辛圃、鈐，乾隆時人，有〈琉璃廠春游詩〉四首云：

車駐雕輪馬駐鞭，手拈瓜子步差肩。排門盡啟君平肆，趁賺癡兒問福錢。
叢脞書多卷帙殘，幾人著眼笑酸寒。南沙畫片香泉字，幅幅裝池骨董攤。
料絲羊角爗成行，簇帛堆絲錦繡裝。歲歲鐙棚變新式，鼇山結撰到西洋。
像生花草捻泥人，鼓板笙簫小店陳。風景不殊吳語雜，勾人情緒武丘春。

案：第三首，即言廠甸出售之燈，有料絲、羊角、紗錦種種，其構造之鼇山，已參用西洋式。蔣廷錫畫，陳奕禧字，今日已較有價格，當時乃幅幅列攤，是又可考見乾隆時廠甸之風尚矣。

燈市與米家燈

憶王戌元夕居舊都時，宣南風物猶盛。既夕，方侍家燕，而蟄雲自東城促為缽集。且云：樊山、書衡諸丈畢至矣。敂以詩題，曰：「米家燈也。」米家燈，是明太僕米仲詔家物，太僕營勺園於海淀之北，有翠葆、榭林、於滋諸勝，嘗自繪園景於絹，張以為燈，都人號以米家燈。是歲蟄雲方自營小園於二條胡同，云是福康安祠堂舊址，頗饒花木。於時春榆舅父年近七十，而詩思益富，以樊山、闇公喜為七言絕句，故月為一集。客以米燈命題，非徒點綴節物，亦以蟄園落成，寓賀蟄雲侍奉之樂。尺波電謝，垂二十年，偶因廢曆春燈期近，屬念及之，光景宛如昨日也。佟嚴若〈上元竹枝詞〉云：「五侯宅第瑞煙凝，樓閣嵯峨漫玉繩。忽厭玻璃光瀲夜，千金競買米家燈。」讀之，可想見爾時燈夕園林宴飲之盛。

考舊都燈事，本極華侈，六、七年前，嘗為芸子草一文，考據清之燈市綦詳。今稿佚，案頭亦更無《日下舊聞》一類書，可供補輯。偶翻沈南雅《便佳簃雜鈔》中，有〈記燈市〉一段，似為南雅自作，大致尚不謬，記云：

燈市在明代為極盛之地，舊傳南北相對俱高樓，樓設氍毹簾幕，為燕飲地，夜則燃燈其上，望之若星衢，今已無是。憶故友為余言，髫年尚見路南樓六楹，巋然無恙，今亦不可問矣。每上元五夕，西馬市之東，東四牌樓下，燈棚數架，各店肆均懸五色燈球，如珠琲，如霞標，或間以各色紗燈，由燈市以東，至四牌樓以北，相銜不斷。每新月乍升，街塵不起，士女雲集，童稚歡呼，店肆鼓吹之聲如雷如霆。好事者燃水澆蓮、一丈菊各樣火花，觀者尤夥，九軌之衢，竟夕不能舉步，香車寶馬，參錯其間，愈無出路，而愈進不已。蓋舉國若狂者，幾匝旬，亦不亞明代燈市也。此外地安門及東安門外，約略相同。六部皆有燈，惟工部最盛。頭門之內，燈彩四環，空其壁，以燈填之，假其廊，以燈飾之，且燈其門，燈其室，燈其陳設之物，是通一院皆燈世界也。此皆該部吏胥匠役，際海宇承平，民物豐阜，得以餘財，從容設置，以頌太平，上元五夜為一歲之首，故不惜誇多鬥靡，成茲盛舉。予於光緒乙亥隨宦京華，猶及見工部燈，至燈市則聞而知之，亦未及見。庚子以前工部燈，因破損太多，不能再懸，庚子後官署遷易改革，不復昔日城肆舊觀。又聞曩年海甸沿街，至湖山蹕路所經，每歲首燈景亦極盛，惜未及見。今則滄桑再劫，遼鶴重來，城郭人民，都異疇昔，前塵如夢，能不悲哉。

案：此文中之燈市，今名燈市口，在東城。自庚子至壬午，此三十餘年間，予皆居北平。其始前門大柵欄諸鉅肆，猶有紗燈繪傳奇人物，恣眾觀覽，東西城則以正明齋餅鋪為盛，甲子以後，市肆物力，日趨隳敗，索然氣盡矣。燈市誠為舊日風俗，沿自唐宋，今已隨世變一一衰息。代興者，電影跳舞，窮慾疲神，方不限於歲時佳節，而物力之耗擲，小民之望塵卻步，無同樂之氣象，與昔時燈市，孰為短長，正未易論定也。

由羊角燈談到北京上元風俗

前摭鮑辛圃〈琉璃廠春游詩〉，其「料絲羊角燦成行」句，所謂羊角風燈者，乃宮中常用之燈，而為南京人在北京手工業之一。羊角燈大者，北人俗稱氣死風燈，言風不能滅燭，直當氣死也。今此物幾已絕產，北京既不名京，南京業此者亦盡。夏蔚如《舊京瑣記》云：

南京人在北京執工商業者，曰緞莊，凡靴帽之材皆聚於此，初僅三家，所居在打磨廠之三義店。曰扇莊，亦祇二家，曰周全盛，曾萬聚。曰羊角燈店，惟吳姓者一家，昔日玻璃未盛行，宮中用之以防火患。曰刻字鋪，與眼鏡鋪，其工人皆籍金陵，聚處琉璃廠，今猶世其業。又有織工，昔內府設綺華館，聚南方工人，教織於中，江寧織造選送，以為教習。又織絨氈者，亦南京人，能以金線夾絨織之，璀璨耀目。昔黃慎之創工藝局，曾訪得之，惜其工費太鉅，不克推廣，此藝遂成廣陵散矣。今緞扇羊燈之業皆廢，而一般工人，亦於此長子孫成土著矣。

語皆紀實。案：羊角燈制絕笨，宮中所用，外間燈市，不尚之。辛圃雖為乾隆時人，然彼時已尚紗製之燈毬。與辛圃同時之符幼魯，錢塘人，查初白之門弟子，其〈都城上元竹枝詞〉云：

鳳城不信轉東風，花匠能移造化功。二十四番齊在手，一時催放照春紅。

珠結流蘇絡寶鐙，星毬佳製出時興。游人競集琉璃廠，巧樣爭誇見未曾。

桂花香餡裹胡桃，江米如珠井水淘。見說馬家滴粉好，試鐙風裏賣元宵。
清脆鈴聲放鴿天，春風流響粉雲邊。竹筒截出伶倫手，妙法新傳絕可憐。
玉河冰泮水潺潺，金水橋邊綠未還。春到瓊華春正好，都人齊唱兔兒山。
星月高高三五明，天街相約上橋行。就中樂事誰知得，暗裏春情獨自生。
小甕流瓈玉不如，碧闌寸寸貯來虛。兒童擎向階前過，滿市春聲喚賣魚。
風俗相傳總不同，詩家爭賦竹枝工。他年誰記都城勝，好譜翻新樂府中。

其第二首即言燈毬也。第一首言唐花，第三首言粉製元宵湯圓。第四首言放風箏，所懸之哨子，與予前記之鴿哨相像，以竹為之，受風則鳴。第五首言瓊島之兔兒山，第六首言天橋，第七首言賣魚，以薄玻璃盛紅色金魚，皆舊京風俗。自《日下舊聞考》所記，二百年間，無大更變。今則昔之首善，淪為臨邊，凋瘵崩摧，不知所極，上元燈火，祇增忉怛矣。

李慈銘記紹興燈市

今年予頗詮記舊京燈事，客有以吳越燈事見叩者，予告以可覽李蒓客《蘿庵游賞小志》，此書為蒓客同治壬戌所詮次者，其記：

辛丑八月，宣宗六旬萬壽，越中張燈特盛。時太平日久，海內富樂，越人漸習華侈，與蘇杭埒，極力繪日月之光，報功德之盛。城中江橋筆飛坊，至東昌坊大街，十里廛肆鱗櫛，各出燈樣，以工巧相尚，鸞迴鶴聳，雲實日華。又盡出奇器寶物，青鼎綠彝，玉屏珠簾，以及古書古畫，珍禽異獸，瑰草奇花之屬，無不護以欄楯，夾道列觀。入夜則星火漸繁，笙歌迭起，而各寺廟中，復結彩臺舞榭，標雲矗霞，敷金散艷，絳天百仞，繁曜綴空。游人多飾香車寶馬，一片光明錦繡中，釵鈿咽衢，裀襦薰巷，真謝康樂所謂路曜便娟，肆列窈窕者。至九月英夷陷寧波，犯餘姚，越人倉皇四遁，久而始定。自後丁巳十月，孝和睿皇后七旬萬壽慶節，鐙事已減曩時。再至庚申六月，文宗三旬萬壽，則越中已為賊所擾，烽火危急，不復能舉此議矣。

讀此，則可見晚清廿年之間，而盛衰相去已如霄壤。大抵燈事最盛時，其舉動略與美術展覽相近，其終也，皆以政治不修，寇患忽至，有美而不能審，有樂而不能娛，故吾國諸地盛衰，常如循環，國中無千年未毀之都市，殆未可諉為天道也。

竹垞老人手書析產券

遺囑析分財產，今所習見，昔人不多覯。名人墨跡，尤不易得。竹垞老人析券云：

竹垞老人，雖曾通籍，父子止知讀書，不治生產，因而家計蕭然，但有瘠田荒地八十四畝零。今年已衰邁，會同親族，撥付桂孫、稻孫兩孫分管，辦糧收息。至於文恪公祭田，原係公產，下徐蕩續置蕩七畝并荒地三分，均存老人處，辦糧分給管墳人飯米。孫等須要安貧守分。回憶老人析箸時，田無半畝，屋無寸椽，今存產雖薄，若能儉勤，亦可少供饘粥，勿以祖父無所遺，致生怨尤。倘老人餘年，再有所置，另行繼析。此炤。康熙四十一年四月日，竹垞老人書。見析徐尚賢、盛黼宸。

按年譜，桂孫娶於徐，稻孫娶於盛，後載區圖分數，共計四十二畝二分，面書桂孫二字，紙墨完好。咸豐辛酉，沈韶初出以示客，張憕齋為賦長歌。

壺盧與壺蘆器

南居洊歷歲時，不特舊都春燈廠肆，百足追懷，即瑣物亦有足記者。憶北方稱壺盧者有二，以竹嘯綴於鴿尾上謂之壺盧，又謂之筲子，凡鴿市皆有售。《燕京歲時記》中，并載其名稱。壺盧有大小之分，筲子有三聯、五聯、十三星、十一眼、雙筲、截口、眾星捧月之別。此種筲子，綴於鴿尾上，當盤旋之際，響徹雲霄，五音咸備，殊可悅耳。又冬月貯養聒聒兒之器，亦曰壺盧，為瓠瓜所製者。當結實之初，斲木範其形，鐫以各種花紋，納瓠於其中，及成熟時，方圓大小，自成一器，奇巧能奪天工，陳舊者尤為樸雅，以紫潤堅厚者為上，價亦不貲。《西清筆記》卷二云：

葫蘆器，康熙間始為之，瓶盤杯碗之屬，無所不有，陽文花鳥山水題字，俱極清朗，不假人力。其法於葫蘆生後，造器模包其外，漸長漸滿，遂成器形。然數千百中，僅成一二，完好者最難得。嘗見一方硯匣工緻平整，承蓋處四面脗合，良工所製，獨遜其能。

此為壺盧器，則較飼養聒聒兒者，尤為精美也。

北平覺生寺華嚴鐘

比讀上海報，云佛教居士林，將鑄一巨鐘，凡二萬餘斤，欲懸之九華山峰顛，撞之可聲聞百里，不久將蕆事。吾因之憶及北平覺生寺之華嚴鐘，其形制瑰特，視報所記近人擬造者，尤突過之。

覺生寺，在德勝門外七里曾家莊，雍正十一年建，蓋歲時祈雨處也。寺有樓，高五丈，上圓下方，四面皆窗，後有旋梯，左升右降，鐘懸於中，久旱則擊之。鐘於明嘉靖間懸於西直門外萬壽寺，後言者謂京城白虎方，不宜有金聲，乃移鐘臥於地。至乾隆八年，始移置此寺，自是遂為祈雨典物。鐘鑄於明永樂間（見《燕都游覽志》、《帝京景物略》），其尺度重量，各書所載不同。《燕邸紀聞》，稱「鐘徑丈有四尺，長丈五尺」。《長安客話》：「鐘徑丈二。」吾友漢陽周退舟（貞亮）君，嘗以繩度之，據云：「徑布帛尺一丈四尺。連上懸及紐，共長布帛尺二丈一尺六寸。除上懸及紐，長亦不下一丈八尺。」此為實地所測度，極可信也。至其重量，《燕都紀聞》謂「八萬七千斤」，亦有謂八萬四千斤者，此則難得其實。若能審其厚幾許，併以算術求之，當可得。吾意，重當不及此數。鐘上遍鑄《華嚴經》文，字徑四分，內外皆滿。《帝京景物略》載：「文皇鑄大銅鐘，內外書《華嚴經》八十一卷，銑于間書《金剛般若》三十二卷。」《春明夢餘錄》：「萬壽寺鐘，內外書《華嚴經》八十一卷，名曰華嚴鐘。」是鐘以華嚴名，其為文皇所鑄無疑。至書經文者，據各書所載，則為沈度（度字民則，《明史》有傳）。度以工書為成祖所賞，此鐘出其手，亦可謂功德不朽。至鐘樓建築宏偉，支架奇妙，歷二百三十餘年毫無傾陊之迹，則居士林諸居士所宜取法也。

自清季祈雨之典廢，北平人至一聞其聲而不可得，僅於每歲正月初一日起，開廟半月，供人觀覽。前歲寺中駐兵失慎，頗有燬失，幸鐘樓未殃及。余十年間，兩至茲寺，有四絕句紀之。憶有「西來今日聲聞寂，特地鯨鏗可是難」之句，即言久不聞有撞鐘者。殿前廣庭，一松絕奇，余詩所謂「恨渠託命歸蕭寺，不向西山補臥龍」者是，比則聞已燬且槁矣。

九華，為皖江名山，去秣陵非遙。假使海上諸檀越宏願且就者，維舟青陽，遙眺九子，必有霜天鞳鞈之奇，甚企望之。

關公磨刀雨

國中庶民，僉知關羽為神靈之尊，可謂有井水處，皆稱其帝號矣。幼時鄉居，習聞五月十三日雨，為關老爺磨刀雨。已而北居，讀《燕京歲時記》云：京師諺曰，大旱不過五月十三。蓋五月十三，乃俗傳關壯繆過江會吳之期，是日有雨者，謂之磨刀雨。此為磨刀雨見於記載者。其後以詢各省人士，無不同聲云然，又可見此諺流傳之廣。其實舊曆五月，為梅雨之期，旦晚多雨，不必限十三日，而此日遘雨之比數最多，故民以為侯之肸蠁如響也。

《燕京歲時記》又載：京師謂五月二十三日為分龍兵。蓋五月以後，大雨時行，隔轍有雨，故須將龍兵分之，此則適為五月多雨之一證。分龍兵，名殊穎雅，當與龍忌等類，同可入詩也。

椅

椅，有三解。椅柅，木之弱而垂貌。又椅木，初夏開黃花，似天燭，色紅或赭，雌雄異株。此二訓今人皆不常用，但知為桌椅而已。

桌本作卓，椅本作倚，作椅者，亦舊，《程子語錄》、《朱子家禮》即皆作椅。予案：岳珂《桯史》，秦檜賜燕，優伶有參軍前褒檜功德，一伶以交椅進，參軍方拱揖就椅，忽墜其幞頭，露巾環，伶指問何鐶？曰二聖鐶。伶曰：爾但坐太師交椅，此鐶掉在腦後，可耶？此自為時伶譏檜不思二聖之還，然可見倚宋時已俱作椅，此殆為太師椅之始。

《貴耳集》載：今之校椅，古之胡床也，自來只有栲栳樣，宰執侍從皆用之。京尹吳淵奉承時相，出意撰製荷葉托首，遂號曰：太師樣，即後世所稱太師椅也。案：張端義後於秦檜，此說未足為太師椅之源，然可見其時椅字實已通行。

椅之故實名貴者，有文太史椅。椅為文徵明（衡山）故物，衡山沒後，付之門人彭年，後復歸衡山曾孫相國震孟。明亡後，此椅歸汪苕文（琬），苕文歿，苕文子以贈姜仲子。冷秋江有〈文太史椅歌〉甚長，由衡山、隆池、震孟、堯峰之授受，述之詳，而不言椅形狀。以歌中「衡山之孫為相國，坐此謀謨補袞職」兩句推測，似亦是太師之交椅也。

龜鶴之壽

動物之長壽者，吾國舊稱龜、鹿、鶴，近日動物學專家，不主是說，但云鯨魚最長壽而已。昨讀畫報，載倫敦博物院大龜，壽已千歲，碩大無朋，而能齕人，因書其背，以告游客，假令有之，則龜壽有徵矣。鶴非常豢之禽，所謂崆峒玄鶴，亦悠謬難信，然以予前誌天津北洋總督衙門之鶴，則自李合肥迄今至少在五十年外，動物學者，初未嘗以此壽許鶴也。清康熙王子，于清端成龍官黃州同知，駐歧亭，野人獲麑鹿來獻，其高如馬，角大而斑，其頂間有銀圜，重一十七兩，鐫「天寶二載華清宮」七字，角下堅徹如瓊，蓋所謂鹿玉。清端以作帶環佩之，黃安彭伯常在署親見，陳雨山為作歌云：

軋犖山前烽火起，帚星下掃長安裏。赤心一夕化豺狼，唐家九廟皆荊杞。夜雨愁埋劍閣雲，春風恨滿溫泉水。何來決驟華清鹿，萬里中原行不速。慣隨花鳥上陽宮，親見玉環頻賜浴。嘔字深鐫太府金，角痕碧沁玲瓏玉。未逐仙人上博臺，卻遭牧豎充庖肉。君見梨園菊部霓裳舞，宏農唱罷來鞞鼓。鸚鵡曾聞問上皇，舞馬猶知悲故主。秦家宮闕漢家陵，千年幾度生禾黍。休將遺事弔開元，漠漠寒煙翳平楚。

此事信而有徵，鹿之長壽，於茲又可見。予頗疑吾國謂龜鶴鹿最壽，乃積若千年之比較與經驗之談，或其最優者，始能久視。而近代生物學迺就普通生理上，為平均計算耳。讀「赤心一夕化豺狼」句，輒歎人而無良，不如以壽與蹄而齧者也。

煤

又憶張蕢齋以馬江之敗，謫戍察哈爾，有〈和東坡石炭〉兩詩，并序。序云：

石炭，即今所燒之煤，注家引漢地志，隋王邵論，陸游《老學庵筆記》，頗詳備矣，余更以《水經注》、《豫章記》，及宋人雜著證之，石炭即煤無疑。竊意《說文》無煤字，炭从岸省聲，即是石炭，許訓燒木餘，乃引申義。史漢紀，竇廣國至宜陽，為主入山作炭，岸崩盡壓臥者，少君獨脫，此即北方取煤穴山被壓，非燒栗薪也。《周禮》掌炭之炭物，鄭注謂山澤之農所出，亦不專指木炭。後世專以伐薪所為者謂之炭，而石穴轉假炱煤字名之，失其義矣。坡公以石炭冶鐵作兵，犀利勝常，形諸篇什，至今日而石炭之用繫於軍國，誰謂文忠僅詩人哉。余辛巳之冬，嘗和此篇，及謫塞上，石炭出察罕者，直昂，臭惡，鑛且告竭，乃復續一詩。前章覬復中國冶丱之利，後章深慨邊方食用之艱，亦庶幾杜陵負薪、白傳賣炭云爾。

第一首云：

雷斧擊崖臀股斷，防風骨節顴項骭。海國機心鑿竅開，怒艦飛車恣畔換。厚坤富媼蘊陰陽，預韝鮫龍鑪底炭。壇升黑玉黦有文，須積青金焰不散。西北家家足炊爨，周後丱圖請傳看。歐冶薛燭亟物色，折蘭盧矦斬銳悍。炎炎火山石可樵（《水經》漯水下，火山出石炭，火之熱同樵炭），錚錚鐵山戈乃鍛。漆身黽面人作勞，何苦獠奴求阿段。（今治廾皆用泰西為廾人，故云。）

又第二首：

君不見塞南童土樵采斷，樵子號寒衣至骭。方筐拾得馬通歸，流人翻取名香換。我觀廣莫山宛延，上者金銀下瑞炭。單于不知利有孔，但逐水草牛羊散。土人然石火風腥，夜氣神苗更誰看。五千山滎雜代貉，莫笑巖頑與石悍。人居未稠地寶閟，誰遷程卓業冶鍛。鵓鴣斑斑胡桃文，貴官燒木論條段。

案：東坡〈石炭〉詩，乃是元豐元年得於徐州西南之白土鎮者，今不知尚有煤礦否？而察哈爾之煤礦，固隨地可得。二詩飽滿精悍，正可想見蕡齋之為人。阿段，雖用杜詩，而杜本用《北史・蠻獠傳》語；獠無氏族之別，惟以長幼次第呼之，男呼阿段，女呼阿等，正是條段等第之意也。